山东师范大学中国现当代文学学科重大科研项目

20世纪中国文学主流·历史档案书系

魏建 / 主编

炮声与弦歌

——国统区校园文学文献史料辑

李宗刚/编

人民出版社

文学史的另一种做法

——《二十世纪中国文学主流·历史档案书系》序

　　《二十世纪中国文学主流》是山东师范大学中国现当代文学学科申请的特色国家重点学科重大科研项目。《二十世纪中国文学主流》的学术参照首先是来自丹麦文学批评家、文学史家格奥尔格·勃兰兑斯所著《十九世纪文学主流》。

一

　　一百多年来，勃兰兑斯的《十九世纪文学主流》一直是中国文学研究界公认的文学史经典之作。中国学人为什么推崇这部著作？为什么能推崇一个多世纪？究竟是书中的什么东西构成为中国学人的集体性认同呢？

　　就中国现当代文学研究界来说，给大家留下深刻印象的是，1907 年鲁迅先生写《摩罗诗力说》的时候就向中国人介绍这位"丹麦评骘家"①。此后鲁迅多次提及勃兰兑斯和他的《十九世纪文学主潮》②。鲁迅先生不仅是伟大的文学家、思想家，还是一位优秀的文学史家。他对文学史有很高的鉴赏水平，但很少向人推荐文学史著作。勃兰兑斯的这部书却是他向人推荐的为数极少的文学史著作之一。《十九世纪文学主流》的学术生命力主要来自它作为文学史的独标一格。直至今日，第一次阅读这套书的中国学人，依然大为惊叹：文学史原来也可以这些写！这种惊叹包括很多内容：文学史原来也可以这样抒情！文学史原来也可以写那么多的故事！文学史的行文原来可以这样自由的表达！文学史的结构原来可以这样的随意组合……当然，惊叹之余，读者大都少不了对这种文学史写法的将信将疑。"将信"是因为被书中的观点和引人入胜的文字打动，"将疑"是因为书中有太多名不副实的东西，如：名为"十九世纪文学主流"，实为十九世纪初至二、三十年代的文学现象，最晚的才到 1848 年；书名没有地域

---

　　① 《鲁迅全集》，第一卷，人民文学出版社 2005 年版，第 91 页。
　　② 这是当时的译名。现在通译为《十九世纪文学主流》。

范围（好似十九世纪世界文学主流），然则只是欧洲，又仅仅限于英、法、德三国；名为"主流"，有些分册论述的像是"支流"，如"流亡文学"、"青年德意志"等。

虽然中国学界不断有人对此书提出一些异议和保留，但《十九世纪文学主流》作为文学史著作的经典地位始终没有动摇。究其原因，很大程度上是因为但凡是经典著作都有可供不断阐释的丰富内涵。起初中国学者首先看重此书的，大约是认同其革命主题（如"把文学运动看作一场进步与反动的斗争"①）和适合中国人的文学价值观（为人生、为社会、为时代），还有对欧洲文学浪漫主义和现实主义（当时多称之为"自然主义"）文学潮流的描述。1980年代是《十九世纪文学主流》在中国最走红的时期，书中"文学史，就其最深刻的意义来说，是一种心理学，研究人的灵魂，是灵魂的历史"②成为中国大陆文学史研究界引用最多的名言之一。书中"处处把文学归结为生活"③的"思想原则"成为当时中国文学研究者人所共知的文学理念。后来，书中标榜的精神追求（"无拘无束、淋漓尽致的表现""独立而卓越的人类灵魂"④）和比较文学的研究视角和方法更为中国的学术新生代所接受。近年来，中国学界对《十九世纪文学主流》的关注热情虽然有所减弱，但对它的解读更为多元，少了一些盲目的崇拜，多了一些客观的认知。正是在这种相对客观的解读和对话中，《十九世纪文学主流》给我们的启示越来越多。

综上，《十九世纪文学主流》总是能够不断地进入不同时期中国学者的期待视野。其内涵的丰富完全是由阅读建构起来的，换句话说这是一部读出来的文学史巨著。我们的《二十世纪中国文学主流》的学术起点是以对《十九世纪文学主流》的全面认同为基础的。《二十世纪中国文学主流》的学术目标就是想撰写一部像《十九世纪文学主流》那样的文学史著作。

---

① ［丹麦］勃兰兑斯著：《十九世纪文学主流》，第一分册，张道真译，人民文学出版社1980年版，《出版前言》第1页。

② ［丹麦］勃兰兑斯著：《十九世纪文学主流》，第一分册，张道真译，人民文学出版社1980年版，《引言》第1页。

③ ［丹麦］勃兰兑斯著：《十九世纪文学主流》，第二分册，刘半九译，人民文学出版社1981年版，第1页。

④ ［丹麦］勃兰兑斯著：《十九世纪文学主流》，第五分册，李宗杰译，人民文学出版社1982年版，第36页。

二

当然,《十九世纪文学主流》也不是尽善尽美的。中国人对这部巨著的认识还有很多误读,所得观点有很多属于望文生义的想当然,还有很多重要的东西被忽略。例如,对其中独具特色的文学史研究方法就缺乏足够的重视,而我们《二十世纪中国文学主流》课题组在文学史研究方法上就从《十九世纪文学主流》中获得了诸多启示。

我们《二十世纪中国文学主流》课题组在文学史研究方法上所获得的第一个启示是思辨与实证的结合。《十九世纪文学主流》是将抽象思辨与具体实证结合在一起的一部著作,并且结合得比较成功。可是,迄今为止中国学人的谈论《十九世纪文学主流》,更多地看取了前者而忽视了后者:过于渲染《十九世纪文学主流》如何"哲学化"地"进行分馏"①,如何高屋建瓴般将文学"主流"提炼出来,却大都忽视了这是一部实证主义倾向非常显明的文学史著作。读过《十九世纪文学主流》的人一定不会忘记,在第二册的目录之前,整整一页只印着这样几个字:

敬 献

伊波利特·泰纳先生

作 者

除了对伊波利特·泰纳,没有第二个人在书中获此殊荣。而伊波利特·泰纳是主张用纯客观的观点和实证的方法解说文学艺术问题的最有影响的美学家、文艺理论家之一。勃兰兑斯在相当长的时间里师法伊波利特·泰纳"科学的实证"的批评方法。在《十九世纪文学主流》中,他将思辨与实证相结合,所以才能把高远的学术目标落实到脚踏实地的具体研究工作中,才能做到既有理,又有据。这是勃兰兑斯的做法,也是前人成功经验的总结,尤其在当下中国学术界依然充斥"假、大、空"学风的浮躁氛围里,思辨与实证的结合更应成为我们在研究方法上的首选。

在文学史的叙述方法上,《二十世纪中国文学主流》课题组所获得的启示是宏观概括渗透到微观描述中。作为文学史的叙述方法,《十九世

---

① [丹麦]勃兰兑斯著:《十九世纪文学主流》,第二分册,刘半九译,人民文学出版社1981年版,扉页1。

文学主流》在宏观历史叙述与微观历史叙述结合方面做得相当成功。然而，多年来中国学者更多地看取其宏观历史叙述一面而忽视了它微观历史叙述的另一面。对此，勃兰兑斯在书中讲得很清楚，他"有许多作品需要评论，有许多人物需要描述，面面俱到是不可能的。只从一个方面来照明整体，使主要特征突现出来，引人注目，乃是我的原则。"①在《十九世纪文学主流》中，勃兰兑斯的宏观历史叙述就是概括"主要特征"，其微观历史叙述就是凸显历史细节、包括许许多多的逸闻趣事。这二者如何结合呢？勃兰兑斯的做法是："始终将原则体现在趣闻轶事之中"②。的确，《十九世纪文学主流》中的大多数章节都是从小处入手的，流露出对"趣闻轶事"的浓厚兴趣。然而，无论勃兰兑斯叙述的笔致怎样细致，但他叙述的眼光可不是就事论事，而是从时代、民族、宗教、政治、地理等大处着眼。让读者从这些琐细的事件中看到人物的心灵，再从人物的心灵中折射出一个社会、一个时代、一个种族、乃至整个人类的某些东西。这就是《十九世纪文学主流》中一个个小事件里所蕴含的大气度。

在文学史的结构方法上，《二十世纪中国文学主流》课题组所获得的启示是以个案透视整体。从著作结构上来看，《十九世纪文学主流》好像没有任何外在的叙述线索，全书呈现给读者的是把英、法、德三个国家的六个文学思潮划分为六个分册。每一分册之间没有任何明显的逻辑关系。对此，勃兰兑斯做过两个形象的比喻解说他的各分册与全书之间的关系。第一个比喻是："我准备描绘的是一个带有戏剧的形式与特征的历史运动。我打算分作六个不同的文学集团来讲，可以把它们看作是构成一部大戏的六个场景。"③第二个比喻是："在本世纪诞生之初，我们发现一种美学运动的萌芽，这种美学运动后来从一个国家蔓延到另一个国家，在长达五十年之久的一段时期内……如果以植物学家的方式来解剖这种萌芽，我们就能了解这种植物复合自然规律的全部发育史。"④第一个比喻是强调这六个分册之间独立、平等、连续的并联关系；第二个比喻揭示了这六个分

① ［丹麦］勃兰兑斯著：《十九世纪文学主流》，第二分册，刘半九译，人民文学出版社1981年版，第1页。

② ［丹麦］勃兰兑斯著：《十九世纪文学主流》，第二分册，刘半九译，人民文学出版社1981年版，第1页

③ ［丹麦］勃兰兑斯著：《十九世纪文学主流》，第一分册，张道真译，人民文学出版社1980年版，《引言》第3页。

④ ［丹麦］勃兰兑斯著：《十九世纪文学主流》，第四分册，徐世谷等译，人民文学出版社1984年版，第71页。

册之间发育、蔓延、生成的串联关系。这两个形象的比喻从不同的侧面说明，《十九世纪文学主流》的各分册与全书存在着深层的有机关联，看似孤立的每一个个案都具有透视整体文学运动的效用。

三

我们编写的《二十世纪中国文学主流》显然受到了《十九世纪文学主流》的种种启发，但启发不能只是简单的模仿。如果《二十世纪中国文学主流》变成对《十九世纪文学主流》的照搬或套用，那就只能收获东施效颦式的尴尬。《二十世纪中国文学主流》之于《十九世纪文学主流》有继承，也有创造。

"创造"之一是通过"地标性建筑"展现二十世纪中国文学地图。

我们的《二十世纪中国文学主流》不仅追求像《十九世纪文学主流》那样在实证的基础上思辨、在微观叙述中显现宏观、通过个案透视发育的整体，我们还为以上所说的"实证基础"、"微观叙述"和"个案透视"找到了一些合适的"载体"。这些"载体"好比是二十世纪中国文学地图中的一个个"地标性建筑"。将这些"地标性建筑"作为历史叙述的基本单元，我们对二十世纪中国文学发展的重新阐释，才能落实到操作层面。这些构成《二十世纪中国文学主流》基本叙述单元的"地标性建筑"，就是二十世纪中国文学发展史上那些重要的文学板块，如：言情文学、白话文学、青春文学、乡土文学、左翼文学、京派文学、海派文学、武侠小说、话剧文学、延安文学、红色经典、散文小品、台港文学、新诗潮、女性文学、少数民族文学、历史叙事、文学史著述、影视文学、网络小说等。我们的《二十世纪中国文学主流》作为丛书，各分册由以上具体的文学板块组成。各分册与整个丛书的关系是分中有合、似断实连。所谓"分"与"断"，是要做好对每一个"地标性建筑"（文学板块）的研究。这样的个案透视既能使实证研究获得具体的依傍，又能把微观描述中落到实处；所谓"合"与"连"，是要在对一个个"地标性建筑"（文学板块）聚焦中观测整个二十世纪中国文学的历史嬗变。

"创造"之二是通过"历史档案"和"学术新探"两套书系深化二十世纪中国文学史的研究。

勃兰兑斯的《十九世纪文学主流》的确给予我们许多有价值的东西，但这只能说明我们从中获得了西方学术的有效营养。然而，西方的学术资源无论具有多少普适性，对于解读中国的文学艺术、中国人的心灵，毕竟是有限度的。今天，在超越株守传统的保守主义、走向全面开放的今天，在超越盲目崇洋的虚无主义、畅想民族复兴的今天，中国本土的学术资源更要得到应有的重视并加以现代转化。

"我注六经"与"六经注我"一直是中国人文学术的两大传统。我们的《二十世纪中国文学主流》力求"我注六经"与"六经注我"的结合。这既是本课题学术目标和学术规范的要求，也是本课题的特色所在，更是本课题学术质量的保证。由于目前学界相对忽视"我注六经"的研究，因此本课题提倡在做好"我注六经"的基础上，做好"六经注我"。为此，本课题成果分为两套书系：《二十世纪中国文学主流·历史档案书系》和《二十世纪中国文学主流·学术新探书系》（以下分别简称《历史档案书系》、《学术新探书系》）。出版这两套书系将有助于深化二十世纪中国文学史的研究。

首先，出版《历史档案书系》无疑体现了对文学史文献史料的高度重视。这种重视既强化了文献史料对于文学史研究的基础作用，又传达出一种重要的文学史理念——文献史料是文学史"本体"的重要组成部分。通过对每一个文学板块的文献史料进行多方面、多形式的搜集和整理，展现这一文学"地标性建筑"的原始风貌，直接、形象、立体地保存了这一文学板块的历史记忆。这岂能不是文学史的"本体"呢？如傅斯年宣扬过"史学便是史料学"[①]。再如，勃兰兑斯《十九世纪文学主流》中的文献史料多不是以论据的形式出现，而常常构成叙述对象本身。当今天的读者同时看到《二十世纪中国文学主流》这两套书系平分秋色的时候，这种理念应是一望便知。

其次，《二十世纪中国文学主流》的每一个文学板块都有"历史档案"和"学术新探"两部著作。二者的学术生长关系将会推动这一板块的研究甚至整个二十世纪中国文学史研究的深化。两套书系中的所有文学板块完全相同，即每一个文学板块是同一个子课题，如朱德发教授负责"五四白话文学"子课题。他既要为《历史档案书系》编著"五四白话文学"卷的文献史料辑，还要在"五四白话文学文献史料辑"的基础上撰写《学术新探书系》中刷新"五四白话文学"问题的学术专著。显然，这样的两部著作之间具有学术生长关系。前者既重建了这一文学板块活生生的

---

① 《傅斯年全集》，第二卷，湖南教育出版社，2003年版，第309页。

历史现场，又为后者的学术创新做好了独立的文献史料准备；后者的"学术新探"由于是建立在"历史档案"的基础上，不仅能避免轻率使用二手材料所造成的史实错误和观点错误，而且以往不为所知的文献史料会帮助研究者不断走进未知世界，不断获得全新的学术发现。所以，"历史档案"会成为"学术新探"的不竭的推动力。

四

《二十世纪中国文学主流》还有几个需要说明的具体问题：

1. 关于"主流"

本课题组将《二十世纪中国文学主流》中的"主流"界定为："以常态形式随着社会变化而变化的文学"。也就是说，所谓文学"主流"，不是先锋文学，而是常态的文学。常态文学的发展，总是与和读者紧紧结合在一起的。例如，"五四"时期的启蒙文学是属于少数读者的文学，也就是"先锋"文学，所以不是当时的"主流"文学；而这一时期的白话文学适应了多数读者的要求，成为晚清以来不断转化成的常态文学。

2. 关于《历史档案书系》

如前所说，《历史档案书系》不仅是为重新勾勒 20 世纪中国文学主流的历史发展提供文献和史料基础，而且通过各个重要文学板块文献史料的整体复原，尽可能直观、立体地呈现二十世纪中国文学史"本体"的原生态风貌。因此，《历史档案书系》追求文献和史料的"原始"性。《历史档案书系》各卷的主要内容以"原始史料"和"经典文献"为主，以"回忆与自述"和"历史图片"为辅。所有文献和史料凡是能找到初版本的，我们均选初版本；个别实在找不到初版本的，我们选尽可能早的版本。

3. 总课题与子课题

《二十世纪中国文学主流》是山东师范大学中国现当代文学学科承担的集体项目。总课题的选题及其初步编写方案由主编设计，在课题组成员认真讨论的基础上形成实施方案。子课题作者均为山东师范大学中国现当代文学学科的团队成员。各个子课题的承担者大都是这一文学板块的研究专家。主编和课题组成员充分尊重各子课题作者的学术个性，以保证各卷作者学术优长的发挥和各子课题学术质量的提升。各卷作者拥有独立的著作权，文责自负。

读者目前看到的只是《历史档案书系》已经完成的大多数子课题书

稿。根据本课题设计方案，还有少部分子课题没有完成，如言情文学、京派文学、海派文学、延安文学、台港文学、影视文学……等，尚未完成的子课题待日后推出。虽然"面面俱到是做不到的"，但我们还是想尽可能地完成这一课题的学术目标。

4. 并非题外的话

本课题首先从历史档案做起。这也是继承了山东师范大学中国现当代文学学科一脉学术传统。1951 年，田仲济教授来到山东师范学院国文系任教不久就开设了"中国新文学史"课程、很快就组建了独立的教研室。山东师范学院遂成为国内最早建立中国现代文学学科的少数几个高校之一。1955 年又成为国内最早招收中国现代文学专业研究生的四所学校之一。田仲济先生作为中国现代文学学科奠基人之一，高度重视文献资料的建设。在他的直接领导和支持下，山东师范学院图书馆很快成为国内很有影响的中国现当代文学资料中心之一。我校的另一位前辈学者薛绥之先生尤其擅于研治文献和史料。以薛绥之先生为代表的一批学术前辈，早在1950 年代后期就推出了国内第一批中国现代文学文献史料收集、整理和研究的资料成果。在"三年自然灾害"期间，以"山东师范学院中文系"名义编印的《中国现代作家研究资料丛书》(近 20 册)成为国内学界公认的中国现代文学文献史料学的奠基之作。其中有《中国现代文学史参考资料》、《中国现代作家研究资料索引》、《中国现代作家著作目录》、《中国现代作家小传》，以及十几位重要作家每人一册的研究资料汇编。1970 年代薛绥之先生等人又完成了《鲁迅生平资料丛抄》11 册。1980 年代我学科冯光廉、查国华、韩之友等人又参与了《鲁迅全集》、《茅盾全集》的编注工作。他们与我校其他老师还完成了国家社科基金重大项目《中国现代文学史资料汇编》的 6 个子课题。此后，文献史料研究一直是山东师范大学的优势研究方向，在老舍生平资料、郭沫若文献辑佚等方面保持领先地位。回顾这一切，只是想说明本学科承担《历史档案书系》具有学术传统的积淀和文献史料的积累。

《二十世纪中国文学主流》这两套书系是一种全新的文学史实践，难免存在尝试之作的稚嫩和偏差。我们渴望得到专家们的批评和帮助。我们最忐忑的是，不知学界的同行们能否认同——文学史的这样一种做法。

魏　建

2013 年春

目　录

原始史料

重要文献

回忆与自述

原始史料

国立西南联合大学各院系必修选修学程表

（1939 年至 1940 年度）

文 学 院

中国文学系

学　程	必修或选修	学　期	学　分	教　师
国文一（读本）	I		4	朱自清 沈从文
国文一（作文）	I		2	朱自清
国文二（读本）	I		4	沈从文 朱自清
国文二（作文）	I		2	沈从文
国文三（读本）	I		4	许维遹
国文三（作文）	I		2	许维遹
国文四（读本）	I		4	余冠英
国文四（作文）	I		2	余冠英
国文五（读本）	I		4	余冠英
国文五（作文）	I		2	余冠英
国文六（读本）	I		4	陈梦家
国文六（作文）	I		2	陈梦家
国文七（读本）	I		4	李嘉言
国文七（作文）	I		2	李嘉言
国文八（读本）	I		4	李嘉言
国文八（作文）	I		2	李嘉言
国文九（读本）	I		4	詹锳
国文九（作文）	I		2	詹锳
国文十（读本）	I		4	詹锳
国文十（作文）	I		2	詹锳
国文十一（读本）	I		4	吴晓铃
国文十一（作文）	I		2	吴晓铃
国文十二（读本）	I		4	吴晓铃

续表

学　程	必修或选修	学　期	学　分	教　师
国文十二（作文）	I		2	吴晓铃
国文十三（读本）	I		4	杨佩铭
国文十三（作文）	I		2	杨佩铭
国文十四（读本）	I		4	杨佩铭
国文十四（作文）	I		2	杨佩铭
国文十五（读本）	I		4	李觐高
国文十五（作文）	I		2	李觐高
国文十六（读本）	I		4	李觐高
国文十六（作文）	I		2	李觐高
国文十七（读本）	I		4	张盛祥
国文十七（作文）	I		2	张盛祥
文字学概要	文，语 II		4	陈梦家
声韵学概要	文，语 II		4	魏建功
各体文习作（文言）	文，语 II		2	浦江清
中国文学史	文，语 II		6	浦江清
历代文选（一）（先秦）	文 II，III		4	许维遹
历代诗选（二）（唐）	文 III		4	罗　庸
历代诗选（三）（宋）	文 III		4	朱自清
中国文学专书选读（三）（文选）	文 III		4	刘文典
中国文学专书选读（三）（温飞卿集 李义山集）	语言 IV		4	刘文典
中国文学史分期研究（三）	文 3		4	罗　庸
中国文学史分期研究（四）	文 4		4	浦江清
现代中国文学（注一）	文 3		4	杨振声
比较语音学	语 III		4	罗常培
古文字学研究（注二）	语 III		4	唐　兰
中国语言文字学专书选读（说文）	语 III，IV		4	魏建功
训诂学（注三）	语 IV		4	罗常培
铜器铭文研究（注四）	语 4	上	3	陈梦家
卜辞研究（注五）	语 4	上	3	唐　兰
中国语言文字学专题研究（名原研究）（注六）	语 4	下	3	唐　兰

学 程	必修或选修	学 期	学 分	教 师
佛典翻译文学	3，4		4	陈寅恪
毕业论文	文，语Ⅳ		3	各教授

注一：上学期讲授概论及小说部分，下学期讲授戏剧诗及散文。部分学生得以分期选习各以二学分计。

注二：须预修文字学概要。

注三：须预修文字学概要及声韵学概要。

注四：须预修文字学概要。

注五：同上。

注六：同上。

外国语言学系

学 程	必修或选修	学 期	学 分	教 师
英文壹A（读本）	Ⅰ		4	陈福田
英文壹A（作文）	Ⅰ		2	朱木祥
英文壹B（读本）	Ⅰ		4	柳无忌
英文壹B（作文）	Ⅰ		2	周玉瑞
英文壹C（读本）	Ⅰ		4	黄国聪
英文壹C（作文）	Ⅰ		2	罗孝超
英文壹D（读本）	Ⅰ		4	梁祖荫
英文壹D（作文）	Ⅰ		2	姜桂侬
英文壹E（读本）	Ⅰ		4	朱木祥
英文壹E（作文）	Ⅰ		2	梁祖荫
英文壹F（读本）	Ⅰ		4	陈 嘉
英文壹F（作文）	Ⅰ		2	鲍志一
英文壹G（读本）	Ⅰ		4	谢文通
英文壹G（作文）	Ⅰ		2	杨西昆
英文壹H（读本）	Ⅰ		4	叶 柽
英文壹H（作文）	Ⅰ		2	杨周翰
英文壹I（读本）	Ⅰ		4	鲍志一
英文壹I（作文）	Ⅰ		2	叶 柽
英文壹J（读本）	Ⅰ		4	罗孝超
英文壹J（作文）	Ⅰ		2	王 还
英文壹K（读本）	Ⅰ		4	黄国聪
英文壹K（作文）	Ⅰ		2	梁祖荫

学　程	必修或选修	学　期	学　分	教　师
英文壹 L（读本）	I		4	朱木祥
英文壹 L（作文）	I		2	鲍志一
英文壹 M（读本）	I		4	罗孝超
英文壹 M（作文）	I		2	王佐良
英文壹 N（读本）	I		4	鲍志一
英文壹 N（作文）	I		2	罗孝超
英文壹 O（读本）	I		4	梁祖荫
英文壹 O（作文）	I		2	朱木祥
英文壹 P（读本）	I		4	潘家洵
英文壹 P（作文）	I		2	叶　桯
英文壹 Q（读本）	I		4	杨西昆
英文壹 Q（作文）	I		2	张振先
英文壹 R（读本）	I		4	张振先
英文壹 R（作文）	I		2	李田意
英文壹 S（读本）	I		4	莫泮芹
英文壹 S（作文）	I		2	杨周翰
英文补习班 甲				王佐良
英文补习班 乙				姜桂侬
英文补习班 丙				王　还
英文补习班 丁				周玉端
英文补习班 戊				李田意
英文作文 壹	本系 II		6	陈福田
英文贰 A（注一）	II		4	徐锡良
英文贰 B（注二）	II		6	巫太太（巫孙家琇）
英文贰 C（注二）	II		6	潘家洵
英文贰 D（注二）	II		6	黄国聪
英文贰 E（注二）	II		6	陈　嘉
英文贰 F（注二）	II		6	谢文通
英文贰 G（注二）	II		6	柳无忌
英文贰 II	II		6	巫太太（巫孙家琇）
英文贰 I	II		6	徐锡良
法文壹 A	2		6	吴达元
法文壹 B	2		6	闻家驷
法文壹 C	2		6	林文铮

学　程	必修或选修	学　期	学　分	教　师
法文壹 D	2		6	闻家驷
法文壹 E				林文铮
法文贰 A	3		6	闻家驷
法文贰 B	3		6	吴达元
法文贰 C	3		6	林文铮
法文叁	4		6	吴达元
德文壹 A	2		6	冯承植
德文壹 B	2		6	陈　铨
德文壹 C	2		6	杨业治
德文壹 D	2		6	雷　夏
德文壹 E	2		6	雷　夏
德文贰 A	3		6	陈　铨
德文贰 B	3		6	冯承植
德文贰 C	3		6	杨业治
德文贰 D	3		6	雷　夏
德文叁	4		6	杨业治
俄文壹 A	2		6	刘泽荣
俄文贰 A	3		6	刘泽荣
俄文叁 A	4		6	刘泽荣
日文壹 A	2		6	傅锡永
日文贰 A	3		6	傅锡永
日文叁 A	4		6	傅锡永
英文作文 贰	III		4	莫泮芹
英文作文叁	IV		4	叶公超
欧洲文学史	II		8	吴　宓
英文散文 A	II		6	莫泮芹
英文散文 B	II		6	徐锡良
英文诗	II		6	谢文通
莎士比亚	III		6	陈　嘉
英语语音学（注三）	III		4	潘家洵

（本表选自《国立西南联合大学史料》（三）（教学、科研卷），云南教育出版社，1998 年版）

大 学 一 解

梅贻琦①

今日中国之大学教育，溯其源流，实自西洋移植而来，顾制度为一事，而精神又为一事。就制度言，中国教育史中固不见有形式相似之组织；就精神言，则文明人类之经验大致相同，而事有可通者。文明人类之生活，要不外两大方面：曰己，曰群；或曰个人，曰社会。而教育之最大的目的，要不外使群中之己与众己所构成之群各得其安所遂生之道，且进以相位相育，相方相苞；则此地无中外，时无古今，无往而不可通者也。

西洋之大学教育已有八九百年之历史，其目的虽鲜有明白揭橥之者，然试一探究，则知其本源所在，实为希腊之人生哲学；而希腊人生哲学之精髓无它，即"一己之修明"是已 (Know thyself)。此与我国儒家思想之大本又何尝有异致？孔子于《论语·宪问》曰："古之学者为己"。而病今之学者舍己以从人。其答子路问君子，曰"修己以敬"；进而曰"修己以安人"；又进而曰"修己以安百姓"。夫君子者无它，即学问成熟之人，而教育之最大收获也。曰"安人"、"安百姓"者，则又明示修己为始阶，本身不为目的，其归宿、其最大之效用，为众人与社会之福利。此则较之希腊之人生哲学，又若更进一步，不仅以一己理智方面之修明为已足也。

及至《大学》一篇之作，而学问之最后目的，最大精神，乃益见显著。《大学》一书开章明义之数语即曰："大学之道，在明明德，在新民，在止于至善。"若论其目，则格物、致知、诚意、正心、修身，属"明明德"；而齐家、治国、平天下，属"新民"。《学记》曰："九年知类通达，强立而不反，谓之大成；夫然后足以化民易俗，近者悦服，而

---

① 梅贻琦是清华大学的校长，是西南联大三常委之一，主持西南联大的常务工作。

远者怀之，此大学之大道也。""知类通达"，"强立不反"二语，可以为"明明德"之注脚；化民成俗，近悦远怀三语可以为"新民"之注脚。孟子于《尽心》章，亦言修其身而天下平。荀子论"自知者明，自胜者强"亦不出"明明德"之范围，而其泛论群居生活之重要，群居生活之不能不有规律，亦无非阐发"新民"二字之真谛而已。总之，儒家思想之包罗虽广，其于人生哲学与教育理想之重视"明明德"与"新民"二大步骤，则始终如一也。

今日之大学教育，骤视之，若与"明明德"、"新民"之义不甚相干，然若加深察，则可知今日大学教育之种种措施，始终未能超越此二义之范围，所患者，在体认尚有未尽而实践尚有不力耳。大学课程之设备，即属于教务范围之种种，下自基本学术之传授，上至专门科目之研究，固格物致知之功夫而"明明德"之一部分也。课程以外之学校生活，即属于训导范围之种种，以及师长持身、治学、接物、待人之一切言行举措，苟于青年不无几分裨益，此种裨益亦必于格致诚正之心理生活见之。至若各种人文科学社会科学学程之设置，学生课外之团体活动，以及师长以公民之资格对一般社会所有之努力，或为一种知识之准备，或为一种实地工作之预习，或为一种风声之树立，青年一旦学成离校，而于社会有所贡献，要亦不能不资此数者为一部分之挹注。此又大学教育"新民"之效也。

然则所谓体认未尽、实践不力者又何在？明明德或修己工夫中之所谓明德，所谓己，所指乃一人整个之人格，而不是人格之片段。所谓整个之人格，即就比较旧派之心理学者之见解，至少应有知、情、志三个方面，而此三方面者实皆有修明之必要。今则不然，大学教育所能措意而略有成就者，仅属知之一方面而已；夫举其一而遗其二，其所收修明之效，因已极有限也。然即就知之一端论之，目前教学方法之效率亦大有尚待扩充者。理智生活之基础为好奇心与求益心，故贵在相当之自动。能有自动之功，斯能收自新之效。所谓举一反三者，举一虽在执教之人，而反三总属学生之事。若今日之教学，恐灌输之功十居七八，而启发之功十不得二三。"明明德"之义，释以今语，即为自我之认识，为自我知能之认识，此即在智力不甚平庸之学子亦不易为之，故必有执教之人为之启发，为之指引，而执教者之最大能事，亦即至此而尽，过此即须学子自为探索，非执教者所得而助长也。故古之善教人者，《论语》

谓之"善诱"，《学记》谓之"善喻"。孟子有云："君子深造之以道，欲其自得之也；自得之，则居之安；居之安，则资之深；资之深，则取之左右逢其源。故君子欲其自得之也。"此善诱或善喻之效也。今大学中之教学方法，即仅就知识教育言之，不逮尚远。此体认不足、实践不力之一端也。

至意志与情绪二方面，既为寻常教学方法所不及顾，则其所恃者厥有二端：一为教师之树立楷模；二为学子之自谋修养。意志须锻炼，情绪须裁节。为教师者果能于二者均有相当之修养工夫，而于日常生活之中与以自然之流露，则从游之学子无形中有所取法；古人所谓"身教"，所谓"以善先人之教"，所指者大抵即为此两方面之品格教育，而与知识之传授不相干也。治学之精神与思想之方法，虽若完全属于理智一方面之心理生活，实则与意志之坚强与情绪之稳称有极密切之关系。治学贵谨严，思想忌偏蔽，要非持志坚定而用情有度之人不办。孟子有曰："仁义礼智根于心，则其生于色也，晬然见于面，盎于背，施于四体，四体不言而喻。"曰"根于心"者，修养之实；曰"生于色"者，修养之效而自然之流露。设学子所从游者率为此类之教师，再假以时日，则濡染所及，观摩所得，亦正复有其不言而喻之功用。《学记》所称之"善喻"，要亦不能外此。试问今日之大学教育果具备此条件否乎？曰：否。此可于三方面见之。上文不云乎？今日大学教育所能措意者仅为人格之三方面之一，为教师者果能于一己所专长之特科知识，有充分之准备，为明晰之讲授，作尽心与负责之考课，即已为良善之教师；其于学子之意志与情绪生活与此种生活之见于操守者，殆有若秦人之视越人之肥瘠。历年既久，相习成风，即在有识之士，亦复视为固然，不思改作，浸假而以此种责任完全诿诸他人，曰，此乃训育之事，与教学根本无干。此条件不具备之一方面也。为教师者，自身固未始不为此种学风之产物，其日以孜孜者，专科知识之累积而已，新学说与新实验之传习而已，其于持志养气之道，待人接物之方，固未尝一日讲求也。试问己所未能讲求或无暇讲求者，又何能执以责人？此又一方面也。今日学校环境之内，教师与学生大率自成部落，各有其生活之习惯与时尚，舍教室中讲授之时间而外，几于不相谋面，军兴以还，此风尤甚，即有少数教师，其持养操守足为学生表率而无愧者，亦犹之椟中之玉、斗底之灯，其光辉不达于外，而学子即有切心于观摩取益者，亦自无从问径。此又一方面也。古者学子从师受业，谓之从游。孟子曰："游于圣人之门者难为言。"间尝思之，游之时义大矣哉。学校犹水也，师生犹鱼也，其行动犹游泳也。大鱼前导，小鱼尾随，是从游也。从游既久，其濡染观摩之效，自不求而至，不为而成。反观今日师生之关系，直一奏技者与看客之关系耳，去从游之义不綦远哉！此则于大学之道，体认尚有未尽、实践尚有不力之第二端也。

至学子自身之修养又如何？学子自身之修养为中国教育思想中最基本之部分，亦即儒家哲学之重心所寄。大学八目，涉此者五，《论语》、《中庸》、《孟子》之所反复申论者，亦以此为最大题目。宋元以后之理学，举要言之，一自身修善之哲学耳。其派别之分化虽多，门户之纷吵虽甚，所争者要为修养之方法，而于修养之必要，则靡不同也。我侪以今日之眼光相绳，颇病理学教育之过于重视个人之修养，而于社会国家之需要，反不能多所措意。末流之弊，修身养性几不复为入德育才之门，而成遁世避实之路。然理学教育之所过即为今日学校教育之所不及。今日大学生之生活中最感缺乏之一事即为个人之修养。此又可就下列三方面分别言之。

一曰时间不足。今日大学教育之学程太多，上课太忙，为众所公认之一事。学生于不上课之时间，又例须有多量之"预备"功夫，而所预备者又不出所习学程之范围，于一般之修养邈不相涉。习文史哲学者，与修养功夫尚有几分关系，其习它种理实科目者，无论其为自然科学或社会科学，犹木工水作之习一艺耳。习艺愈勤去修养愈远。何以故？曰：无闲暇故。仰观宇宙之大，俯察品物之盛，而自审其一人之生应有之地位，非有闲暇不为也。纵探历史之悠久，文教之累积；横索人我关系之复杂，社会问题之繁变；而思对此悠久与累积者宜如何承袭节取而有所发明，对复杂繁变者宜如何应付而知所排解，非有闲暇不为也。人生莫非学问也，能自作观察、欣赏、沉思、体会者，斯得之。今学程之所能加惠者，充其量，不过此种种自修功夫之资料之补助而已，门径之指点而已。至若资料之咀嚼融化，门径之实践，以致于升堂入室，博者约之，万殊者一之，则非有充分之自修时间不为功。就今日之情形而言，则咀嚼之时间，且犹不足，无论融化。粗识门径之机会犹或失之，姑无论升堂入室矣。

二曰空间不足。人生不能离群，而自修不能无独，此又近顷大学教育最所忽略之一端。《大学》一书尝极论毋自欺、必慎独之理。不欺人易，不自欺难；与人相处而慎易，独居而慎难。近代之教育，一则曰社会化，再则曰集体化，卒使黉舍悉成营房，学养无非操演，而慎独与不自欺之教亡矣。夫独学无友，则孤陋而寡闻，乃仅就智识之切磋而为言者也；至情绪之制裁，意志之磨砺，则固为我一身一心之事，他人之于我，至多亦只所以相督励，示鉴戒而已。自"慎独"之教亡，而学子乃无复有"独"之机会，亦无复作"独"之企求；无复知人我之间精神上与实际上应有之充分之距离，适当之分寸，浸假而无复知情绪制裁与意志磨练之为何物，即无复知《大学》所称诚意之为何物。充其极，乃至于学问见识一端，亦但知从众而不知从己，但知附和而不敢自作主张、力排众议。晚近学术界中，每多随波逐浪（时人美其名曰"适应潮流"）之徒，而少砥柱中流之辈，由来有渐，实无足怪。《大学》一书，于开章时阐明大学之目的后，即曰："知止而后有定，定而后能静，静而后能安，安而后能虑，虑而后能得。"今日之青年，一则因时间之不足，再则因空间之缺乏，乃至数年之间，竟不能如绵蛮黄鸟之得一丘隅以为休止。休止之时地既不可得，又遑论定、静、安、虑、得之五步功夫耶？此深可虑而当亟为之计者也。

三曰师友古人之联系之阙失。关于师之一端，上文已具论之，今日之大学青年，在社会化与集体生活化一类口号之空气之中，所与往还者，有成群之大众，有合夥之伙伴，而无友。曰集体生活，又每苦不能有一和同之集体，或若干不同而和之集体，于是人我相与之际，即一言一动之间，亦不能不多所讳饰顾忌，驯至舍寒暄笑谑与茶果征逐而外，根本不相往来。此目前有志之大学青年所最感苦闷之一端也。夫友所以祛孤陋，增闻见，而辅仁进德者也。个人修养之功，有恃于一己之努力者固半，有赖于友朋之督励者亦半；今则一己之努力既因时空两间之不足而不能有所施展，有如上文所论，而求友之难又如此，又何怪乎成德达材者之不多见也。古人亦友也，孟子有尚友之论，后人有尚友之录，其对象皆古人也。今人与年龄相若之同学中既无可相友者，有志者自犹可于古人中求之。然求之又苦不易。史学之必修课程太少，普通之大学生往往仅修习通史一两门而止，此不易一也。时人对于史学与一般过去之经验每不重视，甚者且以为革故鼎新之精神，即在完全抹杀已往，而创造未来，前人之言行，时移世迁，即不复有分毫参考之价值，此不易二也。即在专攻史学之人，又往往用纯粹物观之态度以事研究，驯至古人之言行举措，其所累积之典章制度，成为一堆毫无生气之古物，与古生物学家所研究之化石骨殖无殊。此种研究之态度，非无其甚大之价值，然设过于偏注，则史学之与人生将不复有所联系，此不易三也。有此三不易，于是前哲所再三申说之"以人鉴人"之原则将日趋湮没，而"如对古人"之青年修养之一道亦日即于荒秽不治矣。学子自身之不能多所修养，是近代教育对于大学之道体认尚有未尽、实践尚有不力之第三端也。

以上三端，所论皆为明德一方面之体认未尽与实践不力，然则新民一方面又如何？大学新民之效，厥有二端：一为大学生新民工作之准备；二为大学校对社会秩序与民族文化所能建树之风气。于此二端，今日之大学教育体认亦有未尽，而实践亦有不力也。试分论之。

大学有新民之道，则大学生者负新民工作之实际责任者也。此种实际之责任，固事先必有充分之准备，相当之实验或见习；而大学四年，即所以为此准备与实习而设，亦自无烦赘说。然此种准备与实习果尽合情理否乎？则显然又为别一问题。明德功夫即为新民功夫之最根本之准备，而此则已大有不能尽如人意者在，上文已具论之矣。然准备之缺乏犹不止此。

今人言教育者，动称通与专之二原则。故一则曰大学生应有通识，又应有专识；再则曰大学卒业之人应为一通才，亦应为一专家。故在大学期间之准备，应为通专并重。此论固甚是，然有不尽妥者，亦有未易行者。此论亦固可以略救近时过于重视专科之弊，然犹未能充量发挥大学应有之功能。窃以为大学期内，通专虽应兼顾，而重心所寄，应在通而不在专；换言之，即须一反目前重视专科之倾向，方足以语于新民之效。夫社会生活大于社会事业，事业不过为人生之一部分，其足以辅翼人生，推进人生，固为事实，然不能谓全部人生即寄寓于事业也。通识，一般生活之准备也；专识，特种事业之准备也。通识之用，不止润身而已，亦所以自通于人也。信如此论，则通识为本，而专识为末；社会所需要者，通才为大，而专家次之。以无通才为基础之专家临民，其结果不为新民，而为扰民。此通专并重未为恰当之说也。大学四年而已，以四年之短期间，而既须有通识之准备，又须有专识之准备，而二者之间又不能有所轩轾。即在上智，亦力有未逮，况中资以下乎？并重之说所以不易行者此也。偏重专科之弊，既在所必革，而并重之说又窒碍难行，则通重于专之原则尚矣。

难之者曰：大学而不重专门，则事业人才将焉出？曰：此未作通盘观察之论也。大学虽重要，究不为教育之全部。造就通才虽为大学应有之任务，而造就专才则固别有机构在。一曰大学之研究院。学子即成能才，而于学问之某一部门，有特殊之兴趣，与特高之推理能力，而将以研究为长期或终身事业者，可以入研究院。二曰高级之专门学校。艺术之天分特高，而审美之兴趣特厚者可入艺术学校；躯干刚劲，动作活泼，技术之智能强，而理论之兴趣较薄者可入技术学校。三曰社会事业本身之训练。事业人才之造就，由于学识者半，由于经验者亦半，而经验之重要，且在学识之上，尤以社会方面之事业人才所谓经济长才者为甚，尤以在今日大学教育下所能产生之此种人才为甚。今日大学所授之社会科学知识，或失之理论过多，不切实际；或失诸凭空虚构，不近人情；或失诸西洋之资料太多，不适国情民性。学子一旦毕业而参加事业，往往发现学用不相呼应，而不得不于所谓"经验之学校"中，别谋所以自处之道，及其有成，而能对社会有所贡献，则泰半自经验之学校得来，而与所从卒业之大学不甚相干，以至于甚不相干。至此始恍然于普通大学教育所真能造就者，不过一出身而已，一资格而已。

出身诚是也，资格亦诚是也。我辈从事大学教育者，诚能执通才之一原则，而曰：才不通则身不得出。社会亦诚能执同一之原则，而曰：无通识之准备者，不能取得参加社会事业之资格。则所谓出身与资格者，固未尝不为绝有意识之名词也。《大学》八目，明德之一部分至身修而止；学府之机构，自身亦正复有其新民之功用。就其所在地言之，大学俨然为一方教化之重镇；而就其声教所暨者言之，则充其极可以为国家文化之中心，可以为国际思潮交流与朝宗之汇点（近人有译英文 Focus一字为汇点者，兹从之）。即就西洋大学发展之初期而论，十四世纪末年与十五世纪初年，欧洲中古文化史有三大运动焉，而此三大运动者均自大学发之。一为东西两教皇之争，其终于平息而教权复归于一者，法之巴黎大学领导之功也；二为魏克立夫（Wyclif）之宗教思想革新运动，孕育而拥护之者英之牛津大学也；三为郝斯（JohnHus）之宗教改革运动，郝氏与惠氏之运动均为十六世纪初年马丁路得宗教改革之先声，而孕育与拥护之者，布希米亚（战前为捷克地）之蒲拉赫（Prague）大学也。大学机构自身正复有其新民之效，此殆最为彰明较著之若干例证。

间尝思之，大学机构之所以生新民之效者，盖又不出二途。一曰为社会之倡导与表率。其在平时，表率之力为多，及处非常，则倡导之功为大。上文所举之例证，盖属于倡导一方面者也。二曰新文化因素之孕育涵养与简练揣摩。而此二途者又各有其凭借。表率之效之凭借为师生之人格与其言行举止。此为最显而易见者。一地之有一大学，犹一校之有教师也；学生以教师为表率，地方则以学府为表率。古人谓一乡有一善士，则一乡化之，况学府者应为四方善士之一大总汇乎？设一校之师生率为文质彬彬之人，其出而与社会周旋也，路之人亦得指而目之曰：是某校教师也，是某校生徒也。而其所由指认之事物为语默进退之间所自然流露之一种风度，则始而为学校环境以内少数人之所独有者，终将为一地方所共有，而成为一种风气。教化云者，教在学校环境以内，而化则达于学校环境以外，然则学校新民之效，固不待学生学成出校而始见也明矣。

新文化因素之孕育所凭借者又为何物？师生之德行才智，图书实验。新民之一部分自身修而始，曰出身者，亦曰身已修，德已明，可以出而从事于新民而已矣。夫亦岂易言哉？不论一人一身之修明之程度，不问其通识之有无多寡，而但以一纸文凭为出身之标识者，斯失之矣。

通识之授受不足，为今日大学教育之一大通病，固已渐为有识者所公认，然不足者果何在，则言之者尚少。大学第一年不分院系，是根据通之原则者也；至第二年而分院系，则其所据为专之原则。通则一年，而专乃三年，此不足之最大原因而显而易见者。今日而言学问，不能出自然科学、社会科学与人文科学三大部门；曰通识者，亦曰学子对此三大部门，均有相当准备而已。分而言之，则对每门有充分之了解；合而言之，则于三者之间，能识其会通之所在，而恍然于宇宙之大，品类之多，历史之久，文教之繁，要必有其一以贯之之道，要必有其相为因缘与依倚之理，此则所谓通也。今学习仅及期年而分院分系，而许其进入专门之学，于是从事于一者，不知二与三为何物，或仅得二与三之一知半解，与道听途说者初无二致。学者之选习另一部门或院系之学程也，亦先存一"限于规定，聊复选习"之不获己之态度；日久而执教者亦曰，聊复有此规定尔，固不敢以此期学子之必成为通才也。近年以来，西方之从事于大学教育者，亦尝计虑及此，而设为补救之法矣。其大要不出二途：一为展缓分院分系之年限，有自第三学年始分者；二为第一学年中增设"通论"之学程。窃以为此二途者俱有未足，然亦颇有可供攻错之价值，可为前途改革学程支配之张本。大学所以宏造就，其所造就者为粗制滥造之专家乎，抑为比较周见洽闻、本末兼赅、博而能约之通士乎？胥于此种改革卜之矣。大学亦所以新民，吾侪于新民之义诚欲作进一步之体认与实践，欲使大学出身之人，不藉新民之名、而作扰民之实，亦胥以此种改革为入手之方。

然大学之新民之效，初不待大学生之学成与参加事业而始见也。大学之设备，可无论矣。所不可不论者为自由探讨之风气。宋儒安定胡先生有曰："艮言思不出其位，正以戒在位者也。若夫学者，则无所不思，无所不言，以其无责，可以行其志也。若云思不出其位，是自弃于浅陋之学也。"此语最当。所谓"无所不思，无所不言"，以今语释义，即学术自由 Academic Freedom) 而已矣。今人颇有以自由主义为诟病者，是未察自由主义之真谛者也。夫自由主义 (Liberalism) 与荡放主义 (Libertinism) 不同，自由主义与个人主义、或乐利的个人主义，亦截然不为一事。假自由之名，而行荡放之实者，斯病矣。大学致力于知、情、志之陶冶者也。以言知，则有博约之原则在；以言情，则有裁节之原则在；以言志，则有持养之原则在。秉此三者而求其所谓"无所不思，无所不言"，则荡放之弊又安从而乘之？此犹仅就学者一身内在之制裁而言之耳，若自新民之需要言之，则学术自由之重要，更有不言而自明者在。新民之大业，非旦夕可期也。既非旦夕可期，则与此种事业最有关系之大学教育，与从事于此种教育之人，其所以自处之地位，势不能不超越几分现实，其注意之所集中，势不能为一时一地之所限止。其所期望之成就，势不能为若干可以计日而待之近功。职是之故，其"无所不思"之中，必有一部分为不合时宜之思；其"无所不言"之中，亦必有一部分为不合时宜之言。亦正惟其所思所言，不尽合时宜，乃或合于将来，而新文化之因素胥于是生，进步之机缘，胥于是启，而新民之大业，亦胥于是奠其基矣。

"大学之道，在明明德，在新民，在止于至善。"至善之界说难言也，姑舍而不论。然"明明德"与"新民"二大目的固不难了解而实行者。然洵如上文所论，则今日之大学教育，于"明明德"一方面，了解犹颇有未尽，践履犹颇有不力者；而不尽不力者，要有三端。于"新民"一方面亦然，其不尽不力者要有二端。不尽者尽之，不力者力之，是今日大学教育之要图也，是《大学一解》之所为作也。

（原载《清华学报》第十三卷第一期，1941 年 4 月，"清华三十周年纪念号"上册。本文选自《国立西南联合大学史料》（一）（总览卷），云南教育出版社 1998 年版）

大学逃难

蒋梦麟

中日战争爆发以后，原来集中在沿海省份的大学纷纷迁往内地，除了我前面提到过的北大、清华、南开三所大学之外，接近战区以及可能受战争影响的高等学府都逐渐向内地迁移，到抗战快结束时，在内地重建的大学和独立学院，数目当在二十左右，学生总数约一万六千人。

这些学府四散在内地各省。有的借用庙宇祠堂，有的则借用当地学校的一部分校舍上课。公共建筑找不到时，有的学校就租用私人宅院，也有些学校临时搭了茅篷土屋。所有学校都已尽可能带出来一部分图书仪器，数量当然很有限，然而就是这一点点简陋的设备也经常受到敌机故意而无情的轰炸。

许多学生是从沦陷区来的，父母对他们的接济自然断绝了；有些学生甚至与战区里的家庭完全音信不通。有些在沦陷区的家长，虽然明知子弟在内地读书，遇到敌伪人员查问时，宁愿把儿子报成死亡，以免招致无谓的麻烦。后来由政府拨出大笔经费来照顾这些无依无靠的学生。

因为日本侵略是从华北开始的，所以最先受到影响的大学自然是在平津区的学校。平津区陷敌以后，许多教员和学生知道在侵略者的刺刀下绝无精神自由的希望，结果纷纷追随他们的学校向南或其他地方转进。当时政府尚在南京，看到这种情形，便下令在后方成立两个联合大学，一个在长沙，另一个在西北的西安。西北联大包含过去的两个国立大学和两个独立学院。它后来从西安迁到汉中，因为校舍分散，结果多少又回复了原来各单位的传统。

战事蔓延其他各地以后，原来还能留在原地上课的大学也步我们的后尘内迁了。结果国立中央大学从南京搬到战时首都重庆，浙江大学从杭州搬到贵州；中山大学从广州搬到云南。

我想详细地叙述一下长沙临时大学的情形，它是怎么联合起来的，后来又如何从长沙迁移到昆明。这故事也许可以说明一般大学播迁的情形。

我在前面已谈到，长沙临时大学是原在北平和天津的三所大学奉教育部之命联合而成的。这三所大学就是国立北京大学、国立清华大学和私立南开大学。三所大学的校长成立校务委员会，教职员全部转到临时大学。民国二十六年（一九三七年）十一月一日在长沙复课，注册学生有从原来三个大学来的约一千二百五十人，以及从其他大学转来的二百二十名借读生。虽然设备简陋，学校大致还差强人意，师生精神极佳，图书馆图书虽然有限，阅览室却经常座无虚席。但是民国二十七年初，也就是南京失陷以后，情形可不同了。日本飞机把长沙作为轰炸目标之一。在长沙久留是很危险的，结果临时大学在第一学期结束后，经政府核准于二十七年二月底向西南迁往昆明。

从长沙西迁昆明是分为两批进行的，一批包括三百名左右男生和少数教授，他们组织了一个徒步旅行团，从湖南长沙穿越多山的贵州省一直步行到云南的昆明，全程三千五百公里，约合一千一百六十哩，耗时两月零十天。另外一批约有八百人，从长沙搭被炸得疮痍满目的粤汉路火车到广州，由广州坐船到香港，再由香港转到海防，然后又从海防搭滇越铁路到达昆明。他们由火车转轮船，再由轮船转火车，全程约耗十至十四天，视候车候船的时日长短而有不同。另有三百五十名以上的学生则留在长沙，参加了各种战时机构。

搬到昆明以后，"长沙临时大学"即改名"国立西南联合大学"，简称"联大"。因为在昆明不能立即找到合适的房子容纳这许多新客，联大当局决定把文学院和法商学院设在云南第二大城蒙自。民国二十七年五月初联大开课时，四个学院的学生总数约在一千三百人左右。同年九月间，文学院和法商学院由蒙自迁回昆明，因为当地各中学均已迁往乡间，原有校舍可以出租，房间问题已不如过去那么严重。这时适值联大奉教育部之令成立师范学院，真是"双喜临门"。五院二十六系的学生人数也增至二千人。

二十八年九月间，联大规模再度扩充，学生人数已达三千人。联大过去十个月来新建造的百幢茅屋刚好容纳新增的学生。抗战结束时，我们共有五百左右的教授、助教和职员以及三千学生。多数学生是从沦陷区来的。他们往往不止穿越一道火线才能到达自由区，途中受尽艰难险阻，有的甚至在到达大后方以前就丧失了性命。

我的儿子原在上海交通大学读书，战事发生后他也赶到昆明来跟我一起住。他在途中就曾遭遇到好几次意外，有一次，他和一群朋友坐一条小船，企图在黑夜中偷渡一座由敌人把守的桥梁，结果被敌人发现而遭射击。另一次，一群走在他们前头的学生被敌人发现，其中一人被捕，日人还砍了他的头悬挂树上示众。

我有一位朋友的儿子从北平逃到昆明，在华北曾数度穿越敌人火线，好几次都受到敌人射击。他常常一整天吃不到一点东西，晚上还得在夜色掩护下赶好几里路。他和他的兄弟一道离开北平，但是他的兄弟却被车站上的日本卫兵抓走送到集中营去了，因为他身上被搜出了学生身分的证件。他们是化装商店学徒出走的，但是真正的身分被查出以后，就会遭遇严重的处罚。

据说北大文学院的地下室已经变为恐怖的地牢。我无法证实这些传说，不过后来我碰到一位老学生，在他设法逃出北平到达大后方以前，曾经被捕坐了两年牢。据他说，他曾被送到北大文学院地下室去受"招待"。那简直是活地狱。敌人把冷水灌到他鼻子里，终至使他晕过去。他醒过来时，日本宪兵上村告诉他，北大应该对这场使日本蒙受重大损害的战争负责，所以他理应吃到这种苦头。上村怒不可遏地说："没有什么客气的，犯什么罪就该受什么惩罚！"他曾经连续三次受到这种"招待"，每次都被灌得死去活来，他在那个地牢里还看到过其他的酷刑，残酷的程度简直不忍形诸笔墨。女孩子的尖叫和男孩子的呻吟，已使中国历史最久的学府变为撒旦统治的地狱了。

留在北平的学生在敌人的酷刑下呻吟呼号，在昆明上课的联大则受到敌机的无情轰炸。轰炸行为显然是故意的，因为联大的校址在城外，而且附近根本没有军事目标。校内许多建筑都被炸毁了，其中包括总图书馆的书库和若干科学实验室。联大的校舍约有三分之一被炸毁，必须尽速再建。但是敌机的轰炸并没有影响学生的求学精神，他们都能在艰苦的环境下刻苦用功，虽然食物粗劣，生活环境也简陋不堪。

学术机构从沿海迁到内地，对中国内地的未来发展有很大的影响，大群知识分子来到内地各城市以后，对内地人民的观念思想自然发生潜移默化的作用。在另一方面，一向生活在沿海的教员和学生，对国家的了解原来只限于居住的地域，现在也有机会亲自接触内地的实际情况，使他们对幅员辽阔的整个国家的情形有较真切的了解。

　　大学迁移内地，加上公私营工业和熟练工人、工程师、专家和经理人员的内移，的确具有划时代的意义。在战后的一段时期里，西方影响一向无法到达的内地省份，经过这一次民族的大迁徙，未来开发的机会已远较以前为佳。

　　（本文选自蒋梦麟的《西潮·新潮》之第三十章，岳麓书社 2000 年版）

对于师范学院国文系专业训练的
一点感想与意见

叶兢耕

一

　　近年来教育部对于大学课程大加整理。从前各大学的课程是由各大学就已有人才自由开设，现在却由教育部聘请专家研究，详细规定必修选修科目，颁发各大学遵守执行。这样统一的实施以来，各方面时有评论。就中要以大学中国文学系的课程，商讨最热闹。高等教育季刊二卷三期（三十一年九月三十一日出版）还出了一个大学国文教学问题特辑，讨论的方向大致有二：一是关于大学中文系科目的商榷；二是大学一年国文教材选择，如教学目的方法诸问题的研讨。意见多出于亲身从事大学教育的专家，极可宝贵。对于另外一个感触，就是在此热闹的研讨气氛里，并没有找到关于师范学院国文系科目的商榷。部颁的大学课程中，当然包括师院国文系在内。师院国文系部颁的课程中，当然也有可以商榷的地方。我相信许多热心大学教育问题的学者，也一定注意到这方面，然而何以没有把这方面的问题加入这次热烈的讨论中去呢？这也许是另有原因的，第一师范学院是抗战后新创的制度，制度本身的存废问题还在争辩中。科目的设立，尚没有能提到重要的位置。第二，目前师范学院除了几所是独立的以外，大多是附设在各大学中。因为经费与教授的限制，差不多除掉教育系，其他各系专科训练，还不能够有独立的精神表现，因为他们都只能跟随大学文理学院有关系科的后面走着哩！所以专家们在讨论大学其他学院的科目时，师院的课程问题也跟随解决，但细细一想，这两点根本不能算是原因，我们还得怀疑到专家们的注意力没有投射到师范学院的一个角落上来。笔者经过这个新制度的训练，已经走完了规定的历程，所以特别关心到这方面的讨论。要想知道自己亲身感受到的一些经验，是否还能找到同感，特别读到高等教育季刊的特辑，不禁使我在为大学中文系前途庆幸之余，别有一点孤寂之感！

二

我静悄悄匆匆地走完了一个新制度的道路，不免觉得茫然，记得几个同系同年毕业的级友，在分别前的最后一次聚会中，大家会突然同样感觉到我们是这个新制度下的牺牲者，这决不是感情话。相反的在各人内心里，原来抱着莫大的希望，与一团热诚，现在路既走完了，希望该是兑现的时候，热诚该到了发扬的境地，然而一经反省，却多不免茫然。茫然何由而起：一是个人的训练缺乏一个重心，始终寄人篱下，没有抬头能找到自家所走道路的方向，一是面对当前一份将要近身的工作感到气力弱小，胆量懦怯，应该有的本领都没有培养起来，那能不茫然呢？气愤地说为制度牺牲，当然过分夸张，但是制度没有尽其本分，也不必讳言。说句实话，笔者目前就又在重新起始找寻他自己该走的方向了。并不是没有勇气去接受分内应尽的责任与工作，但只感到赤手空拳，与人无异，便不得不退后一步。现在乘大学中国文学系课程研究得顶热闹的时候，且让我先提出师院国文系这名称，请求专家们注意，同时站在专家立场之外，也把自己亲身的经验道说几句。为自己和后继者的要求，我提出几点关于师院国文系的意见，待不久的将来，专家们在讨论到这方面时做一个旁证参考。

三

手边没有一份部颁师范国文系（以下简称国文系）科目表可参阅，好在从自家经验出发，凭切身的感受谈谈，也许到反亲切些。

第一层想到的就是确立师院国文系训练的旨趣和目标。笔者在校时常有机会参加系中学会，系主任亦多次出席指导，系主任对于国文系与中文系训练的方向，只是提出笼统的原则上的不同，中文系为培植专门研究人才起见，所走的路子不妨狭；国文系为培植中等教育专科师资，所走的路子要广，对于问题研究不求深入，而是要能得到一份正确的常识。学问的广狭有范围与程度两方面，他们的界线究竟如何分别，确是一个先决问题，这是一。其次，照目前大学的中文国文两系的科目看来，其共同为修科，大致相同，同一教授，同一时地，如何能达到上列的区分要求？这是二。所以国文系训练的旨趣和目标，不能从中文国文两系的不同上去找寻，我常抱此看法：能做一个良好的师资，没有好好的专科训练，深入的学问基础为条件，终是空想。从理论上讲来，学者不必是一个好教员，好教员也许必得兼是一个学者，这并不苛求，因此国文系训练的旨趣和目标，不是从要不要训练成一个学者上去着想，而是在目标方面是培养良好的专业师资，在旨趣方面则除有研究学术兴趣的培养与工具知识的训练外，还得有推广和传授学术的能力与责任。先明白了这一层道理，那末我们再笼统地说"培养良好的专科师资"便感觉扼要简单了。

四

我所想到的旨趣和目标如此。再去细察目前国文系的课程，是否能达到此种要求？国文系的课程可以分成三个部门：

（一）教育基本必修科目——教育概论，教育心理，中学教育，普通教学法。

这部门四个科目，多是教育系的基本必修科，在师范的各系，同班上课。一个从事教育的人对于教育理论必须懂得一点，这是需要的，但像上列四科，似乎嫌太空泛一些，于实用稍离得远一些，也是事实。通常听说，一点不懂得教学方法的人也可以成一个好教师，原因就在于此。因为真正说来，教学也是属创造的事业，与个人性分有关，单靠空泛的理论是无补于事的。但是我们认为师院的专科训练，关于教育科目还是需要的，然而需要的不是空泛的理论，而是当前教学环境里的实际问题底认识和技巧上解决问题底方法，这些就不包括在上列四个科目里去了。我想为达到专科训练的目的起见，教育基本科目须得改换，另想办法。目前中学专科教员共同犯的毛病，除负了自己本分应教的书本以外，与学生的生活太隔膜，教师不能打入学生群里去，这是教学上最忌的事。师生在课外如何始能打成一片，这就要靠教育科目里课外活动的指导方法了。课外活动如何组织？教师处于何种地位？指导技巧怎样？

这都是迫切待解决的问题，但教师在自己学习时就缺乏这种训练了，所以我提出这层意见来，希望规定教育基本科目的专家们能兼顾到此。

（二）本系必选各科目

目前附属在大学里的师范学院专科各系，大多和大学本系分不开的，自己能独立开的科目太少了，所以对于这部门课程，最难下一个结论，究竟应取怎样一个方向？不妨略述我个人的理想，这理想其实也根据事实而来，但在目下只能算是一个理想罢了。我认为师院国文系的科目，不必像中文系那样繁杂，相反的需要精择几个科目，而要能有深入的训练，凭个人主观的看法，国文系本系科目不必分"必""选"两种，在原则上说：要取精而能深入；以刻实训练为主，避免浮浅概论式的讲授，在科目分配上说：要分门集中训练，不务多杂，注意重心所在，现在列简表于下。

第一年

目标 基本工具训练

科目（一）说文 尔雅 广韵 三书精读。

（二）大一国文

要点 讲演与报告并重，注意学生对于原书所下工夫。

第二年

目标 了解与欣赏上

科目（一）先秦文选

（二）魏晋诗选

（三）唐宋文选一

（四）唐宋诗选一

要点 科目（一）包括经子（二）（三）（四）包括专业讲解与背诵并重。

第三年

目标 同上年

科目（一）唐宋文选二

（二）唐宋诗选二

（三）宋元明词曲选

（四）文学史

要点 科目（四）注重各朝文学特点，并与所选读诗文配合。

第四年

目标 批评与传达

科目（一）文学概论

（二）文学批评

（三）修辞学

（四）文法语法学

（五）各体文习作

要点 不尚空论，多举实例，与学生作专题报告。

第五年

目标 教学实习

科目（一）诗文选评注实习

（二）诗文选讲解实习

（三）国文教法教材专题研究

要点 养成学生自动选用工具的习惯与能力，翻检原书，练习批评，和训练口才。

这个表列得很粗略，不过可以表示笔者的意见罢了，中国文学系目前主张分成文学与语言文字两组的呼声很高，而且已有些大学实行起来了（如战前的清华、北大和战后的西南联大。）这是很对的，国文系当然无从分组，但得兼备两组的训练精神是无疑的。

（三）教学实习

这是国文系特殊的训练，目前师范学院五年制似乎渐渐在动摇中，有变相的改成四年的趋向，笔者认为是一个失策、实在师院的精神也许就在这五年制上建立起来。

第五年国文系的训练，照上面列的简表，是一个良好的教师必须有的训练，也是以前四年训练的一个总复习，科目（一）是教材本身的分析研究，科目（二）是教法的练习，这两项均得学习者自己下一番工夫去捉摸的，指导的成分应减少到完全自动尝试学习的地步。目前科目（一）的训练完全忽略了，是很可惜的，在教学法上是教案的研究、在旧日的学问上是词章学，新文学运动以来，就是文学批评了。这是最刻实见功夫的训练，如何能忽略了呢？科目（三）替代国文系毕业论文。

以上是专家以外的对于国文系专业训练的一点意见，压在心头好久，现在乘目前大家注目在大学中文系的时侯提出来，希望能因时加入论战中，有问题便一并研究解决，有好方法，好意见便可以同时提出，免得师院国文系的学生读完五年还在那里彷徨，觉得茫然，慨叹着为新制度牺牲了自己。

（本文选自《国文月刊》第 26 期，1944 年）

大学中文系和新文艺的创造

王了一

　　我在三月三日昆明中央日报上发表了一篇星期论文，用的是上面这个题目。发表后，有一位赵遂之先生写了一封长信和我讨论。前天看见了李广田先生，他说他也写了一篇《文学与文化》，寄给国文月刊发表，是对我那篇文章表示了一些不同的意见的。承李先生的好意，特别把底稿誊写一份给我先读为快。我拜读了之后，觉得实际上我的意见和李先生的意见距离得并不很远；但是，如果读者不先读我的原文，单看李先生的文章，也许会觉得我们二人的意见俨然成为两个极端。因此，我觉得最好的答复就是把原文在国文月刊上再登一次，因为昆明以外的人恐怕很少看见过我那一篇文章。下面照录三月三日发表的原文，文后再来一个附记，算是我对于李赵两位先生的答复。

　　最近看见国文月刊第三十九期载有丁易先生的一篇"论大学国文系"，把现在一般大学的中国文学系批评得非常痛快。他说：

　　"现在大学国文系一部份竟是沈陷在复古的泥坑里。……只有一批五四时代所抨击的'选学妖孽'，'桐城谬种'，以及一些标榜江西的诗人，学步梦窗的词客，在那些大学教室里高谈古文义法，诗词律式。论起学术来，更是抱残守缺，狂妄荒诞。例如讲文字抨击甲骨金文，说音韵抨击语音实验，甚至述文学发展不及小说，讲文艺批评蔑视西欧。而作文必用文言，标点必须杜绝。……结果最倒霉的自然是学生，恍恍惚惚的在国文系读了四年，到头来只落得做个半通不通的假古董。……假如国文系就像这样办下去，我觉得不如干脆一律停办。"

　　这一段批评我完全同意，然而丁易先生的改革方案乃是提倡新文学的创造。他主张国文系应该分为三组：（一）语言文字组；（二）文学组；（三）文学史组。他所说的文学史组大致等于现在的文学组；而他所说的文学组的功课着重在文艺的欣赏和批评，创作和实习是本组的主要精神所在，它的比重应占本组课程二分之一。这一点我却不能同意。

丁易先生的意见可以代表一部份人的意见。记得十二年前，清华大学中文系的一个学生曾在清华周刊上表示过他对于本系的失望。他说，清华中文系的教授如朱自清俞平伯闻一多诸先生都是新文学家，然而他们在课堂上只谈考据，不谈新文学。言下大有悔入中文系之概。等到那年秋季开学的时候，照例系主任或系教授须向新生说明系的旨趣，闻一多先生坦白地对新生们说："这里中文系是谈考据的，不是谈新文学的，你们如果不喜欢，请不要进中文系来。"我不知道闻先生近年来的主张变了没有；我呢，始终认为当时闻先生的话是对的，不过，考据二字不要看得太呆板，主要只是着重于研究工作（research works）就是了。

大学里只能造成学者，不能造成文学家。这并非说大学生不能变为文学家，也不是说大学的课程对于文学的修养没有帮助；我们的意思只是说，有价值的纯文学作品不是由传授得来的。西洋大学里，很少著名的小说家或戏剧家或诗人充当教授。这并不是说他们的地位比大学教授的地位低些；他们自有他们的天地，他们的价值。文学教授研究他们，颂扬他们，批评他们，然而文学教授本人并没有本事使学生赶上他们，或超过他们，文学家如果充当教授，他是用学者的资格，不是用文艺作家的资格。

大学教授在教室里传授的应该是不容否认的考证或其他研究的结果，不应该是那些不可或很难捉摸的技巧。如果要学生的文章通顺，这是中学里就应该做到了的，因为非但中文系，他系他科的学生也都应该能写通顺的文章。如果要学生成为有价值的文艺作家，大学教授却是办不到的。法国诗人 Rimbaud 成名在十八岁，Valery 成名在二十一岁，他们并没有大学教授传授给他们。老实说，大学教授因为学问积累了数十年，在短短的四年内不愁没有知识传授给学生；但若教学生们写作，如果学生是没有天才的，将是一辈子都教不好，如果学生是有天才的，他的文艺作品可能远胜于他们的老师，我们将凭什么去教他们呢？

学生的一篇文艺作品的好坏，是很难定出一个客观的标准的。如果看通顺不通顺，还有相当的标准。至于超过了通顺的水准之后，就很难说了。况且文学的宗派很多，如果一篇文章不合老师的胃口，就难望有好分数。关于欣赏中国旧文学，也有同样的情形：在这玄虚的文论替代了文学批评的中国，你说韩高于柳，他说柳高于韩；你说"获麟解"怎样好，怎样好，他说"角者吾知其为牛"一类的句子根本不通。在这样情形之下，我们除了纯凭教授的主观之外，还有什么客观的标准来评定学生的成绩？假使左拉是学生，嚣俄是老师，嚣俄一定给左拉不及格，因为他以为左拉不该描写人类的丑恶。

在西洋，文学只有宗派，没有师承。文学只是主义的兴衰，不是知识的累积。大学应该是知识传授的最高学府，它所传授的应该是科学，或科学性的东西。就广义的科学而言，语言文字学是科学，文学史是科学，校勘是科学，唯有纯文学的创作不是科学。在大学里，我们可以有文学讨论会，集合爱好文学的师生共同讨论，常常请文学家来演讲。我们可以努力造成提倡新文学的空气，但我们无法传授新文学，或在教室里改进中国的文学。

但是，上文说过，文学的修养是可以在学校里养成的。旧文学正如丁易先生所说的，已经走到了末路，那么，我们所看重的文学修养，应该是指新文学而言。然而新文学的修养非但不能向旧文学中取得，而且单只欣赏或模仿现代中国的新文学家也是不够的。不容讳言地，现代中国所谓新文学也就是欧化文学，欧化的浅深虽有不同，然而绝对没有一种文学是从天而降的；既然要不受旧文学的影响，就不能完全不依傍西洋文学。即使是要融和中西文学而各有所扬弃，也非精通西洋文学不为功。不幸得很，现在中文系的学生除了少数的例外，多数是视外国语文为畏途的。从前清华中文系以西洋文学史为必修科，学生多数是英文程度颇差的，他们竟是叫苦连天。怕学西洋文学而要学新文艺，可说是缘木求鱼。丁易先生主张让文学组的学生必须以外文系的任何一组为辅修，也就是这个道理。

老实说，如果说新文学的人才可以养成的话，适宜于养成这类人才的应该是外国语文系，而不是中国文学系。试看现代的小说戏剧家如茅盾曹禺，诗人如冯至卞之琳，文学批评家如朱光潜梁宗岱，哪一个不是西文根底很深的？

最近闻一多先生主张把中文系和外语系合并，再分出语文和文学两系，这个意见是值得重视的。虽然在实行上也许有困难，但我们觉得原则上值得赞同，学问本是没有国界的，我们如果取消了中文系，以免"选学妖孽"和"桐城谬种"再有托身之所，同时积极整顿文学系，使中西文学可以交融，这才是大学教育里的一大革命。不过，我仍旧反对在大学里传授新文学，反对大学里教人怎样"创作"，文学的修养应该是"悠之游之，使自得之"，不是灌输得进去的。①

（选自《国文月刊》第四十三期、四十四期合刊，1946年）

---

① 在该文的后面，作者还写有"附记"。在"附记"中，作者对李广田的意见进行了较为详细的回应。

习作与批改

蒋伯潜

一、教学国文是否需要"习作"与"批改"

夏丏尊先生曾对我说:"我和你都是行伍之人,我们都曾上过中学国文教学底前线,有战场上的实际经验的。"现在,这位战绩卓著的老大哥已经长逝了,我这老兵却还在前线挣扎。周予同先生叫我写一篇关于中学国文教学的文章来纪念夏先生,颇有"既伤逝者,行自念也"的感慨。——"行伍中人"谈兵,当然只知谈些实际的问题,只能就他底实际经验提供些意见的。"习作与批改",是中学国文教学底一个实际问题。我所谈的,也只是从我四十年来学国文、教国文的经验里提出来的意见。卑之无甚高论,未免贻笑于大方之家。

从我入杭州府学堂肄业以来,从清末创办学校以来,已四五十年,中等学校里,学生例须作文,教员例须改文;虽然所作与所改的文,有"之乎者也""的吗呢啦"之别,虽然作文的、改文的百分之九十以上对它怀着讨厌的心、敷衍塞责的心,可是这种作业仍占国文教学上的重要地位。那末,习作、批改究竟有无效益、是否需要呢?如有效益,便是需要,便应当把讨厌它的心理改变,便不应敷衍塞责。如无效益,便不需要,何妨干脆地把它废止?何必大家皱着眉头喝这杯酸酒?敷衍,敷衍谁?塞责,塞谁底责呢?

中学国文教学有两项重要的目标:一是培养学生底理解能力;一是培养学生底发表能力。习作与批改,就是要达到后一目标的教学事项。发表能力有两种:一是以语言底训练,培养口头的发表能力;从说话到演说、辩论,也是中学国文教学底要项,但不在本文范围之内。一是以写作底训练,培养书面的发表能力;本文所谈的"习作与批改",就是培养书面发表能力的写作训练。所谓写作,是运用本国文字,写成文章,藉以记录见闻，宜达情意。不认识文字的，叫做"文盲"；则不能写作的，应当叫做"文哑"。"文盲"、"文哑"，都应当扫除！

　　写作是一种技术。凡是技术性的能力，不能单靠知识、理论来增进的，必须有实地的练习，使它渐渐地纯熟、精进。"游泳必须从水中游泳学习"，便是这个道理。国文写作底需要练习，也和演算、绘画、游泳、玩球、赛跑……一样。从不习作，虽然授以文法、修辞学……底知识理论，写作底技术绝不会进步的。——所以习作是有效益的，是绝对需要的。

　　至于批改有无效益，是否需要，那就各人所见不同了。周迟明先生最近在"新学生月刊"一卷四期发表一篇《中学国文教学上的一个问题》，末段有讨论"教师改文效力问题"的话。他说：

　　　"我对于这问题，向来怀疑；我曾和许多朋友讨论过这个问题，也具有同感。举个极端的例：——我在某中学任课，其中有一位国文教师，担任一班初中国文，从第一学期到第五学期，始终不曾替学生改过一篇文章。到了最后一学期，校长有些不放心，要我去接替，希望略加补救。我也满以为这班学生的作文能力一定非常低劣，岂知一经接手之后，竟出意料之外，他们的作文成绩非但不坏，而且有的竟比经教师悉心批改的同年级的别班学生好得多。这或者有其他原因存在；但批改对于学生作文能力的培养，没有多大关系，总是一个有力的证据！因此，我想，一部份的作文时间尽不妨改为文法练习。我相信，这种文法练习的实效，定比不经意的作文、不被注意的批改要大得多。同时，对于教师，也可以节省一部分精力和时间，藉以增多个人进修或提高其他方面教学效能的机会。"

　　周先生在上文曾说：学生对于作文，有的"存着敷衍了事的心理，抱着潦草塞责的宗旨，遇到文期，便胡诌几句，乱抄一回，反正有教师修改，好歹不干己事，遇到不知道的字眼，便别字乱写，或者竟留着空白，要教师填补。"这便是"不经意的作文"。又说："等到教师批改出来，只看批语，批语好，收藏起来，批语不好，往字纸篓一塞。"这便是"不被注意的批改"。这种情形，在中等学校里确是常见的。从前，我和朱自清、刘延陵二先生同在某校教国文。朱先生和我是努力批改作文的；刘先生却从不批改，而且常笑我们，"可怜无补费精神"。有一天，校工替我们买了一包花生米来，包的纸便是我仔细批改、三天前发还学生的作文。这正给了刘先生一个有力的证据。我被兜头浇了一勺冷水，顿时凉了半截。朱先生却鼓励我，认为这仅是极少数的偶发事项，不能以此概括全体学生；而且这或者可证明我们底批改不很得法，不够努力，所以不能引起学生底注意。——但是和这相反的事，也是有的。近来我才发现，竟有已在中小学教了许多年书的人，还把我从前替他们批改的作文保存着的。这自然也是极少数的偶发事项，不能概括全体的；但总是中学生不注意教师批改的反证吧！平心而论，中学里经教员批改过的作文，原没有永远保存的价值；所以特被保存，无非是和我感情特别好，留着做纪念品而已。本可以抛弃的，只要不立刻抛弃，曾把批改详细地看过，教员批改的精力和时间便不算白费了。立刻抛弃的，大概也是由于一种感情的冲动，因为对于教员的反感，而迁怒及于他所批改的作文。保存、抛弃底原因，感情作用当占大部分。我们，当教员的，讨论批改有无效益、是否需要，更不当夹入因所批改的作文被保存或被抛弃所引起的主观的情感。

有些反对批改的国文教员，老实说，并不是因为批改绝无效益、并不需要。他们只觉得这种工作，特别麻烦，特别劳苦。教员以钟点计薪，非每周担任二十小时以上，不能维持生活。教国文，便要教三班或四班，每班人数往往有在五十人以上的。许多作文，要详细批改，时间精力的确不够，事实上不能不潦草塞责；（"塞责"者，塞官厅、校长、学生家长之责也。）批改愈潦草，愈不被学生注意；学生愈不注意，教员便愈灰心。于是但觉其麻烦劳苦，白费时间精力，不得不加以诅咒、反对。等而下之，有些教员，生活习惯不好，忙于浪漫的享乐的活动；有些教员，生活负担太重，忙于柴米油盐的活动；有些教员，"心不在焉"，忙于做官发财的活动；他们那有心情、那有工夫来批改作文呢？不批改，也得有本不主张批改的理论来做他们自己辩护底根据的！

至于周迟明先生，虽对批改效力问题，向来怀疑，却仍是努力的批改；前年，我曾和他做第三度的同事，见他努力批改，仍和二十五年前一样。他那篇文章，目的在提倡文法练习，以为"至少须和作文同样看重，占同等的练习机会。"其实，文法练习，如他所举得翻译、标点图解……，正是写作技术底基本训练，都可包括于"习作"之中。这些练习底指导校正，也是"批改"底一部分。本文底标题，所以不用"作文"而用"习作"，正因为"作文"底范围太狭，不能包括"习作"底全部。——所以平心静气地说，批改对于学生写作能力底培养，决不是全无效益、绝不需要的。

二、先谈"习作"

"习作"与"批改"，既都是有效益而需要的，我们便应注意到如何习作批改，方能确有效益的问题了。现在先谈"习作"，再谈"批改"。

"作文"，以两周一次或每周一次的"作文"，包括全部"习作"，是不妥当的。"作文"固然是一项重要的"习作"，但不能说它是"习作"底唯一项目。周先生所说的翻译、标点、图解……文法练习，都是"习作"；课外做的周记或日记、讲授笔记、演讲记录或读书笔记，乃至写给教师、同学、亲属、朋友的书信，也都是"习作"。总之，凡是运用本国文字的练习，都是"习作"。"习作"决不仅指定期的作文而言。——这是应该认清的一点。

有些人，尤其是程度较好、喜欢写作的学生，甚而至于一部份国文教员，往往误认"习作"要项的"作文"为"创作"，甚而至于误认它为"文学的创作"。于是教员以培养文学家自命，学生也以文学家自许，专致力于诗歌、小说、剧本……文学作品底创作，而轻视各体文章底习作，及写作技术底基本练习，以为卑不足道。结果，这些年青的作家们（"作家"一次根本是不妥当的。）所创作的文学，有许多是得送进"文章病院"去治疗的；他们有只能做诗人、小说家、戏剧家，不会写一篇像样的说明文、议论文的，甚至有写封把信也会闹笑话的。[1]"习作"和"创作"不同，夏先生和叶绍钧先生合编的《文心》里已说得很明白。中学国文科，教学的是一般的"文章"，不是纯粹的"文学"；（"文学"、"文章"之别，在"新学生"创刊号《国文是什么》一文里说到过。）中学国文教学，并不以培养许多文学家为目的；中学生也不能个个都成文学家，而且文学家也不是可以教出来的！——这是应该认

---

[1] 原文即如此。

清的第二点。

论说文固然应当教，应当学；但是专教学论说文，则又是不对的。民国十年左右，刘大白诸先生在浙江省立第一师范学校教国文，选编的教材，便是以"问题与主义"为唯一中心的论说文。教材如此，习作可知。此其弊重在偏狭。就文体而论，则限于议论或说明；就内容而论，则限于问题与主义；就教法而论，则完全偏重内容，忽略了文章底形式与技术。所以他们底教学，在那时虽然觉得很"新"，实际上和专教学生做所谓"整理国故"的文章，如讨论周、秦诸子，研究《诗经》、《楚辞》，谈论甲文、金文……；或者学做讨论政治经济社会的文章，如研讨民主政治，预测世界大势，谈论经济复兴、土地改制……，同有骛远好高、不合程度、不切实际的弊病。说得似乎过火些，和清末教学生做经义、史论、时务策，也同样的不合理；甚而至于可以说，还是变相的"八股"！（"八股"是代古圣人立言；以上那些不过是代今圣人立言，甚至于只是代教师立言而已！）——这又是应当认清的一点。

总之，中学生国文底"习作"，只是"习作"，不是"创作"，更不是"文学的创作"；国文底习作，应当注重文章底形式与技术，不应当偏重内容，各种文章都应当予以习作底机会，基本的写作技术，如用词、造句、组织篇章……，尤其重要。

先师张献之先生在杭州府学堂教我们国文时，每周有一次"黑板练习"。我想，文法练习等基本的习作，最好采用黑板练习；尽量地教学生共同订正，共同讨论、批评。一则可以减省许多课外的麻烦；二则可以引起全班底注意。这类习作，在初中格外重要。做日记，不如做周记，因为学校生活，除例假外，每天底作息都是有规律的。初中学生做日记，往往感到呆板和枯窘。天天勉强着记，徒然引起厌恶的心理，养成敷衍潦草的习惯，甚至捏造谎话做日记底材料；而且教员每天阅很多日记，事实上也不可能。每周一篇，便不至于这般呆板枯窘了。现在各中学往往由训育人员检查学生底日记或周记，往往因日记或周记中有不满于学校或教师或政治现状的话，而惩罚学生；于是学生日记便少由衷之言。"修辞立其诚"的话，是有理的。言不由衷，不但做不出好文章，而且影响于青年心理修养者极大。现在既把日记或周记作为国文习作底一项，改由国文教员批阅，便当改变以往的态度，注重于写作底技术，即使思想言论有不妥当的地方，也当好好地加以劝导指正，不必立刻予以严厉的惩罚。笔记，初中须注重讲授的笔记；不妨抽看，改正后发交其余的学生校改。每学期，每人能轮到被抽看二次或三次，便已够了。高中则须注重讲演记录和读书笔记。张先生指导我们阅读，每学期由他开一批书，第一周先提要说明；并按照学生底程度分做几组，每组各有可以选读的书。个人选定了，（分量少的只有二三部，较多的只选一部。）在课外圈点阅读。有每周一小时的"阅书质疑"。这一小时，倘没有人质疑，他老先生便要提出问题来问我们了。每学期末，便须各缴一份读书笔记。那种只列举作者、出版年月、出版处所、摘抄目录、杜撰批评的读书报告，他是很反对的。他要我们做的，是《日知录》、《读书杂志》式的笔记。虽然那时自以为心得的，大多是幼稚得可怜的东西，但比较起来，总还切实些。书信底习作，最好是利用假期，鼓励学生和教师同学通信。此外，张先生还提倡我们向报纸杂志去投稿。我们在五年级时，还自己办过油印的周刊哩！现在各中学里往往每班有一种壁报，只要有人负责指导，也是鼓励习作的好方法。

习作最重要的一项，还是作文。作文底次数不必过多，但也不宜太少。两周一次，是最适宜的。学生所以不喜欢作文，一则因为找不着材料，或写作底基本能力太差，而感觉困难；二则因为教员不肯负责批改，或者竟不批改，而感觉乏味。要减免这两种原因，教员须注意于基本能力底训练、题材底慎择和批改底负责。基本能力底训练，上文已经说到过；批改当于下文谈及，现在只就题材底慎择谈一谈。大而无当的，空洞抽象的，不合中学生底知识、经验或需要的题材，都应当竭力避免。每次命题作文，照理想，应该使一般学生都感到亲切、需要、有话可说。所以作文命题，并不是一件容易的事。张先生常教我们把耳闻、目见、身历的事物记住，把自己霎时间的情感或思想抓住；他如别人底言论，书籍底记载，师友底书信，报纸底新闻，都得留意；这些就是我们习作底题材。他常用"到处随时留心"六字教训我们，说是摄取题材的不二法门，旅行、远足，他在事前就提醒我们说："摄取题材的机会来了"，学校里有什么团体活动，（如展览会、运动会以及各种竞赛集会……）也是如此。他还和英文、历史、地理、理化、博物……各科底教员取得联络；从各学科底教材里替我们搜集题材。虽然那时有俞康侯先生专担任我们底改文，作文题却有许多是张先生供给的。

其次，作文应由教员命题，或由学生自由拟题；应在课内作，限时缴卷，或在课外作，不加限制，也是应当斟酌的。由学生自由拟题，比较有选择题材的自由，题目不致和学生格不相入。但命题并不是容易的事，学生也会感到找寻题目的困难。懒惰而取巧的学生，或许会只拣自己认为容易作的文体和题材，甚至把自己作过批改过的旧作或他人的成作，抄来塞责。所以我认为不如由教员命题好。题目须有两个以上，使学生仍有选择的余地。即使叫学生拟题，也得限定习作底文体。课内限时作文与课外不限时间的作文，当相间行之。因为在课外作，不限时间，也易发生流弊。惰性是人人有的。时限放长了，学生不见得尽几日底余暇去努力作文；往往因循拖延，到必须交卷的时候，方匆匆地写作。甚至也许有请人代替的事情。写作底练习，敏捷也是一个条件。所以完全课外作文，是不妥当的。而且课内作文，教员命题，并不是一出题目，便算了事；学生在教室里作文时，教员必须加以指导。除关于文体、题材、作法……共同的提示之外，尤当注意个别的指导。所以课内作文是不应当完全废除的。

三、再谈"批改"

所谓"批改"，也不限于作文；周记、笔记、书信、以及文法练习底改正和批评，都应当包括在内。周记、笔记，由教员批改，是各校常有的事，不过简略些而已。书信底批改，却是少有的。我在浙江教书时，常鼓励学生和我在假期内通信，把原信批改了寄还。这办法，我觉得很有效益。文法黑板练习，除当场改正错误外，可以把所以要改的理由，口头说明，这就等于"批"了。

最重要的，自然是作文底批改。关于"改"，我以为多改不如少改，增加字句不如删减字句。有些热心改文的教员，往往把原作抹去一大段，改上几行，或增入几行；这是劳而少功的。体裁语气不合，层次结构不好，固须改正；文法上用词造句的错误，以及错字别字，尤必须加以改正。改作文，不是要把它们改成杰作，是要把它们改成文从字顺的文章。"批"是批评，不但要指出原作底错误，而且最好能说明其所以然。例如"步"字何以下半从"少"是多了一点，"盗"字何以上半从"次"是少了一点；根"本"之本何以不当作"夲"，"来"往之来何以不当作"耒"；"徘徊""彷徨"本都是叠韵组成的复词，以双声关系而演变的，何以使用时又有区别；"我在纸上写字"可以改做"我写字在纸上"，何以同用"在"字，句式亦同，"我在书房里写字"不能改做"我写字在书房里"；都需使学生明了其所以然，以后方不至重犯这种错误。所以照理想，每有一字一句底改动，必须有一个说明所以然的批语。这些零碎的写在眉端的批语，叫做"眉批"。眉批是愈多愈细愈好的。至于"总批"，写在篇末的，则以批示全篇为主。或内容思想上须加批评补充，或结构层次上需要指导斟酌，或全篇最大的疵累是什么，以后作文须注意何处，力求改进，都应在总批中说出。如其不需要，总批尽可以省却。那些科举时代传统的四字八字、不着边际的总批，我以为大可不必。标点应在初中一年级学习，以后批改作文，尽须留意，校正其错误。最好把多数学生常犯的错误，记录下来，于学期末了，再提示一次；学期考试，不妨据以命题，促使注意。以上所说都是消极方面"批"的。反之，如果有好的句语、好的篇章，也得提示出来；旧式浓圈密点的方法仍可采用，批语中也可以加以赞扬。特别好的作文，可以揭示或传观，以资观摩，以示鼓励。进步快的，习作努力的，应公开加以奖励；反之，退步的，不努力的，应加以规诫。

还有一种方法，我曾试验过，且觉有效。那时，我在某中学只教一班国文，（因兼别的教课和职务。）学生只有三十人。我先规定各种记号，告诉学生。在作文中有须改正的地方，先加上各种记号，发交学生在课内自己订正。改得多的，须重抄，连原本同缴。批改定在下午课毕后或星期日，改某生底文，即把某生邀来，坐在旁边，和他问答、商量，边改边谈。改完后，然后细加眉批，当面发还。这办法，可以养成学生自己修改作文的能力与习惯，可以增进学生对批改底注意与了解。不过师生多费点时间而已。

批改不限于教师。同学、朋友也都可以担任这种工作。韩愈、贾岛"推敲"的故事，是大家都知道的。作者自己修改，尤觉亲切。欧阳修做《画锦堂记》，写好送出，又追回来，首二句各加上一个"而"字；（"仕宦而至将相，富贵而归故乡。"）做《醉翁亭记》草稿已成，又把首段抹去，只用"环滁皆山也"一句；这些故事，也是大家都知道的。欧阳修尝说作文有三多，看多，做多，商量多。所谓"商量"，即是批改。不但师友，自己也得常和自己商量。周迟明先生所举的例，教师从不改文，而这班学生中竟有成绩很好的，安知不是同学或自己修改的效果？"新诗改罢自长吟。"古代诗人文人对于自己作品底一再修改，原是常有的呀！

四、怎样转移学生教员厌恶习作批改的心理

学生厌恶习作，教员厌恶批改，是现在中等学校里的一般现象。这种心理，必须设法转移过来。如果初步的国文教学，能切实培养学生写作底基本能力，教员命题能注意学生底能力、经验、需要与兴趣，习作时妥加指导，缴卷后详加批改，时时予以鼓舞，则学生厌恶作文的心理，定可转移。师生间精神感应至大且速，是一般人所想像不到的。教师如能"教不倦"，学生自然会"学不厌"。反之，教师厌恶批改，也可以使学生厌恶习作。这是从教员方面说的。凡是一种学术，研究愈深，兴趣愈浓；凡是一种技能，练习愈勤，技术愈熟愈精，兴趣也愈浓。"学而时习之，不亦乐乎！"决不是孔老夫子底欺人之谈。如书、画、琴、棋、雕塑、运动……所以能使人终身不厌者，便是因为各有"乐在其中"。文章底写作也是如此。写作和说话一样；不会写作的，其苦闷也和不会说话的差不多。不会说话的，不善说话的，或方言隔阂、不能以国语互通情意的，如一旦学会了，可以和人畅谈，岂不痛快？学生只要肯勤于习作，使写作底技术日见进步，可以奋笔畅所欲言，也必有极大的快乐。所以学生厌恶作文的心理，是可以转移的。

把损坏的东西修理完好，把粗劣的物品改成精致，心情上定有一种快慰。但如以这种工作为维持生活的职业，天天抱着为维持生活不得不工作的心理去勉强工作，则愉快的心情，必因以低减。从前老辈喜欢玩玉器的，天天拿着擦玉器的袋儿，不释手地摩挲，觉得兴趣盎然。玉工为了生活，天天干琢磨的生活，便觉得兴趣索然了。喜欢种花的人们，每天早晚，在庭院间莳花、浇水、修剪、培壅，觉得兴趣盎然。园丁为了生活，天天干种花的工作，便觉得兴趣索然了。国文教员批改作文，也和玉工琢玉、园丁种花一样，是为了维持生活而工作的；而且辛苦工作，生活还不易支持，便也觉得兴趣索然。毫无兴趣，不得已而为之，自然"做一行，怨一行"，生出厌恶的心理来。倘能暂时把工作、报酬、生活……念头撇开，把批改作文看作摩挲玉器、栽植庭花，则苦中未尝不能得乐。这是就主观方面说的。客观方面，则学生能勤于习作，对

它发生兴趣，对批改异常注意，也可以影响教师，转移其厌恶批改的心理。最要紧的，还是使教员生活安定，使国文教员底工作不太繁重，有时间精力足以努力于批改而绰有余裕。

清末，我在杭州府学堂肄业，对作文确曾发生过极大的兴趣；战前，我在浙江各中等学校教书，对批改确曾发生过相当的兴趣，而且确曾引起学生们作文的兴趣。但是现在呢？现在，我底兴趣，我底学生们底兴趣，似乎都鼓舞不起来了。老实说，现在还是做不会写作的"文哑公"好，还谈什么习作与批改呢？唉！这可诅咒的全"武化"的现在！

（本文选自《国文月刊》第 48 期，1946 年）

附录：

1940—1949 年《国文月刊》
目录辑校（节选）

1940 年《国文月刊》目录

第 1 卷第 1 期[①]

编者：《卷首语》[②]，封二。

朱自清：《中学生的国文程度》，第 3—6 页。

罗庸先生（讲），许秉乾（记）：《文学史与中学国文教学》（廿八年十二月十四日），第 7—9 页。

余冠英：《谈新乐府》，第 10—15 页。

沈从文：《习作举例：一、从徐志摩作品学习"抒情"》，第 16—20 页。

《编辑后记》[③]，第 20 页。

施蛰存：《文艺作品解说之一：鲁迅的"明天"》，第 21—30 页。

吕叔湘：《未知称代和任指称代：疑问称代词的另一用途》，第 31—32 页。

佩弦：《文病类例（词汇）》，第 33—35 页。

---

① 原刊标示"民国二十九年六月十六日"出版。编辑委员依次为：浦江清（主编）、朱自清、罗庸、魏建功、余冠英、郑骞。由"国立西南联合大学师范学院国文月刊社编"，开明书店印行。每月十六日出版。

② 在卷首语中，编者指出"刊物是由西南联合大学师范学院国文系中同人所主编，同时邀同西南联合大学文学院国文系中同人及校外热心于国文教学的同志合力举办的。"

③ 在编辑后记的开头中这样写道："本刊撰稿人今特为读者介绍"。

第 1 卷第 2 期①

朱自清：《再论中学生的国文程度》，第2—5页。

王了一：《逻辑和语法》，第6—9页。

浦江清：《李清照金石录后序（二）》，第10—17页。

陈梦家：《梦甲室字话》，第18—19，25页。

吕叔湘：《全体和部分》，第20—22页。

余冠英：《谈"成语错误"》，第23—25页。

沈从文：《习作举例：二、从周作人鲁迅作品学习抒情》，第26—30页。

《编辑后语》②，第30页。

郑临川：《习作选录：西南联合大学新校舍记》，第31页。

姚芳：《习作选录：我们的小庭院有什么》，第31—33页。

李婉容：《习作选录：我们的小庭院有什么》，第33—34页。

第 1 卷第 3 期③

罗庸：《感与思：二十九年八月卅一日在本校师范学院国文学会夏令讲习会讲》，第2—5页。

浦江清：《论中学国文》，第6—14页。

和克强：《中学生作文成绩低劣的原因及其补救办法（附表）》，第15—21页。

闻一多：《乐府诗笺》，第22—24页。

沈从文：《习作举例：三、由冰心到废名》，第25—29页。

冠英：《关于本年度统考国文试题中的文言译语体》，第30—32页。

《本年度统考国文作文成绩示例（附载）》，第33—35页。

《编辑后记》④，封三。

---

① 原刊标示"民国二十九年九月十六日"出版。

② 在编辑后记的开头中这样写道："本期的撰稿人有好几位已见前期"。

③ 原刊标示"民国二十九年十月十六日"出版。从本期看，编辑委员次序有所调整，调整后的次序依次为：余冠英（主编）、朱自清、罗庸、浦江清、彭仲铎、郑曌。

④ 在编辑后记的开头中这样写道："本刊第一期曾载'中学生的国文程度'一文"。

第 1 卷第 4 期①

罗莘田：《误读字的分析：为云南中等学校师资进修班讲演》，第2—8 页。

闻一多：《乐府诗笺（续）》，第9—13 页。

许维遹：《国语选注：周语（上）》，第14—19 页。

李嘉言：《读唐诗文札记五则》，第19 页。

田葆瑛：《国语虚字谈》，第20—24 页。

冠英：《比较的读文法示例》，第25—28 页。

江清（辑录）：《古文丛话：王羲之兰亭序、李白与韩荆州书宴桃李园序、韩愈李愿归盘谷序、欧阳修醉翁亭记泷冈阡表》，第29—30 页。

佩弦：《文病类例（词汇）（续）》，第31—34 页。

1941 年《国文月刊》目录

第 1 卷第 5 期②

闻一多：《怎样读九歌？》，第2—16 页。

王了一：《谈意义不明》，第17—18，26 页。

浦江清：《古文选读：谢绛游嵩山寄梅殿丞书》，附录：梅尧臣：《希深惠书言与师鲁永叔子聪几道游嵩因诵而韵之》，第19—26 页。

陈梦家：《认字的方法》，第27—28 页。

陈西滢：《"明天"解说的商榷》，第29—33 页。

忠：《"听到"和"知道"的商榷》，第34 页。

《编辑后记》③，封三。

第 1 卷第 6 期④

叶绍钧：《论写作教学》，第2—7 页。

朱自清：《古诗十九首释（一）》，第8—10，7 页。

罗庸：《思无邪》，第11—12 页。

---

① 原刊标示"民国二十九年十二月十六日"出版。
② 原刊标示"民国三十年一月十六日"出版。
③ 在编辑后记的开头中这样写道："闻一多先生休假期满"。
④ 原刊标示"民国三十年二月十六日"出版。

和克强：《别字之研究》，第13—16页。

孔祥瑛：《乐府与五言诗》，第17—20页。

陈梦家：《书语》，第21—22页。

彭仲铎：《古籍中专名成语之正读举例》，第23—33页。

罗莘田：《恬广谈音》，第34页。

第1卷第7期①

朱东润：《文章的标准》，第3—9页。

朱自清：《古诗十九首释（二）》，第10—13页。

孙毓棠：《历史与文学》，第14—18页。

吴晓铃：《说"旦"：中国戏剧角色考之一》（上篇），第19—22页。

灌婴：《潜广新乐府：倭下乡》，第22页。

孔祥瑛：《乐府与五言诗（续）》，第23—27页。

张清常：《字与词》，第28—30页。

灌婴：《潜广新乐府：学徒勇》，第30页。

许维遹：《国语选注：周语（下）》，第31—34页。

《编后》②，第34页。

第1卷第8期③

冯友兰：《读秦妇吟校笺》，第2页。

朱自清：《古诗十九首释（三）》，第3—6页。

闻一多：《乐府诗笺（续）》，第7—8页。

易熙吾：《同音汉字之辨认法》，第9—13页。

《编辑后记》④，第13页。

余冠英：《文章浅话之一：信与达》，第14—18页。

灌婴：《潜广新乐府：闻谣叹》，第18页。

吴晓铃：《说"旦"：中国戏剧角色考之一》（下篇），第19—22页。

于在春：《国文成绩考查述例》，第23—25页。

① 原刊标示"民国三十年五月十六日"出版。

② 在编后的开头中这样写道："朱东润先生任教于武汉大学"。

③ 原刊标示"民国三十年六月十六日"出版。

④ 在编辑后记的开头中这样写道："本期新为本刊执笔者有冯友兰先生"。

吴有容：《中学国文教科书革新刍议》，第 26 页。

吴有容：《从国文教材的革新谈到各科教材的革新和国家编印的图书》，第 27 页。

第 1 卷第 9 期 [①]

王了一：《古语的死亡残留和转生》，第 2—4 页。

张清常：《字的次序与词的次序》，第 5—8 页。

《编辑后记》[②]，第 8 页。

李嘉言：《全唐诗校读法绪馀》，第 9—11 页。

陶光：《左传邲之战补注》，第 12—14 页。

朱自清：《古诗十九首释 (四)》，第 15—17 页。

罗庸：《读杜举隅》，第 18—19 页。

吴晓铃：《我研究戏曲的方法》，第 20—23 页。

张璠：《谈读书》，第 24—27 页。

庞翔勋：《谈初中学生错字之矫正：江苏省立洛社乡师三年级的一个试验报告 (附表)》，第 28—30 页。

刘申叔 (遗说)，罗常培 (笔述)：《左庵文论：文心雕龙颂赞篇 (上)》，第 31—33 页。

第 1 卷第 10 期 [③]

朱自清：《论教本与写作》，第 2—8 页。

陶光：《文心雕龙论》，第 9—13 页。

程会昌：《部颁中国文学系科目表平议》，第 14—19 页。

刘申叔 (遗说)、罗常培 (笔述)：《左庵文论：文心雕龙颂赞篇 (下)》，第 20—21 页。

萧望卿：《诗的趣味》，第 22—23 页。

傅庚生：《诗无达诂议》，第 23 页。

李嘉言：《读唐诗文札记》，第 24—25 页。

傅庚生：《寻寻觅觅冷冷清清》，第 25 页。

---

① 原刊标示"民国三十年七月十六日"出版。

② 在编辑后记的开头中这样写道："本期新为本刊执笔者有李嘉言"。

③ 原刊标示"民国三十年九月十六日"出版。

冠英:《介绍 "精读指导举隅"》,第 26—28 页。

《编辑后记》[①],第 28 页。

汪曾祺:《灯下》,第 29—31 页。

第 1 卷第 11 期 [②]

老舍:《知难而 "进"》,第 3—5 页。

闻一多:《乐府诗笺 (续)》,第 6—9 页。

易熙吾:《汉字读音》,第 10—17 页。

灌婴:《潜广新乐府:岂不辱》,第 17 页。

吴组缃:《介绍短篇小说四篇》,第 18—20 页。

吴奔星:《中学国文教学的 "分工合作制":一个新的建议 (附表)》,第 21—25 页。

陈梦家:《释 "国" "文"》,第 26 页。

施蛰存:《关于 "明天"》,第 27—29 页。

胡时先:《纠正一般中学生对于学习国文的错误观念 (附图表)》,第 30—32 页。

1942 年《国文月刊》目录

第 12 期 [③]

罗莘田:《中国人与中国文:三十年四月二十四日在昆明广播电台讲演》,第 2—4 页。

郭绍虞:《大一国文教材之编纂经过与其恉趣》,第 5—11 页。

岑麒祥:《中国语词之词性及位置》,第 12—17 页。

赵西陆:《三国志诸葛亮传集证》,第 18—24 页。

徐德庵:《方言丛考》,第 25—31 页。

卫仲璠:《樗庐文谈》,第 32 页。

莘田:《答汪洋君问》,第 33—34 页。

---

① 在编辑后记的开头中这样写道:"本期有两篇预先约定的文章"。

② 原刊标示 "民国三十年十二月十六日" 出版。

③ 原刊标示 "民国三十一年三月十六日出版"。在第 12 期的编委会中人,共有 8 人,主编为余冠英,编委有罗常培、朱自清、罗庸、江力 (疑为王力的错误排版——笔者注)、彭仲铎、萧涤非、张清常等 7 人。

第 13 期①

王了一：《文言的学习》，第 2—10 页。

罗莘田：《什么叫"双声""叠韵"？：恬广说音之二》，第 11—15页。

卫仲璠：《樗庐文谈（续）》，第 15 页。

余冠英：《说雅：文章浅话之二》，第 16—22 页。

《编辑后记》②，第 22 页。

赵西陆：《三国志诸葛亮传集证（二）》，第 23—29 页。

闻一多：《乐府诗笺：陇西行、艳歌行、羽林郎、饮马长城窟行》，第 30—32 页。

郭绍虞：《作文摘谬实例序：一个国文教学法中的新问题》，第 33—35 页。

第 14 期③

罗庸：《我与论语：三十一年一月十七日在本校儒学会讲》，第 2—5页。

萧涤非：《乐府填词与韦昭》，第 6—13 页。

陶光：《北曲与南曲（上）》，第 14—17、19 页。

罗莘田：《汉字的声音是古今一样的吗？：恬广说音之三》，第 18—19 页。

赵西陆：《三国志诸葛亮传集证（三）》，第 20—24 页。

何善周：《韩非子说难篇约注》，第 25—29 页。

老舍（讲），北汜、田堃、运燮、田甘（记录）：《抗战以来文艺发展的情形》，第 30—34 页。

《编辑后记》④，第 34 页。

第 15 期⑤

李广田：《活的语言》，第 2—9 页。

---

① 原刊标示"民国三十一年五月十六日"出版。在编委会人员组成中，编委会委员"江力"已经修改为"王力"。

② 在编辑后记的开头中这样写道："罗莘田先生将陆续在本刊发表几篇谈音韵的短文"。

③ 原刊标示"民国三十一年七月十六日"出版。

④ 在编后记的开头这样写道："本期新为本刊执笔者有萧涤非先生及何善周先生"。

⑤ 原刊标示"民国三十一年九月十六日出版"。

陶光：《北曲与南曲（下）》，第 10—12 页。

罗庸：《古乐杂记》，第 13—16 页。

编者：《介绍"国文杂志"》，第 16 页。

张清常：《阅读古文的一种方法（附表）》，第 17—20 页。

朱自清：《古诗十九首释（五）》，第 21—23 页。

《编辑后记》[1]，第 23 页。

赵西陆：《三国志诸葛亮传集证（续）》，第 24—31 页。

陈友琴：《词儿的歧义及其误用》，第 32—34 页。

老舍（讲），北氾、田堃、运燮、田甘（记录）：《抗战以来文艺发展的情形（续）》，第 35—38 页。

叶绍钧：《论中学国文课程的改订》，第 39—43 页。

第 16 期[2]

程会昌：《论今日大学中文系教学之蔽》，第 2—4 页。

彭仲铎：《释三五九》，第 5—9，34 页。

浦江清：《谈京本通俗小说》，第 10—16 页。

闻一多：《乐府诗笺（续）：始生、枯鱼过河泣、豫章行、艳歌行、咄喾歌》，第 17—19 页。

张清常：《阅读古文的一种方法（续）》，第 20—22 页。

徐德庵：《方言丛考（续）》，第 23—24 页。

傅庚生：《咀华随笔：诗词之剪裁与含蓄、至文与真情、意趣与清空、纵与收》，第 25—26 页。

承宗绪：《国文教学一得》，第 27—28 页。

《编后语》[3]，第 28 页。

郭绍虞：《新文艺运动应走的新途径（未完）》，第 29—34 页。

第 17 期[4]

罗庸：《论读专书：西南联合大学国文学会中国文学十二讲讲稿》，

---

① 在编后记的开头这样写道："本期新为本刊执笔者有李广田先生"。
② 原刊标示"民国卅一年十月十六日出版"。
③ 在编后记的开头这样写道："程会昌先生任教于国立武汉大学"。
④ 原刊标示"民国卅一年十一月十六日出版"。

徐嘉瑞：《云南民谣研究（一）》，第 7—11 页。

傅肖岩：《中国文学欣赏举隅序词》，第 12—14 页。

方霞光：《校点桃花扇新序》，第 15—18 页。

林庚：《风雨如晦鸡鸣不已》，第 19，18 页。

王了一：《什么话好听》，第 20—21 页。

何善周：《左传崤之战集解（续）》，第 22—26 页。

颜虚心：《文心雕龙集注》，第 27—31 页。

孙秋方：《中学生眼中的国文课》，第 32—33 页。

《编后语》[①]，第 33 页。

第 22 期 [②]

罗庸：《诗的境界：三十一年十月七日在昆明广播电台讲》，第 2—4 页。

彭仲铎：《汉赋探源》，第 5—7 页。

《编辑后记》[③]，第 7 页。

闻一多、季镇淮、何善周：《"七十二"》，第 8—12 页。

赵仲邑：《黄山谷五言诗句法研究》，第 13—19 页。

李笠：《段玉裁与诸同志论校书之难篇疏证》，第 20—24 页。

林庚：《君子于役》，第 25 页。

徐嘉瑞：《云南农村戏曲研究（续）》，第 26—32 页。

项因杰：《研读和写作的矛盾：高中国文程度低落之一因》，第 33—34 页。

第 23 期 [④]

郑天挺：《中国的传记文》，第 2—6，37 页。

陶光：《怎样读曲》，第 7—9 页。

《编辑后记》[⑤]，第 9 页。

游国恩：《论写作旧诗：卅一年十二月卅日在昆明中法大学讲演

---

① 在编辑后记的开头这样写道："本期撰者多数是初为本刊执笔的"。

② 原刊标示"民国三十二年七月出版"。

③ 在编辑后记的开头这样写道："本期新为本刊执笔者赵仲邑先生任教于西南联合大学"。

④ 原刊标示"民国三十二年八月出版"。

⑤ 在编辑后记的开头这样写道："本期作者郑毅生（天挺）先生是西南联合大学史学教授"。

稿》，第10—16页。

邓国基：《孟子未及师事子思之详考》，第17—19页。

吴奔星：《中学国文教学法的出路》，第20—26页。

陈志宪（辑）：《谢翱西台恸哭记笺注》，第27—29，19页。

徐嘉瑞：《云南农村戏曲研究（续）》，第30—37页。

第 24 期①

陈觉玄：《部颁"大学国文选目"平议》，第2—5页。

姜亮夫：《隋唐宋韵书体式变迁略说:瀛涯敦煌韵辑论部第二十篇》，第6—9页。

吕叔湘：《否定词（中国文法要略中卷第十四章节录）》，第10—14页。

朱东润：《中国文学批评史大纲自序》，第15—17页。

詹锳：《李白家世考异》，第18—23页。

《编辑后记》②，第23页。

傅懋勉：《谈谈律诗》，第24—28页。

赵西陆：《史记魏公子列传校注》，第29—35页。

张世禄：《读了"中学国文教学法的出路"以后》，第36—37页。

孙秋方：《改进国文教学的实际困难》，第38—39页。

罗庸：《论为已之学》，第40—41页。

1944年《国文月刊》目录

第 25 期③

何容：《"存文"与"善语"》，第2—7页。

徐德庵：《声变歧出对照表绪论》，第8—9页。

姜亮夫：《隋唐宋韵书体式变迁略说（续）（附表）》，第10—15页。

闻一多：《乐府诗笺（续）：焦仲卿妻》，第16—20页。

---

① 原刊标示"民国三十二年十月出版"。

② 在编辑后记的开头这样写道："本期新为本刊执笔者陈觉玄先生现任金陵女子大学中国文学系主任"。

③ 原刊标示"民国三十三年一月出版"。

陈德炎：《大学"彼为善之小人"句解》，第21—22页。

《编辑后记》①，第22页。

庞翔勋：《我的中学读文教学经验》，第23—25页，32页。

余冠英：《评刘大杰中国文学发展史上卷》，第26—32页。

第26期②

李何林：《再来一次白话文运动》，第2—9页。

萧涤非：《论词之起源》，第10—18页。

《编者的话》③，第18页。

吕叔湘：《比较句》，第19—25页。

马雍：《中国字体之演变》，第26—27页。

颜虚心：《文心雕龙集注》，第28—30页。

叶蒐耕：《对于师范学院国文系专业训练的一点感想与意见》，第
31—33页，35页。

刘迺隆：《读"方言与新字"（附表）》，第34—35页。

叶绍钧（讲），李军（记）：《写作漫谈》，第36—38页。

第27期④

罗莘田：《反切的方法及其应用：恬厂说音之四》，第2—14页。

徐嘉瑞：《秦妇吟本事》，第15—23页。

《编者的话》⑤，第23页。

万先荣：《王炎午生祭文丞相文笺》，第24—31页。

颜虚心：《文心雕龙集注》，第32—35页。

萧涤非：《为"诗史"进一解》，第36—37页。

吴忠匡：《文体小识（待续）》，第38—39页。

林庚：《谈曹操短歌行》，第40页。

---

① 在编辑后记的开头这样写道："何俗先生系教育部国语推行委员会驻会委员"。

② 原刊标示"民国三十三年三月出版"。

③ 在编者的话的开头这样写道："本期新为本刊执笔的李何林先生曾任国立编译馆编纂"。

④ 原刊标示"民国三十三年六月出版"。本期的编辑委员增补了闻一多，列最后一名。还增补了
浦江清，位于彭仲铎之前。

⑤ 在编者的话的开头这样写道："本期新为本刊执笔的有吴忠匡先生"。

第 28/29/30 期 [①]

杨振声：《新文学在大学里：大一国文习作参考文选序》，第 2—3 页。

李广田：《中学国文程度低落的原因及其补救办法》，第 4—8 页。

陶光：《义理、词章、考证》，第 9—18 页。

朱东润：《张居正大传序》，第 19—26 页。

易熙吾：《汉字使用法》，第 27—36 页。

王瑶：《说喻》，第 37—42 页。

王季思：《西厢记作者考 (西厢五剧方言考释自序)》，第 43—45 页。

傅庚生：《中国文学史上之文质观》，第 46—50 页。

李嘉言、余冠英：《关于七言诗起源问题的讨论》，第 51—56 页。

浦江清：《词的讲解》，第 57—65 页。

《编辑后记》[②]，第 65 页。

赵仲邑：《刘知几史通自叙注》，第 66—81 页。

程会昌：《文史通义古文十弊篇注》，第 82—100 页。

刘永潜：《闽教厅"提高中等学校学生国文程度实施方案"商榷》，第 101—104 页。

田葆瑛：《三年国文教学记》，第 105—111 页。

吴忠匡：《文体小识 (待续)》，第 112—114 页。

第 31/32 期 [③]

李广田：《论中学国文应以文艺性的语体文为主要教材》，第 2—12 页。

王了一：《字和词》，第 13—15 页。

徐嘉瑞：《词曲与交通》，第 16—29 页。

罗庸：《楚辞纂义叙》，第 30—31 页。

王季恩：《牡丹亭略说》，第 32—33 页。

颜虚心：《盘庚今绎》，第 34—44 页。

[①] 原刊标示"民国三十三年十一月出版"。本期的编辑委员增补了李广田，列最后一名。闻一多不再担任编辑委员。

[②] 在编辑后记的开头这样写道："因为桂林居民疏散"。

[③] 原刊标示"民国三十三年十二月出版"。

唐景崧：《关于随园诗法丛话》，第 45—50 页。

马忠：《"打"字的过去和现在》，第 51—53 页。

林庚：《劝君更进一杯酒西出阳关无故人》，第 54—55 页。

季镇淮：《教书杂记》，第 56—59 页。

吴忠匡：《文体小识 (续完)》，第 60—64 页。

《编辑后记》[①]，第 64 页。

1945 年《国文月刊》目录

第 33 期 [②]

王力：《理想的字典》，第 2—27 页。

李广田：《论中学国文教材中的学术文》，第 28—30 页。

浦江清：《词的讲解》，第 31—36 页。

颜虚心：《文心雕龙集注 (续)》，第 37—47 页。

萧望卿：《马致远的天净纱》，第 48—49 页。

第 34 期 [③]

李广田：《论中学国文教材中的应用文》，第 2—5 页。

王了一：《词类》，第 6—11 页。

王季思：《说比兴》，第 12—17 页。

颜虚心：《文心雕龙集注 (续)》，第 18—23 页。

浦江清：《词的讲解——温庭筠：菩萨蛮》，第 24—31 页。

罗庸：《我的中学国文老师》，第 32—36 页。

《编辑后记》[④]，第 36 页。

---

① 在编辑后记的开头这样写道："本刊这次将第三十一期和三十二期合并刊出，原因是为了容纳几篇长而不宜分割的文字。本期是第三卷开始。本刊能继续到今天，对我们就是一个很大的鼓励，今后自当加倍努力，更希望一向爱护本刊的同志予以更多的匡助。"

② 原刊标示"民国三十四年三月出版"。

③ 原刊标示"民国三十四年四月出版"。

④ 在编辑后记的开头这样写道："本刊前因开明书店印刷机构由桂迁渝"。

第 35 期 ①

叶绍钧、朱自清:《"国文教学"自序》,第 2—3 页。

王了一:《词品》,第 4—9 页。

傅庚生:《文论主气说发凡》,第 10—17 页。

质灵:《论黄遵宪的新派诗》,第 18—23 页。

《编辑后记》②,第 23 页。

许维遹:《尚书义证酒诰篇》,第 24—31 页。

程会昌:《陶诗结庐在人境篇异文释》,第 32—34 页。

浦江清:《温庭筠菩萨蛮笺释(待续)》,第 35—39 页。

刘申叔(遗说),罗常培(笔受):《左庵文论四则:论文章有主观客观之别(民国七年十二月十一日)、神似与形似(民国八年一月二十三日)、文质与显晦(民国八年二月十三日讲)、文章变化与文体迁讹(民国八年二月二十日讲)》,第 40—42 页。

第 36 期 ③

朱自清:《诗言志辨自序》,第 2—4 页。

王了一:《仿语》,第 5—8 页。

萧涤非:《乐府的诙谐性》,第 9—13 页。

傅懋勉:《白乐天的格诗》,第 14—16 页。

许维遹:《尚书义证微子篇》,第 17—20 页。

刘申叔(遗说),罗常培(笔受):《文心雕龙诔碑篇口义》,第 21—34 页。

浦江清:《温庭筠菩萨蛮笺释(续)》,第 35—38 页。

林庚:《山有木兮木有枝心悦君兮君不知》,第 39 页。

刘永济:《姜白石暗香疏影释义》,第 40—41 页。

游国恩:《槁庵随笔(五则):楚辞湘君湘夫人捐玦遗佩捐袂遗褋说、饶歌思悲翁本事、出夫、曹植书义、宋人楚辞异读》,第 42—44 页。

《编辑后记》④,第 44 页。

---

① 原刊标示"民国三十四年五月出版"。
② 在编辑后记的开头这样写道:"许维遹先生久未为本刊撰文"。
③ 原刊标示"民国三十四年六月出版"。
④ 在编辑后记的开头这样写道:"据开明书店通知"。

第 37 期[①]

闻一多：《类书与诗》，第 2—5 页。

王了一：《句子》，第 6—9 页。

孙昌熙：《元曲中的水浒故事》，第 10—23 页。

《编辑后记》[②]，第 23 页。

许维遹：《尚书义证金縢篇》，第 24—27，31 页。

赵西陆：《评范文澜文心雕龙注》，第 28—31 页。

萧涤非：《延秋门的商榷》，第 32—34 页。

第 38 期[③]

李广田：《文学的内容和形式》，第 2—9 页。

萧望卿：《陶渊明历史的影像》，第 10—19 页。

浦江清：《温庭筠菩萨蛮笺释 (续)》，第 20—25 页。

徐嘉瑞：《辛稼轩评传 (未完)》，第 26—32 页。

赵西陆：《黄侃补文心雕龙隐秀篇笺》，第 33—41 页。

傅庚生：《中国文学批评通论自序》，第 42—44 页。

游国恩：《槁庵随笔 (续)》，第 45—46 页。

第 39 期[④]

丁易：《论大学国文系》，第 2—6 页。

姜亮夫：《离骚笺正：屈赋笺正卷之一》，第 7—13 页。

萧望卿：《陶渊明四言诗论："陶渊明"的第二章》，第 14—21 页。

赵毓英：《韩愈乡里辨略 (附图表)(未完)》，第 22—28 页。

程会昌：《古诗西北有高楼篇双飞句义》，第 29—31 页。

徐嘉瑞：《辛稼轩评传 (续)》，第 32—42 页。

梁品如，辛弃疾：《辛词辨证——念奴娇：书东流村壁》，第 43—44 页。

---

① 原刊标示"民国三十四年八月出版"。编辑委员依次是：余冠英（主编）、罗庸、罗常培、朱自清、王力、浦江清、彭仲铎、萧涤非、张清常、李广田。

② 在编辑后记的开头这样写道："本期撰者孙昌熙先生首次为本刊执笔"。

③ 原刊标示"民国三十四年九月出版"。编辑委员依次是：余冠英（主编）、罗庸、罗常培、朱自清、王力、浦江清、彭仲铎、沈从文、萧涤非、张清常、李广田。

④ 原刊标示"民国三十四年十一月出版"。

王彦铭:《读桃花扇后》,第45—47页。

1946年《国文月刊》目录

第 40 期 [1]

罗庸:《战后的国语与国文》,第2—4页。

王力:《复音词的创造》,第5—9页。

张清常:《我们的语言》,第10—11页。

萧望卿:《陶渊明王言诗的艺术:"陶渊明"的第三章》,第12—19页。

姜亮夫:《离骚笺正(续)》,第20—35页。

赵毓英:《韩愈乡里辩略(续)》,第36—39页。

林庚:《谈诗》,第40—44页。

程会昌:《与徐哲东论南山诗记》,第45—46页。

傅庚生:《读诗偶识》,第47—52页。

钟泽珠:《战国策书后》,第53—55页。

游国恩:《槁庵随笔(续)》,第56—58页。

李嘉言:《评龚书炽"韩愈及其古文运动"》,第59—60页。

朱兆祥:《国语四声纂句》,第61—64页。

《编辑后记》[2],第64页。

第 41 期 [3]

《卷首语》[4],第1页。

高名凯:《中国语的特性》,第2—8页。

丁易:《谈大学一年级的国文》,第9—11,8页。

李广田:《论描写》,第12—18页。

---

[1] 原刊标示的出版月份估计为民国三十五年一月份,但是字迹模糊,无法辨认。

[2] 在编辑后记的开头这样写道:"这一期是本刊第四卷的末一期"。

[3] 原刊标示"民国三十五年三月二十日出版"。原来的"编委会"调整为"编辑者"。编辑者有:夏丏尊、叶圣陶、郭绍虞、朱自清四人。出版地开始迁移到了重庆保安路126号。版权页也从原来的封三调整到了封二。

[4] 在卷首语中就期刊的变动进行了说明:"这一个刊物本来是由西南联合大学师范学院国文系中同人所主编"。

夏丏尊：《双字词语的构成方式》，第 19—21 页。

朱文叔：《读修正师范学校国文课程标准》，第 22—25，31 页。

顾敦鍒：《韵书与读音》，第 26—28 页。

郭绍虞：《中诗外形律详说序》，第 29—31 页。

魏建功：《纪念抗战期间逝世的国文教授：回忆敬爱的老师钱玄同先生》，第 32—36 页。

徐炳昶：《纪念抗战期间逝世的国文教授：我所认识的钱玄同先生 (附木刻、手迹)》，第 36—38 页。

王青芳 (刻)：《纪念抗战期间逝世的国文教授：我所认识的钱玄同先生：钱玄同先生像：[木刻]》，第 38 页。

《当代文选评：中国政治之路》，第 39—41 页。

周煦良：《当代文选评：小品二则：神的报复、群鸡》，第 41 页。

第 42 期①

王了一：《中国文字及其音读的类化法》，第 1—3 页。

《编者的话》②，第 3 页。

高名凯：《如何研究汉语语法》，第 4—9 页。

郭绍虞：《中国文字可能构成音节的因素》，第 10—13 页。

任铭善：《说古文经》，第 14—17,25 页。

魏金枝：《所谓中心思想》，第 18—20 页。

周振甫：《林畏庐的文章论》，第 21—25 页。

于在春：《索解偶记》，第 26—27 页。

郑振铎：《纪念抗战期间逝世的国文教授：记吴瞿安先生 (附照片、书法)》，第 28—30 页。

《当代文选评：不要内战：重庆二十六种杂志的呼吁》，第 31—32 页。

马夷初：《当代文选评：写在耶稣诞日以前》，第 32 页。

---

① 原刊标示"民国三十五年四月二十日出版"。

② 在编者的话中写道："高名凯先生如何研究汉语语法一篇系从燕京大学文学年报所载的讲演词改写而成的"。

第 43/44 期 [①]

李广田：《文学与文化 (论新文学和大学中文系)》，第 1—6 页。

王了一：《大学中文系和新文艺的创造》，第 6—9 页。

丁易：《谈"读书指导"》，第 10—11 页。

高名凯：《从句型研究中国的语法》，第 12—26 页。

郭绍虞：《肌理说》，第 27—35 页。

吕叔湘：《语文杂记》，第 36—37 页。

徐德庵：《由词中螺旋式句法说到使用标点符号》，第 38—39 页。

王了一：《了一小字典初稿》，第 40—52 页。

程会昌：《陶诗少无适俗韵韵字说》，第 53—54 页。

齐燕铭：《纪念抗战期间逝世的国文教授：追悼吴检斋先生》，第 55—58 页。

费孝通：《当代文选评：瞩望英国》，第 59—63 页。

杨刚：《当代文选评：我的哥哥羊枣之死——敬致顾祝同将军一封信》，第 63—64 页。

第 45 期 [②]

高名凯：《中国语法结构之内在的关系》，第 1—11 页。

朱东润：《诗三百篇成书中的时代精神》，第 12—15 页。

郭绍虞：《语言中方名之虚义》，第 16，29 页。

吕叔湘：《语文杂记》，第 17—18 页。

丁易：《再谈"读书指导"：兼论张之洞书目答问》，第 19—20 页。

王了一：《敝帚斋读书记》，第 21 页。

程会昌：《书吴梅村圆圆曲后》，第 22 页。

于在春：《集体习作实践再记》，第 23—29 页。

王蘧常：《纪念抗战期间逝世的国文教授：吴子馨教授传》，第 30—31 页。

黄炎培：《当代文选评：韬奋逝世一周年哀词》，第 32 页。

---

① 原刊标示"民国三十五年六月二十日出版"。编辑者因为夏丏尊去世而有所调整，调整后的编辑者是：郭绍虞、周予同、叶圣陶、朱自清。

② 原刊标示"民国三十五年七月二十日出版"。编辑者没有变动，但出版地迁往上海福州路开明书店。

1947 年《国文月刊》目录

第 51 期 [①]

高名凯:《句型论》,第 1—8 页。

徐德庵:《文字孳乳之平行式》,第 9—10 页。

马叙伦:《中小学教师应当注意中国文字的研究》,第 11—20 页。

黎锦熙:《中等学校国文讲读教学改革案述要》,第 21—24 页。

李长之:《司马迁的散文风格之来源》,第 25—27 页。

李广田:《杜甫的创作态度》,第 28—31,27 页。

徐沁君:《温词蠡测》,第 32—37 页。

张须:《先秦两汉文论》,第 38—40 页。

刘泮溪:《中学语体文教学举隅:鲁迅"孔乙已"讲解》,第 41—44 页。

第 52 期 [②]

李长之:《史记书中的形式律则》,第 1—10 页。

平伯:《清真词浅释》,第 11—13 页。

徐德庵:《"妃呼豨"解》,第 14 页。

马叙伦:《中小学教师应当注意中国文字的研究(续)》,第 15—23 页。

黎锦熙:《各级学校作文教学改革案》,第 24—28 页。

潘光旦:《当代文选评:"民主·宪法·人权"序言》,第 29—31 页。

黄裳:《当代文选评:钱梅兰芳》,第 31—32 页。

第 53 期 [③]

陈士林,周定一(记):《中国语文诵读方法座谈会记录》,第 1—7 页。

俞敏:《认识和表达:孟子语法长编引论》,第 8—14 页。

---

① 原刊标示"民国三十六年一月二十日出版"。编辑者有所调整,调整后的编辑者依次是:叶圣陶、黎锦熙、郭绍虞、朱自清、周予同、吕叔湘。

② 原刊标示"民国三十六年二月二十日出版"。

③ 原刊标示"民国三十六年三月十日出版"。

高名凯：《汉语之指示词》，第 15—23 页。

傅庚生：《论文学的复古与革新》，第 24—26，7 页。

张须：《魏晋隋唐文论》，第 27—29 页。

张长弓：《论琵琶记故事》，第 30—32 页。

第 54 期 ①

任铭善 (讲)，吴广洋 (记录)：《唐学》，第 1—4 页。

李长之：《史记的建筑结构与韵律》，第 5—11 页。

张洵如：《国语里卷舌韵之功用：国语发音问题谈丛之一》，第 12—16，30 页。

(德国)Wackernagel(著)，易默 (译)：《修辞学与风格论》，第 17—22 页。

孙玄常：《拟 "高中国文教本目录"》，第 23—30 页。

朱自清：《当代文选评：文学的标准和尺度》，第 31—33 页。

第 55 期 ②

方管：《工具书与入门书》，第 1—3 页。

王了一：《诗歌的起原及其流变》，第 4—6 页。

夏承焘：《词韵约例》，第 7—14 页。

万曼：《司马相如赋论 (未完)》，第 15—19 页。

张须：《宋元明清文论》，第 20—23 页。

徐德庵：《方言丛考 (续)》，第 24—25 页。

黎锦熙：《词类大系 (附表)》，第 26—31 页。

《附录：中国语文学会之发起与成立》，第 32—33 页。

第 56 期 ③

傅庚生：《谈文章的诵读问题》，附录：《关于诵读问题的一点意见：致魏建功先生书》(作者：李长之)，第 1—6 页。

张其春：《国语之大小主词 (未完)》，第 7—13 页。

---

① 原刊标示 "民国三十六年四月十日出版"。

② 原刊标示 "民国三十六年五月十日出版"。

③ 原刊标示 "民国三十六年六月十日出版"。

李长之：《史记句调之分析》，第 14—19，26 页。

万曼：《司马相如赋论 (续)》，第 20—23 页。

俞平伯：《周美成词浅释》，第 24—26 页。

郭绍虞：《语文小记》，第 27—28，23 页。

张须：《近代文论》，第 29—30，6 页。

《当代文选评：北大清华两校教授一百零二人告学生与政府书》，第 31 页。

第 57 期 [①]

邢楚均：《朗诵与国文教学》，第 1—7 页。

郭绍虞：《中国语词的声音美》，第 8—10，15 页。

张洵如：《国语轻重音之比较：国语发音问题谈丛之二》，第 11—15 页。

张其春：《国语之大小主词 (续)》，第 16—22 页。

赵准符：《 "之" 字似不宜为连词说》，第 23—24 页。

陈寅恪 (撰)，程会昌 (译)：《韩愈与唐代小说》，第 25—26 页。

顾学颉：《温庭筠 "感旧陈情五十韵献淮南李仆射" 诗旧注辨误》，第 27，26 页。

徐德庵：《蜀语札记》，第 28—30 页。

王蘧常：《纪念抗战期间逝世的国文教授：桐城姚仲实教授传》，第 31—32 页。

第 58 期 [②]

黄绳：《论高中国文教材》，第 1—4 页。

李嘉言：《九歌之来源及其篇数》，第 5—8 页。

陈思苓：《离骚 "淫" 字辨》，第 9，8 页。

李长之：《史记文馀论》，第 10—14，4 页。

张世禄：《评朱光潜 "诗论"》，第 15—23，30 页。

吴晓铃：《 "才人考" 辨：古剧杂考之一》，第 24—30 页。

庞俊：《纪念战期间逝世的国文教授：记龚向农先生》，第 31—33 页。

[①] 原刊标示 "民国三十六年七月十日出版"。

[②] 原刊标示 "民国三十六年八月十日出版"。

第 59 期 ①

邢庆兰:《中国文法研究之进展:马氏文通成书第五十年纪念》,第1—5页。

张洵如:《国语用字之变音:国语发音问题谈丛之三》,第6—12页。

张须:《北音南渐论证》,第13—16页。

俞平伯:《音乐悦乐古同音说》,第17—18页。

万曼:《辞赋起源:从语言时代到文字时代的桥》,第19—21页。

太愚:《红楼梦的语言》,第22—26,18页。

沈祖棻:《白石词"暗香""疏影"说》,第27—31页。

第 60 期 ②

孙毓蘋:《中等学校增授实用文字学议》,第1—3页。

郭绍虞:《譬喻与修辞》,第4—15页。

萧望卿:《论"陌上桑"》,第16—18,22页。

王福民:《再论曹操的短歌行》,第19—22页。

万曼:《韦应物传》,第23—27,32页。

程会昌:《王摩诘"送綦母潜落第还乡"诗跋》,第28—32页。

第 61 期 ③

叶兢耕:《对于六年一贯制中学本国语文教学的几点浅见》,第1—2,22页。

吕叔湘:《"这""那"考原》,第3—4页。

田葆瑛:《再论"之"字宜为连词说》,第5,10页。

叶华:《古代语文体系之探讨》,第6—10页。

余冠英:《乐府歌辞的拼凑和分割》,第11—14页。

邢庆兰:《挽歌的故事》,第15—22页。

万曼:《韦应物传(续)》,第23—28页。

徐益藩:《述吴瞿安先生的民族思想》,第29—32页。

---

① 原刊标示"民国三十六年九月十日出版"。
② 原刊标示"民国三十六年十月十日出版"。
③ 原刊标示"民国三十六年十一月十日出版"。

第 62 期①

陈望道:《试论助辞:纪念"马氏文通"出版五十年》,第1—9页。

蔡莹:《外动转去说》,第10,9页。

叶兢耕:《释"象外"》,第11—13页。

张须:《散文之发展与变易》,第14—16页。

叶华:《词曲识小录》,第17—18,16页。

顾学颉:《新旧唐书温庭筠传订补(附表)》,第19—26,30页。

郑临川:《忆一多师》,第27—30页。

附录:《民国三十六年度本刊总目索引》,第31—32页。

1948 年《国文月刊》目录

第 63 期②

闻一多(遗稿):《调整大学文学院中国文学外国语文学二系机构刍议》,第1—2页。

朱自清:《关于大学中国文学系的两个意见》,第3—5页。

徐中玉:《论修改》,第6—11,5页。

张洵如:《国语中之复音词》,第12—16页。

田中兼二(作),纪庸(译):《元曲中之险韵(附图表)》,第17—22页。

范宁:《魏文帝"典论论文""齐气"解:魏晋文论散稿之一》,第23—25页。

金克木:《古诗"玉衡指孟冬"试解(附图)》,第26—32页。

第 64 期③

孙毓苹:《论中学国文教学》,第1—6页。

蒋伯潜:《书"中等学校增授实用文字学议"后》,第7—9页。

徐中玉:《论修改(续)》,第10—17页。

---

① 原刊标示"民国三十六年十二月十日出版"。

② 原刊标示"民国三十七年一月十日出版"。编辑者调整为:朱自清、叶圣陶、吕叔湘、郭绍虞、周予同。

③ 原刊标示"民国三十七年二月十日出版"。

邢庆兰：《汉语研究中"三品说"之运用》，第18—23，27页。

纪庸：《"世说新语"之文章》，第24—27页。

张须：《释"史记"中"论"字》，第28—29页。

孙玄常：《苏译"去国行"笺注》，第30—34页。

第 65 期 [①]

陈望道：《上海公私立大学教授对于中国文学系改革的意见：两个原则》，第1页。

徐中玉：《上海公私立大学教授对于中国文学系改革的意见：读闻朱二先生文后》，第1—2页。

陈子展：《上海公私立大学教授对于中国文学系改革的意见：关于大学中国文学系的建议和意见》，第2—4页。

朱维之：《上海公私立大学教授对于中国文学系改革的意见：中外文合系是必然的趋势》，第5—6页。

程俊英：《上海公私立大学教授对于中国文学系改革的意见：我对于中国文学系课程改革意见》，第6，21页。

王季思：《语录与笔记》，第7—10页。

张洵如：《语尾"子"字用法调查》，11—14，17页。

陈思苓：《释"离骚"》，第15—17页。

张怀瑾：《"招魂""篝缕绵络"风俗证》，第18—21页。

沈祖棻：《阮嗣宗"咏怀"诗初论》，第22—29页。

叶蒬耕：《新书评介：诗言志辨：朱自清著，开明文史丛刊》，第30—31页。

第 66 期 [②]

徐中玉：《国文教学五论（未完）》，第1—5页。

王鋆：《书"汉语研究中三品说之运用"后》，第6—10页。

邢公畹：《论语中的否定词系（附表）》，第11—18页。

任铭善：《论语籀说》，第19—21页。

范宁：《陆机"文赋"与山水文学：魏晋文论散稿之二》，第22—

---

① 原刊标示"民国三十七年三月十日出版"。

② 原刊标示"民国三十七年四月十日出版"。

24，28 页。

王忠：《钟嵘品诗的标准尺度》，第 25—28 页。

徐德庵：《庄子内篇连语音训 (未完)》，第 29—32 页。

第 67 期 [1]

吕叔湘：《关于中外语文的分系和中文系课程的分组 (附表)》，第 1—4 页。

徐中玉：《国文教学五论 (续)》，第 5—10 页。

张洵如：《国语重叠词之调查》，第 11—14 页。

王季思：《元剧中谐音双关语》，第 15—19，4 页。

冯钟芸：《论杜诗的用字》，第 20—26 页。

孙次舟：《关于杜甫》，第 27—34 页。

徐德庵：《庄子内篇连语音训 (续)》，第 35—38 页。

第 68 期 [2]

叶蒉耕：《"教材研究"一课程的内容和方法：师范学院国文系课程商榷之二》，第 1—3 页。

王瑶：《谈古文辞的研读》，附录：程会昌：《关于"论今日大学中文系教学之蔽"》，第 4—6 页。

邢公畹：《汉语"子""儿"和台语助词 luk 试释》，第 7—13 页。

夏承焘：《"阳上作去""入派三声"说》，第 14—16 页。

范宁：《文笔与文气：魏晋文论散稿之三》，第 17—19 页。

张长弓：《中古游牧民族的音乐与诗歌》，第 20—24，16 页。

李长之：《西晋诗人潘岳的生平及其创作》，第 25—32，3 页。

第 69 期 [3]

张须：《论诗教》，第 1—3 页。

纪庸：《诗经章法探源 (附图)》，第 4—10，32 页。

程六：《漫谈北平语汇的搜集和整理》，第 11—15 页。

---

[1] 原刊标示"民国三十七年五月十日出版"。

[2] 原刊标示"民国三十七年六月十日出版"。

[3] 原刊标示"民国三十七年七月十日出版"。

郑业建：《假拟与修辞》，第 16—21 页。

张欣山：《关于中学生的错字问题》，第 22—26 页。

廖序东：《关于字体的矫正》，第 27—29 页。

程金造：《纪念逝世的国文教师：霸县高先生行状》，第 30—32 页。

第 70 期①

王季思：《词曲异同的分析》，第 1—4 页。

纪伯庸：《元曲助字杂考》，第 5—11 页。

邢公畹：《说动词的目的语兼论文法学的方向》，第 12—16，11 页。

李长之：《西晋大诗人左思及其妹左芬》，第 17—22 页。

程会昌：《左太冲咏史诗三论》，第 23—25 页。

徐德庵：《"庄子"外篇连语音训》，第 26—29 页。

孙玄常：《新刊评介：读"读词偶得"：俞平伯著，开明书店出版》，第 30—32 页。

第 71 期②

编者：《悼念朱自清先生 (附照片)》，第 1 页。

王瑶：《朱自清先生的学术研究工作》，第 2—3 页。

吴晓铃：《佩弦先生纪念》，第 3—6 页。

徐中玉：《论陈言》，第 7—13 页。

纪庸：《元杂剧之题材》，第 14—22 页。

严敦易：《论"行院"》，第 23—27 页。

徐德庵：《"庄子"外篇连语音训 (续)》，第 28—32 页。

第 72 期③

邢公畹：《语言与文艺》，第 1—8 页。

于在春：《"转化"论：修辞现象论之一》，第 9—13，17 页。

罗农父：《国文教学经验谈：湖南省立七中国文科会议报告》，第

---

① 原刊标示"民国三十七年八月十日出版"。

② 原刊标示"民国三十七年九月十日出版"。因朱自清去世，编辑者调整为：吕叔湘、叶圣陶、郭绍虞、周予同。

③ 原刊标示"民国三十七年十月十日出版"。

14—17 页。

纪庸:《楚辞"九歌"之舞曲的结构》,第 18—23 页。

张怀瑾:《离骚"降"字解》,第 24—26 页。

林庚:《说"橘颂"》,第 27—29 页。

浦江清:《朱自清先生传略》,第 30—32 页。

第 73 期[①]

魏建功:《中国语文教育精神和训练方法的演变:"国语说话教材及教法"序》,第 1—4 页。

王利器:《文笔新解(附表)》,第 5—8 页。

傅庚生:《说"三瘦"》,第 9—13 页。

赵景深:《"水浒传"简论》,第 14—21 页。

纪庸:《唐诗之"因""革"》,第 22—26 页。

王忠:《论"唐诗三百首"选诗的标准》,第 27—30,4 页。

沈祖棻,王维:《唐人七绝诗浅释:送沈子归江东》,第 31 页。

沈祖棻,刘长卿:《唐人七绝诗浅释:重送裴郎中贬吉州》,第 31 页。

沈祖棻,岑参:《唐人七绝诗浅释:山房春事(二首之一)》,第 31 页。

沈祖棻,杜甫:《唐人七绝诗浅释:江南逢李龟年》,第 31 页。

沈祖棻,贾至:《唐人七绝诗浅释:春思(二首之一)》,第 31 页。

沈祖棻,李益:《唐人七绝诗浅释:隋宫燕》,第 31 页。

沈祖棻,权德舆:《唐人七绝诗浅释:杂兴(五首之一)》,第 31—32 页。

沈祖棻,柳宗元:《唐人七绝诗浅释:酬曹侍御》,第 32 页。

沈祖棻,刘禹锡:《唐人七绝诗浅释:石头城》,第 32 页。

沈祖棻,元稹:《唐人七绝诗浅释:重赠乐天》,第 32 页。

沈祖棻,白居易:《唐人七绝诗浅释:闺妇》,第 32 页。

沈祖棻,杜牧:《唐人七绝诗浅释:南陵道中》,第 32 页。

沈祖棻,李商隐:《唐人七绝诗浅释:寄蜀客》,第 32 页。

沈祖棻,薛能:《唐人七绝诗浅释:黄蜀葵》,第 32 页。

沈祖棻,贾岛:《唐人七绝诗浅释:三月晦日赠刘评事》,第 33 页。

沈祖棻,郑谷:《唐人七绝诗浅释:席上赠歌者》,第 33 页。

---

① 原刊标示"民国三十七年十一月十日出版"。

沈祖棻，陈陶：《唐人七绝诗浅释：陇西行》，第 33 页。

沈祖棻，鱼玄机：《唐人七绝诗浅释：江陵愁望有寄》，第 33 页。

第 74 期 ①

张存拙：《中学国文教材的改进和社会本位文化》，第 1—4 页。

叶华：《古代文学起源新探》，第 5—9 页。

居乃鹏：《"周易"与古代文学》，第 10—13 页。

赵仲邑：《"成相辞"与"击壤歌"》，第 14—15，9 页。

邢公畹：《活的文法：叶斯柏荪"文法哲学"述略之一》，第 16—21，27 页。

杨伯峻：《破音略考》，第 22—24 页。

何汉章：《读"阳上作去入派三声说"后（附表）》，第 25—27 页。

徐德庵：《"庄子"杂篇连语音训》，第 28—31 页。

王纶：《纪念抗战期间逝世的文史教授：姚名达先生传》，第 32 页。

附录：《民国三十七年度本刊总目索引》，第 33—34 页。

1949 年《国文月刊》目录

第 75 期 ②

王纶：《研究训诂之新途径》，第 1—5 页。

孙伏园：《中学的文言教育：兼评"开明文言读本"》，第 6—9 页。

邢公畹：《"论语"中的对待指别词》，第 10—17，9 页。

傅庚生：《评李杜诗（未完）》，第 18—23 页。

张长弓：《论"吴歌""西曲"产生时的社会基础》，第 24—28 页。

王运熙：《乐府"前溪歌"杂考》，第 29—30 页。

许世瑛：《释"阿奴"》，第 31—33，28 页。

第 76 期 ③

王了一：《语法答问》，第 1—6 页。

---

① 原刊标示"民国三十七年十二月十日出版"。

② 原刊标示"民国三十八年一月十日出版"。

③ 原刊标示"民国三十八年二月十日出版"。

第 82 期[①]

吕叔湘：《说代词语尾"家"》，第 1—6 页。

傅庚生：《"诗品"探索》，第 7—19 页。

赵冈：《"世说新语"刘注义例考："世说新语"丛考之一》，第 20—26 页。

纪庸：《元曲作家之升沈（续）》，第 27—30，19 页。

邢公畹：《重提拉丁化运动》，第 31—33 页。

（本文选自《山东师范大学学报》（人文社会科学版）2013 年第 4 期，李宗刚辑）

---

① 原刊标示"1949 年 8 月出版"。

1947—1948 年《诗创造》目录辑校

　　《诗创造》是刊发中国现代诗歌的重要刊物之一。该刊于 1947 年 7 月创刊，1948 年 10 月被查封，前后共出刊 16 期。第一卷共计 12 期，第二卷共计 4 期。编辑者为"诗创造社"，发行者为"星群出版公司"，后于 1948 年 2 月改为"星群出版社"。出版地为"上海西门路 60 弄 43 号"，在 1948 年 6 月出版的第一卷第 12 期中，地址名称更改为"上海自忠路 60 弄 43 号"。《诗创造》共计刊发了 475 篇作品，其中国内诗人诗作 352 篇，国外诗人译作 70 篇，理论与评介文章 29 篇，编者刊发的《编余小记》、《诗人与书》等系列专栏文章 24 篇。共有 250 位作者的名字出现在期刊中。

　　《诗创造》中刊载的内容基本分为国内诗人作品、外国诗人译作、理论及评介文章三个部分，这在目录中体现得十分清楚①，但是在刊物正文部分，诗作与文章并未严格按照目录顺序编排，而是将外国诗人译作与理论与评介文章两个部分的内容穿插在了国内诗人作品之中。在该刊的《编余小记》专栏中，编者常常利用这个"小阵地"探讨关于诗作与诗人、诗人艺术创作倾向、现实与艺术的结合、"前进性"等问题，同时，编者还通过《编余小记》，及时地反馈读者来信中所提到的问题，达到与读者更好地沟通的目的，我们在汇校的过程中，按照其刊登的页码顺序进行了整理。

　　《诗创造》秉承着兼容并蓄的编辑宗旨，向全国征集优秀诗作、译作以及理论与评介文章，在诗界引起了极大的反响。在《诗创造》中，"九叶诗派"的诗人杭约赫、辛笛、陈敬容、唐祈、唐湜、袁可嘉 6 位诗人共发表了 30 篇作品，其中 21 篇是诗作，3 篇是译作，6 篇是理论与评介文章。具体来说，发表文章最多的是陈敬容，其发表诗作有 6 篇、译作

---

　　① 目录按照国内诗人作品、外国诗人译作、理论及评介文章这样三个部分的顺序编排作品名称，并在不同部分之间用"空行"分隔。

有 1 篇、理论与评介文章有 2 篇，共有 9 篇；唐湜发表的诗作有 3 篇、译作有 1 篇、理论与评介文章有 4 篇，共有 8 篇；杭约赫发表的诗作有 6 篇，唐祈发表的诗作有 4 篇，辛笛发表的诗作有 2 篇，袁可嘉发表的理论与评介文章 1 篇。然而，九叶诗派的其他三位为"北方"诗人——穆旦、郑敏、杜运燮，并没有在《诗创造》上发表文章或者诗作。当然，署名"穆旦"的作品尽管没有出现在《诗创造》上，但"穆旦"的名字常常出现在刊物内容中，或被其他学者诗人品评，如默弓所写的《真诚的声音》①，便对穆旦、郑敏、杜运燮三位诗人诗作进行了评论；或在《诗人与书》等小专栏中被提及。

在此需要说明的是，1948 年 4 月份出版的第一卷第 10 期《诗创造》为"翻译专号"，其诗作和文章全部由国内诗人、学者翻译而来；1948 年 6 月份出版的第一卷第 12 期中，共计 7 篇文章，则皆为理论与评介性文章。

为了更好地呈现《诗创造》的历史原貌，本文在《诗创造》的目录辑校过程中，对那些在目录中的诗歌名称和作者名字与正文不相对应的，我们都以注释的方式进行了补充说明。

第一卷，第 1 期②

黄永玉 木刻：《苗人酬神舞》。

青勃：《蚕·外一首》，第 1 页。③

杭约赫：《伪善者》，第 2—3 页。

方平：《摇篮曲》，第 3 页。

臧克家：《尸》，第 4 页。

红啸：《请问你呀大白米》，第 4 页。

康定：《离开吧，那不可留恋的一切》，第 5 页。

沈明：《我，和我的梆子》，第 6 页。

陈敬容：《无线电绞死春天》，第 7 页。

苏金伞：《破草帽》，第 7 页。

江天漠：《带路的人》，第 8 页。

---

① 默弓：《真诚的声音》，《诗创造》，1948 年第 12 期。

② 该刊于 1947 年 7 月出版。编辑者为"诗创造社"，发行者为"星群出版公司"，出版地为："上海西门路 60 弄 43 号"。在封面的下半部分，用大号字体标示"带路的人"。

③ 青勃的《外一首》题为《跌》，目录中没有出现。

李抟程：《笑》，第 9 页

郝天航：《哭的和笑的》，第 9 页。

黄耘：《明天》，第 10—11 页。

方敬：《新诗话》，第 10—13 页。

方平：《交响音乐》，第 13 页。

金克木：《小夜曲》，第 14 页。

林宏：《我听着远远的号音》，第 15 页。

王驼：《歌女》，第 15 页。

唐湜：《梵乐希论诗》，第 16—18 页。

茅隐农：《赠》，第 17 页。

孔柔：《报童》，第 19 页。

穆歌：《想起》，第 19 页。

海涅 作，晓帆 译：《黄昏》，第 20 页。

刘岚山：《我的歌》，第 20 页。

金军：《葬》，第 21 页。

韦芜：《笔的梦》，第 22 页。

田地：《傍晚来的客人》，第 22 页。

臧云远：《妈妈》，第 23 页。

沙鸥：《除夕》，第 23 页。

童晴岚：《月亮光》，第 24—25 页。

于赓虞：《金字塔》，第 25 页。

理尔克 作，徐迟 译：《钢琴练习》，第 25 页。

编者：《编余小计》，第 26 页。①

卡耐 作，李白凤 译：《小东西》，第 26 页。

葛雷 作，杜秉正 译：《歌者》，第 27—32 页。

广告与启事，第 33—34 页。

第一卷，第 2 期②

卡德 木刻：《骑者》。

方敬：《请看这世界》，第 1 页。

---

① 在《编余小记》中，主要探讨了现实与诗作的关系等问题。

② 该刊于 1947 年 8 月出版。在封面的下半部分，用大号字体标示"丑角的世界"。

---

① 该诗副标题为"闻一多先生周年忌"，目录中没有出现，正文中标示。

② 该诗副标题为"·仿法国 G·耶波利那诗·"，目录中没有出现，正文中标示。

③ 该诗副标题为"给小儿玲珑"，目录中没有出现，正文中标示。

④ 在目录处，本诗名为《我还是我呀》，但在正文处，名为《我还是我呀！》。

⑤ 该诗副标题为"弟弟的诗"，目录中没有出现，正文中标示。

---

① 该诗副标题为"给 L.L."，目录中没有出现，正文中标示。

② 该诗副标题为"小弟弟，哭泣在黑夜里，我替他点亮了灯……"，目录中没有出现，正文中标示。

③ 在《编余小记》中，交流关于与读者沟通的问题。

④ 该刊于 1947 年 9 月出版。在封面的下半部分，用大号字体标示"骷髅舞"。

⑤ 在目录处，本诗名为《风车和我的瞌睡》，但在正文处，名为《风车·和我的瞌睡》。

⑥ 该诗副标题为"给小妹妹小弟弟们"，目录中没有出现，正文中标示。

戈宝权 译：《译诗二首》，第 12 页。

刘岚山：《农妇的歌》，第 13 页。

胡惠峰：《桥》，第 13 页。

李白凤：《致诗人》，第 14 页。①

莱蒙托夫 作，李嘉 译：《我的祖国》，第 15 页。

许浒：《奇怪的年龄》，第 16—17 页。

臧鸢坡：《蜘蛛》，第 17 页。

公兰谷：《小城》，第 18 页。

索开：《江边三唱》，第 19 页。

叶金：《荒园》，第 20 页。

流沙：《旅人》，第 20 页。

常枫：《骷髅舞》，第 21—23 页。②

余一木：《祝福》，第 23 页。③

江青：《一首小诗的研究》，第 24—25 页。④

丁力：《粑粑》，第 26 页。

朱萍：《火炕里的声音》，第 26 页。

狄青拉 作，戈宝权 译：《当我在树林里散步》，第 27 页。

杨琦：《夜祭》，第 27 页。

苏瑞 作，杜秉正 译：《学者》，第 28 页。

潘冰：《山乡老》，第 28 页。⑤

羊翚：《五个人的夜会》，第 29 页。

杭约赫：《仇恨的埋葬①》，第 30—31 页。

编者：《诗人与书》，第 32 页。

广告与启事，第 32—34 页。

第一卷，第 4 期⑥

黄永玉 套色木刻：《浴》。

---

① 该诗副标题为"向我的同行致敬"，目录中没有出现，正文中标示。
② 该诗副标题为"听 Saint Saens 名曲「Dance macabre」"，目录中没有出现，正文中标示。
③ 该诗副标题为"给梅"，目录中没有出现，正文中标示。
④ 在目录处，本诗名为《一首小诗的研究》，但在正文处，名为《一首小诗底研究》。
⑤ 在目录处，本诗名为《山乡老》，但在正文处，名为《山乡佬》。
⑥ 该刊于 1947 年 10 月出版。在封面的下半部分，用大号字体标示"饥饿的银河"。

① 该诗副标题为"给无名死者"，目录中没有出现，正文中标示。
② 该诗副标题为"悼闻一多先生"，目录中没有出现，正文中标示。

---

① 该刊于 1947 年 11 月出版。在封面的下半部分，用大号字体标示"箭在弦上"。

② 在目录处，本诗名为《七品官》，但在正文处，添加了"外一首"——《一个兵士》。

③ 在目录处，本诗名为《微光》，但在正文处，添加了"外二首"——《晨》和《邂逅》。

杭约赫：《仇恨的埋葬③》，第 24—27 页。

程楚：《失望》，第 27 页。

高寒 辑：《民间情歌》，第 28 页。

编者：《编余小记》，第 29—30 页。①

编者：《诗人与书》，第 31 页。

广告与启事，第 31—34 页。

第一卷，第 6 期②

失名 木刻：《归》。

陈敬容：《有人向旷野去了》，第 1 页。

任钧：《江边·和平女神》，第 2 页。

胡里：《幻想曲》，第 2 页。

臧克家：《生死的站口》，第 3—4 页。

胡惠峰：《诗三首》，第 5 页。

方晔：《水》，第 5 页。

袁水拍 译：《流浪汉的歌》，第 6 页。③

爱吕亚 作，戴望舒译：《战时情诗七章》，第 7—9 页。

李白凤：《预感》，第 10—11 页。

穆歌：《果树园》，第 10—11 页。

李谷野：《虫豸篇》，第 12 页。

于漠：《没有罪的》，第 12 页。

康定：《贼》，第 13 页。

羊翚：《送信》，第 13—14 页。

金帆：《香港，我轻轻地摇你入睡》，第 14 页。④

普希金 作，戈宝权 译：《诗四章》，第 15—18 页。

刘旿：《写给湖的诗》，第 18 页。⑤

屈游子：《熔化掉寒冷》，第 19 页。

---

① 编余小记是记录编者对于一些诗作的看法与分析。

② 该刊于 1947 年 12 月出版。在封面的下半部分，用大号字体标示"岁暮的祝福"。

③ 该诗副标题为"美国民谣"，目录中没有出现。

④ 在目录处，本诗名为《香港，我轻轻地摇你入睡》，但在正文处，名为《香港，让我轻轻地摇你入睡》。

⑤ 该诗副标题为"献给陵"，目录中没有出现，正文中标示。

---

[1] 曹玄衣《自己的催眠》没有出现在本刊目录中。

[2] 编余小记中,编者感谢读者的订阅,阐明办刊的目的。

[3] 该刊于 1948 年 1 月出版。在封面的下半部分,用大号字体标示"黎明的企望"。

[4] 在目录处,本诗名为《「夜吗」》,但在正文处,名为《"夜吗!"》。

[5] 在目录处,本诗名为《严肃的时辰》,但在正文处,添加了"外二首"——《老妓女》和《一个乡村寡妇》。

申奥：《迎一九四八年》，第 6 页。

牧人：《夜歌》，第 6 页。

方平：《街头篇》，第 7 页。

陈敬容：《我在这城市中行走》，第 8 页。

丁耶：《罪恶的修补》，第 8 页。

沈明：《快乐的人们》，第 9 页。

方宇晨：《无心的馈赠》，第 10—11 页。

柳梦莺：《无题》，第 11 页。

勃朗宁 作，屠岸 译：《前瞻》，第 12 页。

金津：《醒来》，第 13 页。

康定：《初冬偶题》，第 13 页。

拉德生 作，戈宝权 译：《诗两章》，第 14 页。

臧云远：《婴儿》，第 15 页。

李放：《种子》，第 15 页。

蒋天佐：《读诗杂录》，第 16—17 页。

孙跃冬：《心境》，第 17 页。

陈侣白：《岁晚》，第 18 页。①

胡里：《春天就在那边》，第 19 页。

项伊：《红灯》，第 19 页。

林凡：《讖词》，第 20 页。

费雷：《新山歌》，第 20 页。

叶金：《黎明的企望》，第 21—22 页。

冷人：《冬天》，第 22 页。

李白凤：《智慧集》，第 23 页。

苏新：《英美近代六大意象派诗人》，第 24—26 页。

金军：《冬夜》，第 26 页。

拜伦 作，杜秉正 译：《戚廊的囚徒》，第 27—34 页。

唐湜：《虹》，第 34 页。

编者：《编余小记》，第 35 页。②

编者：《诗人与书》，第 35 页。

---

① 在目录处，本诗名为《岁晚》，但在正文处，添加了"外二首"——《孤独》和《曾经……》。

② 编余小记，第七辑的总结并与读者沟通。

第一卷，第8期①

---

① 该刊于1948年2月出版。特备注明:本刊发行者由"星群出版公司"更改为"星群出版社"。在封面的下半部分，用大号字体标示"祝寿歌"。

② 在目录中，木刻画作者的名字 BALDINELLI，在内文中则拼写成了 BALPINELLI。

③ 该诗副标题为"给行乞的老太婆"，目录中没有出现，正文中标示。

倪嘉:《灯》,第 23 页。

朗菲罗 作,李岳南 译:《村野铁匠》,第 24 页。

海滔:《动物诗三首》,第 25 页。

嘉丁:《先知者》,第 26 页。①

魏勒 作,杜秉正 译:《幻景》,第 27 页。

陈敏端:《夜雨》,第 27 页。

彭桂蕊:《依间》,第 28 页。

洛生费尔特 作,晓帆 译:《到那儿去》,第 28 页。

凌彦:《旅途》,第 28 页。

紫墟:《码头夜什》,第 29 页。

雪莱 作,方平 译:《西风歌》,第 30—31 页。

编者:《编余小记》,第 32 页。②

编者:《诗人与书》,第 32 页。

广告与启事,第 33—34 页。

第一卷,第 9 期③

史可塞拉斯 木刻:《农妇》。

唐祈:《雪夜森林》,第 1 页。

吴越:《太阳》,第 1 页。

寥水音:《诗》,第 2 页。④

林凡:《古梦》,第 3 页。

高加索:《江南谣》,第 4 页。

程铮:《悼》,第 5—6 页。

江晓静:《啊,我的恐怖哪》,第 7—8 页。

惠特曼 作,屠岸 译:《更进一步》,第 9 页。

朝谷:《猫狗篇》,第 10 页。

于曦:《丰饶的平原》,第 11 页。

杨云萍 作,范泉 译:《巷上盛夏》,第 12 页。

---

① 该诗副标题为"读「西班牙诗歌选译」以后",目录中没有出现,正文中标示。

② 编余小记,关于屠岸先生的来信和翻译问题。

③ 该刊于 1948 年 3 月出版。在封面的下半部分,用大号字体标示"丰饶的平原"。

④ 该诗副标题为"给一个老伙伴作为元旦的礼物",目录中没有出现,正文中标示。

---

① 该诗副标题为"写在牢里"，目录中没有出现，正文中标示。
② 该诗副标题为"写在九一八，为了不要忘却那八年的日子"，目录中没有出现，正文中标示。
③ 在目录处，本诗名为《穷贫》，但在正文处，名为《贫穷》，题目以目录为准，特此说明。

何晔成：《读诗随笔二则》，第 29—30 页。

打箭炉：《废话》，第 30 页。

编者：《编余小记》，第 31 页。[①]

编者：《诗人与书》，第 32 页。

广告与启事，第 32—34 页。

第一卷，第 12 期[②]

袁可嘉：《新诗戏剧化》，第 1—6 页。

唐湜：《严肃的星辰们》，第 7—26 页。

默弓：《真诚的声音》，第 27—31 页。[③]

陈敬容：《和方敬谈诗》，第 32—33 页。

戈宝权 译：《关于伊萨柯夫斯基》，第 34—36 页。

沈济 译：《艾略忒论诗》，第 37—39 页。

李旦 译：《彭史德论奥登等诗人》，第 40—46 页。

编者：《编余小记》，第 47 页。[④]

《诗创造》第一辑至第十二辑总目录，第 48—52 页。

广告与启事，第 53—57 页。

第二卷，第 1 期[⑤]

本社：《新的起点》，第 3—4 页。

田青：《比比看》，第 4 页。

江风：《一年祭》，第 5 页。

穆木天：《我的损失》，第 6 页。

马凡陀：《山歌》，第 6 页。

劳荣：《两代之歌》，第 7 页。

梦启：《第一声雷》，第 8—9 页。

太戈尔 作，金克木 译：《诗一首》，第 9 页。

---

① 编余小记，回首创刊近一周年的事迹。

② 该刊于 1948 年 6 月出版。出版地址于本期由"西门路"更改为"自忠路"。在封面的下半部分，用大号字体标示"严肃的星辰们"。

③ 该诗副标题为"略论郑敏、穆旦、杜运燮"，目录中没有出现，正文中标示。

④ 编余小记，关于创刊一周年的总结。

⑤ 该刊于 1948 年 7 月出版。

臧克家：《人，是向上的》，第 10—12 页。

王采：《收获季》，第 10—14 页。

任钧：《不倦的巨轮》，第 13—14 页。

沈明：《故乡》，第 15—16 页。

康定：《愚蠢》，第 17 页。①

黄时枢：《灾难的岁月》，第 18—21 页。

英蓓尔 作，彭慧 译：《仿民歌调》，第 22 页。

李抟程：《报仇》，第 22 页。

陈侣白：《马和老兵》，第 23 页。

威尔支 作，高寒 译：《收获》，第 23 页。

张天芦：《我要离开这里》，第 24—25 页。②

孙跃冬：《诗两首》，第 25 页。

劳辛：《诗的形象短论》，第 26—27 页。

冯振乾：《残废者与受难者》，第 28 页。

陆鸣秋：《耕者的歌》，第 29 页。

泥鮟：《她是嘟个疯的》，第 30 页。

编者：《诗人与书》，第 31 页。

编者：《编余小记》，第 31 页。③

广告与启事，第 32 页。

第二卷，第 2 期④

采风官：《忧郁》，第 3 页。

苏蓬卢：《土地篇》，第 4—6 页。

欧文泉：《病榻小唱》，第 5 页。

康定：《王老爹的坟》，第 6 页。

张方：《老王坡》，第 7 页。

马牧边：《血底围墙》，第 8 页。

林宏：《祝福》，第 9 页。

---

① 该诗副标题为"一个人愚蠢到连自然规律都要否定"，目录中没有出现，正文中标示。

② 该诗副标题为"给黎"，目录中没有出现，正文中标示。

③ 编余小记，针对第二年的《诗创造》寄语。

④ 该刊于 1948 年 8 月出版。

圣野:《警号》,第 9 页。

瓦区:《向死登记》,第 10 页。

丹牧:《身份》,第 10 页。[①]

钟辛:《论诗二题》,第 11—13 页。

青勃:《没有技巧》,第 14—15 页。

路夫:《播种的日子》,第 15 页。

毕彦:《贫穷者的歌》,第 16 页。

康定:《悼念》,第 16 页。

德莱塞 作,胡惠峰 译:《反叛》,第 17 页。

肯开尔 作,謵利 译:《勇士的告别》,第 17 页。

庄稼:《人民喜见乐闻的诗》,第 18—19 页。

高罗杰兹基 作,戈宝权 译:《悲伤》,第 20 页。

穆歌:《我不会答复》,第 21—22 页。

邵燕祥:《晴天》,第 23 页。

丁钢:《送葬》,第 24—25 页。

冬青:《旷野》,第 24—25 页。

屠丑:《受苦情》,第 25 页。

史悒:《告别》,第 26 页。

向前:《声音》,第 27 页。

山鹰:《农村谣》,第 28 页。

于漠:《村妇吟》,第 28 页。

彭桂蕊:《赵家铺》,第 29 页。

蒋燧伯:《疯狂的世界》,第 29 页。

俞苍茫:《我们这里》,第 30 页。

吴逊:《生活》,第 30 页。

编者:《编余小记》,第 31 页。[②]

广告与启事,第 32 页。

第二卷,第 3 期[③]

李泊:《招考广告》,第 3 页。

[①] 在目录处,本诗作者名字错写为"牧丹",应为"丹牧",特此注明更正。

[②] 编余小记,对于现状的反馈以及对一些诗作的评点。

[③]该刊于 1948 年 9 月出版。

第二卷，第4期④

---

① 该诗副标题为"看「万家灯火」后"，目录中没有出现，正文中标示。

② 该诗副标题为"「我们离开完成任务还远，不要骄傲，不要停止。」"，目录中没有出现，正文中标示。

③ 该诗副标题为"一个小雇农的一天"，目录中没有出现，正文中标示。

④ 该刊于1948年10月出版。

⑤ 该诗副标题为"给皇宫的传音筒"，目录中没有出现，正文中标示。

⑥ 在目录处，本诗名为《看着田地躺到天边》，但在正文处，添加了"外二首"——《清早扛起锄头》和《想思》，题目以目录为准。

(选自《山东青年政治学院学报》2013 年第 4 期,李宗刚、李静辑)

---

① 目录处作者的名字叫做"马丹边",正文处作者的名字为"马牧边"。
② 该诗副标题为"一个农民的创作",目录中没有出现,正文中标示。
③ 该诗副标题为"孩子的诗",目录中没有出现,正文中标示。
④ 该诗副标题为"给爱我的朋友们",目录中没有出现,正文中标示。
⑤ 编余小记,悼念朱自清先生并评点本期诗作。

抗战时期高校内迁概述（节选）

郑刚　张燕

　　抗战时期我国高校指国民政府统辖的国立、省立、私立的大学、学院、专科学校共计约 120 余所。为避免高等教育遭受更严重的损失，各高校开始分批次和有层次的内迁（见表一）。

表一：抗战时期高校内迁一览表

校名	原校址	新校址	内迁情况
北京大学、清华大学、南开大学	北平天津	昆明	三校首迁长沙，1937 年 8 月联合组成长沙临时大学，1938 年 4 月迁昆明，更名为国立西南联合大学。
北平大学、北平师范大学、北洋工学院	北平天津	南郑	三校首迁西安，1937 年 8 月联合组成西安临时大学。二迁陕南汉中，三迁陕南南郑。1938 年改名国立西北联合大学。
交通大学唐山土木工程学院、交通大学北平铁道管理学院	唐山北平	四川壁山	两校先后迁往湖南湘潭，1938 年合并。1939 年迁贵州平越。1942 年 1 月改称国立交通大学分校。1943 年 1 月迁川东壁山。
交通大学	上海	重庆	1940 年在重庆设分校。1942 年在重庆设总校。
同济大学	上海	南溪	首迁上海市区；1937 年 9 月迁浙西金华，11 月迁赣南赣州。1940 年秋迁川南宜宾和南溪。
暨南大学	上海	福建建阳	首迁上海租界。1941 年 12 月迁闽北建阳。
中央大学	南京	重庆	迁重庆。医学院、农学院畜牧医药系则迁成都。

校名	原校址	新校址	内迁情况
山东大学	青岛	万县	1937 年 10 月迁川东万县。
浙江大学	杭州	贵州	1937 年 11 月迁浙西建德,年底迁赣中吉安。三迁赣南泰和。1938 年 7 月迁桂北宜山。1939 年 7 月迁黔北遵义。
厦门大学	厦门	福建长汀	1937 年 12 月迁闽西长汀。
上海医学院	上海	重庆	1939 年夏迁昆明,与中正医学院合并。后迁重庆。
中正大学	上海	南昌	1940 年 10 月建于泰和。1945 年 1 月迁赣南宁都。战后迁南昌。
中正医学院	南昌	福建长汀	1937 年 10 月创办于南昌。12 月迁吉安,二迁赣西永新。三迁昆明。四迁黔西镇宁。五迁返永新。六迁泰和。1945 年 1 月迁闽西长汀。
武汉大学	武汉	乐山	1937 年 11 月迁四川乐山。
湖南大学	长沙	辰溪	1938 年 10 月迁湘西辰溪。
中山大学	广州	广东梅县	1938 年 10 月迁粤西罗定。后迁云南澄江。1940 年 4 月迁粤北坪石镇。1944 年秋迁粤北连县。五迁粤北仁化。六迁粤东兴宁。七迁粤东梅县。
国立师范学院	安化	湖南溆浦	1938 年 10 月在湘西安化建立。1944 年夏迁湘西溆浦。
四川大学	成都	峨眉	1939 年迁峨眉。
云南大学	昆明		理学院迁滇中嵩明,工学院迁滇北会泽,农学院迁滇中呈贡。
贵阳医学院	贵阳	重庆	1944 年秋迁重庆。
贵阳师范学院	贵阳	遵义	1944 年冬迁遵义。
西北师范学院	城固	兰州	1939 年在陕南城固创建。1944 年全部迁至兰州。
东北大学	沈阳	四川三台	"九一八"后迁北平。1937 年迁开封。6 月迁西安。1938 年迁四川三台。

校名	原校址	新校址	内迁情况
山西大学	太原	陕西宜川	1939 年 12 月迁陕中三原。1941 年 11 月迁陕北宜川。1943 年 2 月迁晋南吉县。4 月改为国立。1943 年 7 月迁回宜川。
河北女子师范学院	天津	西安	部分师生赴西安，转入西安临时大学。
安徽大学	安庆	湖北沙市	1938 年迁湖北沙市。1939 年停办，编制保留在武汉大学。
江苏省医政学院	镇江	重庆	1937 年迁湘西沅陵。后改为国立江苏医学院，冬迁贵阳。次年迁重庆。
江苏省立教育学院	无锡	四川璧山	首迁长沙。1938 年 1 月迁桂林。后迁川东璧山。
浙江战时大学			1938 年创建。1939 年 5 月改称浙江省立英士大学。1942 年迁浙南云和。再迁浙南泰顺。1943 年 4 月改为国立英士大学。
苏皖联立临时政治学院			1940 年创办于皖西立煌。1944 年改为安徽省立学院。在皖南屯溪设分校。
河南大学	开封	宝鸡	文、理学院迁河南鸡公山，农学院迁镇平。1938 年 8 月均集中镇平。1939 年迁豫嵩县。1942 年改为国立。1944 年迁豫西淅川。1945 年迁陕西宝鸡。
广东省立教育学院	广州		1938 年首迁梧州。二迁桂东腾县。三迁桂东融县。1939 年迁粤北乳源。9 月改名广东省立文理学院。冬迁连县。1942 年迁粤北曲江。1944 年迁返连县，八迁粤西罗定。
广东省立勷勤商学院	广州		1938 年迁融县。继迁粤南遂溪。三迁粤南信宜。
省立广西大学	桂林	贵州榕江	1939 年 8 月改国立。1944 年秋迁桂东融县。11 月迁黔南榕江。

校名	原校址	新校址	内迁情况
桂林师范学院	桂林	贵州平越	1944年冬迁桂北三江。后迁贵州平越。
贵州农工学院		遵义	1941年创办于贵阳附近的贵筑县。1944年冬迁遵义。
广州协和神学院	广州	云南大理	迁滇西大理。
中华文化学院	粤北坪石	广州	1942年建于粤北坪石。1945年初迁梅县。战后迁广州。
国立北平艺术专科学校、国立杭州艺术专科学校	北平杭州	重庆	杭州艺专首迁浙中诸暨,二迁赣东贵溪。三迁湘西沅陵。与北平艺专合并。1938年迁昆明。1939年迁滇中呈贡。1941年迁璧山。1943年迁重庆。
中央政治学院	南京	重庆	1937年9月迁庐山。1938年6月迁湘西芷江。7月迁重庆。
蒙藏学院	南京	四川万县	首迁皖南青阳。1937年底迁芷江。1938年6月迁万县。
军医学校	南京	贵州安顺	1938年10月迁黔西安顺。
国立中央工业专科学校	南京	重庆	迁宜昌。1938年夏迁重庆,同时在川东巴县设分校。
国立药学专科	南京	重庆	1937年8月迁武昌。1938年1月迁重庆。
国术体育专科学校	南京	四川北碚	迁长沙。二迁桂林。三迁桂南龙州。1940年冬迁川东北碚。
南京戏剧学校	南京	重庆	1938年迁重庆。1938年迁川南江安。后又迁返重庆。改为国立戏剧学校。
国立东方语专科学校	呈贡	重庆	1942年10月创办于呈贡。1945年7月迁重庆。
国立吴淞商船专科学科	吴淞	重庆	1939年底迁重庆复校,改称重庆商船专科学校。
国立幼稚师范专科学校	赣南泰和	赣南广昌	1943年2月创办于赣南泰和。1944年迁赣县。1945年春迁广昌。

校名	原校址	新校址	内迁情况
国立海疆学校	闽东仙游	闽西南安	1944年5月创办于闽东仙游。1945年春迁闽西南安。
国立中央技艺专科学校		乐山	1939年创办于成都、南充。后迁至乐山。
山西工农专科学校	太谷		迁晋南运城。1937年11月迁豫西陕县。次年1月迁西安。11月迁陕南沔县。1940年8月改为私立铭贤学院。
山东省药学专科学校	青岛	万县	迁万县。
山东省医学专科学校	济南	万县	迁万县。
山东省师范专科学校		安徽阜阳	1941年秋创办。1943年秋迁皖北阜阳。
江苏省蚕桑专科学校	苏州	乐山	迁至乐山。
江苏省银行专科学校	镇江		迁湘北桃源。二迁湘西乾城。1941年改为国立商学院。
浙江省医药专科学校	杭州	浙江天台	1937年11月迁浙西淳安。二迁缙云。1938年1月迁临海。1939年迁天台。
浙江省杭州蚕丝职业学校	杭州		迁临安。二迁寿昌。三迁新昌。四迁山乘县。五迁返新昌。六迁浙中缙云。
江西省工业专科学校	南昌	江西宁都	1938年首迁赣县。1939年迁赣南于都。1945年1月迁赣南宁都。
江西省医学专科学校	南昌	江西宁都	1937年底迁赣西新余。1938年夏迁赣县。1939年春迁赣南南康。1940年12月迁赣县。1945年1月迁赣南云都，3月迁宁都。
江西省农业专科学校		江西婺源	新设。1943年在赣南泰和恢复。1945年1月迁婺源。
江西省体育师范专科学校	江西吉安	江西永丰	1943年夏创办于赣中吉安。后迁泰和，1945年1月迁赣中永丰。
江西省立兽医专科学校	南昌	江西吉水	1938年11月创办于南昌。1939年迁吉安，后迁泰和。1945年迁赣南吉水。

校名	原校址	新校址	内迁情况
福建省医学专科学校	福州		首迁闽西永安。1938年5月迁闽西沙县。1940年4月迁返永安。
福建省师范专科学校	福建永安	福建南平	1941年6月创建于闽西永安。1942年夏迁闽中南平。
湖北省农业专科学校	武汉	恩施	1938年冬迁鄂西恩施。1940年改为省立农学院。
河南省水利工程专科学校	开封	河南镇平	迁豫西镇平。
湖南国医专科学校	长沙	衡阳	1938年迁湘南衡阳。1941年停办。
湖南省农业专科学校	南岳	辰溪	迁湘南东安。继迁湘西辰溪。战后迁长沙。
湖南省修业高级职业学校	长沙	安化	迁湘西安化。
广东省艺术专科学校	广州		1942年5月迁曲江。后迁罗定。
广东省体育专科学校	广州	广东云浮	抗战爆发后迁粤西云浮。
广东省工业专科学校	广东高要	广东云浮	1944年重建于粤西高要。1945年3月迁粤西云浮。
广西军医学校	南宁		1938年11月迁桂西田阳。11月改为广西省立医学院。1940年迁桂林。1944年夏分路迁桂东昭平、贺县、融县和桂北三江。
陕西省医学专科学校	西安	陕西南郑	迁陕南南郑。
私立燕京大学	北平	成都	1941年冬部分师生赴成都，设分校。
私立中法大学	北平	昆明	文、理学院先后迁昆明。
私立北平民国学院	北平	湖南溆浦	首迁开封。二迁长沙。三迁湘北益阳。四迁湘西溆浦。
私立朝阳学院	北平	重庆	迁鄂南沙市。后迁川中简阳。三迁成都。四迁重庆。
私立大夏大学	上海	贵州赤水	首迁庐山，与复旦大学联办；后独设贵阳，改为国立。1944年迁赤水。
私立光华大学	上海	成都	抗战爆发后在成都设分校。
私立沪江大学	上海	重庆	1941年停办。1942年2月迁重庆复校。

校名	原校址	新校址	内迁情况
私立东吴大学	苏州		1942年法学院迁重庆。后与沪江、之江大学合组法商工学院。文、理学院迁闽西长汀。后迁粤北曲江，不久停办。
私立之江大学	杭州	重庆	1941年冬迁金华。后迁闽西邵武。1945年与东吴大学法学院、沪江大学合组法商工学院。
私立正风文学院	上海	上饶	迁上海租界。1943年4月，迁江西上饶。
私立上海法学院	上海		迁浙西兰溪。后迁屯溪。
私立上海法政学院	上海	安徽屯溪	1942年停办。1943年8月在皖南屯溪复校。
私立金陵大学	南京	成都	迁成都。
私立金陵女子文理学院	南京	成都	在沪、汉、渝设分校。1938年均集中到成都。
支那内学院	南京	江津	迁四川江津。
私立南通学院	南通		1938年8月，农、纺科迁上海，医科迁湘西沅陵与江苏医政学院合并。
私立齐鲁大学	济南	成都	一度停办。1938年秋迁成都复校。
私立福建协和学院	福州	福建邵武	迁闽西邵武。
私立华南女子文理学院	福州	福建南平	迁闽中南平
私立福建学院	福州	福建浦城	首迁闽清。后迁闽北浦城。
私立焦作工学院	安阳	西安	1937年10月迁西安，1938年7月并入国立西北工学院。
私立武昌华中大学	武汉	云南大理	1938年秋迁桂林。1939年春迁滇西大理。
私立武昌中华大学	武汉	重庆	1938年秋迁宜昌。后迁重庆。
私立湘雅医学院	长沙	重庆	1938年6月迁贵阳。1940年6月改国立，1944年12月迁重庆。
私立岭南大学	广州	粤东梅县	迁香港。1941年冬香港沦陷后迁曲江。1945年春迁粤东梅县。
私立国民大学	广州	粤北和平	迁粤南开平，1944年迁粤西茂名。后迁粤北和平。

校名	原校址	新校址	内迁情况
私立广州大学	广州		首迁开平，1940年秋迁粤南台山。1941年冬迁曲江。迁粤西罗定和连县。1945年1月迁粤西连平。六迁粤东兴宁。
北京协和医学院护士学校	北平	成都	1943年9月迁成都重建。
私立山西川至医学专科学校	太原		首迁晋南新绛县。二迁陕中三原。三迁宜川。后并入山西大学。
私立民治新闻专科学校	上海	成都	迁成都。
私立立信会计专科学校	上海	重庆	迁重庆。
私立两江女子体育专科学校	上海	重庆	迁重庆。
私立东亚体育专科学校	上海	四川	1941年停办。1944年夏迁四川复校。
私立无锡国学馆专修	无锡	北流	迁桂林，后迁桂南北流。
私立正则艺术专科学校	丹阳	江津	迁四川江津。
私立立凤艺术专科学校	泰和	兴国	1943年9月创建，1945年1月迁赣南兴国。
集美高级水产航海职业学校	厦门		迁闽南安溪，后迁闽中大田。
私立武昌艺术专科学校	武汉	江津	1938年在宜昌设分部，年底迁江津。
私立医药技士专门学校	武汉	重庆	1938年迁重庆。
私立文华图书馆专科	武汉	重庆	1938年7月迁重庆。

（材料来源：季啸风：《中国高等学校的变迁》，华东师范大学出版社1992年版。《第二次中国教育年鉴》第五编，商务印书馆1948年版。《抗战时期内迁西南的高等学校》，贵州民族出版社1988年版等，部分转引自余子侠：《抗战时期高校内迁及其意义》、《民族危机下的教育应对》，徐国利《关于抗战时期高校内迁的几个问题》。）

（节选自涂文学、邓正兵主编的《抗战时期的中国文化》，人民出版社2006年版）

重要文献

了解与欣赏

——这里讨论的是关于了解与欣赏能力的训练

朱自清

了解与欣赏为中学国文课程中重要的训练过程。儿童从小就能对于语言渐渐的了解，不过对于文字的了解必须加以强制学习的训练。成年人平时读书阅报大都是采取一种"不求甚解"的态度。这是一般综合的实用的态度。但在国文教学，教师准备时，必须字字查清楚，弄明白。学生呢，在学习时也必须字字求了解。这与一般不求甚解的态度刚好相反，然而不求甚解的那份能力正是经过分章析句的学习过程而得到的，必须有了咬文嚼字的教学培养后，才能真正达到那种不求甚解的境界，没有经过一番文字分析的训练，欲不求甚解，也不易得呢。通常教授国文的，大都很注重字义。实在除掉注重字义的办法以外，还应当顾及下面的几种分析的方法。

一、句子的形式（句式）

某种特殊句子的形式，不仅是作者在技巧方面的表现，也是作者别有用心处。讲解国文时必须加以说明。例如鲁迅先生的秋夜的开端：

在我的后园，可以看见墙外有两株树，一株是枣树，还有一株也是枣树。

这不是普通的叙说，句子的形式很特殊，给人一种幽默感。作者存心要表现某种特殊的情感。这儿开始就显示出一个太平凡的境界，因为鲁迅先生所见到的窗外，除掉两株枣树，便一无所见。更使人厌倦的是人坐屋里，一抬头望窗外，立刻映入眼帘的东西，就只是两株枣树，爱看也是这些，不爱看也是这些，引起人腻烦的感觉。一种太平凡的境界，用不平凡的句式来显示，是修辞上的技巧。明白了这两句的意思与作用，就兼有了了解与欣赏。又如同篇：

　　这上面的夜的天空，奇怪而高。

这是作者在文字排列上用功夫，两句都不是普通的说法。上半句表现两层意思：（一）枣树上的天空，（二）夜的天空。两层意思而用一单位表示，是修辞上的经济办法。文字的经济便是一种文学的技巧。平常的语言，可有两式：

　　夜间这上面的天空……
　　上面的天空在夜间……

读起来便都有了停顿，时间上显得十分不经济，意思也没有原句透露。下半句"奇怪而高"，口语中常说"高而奇怪"，单词习惯大多数在前面。现在说"奇怪而高"，句法就显得别致，作者在这里便用来表示秋夜天空的特殊。

二、段落

写段落大意是中学国文课上常用的方法。但通常只把各段的大意写出，而于全文分段的作用与关系，往往缺少综合的说明。教师指导学生写段落大意，每段大意，常只用一二句话表示。这里便应当注意语句间的联络，要能显出原文的组织和发展的次序。

三、主旨

教师必须提醒学生注意一篇文章中足以代表全文主旨的重要语句，和指导学生研究全文主旨如何发展。古人称文章中重要的语句为"警句"。警句往往是全篇的线索。读一篇文章最要紧的事便是要能找到线索。文章的线索作者往往把它隐寓在文中的一二句重要的语句里面，例如龚自珍说居庸关，"疑若可守然"五字是全文的主旨所在，教师便须注意此主旨的发展。

四、组 织

文章组织的变化，也是作者在技巧上用的功夫，说明这种文章组织的变化，是了解与欣赏范围内极重要的事。例如上举说居庸关，"疑若可守然"五字，一段中连用四次[①]；又"自入南口"连用六次。这是叠句法，亦是关键语，在组织上增加一种节奏。最后三小段文章最堪注意，在整齐的组织中寓有变化，末两段一写蒙古人，一写漏税，指出间道，均逼出居庸关之不足守，与前文相应答。这是组织上的一种变化，读者容易忽略过去的，教时应当加以说明。中间写遇到蒙古人，说了一大段，表示清朝的威严，作者是用赞叹的口气。

五、词 语

在一篇文章中应当注意作者惯用的词语和词语的特殊意义。例如上举《说居庸关》中"蒙古"一词指的是蒙古人。

六、比喻 典故 例证

先讲比喻。

康白情的《朝气》，内容是描写农家种植的生活，题目何以称为"朝气"呢？农家生活的描写与朝气究竟有何关系呢？这些问题教师是要暗示学生提出来详细讨论的。农家生活的描写实在是一个比喻，作者是别有寄托的。文学作品中的具体故事，往往带上一些抽象性。大概一个比喻的应用，包含三方面的意义。如"朝气"：

（一）喻依—农家的生活。

（二）喻体—劳工的趣味。

---

① 在由河北教育出版社 1989 年出版的《朱自清选集》第 3 卷中，把原刊发于《国文月刊》中的"四次"，改写为"五次"，编者注。

（三）意旨—由趣味的工作得到美满的结果，显示出生活中朝气的景象。这是文学上表达技巧很重要的一条原则，应当让学生区分得很清楚的。又如谢冰心的《笑》，用重复的组织，对于雨，月夜，花连说出三个笑容，表示爱的调和。"如登仙界，如归故乡"，是极普通的比喻，但能显示出纯洁快乐的意味。

次讲典故。

古文中的用典是学生最感觉麻烦的事情。讲解古文时说明古典出处也是极占时间的。但是教师往往只说明古典本身的意义，而常忽略了这个典故在本文里的作用。这样使读者只记古典出处，便感觉乏味了，更谈不到欣赏。原来用典的作用，也是使文字经济的一种办法，作者因为要表达心中的事或情，不必完全直说，借用过去的一桩熟悉的而且与当下相关的事物来显示。大凡文学上的典故都经过许多作家的手改造过，而成为很好的形式。因此用典的作用，一方面是使文字经济，一方面也是避免直说，增加读者的联想，使内容丰富。现代语体文中典故也是常见的。如冰心的《笑》里用"安琪儿"一词，教时也应当说明其出处。

再讲例证。

在说明文和议论文中有些时候往往遇到抽象的概念，教师在说解时必须要设法用一两个较具体的例证加以说明。如蔡元培的彫刻里面，许多美术上的概念，教师应当设法举出浅显的实例，加以说明。又如东坡说，"画中有诗，诗中有画"，也应当举出实例，说明诗与画两者之间所以沟通的道理。

总结起来说，关于了解与欣赏应该特别注意的有三点：

一是语言的经济。注意句读顿停多少与力量是否集中。

一是比较的方法。讲散文时可用诗句作比较，讲诗时可用散文比较。文中的语句可与口中的说话比较。读鲁迅先生的《秋夜》，便可与叶绍钧先生的《没有秋虫的地方》比较。比较的方法对于了解与欣赏是极有帮助的。

一是文字的新变。一个作家必须要能深得用字的妙趣，古人称为"炼字"，便是指作家用字时打破习惯而变新的地方，教师就也要在这方面求原文作者的用心。

训练的方法，除教师讲解外，在学生方面，熟读的功夫是不可少的。吟诵与了解极有关系，是欣赏必经的步骤。吟诵时对于写在纸上死的语言可以从声音里得其意味，变成活的语气。不过在朗诵时，要能分辨语气的轻重，要使声调有缓急，合于原文意思发展的节奏。注意本文的意思，不要被声音掩盖了，滑过去。默读是不出声的，偏于用眼，但也不要让意思跟了眼睛滑过去。

最后，问题的研究，在读文章时是常有的事。但是问题的提出要有分量，要有意义。好教师只居于被动地位，用暗示方法，帮助学车发现问题，解决问题。

（本文选自 1943 年《国文月刊》第 20 期，署"朱自清先生讲，叶金根整理"）

怎样学习国文

——在昆明中法中学讲演

朱自清 讲演
段联瑗 笔记

国文这科，在学校里是一种重要的功课，与英算居同等的地位。可是现在呢？国文只是名义上的重要了，其主要的原因，就是一般学生存着错误的观念，以为我们是中国人，学中国文，当然是容易的，于是多半对这门功课，不很用功。无论白话文也吧，文言文也吧[①]，在学习的时候，往往词不达意的地方很多，这就是没有对国文这科下过一番功夫的缘故。

最近的舆论，以为中学生的国文程度很低落，这种低落，指的是哪方面？所谓低落，若是在文言文这方面，确实是比较低落，尤其是近十余年来，中学生学做文言，许多地方真是不通。读文言的能力也不够。但从做白话文这方面来说，一般的标准是大大的进步了，对于写景，抒情的能力，尤其非常的可观。可是除此而外，以白话写议论文及应用文的能力，却非常的落后。

中学生对于"读"的功夫是太差了，现在把"读"的意义，简单的说一说。"读"这方面，它是包含着了解的程度，及欣赏的程度。就像看一张图画，你觉得它确实太好了，但问你好到什么境地，那么得由你自己去体会，从体会的能力，就见出欣赏的深浅。

古人作一篇文章，他是有了浓厚的感情，发自他的胸府[②]，才用文字表现出来的。在文字里隐藏着他的灵魂，使旁人读了能够与作者共感共鸣。我们现在读文言，是因为时间远隔，古今语法不同，词汇差别很大，你能否从文字中体会古人的感情呢？这需要训练，需要用心，慢慢

---

① 原文如此。后来的一些版本把"吧"均改为"罢"，编者注。
② 原文如此。后来的一些版本把"胸府"均改为"胸腑"，编者注。

的去揣摩古人的心怀，然后才发现其中的奥蕴，这就是一般人觉得文言文了解的程度，比白话文实在是难的地方。

再进一步，可以说，白话与文言固然不同，白话与口语，又何尝一致呢？在五四运动的时候，有人提出口号："文语一致"，这只是理想而已。"文"是许多字句组织起来的，"语"则不然，说话的时候，有声调，快慢，动作等因素来帮助它，可以随便的说，只要使对方的人能够了解。总之，"语"确实是比"文"容易。

文言文，大学生与中学生都不大喜欢读的，大半因为文言文中的词汇不容易了解，譬如文言文中的"吾谁欺？"在白话文中是"我欺负那一个？"的意思。如果你不了解古代文法，也许会想到别的意义上去，然而只要多读它几遍，多体会一下，了解的程度就不同；所以"读"的功夫，我是以为非常重要的。

我们之所以对于典籍冷淡，另一方面，是因为它里面的事实，与我们现在不同。电影汽车飞机等类，在古代书籍中就见不到。反之，古代许多事物在我们现在也无从看到，譬如官制，礼节，服装等等，必须考据才能知道，这都阻碍我们阅读的兴趣，然而，只要用心，是没有什么困难不可以克服的。

生在民国的人们，学做文章，便不须要像做古文那样费很大的力量，只要你多读近代的作品，欣赏过近代的文学作品，博览过近代的翻译书籍，文学名著，那么，你写的文章，也可以很通顺，这是不用举例证明的。文言文中的应用文，再过二十年，必定也要达到被废弃的境地，因为白话文的势力，渐渐的侵入往来的公文中①，交际的信函中了。

由于文言文在日常应用上渐渐的失去效用，我们对于过去用文言文写的典籍，便漠不关心，这是错误的思想。因为我们过去的典籍，我们阅读它，研究它，可以得到古代的学术思想，了解古代的生活状况，这便是中国人对于中国历史认识的任务，你多读文言，多研究历史，典籍，古文，这阅读工作的本身就是值得尊重的！

读文言最难的一步工作，是须要查字典，找考证，死记忆，有一种人图省事，对这步工作疏忽，囫囵吞枣的读下去，还自号"不求甚解"，这种态度，太错误了。假若我们模仿陶渊明的"好读书，不求甚解"的态度，那是有害无益的。他的不求甚解，是因为学问已经很渊博了，隐

---

① 原文如此，编者注。

居时才自称"不求甚解"的，这句话含着他的人生观，青年人是万万不能从表面去仿效的。如果你以为他的不求甚解，就是马虎过去的意思，那么你非但没有了解"不求甚解"这句话的意义，对于你所读的书，就更无从了解。

碰见文言中不懂的词汇，除了请教国文老师而外，必须自己去查字典，以求"甚解"。如文言中的"驰骋文场"这成语，有一个人译到外国去是"人在书堆里跑马"的意思，这岂不是笑话吗？又如"巨擘"，原意是指拇指叫做巨擘，而它普通的义意①是用来表扬"第一等"或"刮刮叫"等意义的赞语，这些地方就得留神，才不会出错。再举一例：

　　白日依山尽，黄河入海流，欲穷千里目，更上一层楼。

它在辞句上直接表示的意境已非常优美，但这首诗更说出另一种道理，它暗示人生，必须往高处走。所以我们读这首诗的时候，最要紧的是要懂得"言外之意"。又如下例：

　　铜炉在向往深山的矿苗，瓷壶在向往江边的陶泥……

这两句新诗，它的含意似乎更深了，有些人不解，但如果读了全文，便知道是非常容易明白的话。由此可见，诗里含着高尚的感情，要你多欣赏，多诵读，必能了解得更深刻。

此外关于了解文章的组织，也是必须的，须得把每篇文章做大纲，研究它怎样发展出来，中心在那里②，还要注意它表面的次序，这种功夫，须得从现在就养成习惯，训练这种精神。

最后，我要告诉大家的，是关于写作方面，那你必须了解"创作"与"写作"的性质是不同的。自五四运动以后，许多人都希望成为一个作家，可是在今天，我们所能看见成功了的，出名的，确是寥寥无几。推究失败的原因，是到处滥用文学的感情和用语，时时借文字发泄感情，文学的成份太多了，不能恰到好处，反而失去文学真正的义意。

来纠正我们这些坏习惯，必须从报章文体学习。而我们更要学写议论文，从小的范围着手，拣与实际生活有密切关系的问题练习写，像

---

　　① 原文如此，编者注。
　　② 原文如此，编者注。

关于学校中的伙食问题，你抓住要点，清清楚楚，的写出来，即是有条理的文章。新闻事业在今世突飞猛进，发展的速度可以超乎其他文体之上，因为它是简捷而扼要。这种文体，我希望大家能努力去学。与其想成功一个文学家，不如学做一个切切实实的新闻记者。

（本文选自《国文杂志》第 3 卷第 3 期，1944 年）

小说作者和读者 [①]

沈从文

　　我们想给小说下一个简单而明白的定义，似乎不大容易。但目下情形，"小说"这两个字似乎已被人解释得太复杂太多方面，反而把许多人弄胡涂了，[②] 倒需要把它范围在一个比较素朴的说明里。个人只把小说看成是"用文字很恰当记录下来的人事，"且使用这个平凡定义学习了将近十五年，还准备工作二十五年 [③]。这定义说它简单也并不十分简单。因为既然是人事，就容许包含了两个部分：一是社会现象，即是说人与人相互之间的种种关系；二是梦的现象，即是说人的心或意识的单独种种活动。单是第一部分不大够，它太容易成为日常报纸记事。单是第二部分也不够，它又容易成为诗歌。必需把"现实"和"梦"两种成分相混合，用语言文字来好好装饰、剪裁，处理得极其恰当，方可望成为一个小说。

　　我并不说小说须很"美丽"的来处理一切，因为美丽是在文字辞藻以外可以求得的东西。我也不说小说需要很"经济"的来处理一切，即或是一个短篇，文字经济依然不是这个作品成功的唯一条件。我只说要很"恰当"。这恰当意义，在使用文字的量与质上，就容许不必怕数量上的浪费，也不必对于辞藻过分吝啬。故事内容发展呢，无所谓"真"，也无所谓"伪"，要的只是恰当。全篇分配要恰当，描写分析要恰当，甚至

---

　　① 沈从文在西南联大任教期间，曾在文学院中国语文学系开设过中国小说、创作实习、各体文习作、在师范学院国文学系开设过各体文习作（白话文）、师范学院国文系初级部国文科开设各体文习作等课程，正是通过这种教学实践，沈从文对校园文学的发展起到了重要作用，本文为于 1940 年 8 月 3 日在西南联合大学师院国文学会讲稿。

　　② 原文如此，编者注。

　　③ 在由江苏文艺出版社 1996 年出版，王运熙主编、张新编著的《中国文论选》现代卷（下）一书中，把"且使用……二十五年"删除了。该文论选所用版本与《小说作者和读者》原发于《战国策》的版本有些许差异，编者注。

于一句话，一个字，也要它在可能情形下用得不多不少，妥贴恰当。文字作品上的真美善条件，便完全从这种恰当产生。

我们得承认，一个好作品照例会使人觉得在真美感觉以外，还有一种引人"向善"的力量。我说的向善，这个名词的意义，不仅仅是属于社会道德一方面"做好人"为止。我指的是这个读者从作品中接触了另外一种人生，从这种人生景象中有所启示，对人生或生命能作更深一层的理解。普通"做好人"的庸俗乡愿道德，社会虽异常需要，然而有许多简单而便利的方法和工具，可以应用，且在那个多数方面极容易产生效果，似乎不必要文学中小说来作这件事。小说可作的事远比这个大。若勉强运用它作工具来处理，实在费力而不大讨好。（这看看过去多数说教作品多数失败，即可明白把作品有意装入一种教义，永远是一种动人理论，见诸实行并不成功。）至于生命的明悟，使一个人消极的从肉体理解人的神性和魔性，如何相互为缘，并明白人生各种型式，扩大到经验以外。或积极的提示人，一个人不仅仅能平安生存即已足，尚必需在生存愿望中，有些超越普通动物肉体基本的欲，比饱食暖衣保全首领以终老更多一点的贪心或幻想，方能把生命引导向一个更崇高的理想上去发展。这种激发生命离开一个动物人生观，向抽象发展与追求的欲望或意志，恰恰是人类一切进步的象征。这工作自然也就是人类最艰难伟大的工作。我认为推动或执行这个工作，文学作品实在比较别的东西更其相宜。而且说得夸大一点，到近代，这件事别的工具都已办不了时，惟有小说还能担当。原因简明，小说既以人事作为经纬，举凡机智的说教，梦幻的抒情，都无一不可以把它综合组织到一个故事发展中。印刷术的进步，交通工具的进步，又可以把这些作品极便利的分布到使用同一文字的任何一处读者面前去。托尔斯太或曹雪芹过去的成就，显然就不是用别的工具可以如此简便完成的！二十世纪虽和十八九世纪情形大不相同，最大不同是都市文明的进步，人口集中，剥夺了多数人的闲暇，从从容容来阅读小说的人已经不怎么多，从小说中来接受人生教育的更不会多了。可是在中国，一个小说作品若具有一种崇高人生理想，这理想在读者生命中保留一种势力，依然并不十分困难。中国人究竟还有闲，尤其是比较年青的读书人，在习惯上用文学作品来耗费他个人的剩余生命，是件很时髦事情。若文学运动能在一个良好影响上推动，还可望造成另外一种人的习惯，即人近中年，当前用玩牌博弈耗费剩余生命的方式，转而为阅读小说。

可是什么作品可称为恰当？说到这一点，想举一个例来作说明时，倒相当困难了。因为好作品多，都只能在某一点上得到成功。譬如用男女爱情作为题材，同样称为优秀作品的作品，好处就无不有个限制。从中国旧小说看来，我们就知道世说新语的好处，在能用素朴文字捕捉保存魏晋闲人物行为言语的风格或风度，相当成功，不像唐人小说。至于唐人小说的好处，又是处理故事时，或用男女爱憎恩怨作为题材（如霍小玉传李娃传），或用人与鬼神灵怪恋爱作为题材（如虬髯客传柳毅传），无不贴近人情。可是即以贴近人情言，与明代小说金瓶梅又大不相同。金瓶梅的好处，却在刻画市井人物性情，从语言运用上见出卓越技巧。然而同是从语言控制表现技巧，与清代小说红楼梦面目又大异。红楼梦的长处，在处理过去一时代儿女纤细感情，恰如极好宋人画本，一面是异常通真，[①]一面是神韵天成。……不过就此说来，倒可得到另外一种证明，即一个作品其所以成功，安排恰当是个重要条件。只要恰当，写的是千年前活人生活，固然可给读者一种深刻印象，即写的是千年前活人梦境或驾空幻想，也同样能够真切感人。三国演义在历史上是不真的，毫无关系，西游记在人事上也不会是真的，同样毫无关系。它的成功还是"恰当"，能恰当给人印象便真。那么，这个恰当究竟应当侧重在某一点上？我以为一个作品的恰当与否，必需以"人性"作为准则。是用在时间和空间两方面都"共通处多差别处少"的共通人性作为准则。一个作家能瞭解它较多，且能好好运用文字来表现它，便会成功，一个作家对于这一点缺少理解，文字又平常而少生命，必然失败。所以说到恰当问题求其所以恰当时，我们好像就必然要归纳成为两个条件：一是作者对于语言文字的性能，必需具敏锐的感受性，且有高强手腕来表现它，二是作者对于人的情感反应的同差性，必需有深切的理解力，且对人的特殊与类型能明白刻画。

换句话说，小说固然离不了讨论人表现人的活动事情，但作者在他那个作品的制作中，却俨然是一个"上帝"。这自然是一种比喻。我意思是他应当有上帝的专制和残忍，细心与耐性，透明的认识一切，再来处理安排一切，作品方可望给人一个深刻而完整的印象。在写作过

---

① 原文如此，编者注。

程中，"天才"与"热情"常常都不可免成为毫无意义的名词。所有的只是对人事严密的思索，对文字保持精微的敏感，追求的是那个"恰当"。

关于文字的技巧与人事理解，在过去，这两点对于一个小说作家本来不应当成为问题。可是到近来却成为一个问题，这有一种特别原因，即近二十年中国的社会发展，与中国新文学运动不可分，因此一来小说作家有了一个很特别的地位，这地位也有利，也有害，也帮助推进新文学的发展，也妨碍伟大作品产生。新作品在民十五左右已有了高品价值，① 在民十八又有了政治意义，风气习惯影响到作家后，作家的写作意识，不知不觉从"表现自我"的成为"获得群众"。于是留心多数，再想方法争夺那个多数，成为一种普遍流行文学观。"多数"既代表一种权力的符号，得到它即可得到"利益"，得到利益自然也就象征"成功"。跟随这种习惯观念，便不可免产生一种现象，即作家的市侩工具化与官僚同流化。尤其是受中国的政治习惯影响，伪民主精神的应用，与政治上的小帮闲精神上有点相通处，到时代许可竞卖竞选时，这些人就常常学习谄谀群众来争夺群众，到时代需要政治集权时，又常常用捧场凑趣方式来讨主子欢心。写成作品具宣传味，且用高品方式推销，作家努力用心都不免用在作品以外。长于此者拙于彼，因此一来，作者的文字技巧与人事知识，当然都成为问题了。这只要我们看看当前若干作家如何把作品风格之获得有意轻视，在他们作品中，又如何对于普通人情的极端疏忽，就可明白近十年来的文学观，对于新文学作品上有多大意义，新的文学写作观，把"知识"重新提出又具有何等意义了。作品在文体上无风格无性格可言，这也就是大家口头上喜说的"时代"意义。文学在这种时代下，与政治大同小异，就是多数庸俗分子的抬头和成功。这种人的成功，一部分文学作品便重新回到"礼拜六"派旧作用上去，成为杂要，成为消遣品。若干作家表面上在为人生争斗，貌作庄严，其实虚伪处竟至不可想像。政治上的政策变动性既特别大，这些人求全讨好心切，忽而彼忽而此的跳猴儿戏情形，更是到处可见。因此写成的作品，即以消遣品而论，也很少有能保存到五年以上，受时间陶冶，还不失去其消遣意义的。提及这一点时，对于这类曾经一时得到多数的作家与作

---

① 原文如此，本段中的"且用高品方式推销"亦是如此。编者注。

"满纸荒唐言，一把酸辛泪，都言作者痴，谁解其中味？"

从作品瞭解作者，实在不是一件容易事。所以一个诚实的作者若需要读者，需要的倒是那种少数解味的读者。作者本感情观念的永生，便靠的是那在各个时代中少数读者的存在，实证那个永生的可能。对于在商业习惯与流行风气下所能获得的多数读者，有心疏忽或不大关心，都势不可免。

另外还有一种作家，写作动力也可说是为痛苦，为寂寞，要娱乐，要表现。但情绪生活相当稳定，对文学写作看法只把它当作一种中和情感的方式。平时用于应世的聪明才智，到写作时即变成取悦读者的关心，以及作品文字风格的注意。作品思想形式自然能追随风气，容易为比较多数读者接受。因此一事，"成功"是必然的事。作品在社会上有时也会被称为"伟大"，只因为它在流行时产生功利作用相当大。这种作家在数量上相当多，作品分布比较广，也能产生良好影响，即使多数读者知稍稍向上也能产生不好影响，即使作者容易摹仿，成为一时风气。文学史上遗留下最多的篇章，便是这种作家的作品。

另外又还有一种作家，可称"新时代"产物。或受了点普通教育，为人小有才技，或办党从政，出路不佳，本不适宜于与文字为缘，又并无什么被压抑情感愿望迫切需要表现，只因为明白近二十年有了个文学运动，在习惯上文学作家又有了个特殊地位，一个人若能揣摩风气，选定一种流行题目，抄抄撮撮，从事写作，就可很容易的满足那种动物基本欲望。于是这种人一同来作文学运动，来充作家。写作心理状态，完全如科举时代的应制，毫无个人的热诚和兴趣在内。然而一个作家既兼具思想领导者与杂耍技艺人两种身分，作品又被商人看成商品，政客承认为政治场面点缀品，从事于此的数量之多，可以想象得出。人数既多，龙蛇不一，当然也会偶然有些好作品产生，不过大多数实无可望。然而要说到"热闹"或"成功"时，这些作家的作品，照例是比上述两种作家的作品还容易热闹成功的。只是一个人生命若没有深度，思想上无深度可言，虽能捉住题目，应制似的产生作品，因缘时会，作伪售巧，一时之间得到多数读者，这种人的成就，是会受时间来清算，不可免要随生随灭的。

好作家固然稀少，好读者也极难得！这因为同样都要生命有个深度，与平常同物不动一点①。这种生命深度，与通常所谓"学问"积累无关，与通常所谓"事业"成就也无关，所以一个文学博士教授，不仅不能产生什么好文学作品，且未必即能欣赏好文学作品。普通大学教育虽有个习文学的文学系，亦无助于好作品的读者增多或瞭解加深。不良作品在任何时代都特别流行，正反映一种事实，即社会上有种种原因，养成多数人生下来莫名其妙，活下来实无所谓，上帝虽俨然给了他一个脑子，许他来单独使用这个脑子有所思索，总似乎不必要，不习惯。这种人在学校也热诚的读莎氏比亚或曹子建诗，可是在另外一时，却用更大热诚去看报纸上刊载的美人蟹和三脚蟾。提到这一点时我们实应当对人生感到悲悯。因为这也正是"人生"。这不思不想的动物性，是本来的。普通大学教育虽在四年中排定了五十门课目，要他们一一习读，可并无能力把这点动物性完全去掉。不过作者既有感于生命重造的宏愿和坚信，来有所写作。读者自然也有想从作品中看出一点什么更深邃的东西，来从事阅读。这种读者一定明白人之所以为人，为的是脑子发达已超过了普通动物甚远，它已能单独构思，从食与性两种基本愿望以外玩味人生，理解人生。他生活下来一种享受，即是这种玩味人生，理解人生。或思索生命什么是更深的意义，或追究生命存在是否还可能产生一点意义。如此或如彼，于是人方渐渐远离动物的单纯，或用推理归纳方式，或单凭梦幻想像，创造出若干抽象原则和意义。我们一代复一代便生存在这种种原则意义中或因这种种原则意义产生的"现象"中。罗素称人与动物不同处，为有"远虑"，这自然指的是人类这种精神向上部分而言。事实上多数人与别的动物不同处，或许就不过是生活在因思索产生的许多观念和工具中罢了。近百年来这种观念和工具发达不能一致，属于物质的工具日有变迁，属于精神的观念容易凝因②，因此发生种种的冲突，也就发生各式各样的悲剧。这冲突的悲剧中最大的一种，即每个民族都知道学习理解自然，征服自然，运用自然，即可得到进步，增加幸福。这求进步幸福的工具，虽日益新奇。但涉及人与人的问题时，思想观念就依然不能把战争除外，而且居然还把战争当作竞争生存唯一手段。在共同生活方面，集群的盲目屠杀，因工具便利且越来越猛烈。一

---

① "与平常同物不动一点"疑为"与平常动物不同一点"的误排，该语序在其他版本的文论选中，已经调整了过来，编者注。

② 此处的"凝因"疑为"凝固"的误排，编者注。

个文学作家如果同时必然还是一个思想家，他一定就会在这种现象上看出更深的意义，若明白战争的远因实出于"工具进步"与"观念凝固"的不能两相调整，就必然会相信人类还可望在抽象观念上建设一种原则，使进步与幸福在明日还可望从屠杀方式外获得。他不会否认也不反对当前的战争，说不定还是特别鼓吹持久战争的一分子，可是他也许在作品中，却说明白了这战争的意义，给人类一种较高教育！一个特殊的读者，他是乐意而且盼望从什么人作品中，领受这种人生教育。

若把这种特殊读者除外不计，普通读者来分一分类时，大致也有三种：一是个人多闻强记，读的书相当渊博，自有别的专业，惟已养成习惯，以阅读文学作品来耗费剩余生命的。这种人能有兴趣来阅读现代小说的，当然并不怎么多。二是受了点普通教育，或尚在学校读书，或已服务社会，生来本无所谓，也有点剩余生命要耗费，照流行习惯来读书的，既照流行习惯读书，必不可免受流行风气趣味控制，对于一个作品无辨别能力，也不需要这种能力。这种能力。这种读者因普通教育发达，比例上占了一个次多数。三是正在中学或大学读书，年纪青，幻想多（尤其是政治幻想与男女幻想特别多，）因小说总不外革命恋爱两件事，于是接受一个新的文学观，以为文学作品可以教育他，需要文学作品教育他，（事实上倒是文学作品可以娱乐他满足他某种青年期不安定情绪，）这种读者情感富余而兴趣实在不高，然而在数量上倒顶多。若以当前读者年龄来分类，年纪过了三十五，还带着研究兴趣或欣赏热诚的读者，实在并不多。年纪过了二十五，在习惯下把文学作品当成教育兼娱乐的工具来阅读的数目还是不甚多。唯有年龄自十五岁到二十四岁之间，把新文学作家看成思想家，社会改革者，艺员明星，三种人格的混合物，充满热诚和兴趣，来与新作品对面的，实在是个最多数。这种多数读者的好处是能够接受一切作品，消化一切作品。坏处是因年龄限制，照例不可免在市侩与小政客相互控制的文学运动情形中。兴趣易集中于虽流行却并不怎么高明的作品。

若讨论到近二十年新文学运动的过去以及将来发展时，我们还值得把这部分读者看得重要一些。因为他们其实都在有形无形帮助近二十年新出版业的发达，使它成为社会改革工具之一种，同时还支持了作家在社会上那个特殊地位。作家在这个地位上，很容易接受多数青年的敬重和爱慕，也可以升官发财，也可以犯罪致死，一切全看这个人使用工具的方法态度而定。所以如从一个文学运动理论家观点看来，好作家有意抛弃这个多数读者，对读者可说是一种损失，对作家也同样是一种损失。这种读者少不了新文学作品，新文学作品也少不了他们。一个好作品在他们生活中以及此后生命发展中，如用得其法，所能引起巨大的作用，显然比起别的方面工具来，实在大得多大得多。然而怎么一来，方可望使这种作家对于这种多数读者多有一分关心？这种读者且能提高他的欣赏兴趣，从大作品接受那种较深刻的观念？在目前，文学运动理论者，似乎还无什么有力的意见提出。

我们也可以那么说，关于有意教育对象而写作这件事，期之于第一等作家，势无可望。至于第二种作家呢，希望倒比较多。至于第三种作家呢，我们却已觉得他们太关心读者，许多本来还有点成就的作者，都因此毁了。我们只能用善意盼望他们肯在作品上多努点力，把工作看得庄严一点，弄出一些成绩。怕的是他们只顾教育他人，忘了教育自己，末了还是用官派作家或委员董事资格和读者对面，个人虽俨然得到了许多读者，文学运动倒把这一群读者失去了。

一面是少数始终对读者不能发生如何兴趣，一面是多数照老办法争夺群众为目的。所以说到这里，我们实解着了一个明日文学运动的问题。我们若相信这件事还可以容许理论者表示一点意见，留下一些希望，应当从某一方面来注意？个人以为理论家先得承认对第一种作家，主张领导奖励是末节小事，实不必需。这种作家需要的是"自由"，政治上负责人莫过分好事来管制它，更莫在想运用它失败以后就存心摧残它，只要能用较大的宽容听其自由发展，就很好了。至于第三种作家呢，如政治上要装幌子，以为既奖励就可领导，他们也乐于如此"官民合作"那就听他们去热闹好了。这些人有时虽缺少一点诚实，善于诗张为则①，捧场凑趣，因此在社会也一时仿佛有很大影响。不过比起社会上别的事情来，也不会有更了不得的恶影响的。这些人的作品虽无永久性，一时之间流行亦未尝不可给当前社会问题增加一种忍受能力与选择能力。但有一点得想办法，即对于第二种不好不坏可好可坏的作家，如何来提出一种客观而切实意见，鼓励他们意识向上，把写作对于人类可能的贡献，重新有一个看法。在他们工作上，建立起比"应付目前"还

---

① 此处"为则"疑为"为幻"的误排，编者注。

崇高一些的理想。理论者的成就如何，从他气质上大约可以决定：凡带政客或文学教授口吻的，理论虽好像具体，其实却极不切题，恐无何等或就①。具哲学与诗人情绪的，意见虽有时不免抽象凿空，却可望有较新较深影响。这问题与我题目似乎相去一间，越说下去恐与本题将越离远了，所以即此为止。

一个作家对于文学运动的看法，或不免以为除了文学作品本身成就，可以使作品社会意义提高，并刺激其他优秀作品产生，单纯的理论实在作不了什么事。但他不一定轻视具有良好见解的理论，这一点应当弄明白。目下有一件事实，即理论者多数是读书多，见事少，提出来的问题，譬如说"小说"这么一个问题吧，一个有经验的作家看来，就总觉得他说的多不大接头。所以说不定关于这类意见，一个作家可能尽的力，有时反而比理论者多。

（八月三日在联合大学师院国文学会讲稿，原载 1940 年 8 月 15 日《战国策》第 10 期）

---

① 此处"或就"疑为"成就"的误排，编者注。

短 篇 小 说[①]

——五月二日在西南联大国文学会讲

沈从文

说到这个问题以前，我想在题目下加上一个子题，比较明白。

"一个短篇小说的作者，谈谈短篇小说的写作，和近二十年来中国短篇小说的发展。"

因为许多人印象里意识里的短篇小说，和我写到的，说起的，可能是两样不同的东西，所以我还要老老实实申明一下：这个讨论只能说是个人对于小说一点印象，一点感想，一点意见，不仅和习惯中的学术庄严标准不相称，恐怕也和前不久确定的学术平凡标准不相称。世界上专家或权威，在另外一时对于短篇小说的"定义"，"原则"，"作法"，和文学批评家所提出的主张说明，到此都暂时失去了意义。

什么是我所谓"短篇小说"？要我立个界说时，最好的界说，应当是我作品所表现的种种。若需要归纳下来简单一点，我倒还得想想，另外一时给这个题目作的说明，现在是不是还可应用。三年前我在师范学院国文会讨论会上，谈起"小说作者和读者"时，把小说看成"用文字很恰当记录下来的人事。"因为既然是人事，就容许包含了两个部分：一是社会现象，便是说人与人相互之间的种种关系；二是梦的现象，便是说人的心或意识的单独种种活动。单是第一部分容易成为日常报纸记事，单是第二部分又容易成为诗歌。必需把人事和梦两种成分相混合，

---

① 本文为沈从文于 1941 年 5 月 2 日在西南联大国文学会上所讲的文稿，发表于 1942 年 4 月 16 日《国文月刊》第 18 期。署名沈从文。本文所选版本原发于《国文月刊》时的版本。该文后来被北岳文艺出版社 2002 年出版的《沈从文全集》第 16 卷全文收录，其收录版本与本文所选版本有出入，特此说明，编者注。

用语言文字来好好装饰，剪裁，处理得极其恰当，才可望成为一个小说。

我并不觉得小说必需很"美丽"，因为美丽是在文字辞藻故事动人以外可以求得的东西。我也不觉得小说必需要很"经济"，因为即或是个短篇，文字经济依然并不是这个作品成功的唯一条件。我只说要很"恰当"，这恰当意义，在使用文字上，就容许数量上的浪费，也不必对于辞藻过分吝啬。故事内容呢，无所谓"真"，亦无所谓"伪"（更无深刻平凡区别。）所要的只是那个恰当；文字要恰当，描写要恰当，分配更要恰当。作品的成功条件，就完全从这种"恰当"产生。

我们得承认，一个好的文学作品，照例是会使人觉得在真美感觉以外，还有一种引人"向善"力量的。我说的"向善"，这个名词的意思，并不属于社会道德那方面"做好人"的理想，我指的是这个读者从作品中接触了另外一种人生，从这种人生景象中有所启示，对"生命"能作更深一层的理解。普通做好人的乡愿道德，社会虽异常需要，有许多简便方法工具可以应用，"上帝"或"鬼神"，"青年会"或"新生活"，或对付他们的心，或对付他们的行为，都可望从那个"多数"方面产生效果。不必要文学来作。至于小说可作的事，却远比这个重大，也远比这个困难。如像生命的明悟，使一个人消极的从肉体爱憎取予，理解人的神性和魔性，如何相互为缘。（并明白生命各种型式，扩大到本人生活经验以外，为任何书籍所无从道及。）或积极的提示人，一个人不仅仅能平安生存为已足，尚许可在他的生存愿望中，有些超越普通动物的打算，比饱食暖衣保全首领以终老更多一点的贪心或幻想，方能把生命引导到一个崇高理想上去。这种激发生命离开一个普通动物人生观，向抽象发展与追求的兴趣或意志，恰恰是人类一切进步的象征。这工作自然也就是人类最艰难伟大的工作。在过去两千年来，哲人的经典语录可作到的事，在当前一切经典行将失去意义时推动或执行这个工作，就唯有文学作品还相宜。若说得夸大一点，尚可说到近代别的工具都已办不了时。尚惟有"小说"还能担当这种艰巨。原因简单而明白：小说既以人事作为经纬，举凡机智的说教，梦幻的抒情，一切有关人类向上的抽象原则的说明，都无不可以把它综合组织到一个故事发展中。印刷术的进步，交通工具的进步，既得到分布的便利，更便利的还是近千年来读者传统的习惯，即多数认识文字的人，从一个故事取得娱乐与教育的习惯，在中国还好好存在。加之用文学作品来耗费他个人剩余生命，取得人生教育，从近二十年来年青学生方面说，在社会心理上即贤于博弈。所以在过去，三国志或红楼梦，所有的成就，显然不是用别的工具可以如此简便完成的。在当前，几个优秀作家在国民心理影响上，也不是什么作官的专家部长委员可办到的。在将来，一个文学作者若具有一种崇高人生理想，这理想希望它在读者生命中保有一种势力，将依然是件极其容易事情。用"小说"来代替"经典"，这种大胆看法，目前虽好像有点荒唐，却近于将来的事实。

这是我三年前对于小说的解释，说的虽只是"小说"，把它放在"短篇小说"上，似乎还说得通。这种看法也许你们会觉得可笑，是不是？不过真正可笑的还在后面，因为我个人还要从这个观点上来写三十年！三十年在中国历史上，算不得一个数目，但在个人生命中，也就够瞧了。这种生命的投资，普通聪明人是不干的！

有人觉得好笑以外也许还要有点奇怪，即我说到这问题一点钟两点钟，得来的印象，和你们事先所猜想到的，读十年书听十年讲记忆中所保留的，很可能都不大相合。说说完了，于是散会。散会以后，有的人还当作笑话，继续谈论下去，有的人又匆匆忙忙的跑出大南门，预备去看九点场电影，有的人说不定回到宿舍，还要骂骂"狗屁狗屁，岂有此理"，表示在这里所受的委屈。这样或那样，总而言之，是不可免的。过了三点钟后，这个问题所能引起的一点小小纷乱，差不多就完事了。这也就正和我所要说的题目相合，与一个"短篇小说"在读者生命中所占有的地位相合，讲的或写的，好些情形都差不多。这并不是人生的全部，只那么一点儿，所要处理的说他是作者人生的经验也好[①]，是人生的感想也好，再不然，就说他是人生的梦也好；总之，作者所能保留到作品中的并不多，或者是一闪光，一个微笑，以及一瞥而即成过去的小小悲剧，又或是一个人临于生死边际作的短期挣扎。不管它是什么，都必然受种种限制，受题材，文字，以及读者听者那个"不同的心"所限制。所以看过或听过后，自然同样不久完事。不完事的或者是从这个问题的说明，表现，方式上，见出作者一点语言文字的风格和性格，以及处理题材那点匠心独运的巧思，作品中所蕴蓄的人生感慨与人类爱。如果是讲演，连续到八次以上，从各个观点去说明的结果，或者能建设出

---

① 原文即是如此，在后来的版本中，"所要处理的"后加了逗号，编者注。

一个明明朗朗的人生态度。如果是作品，一本书也会给读者相同印象。至于听一回，看一篇，使对面的即能有会于心，保留一种深刻印象，对少数人言，即或办得到，对多数人言，是无可希望的！

新文学中的短篇小说，系随同二十二年前那个五四运动发展而来。文学运动本在五四运动以前，民六左右，即由陈独秀胡适之诸先生提出来，却因五四运动得到"工具重造工具重用"的机会。当时谈思想解放和社会改造，最先得到解放的是文字，即语体文的自由运用。思想解放社会改造问题，一般讨论还受相当限制时，在文学作品试验上，就得到了最大的自由，从试验中日有进步，且得到一个"多数"（学生）的拥护与承认。虽另外还有个"多数"（旧文人与顽固汉）在冷嘲恶咒，它依然在幼稚中发育成长，不到六七年，大势所趋，新的中国文学史，就只有白话文学作品可记载了。谈到这点过去时，其实应当分开来说说，因为各部门作品的发展经过和它的命运，是不大相同的。

新诗当时最与传统相反，引起社会注意，情形最热闹（作者极兴奋，批评者亦极兴奋。）同时又最成为"问题"；即大部分作品是否算得是"诗"的问题。

戏剧在那里讨论社会问题，处理思想问题，因之有"问题"而无"艺术"，初期作者成绩也就只是热闹，作品并不多，且不怎么好。

小说发展得平平常常，规规矩矩，不如诗那么因自由而受反对，又不如戏那么因庄严而抱期望，可是在极短期间中却已得到读者认可继续下去，先从学生方面取得读者，随即且从社会方面取得更多的读者，因此奠定了新文学基础，并奠定了新出版业的基础。

若就近二十年来过去作个总结算，看看这二十年的发展，作者多，读者多，影响大，成就好，成为新文学中一个主流。实应当推短篇小说。不过短篇小说难支持了新文学的地位，它到后来却受它所支持的那个"商业"和"政治"一点拖累，无以挣扎。因为十六年左右，新文学运动刺激了商人对于新出版业的投资，作品最先具有商品意味的，即是短篇小说。到稍后一时，十八年左右，新文学又起始被政治看中，企图用它作工具；（在野的则当武器，在朝的则当点缀物，）从此一来，全个文学运动，便不免失去了它应有的自由独立性，这方面不受"商业支配"，那方面必成为"政治附庸"。虽说商业方面的正常发展，还支持了此后作家的生活，并产生许多作品，政治方面的歪经，所要的又只是

"作家"做个幌子，并未对"作品"有何兴趣，可是因此一来，一部分作家，终于不习惯把作品当成商品，与人竞赛，或不甘心把作品当成政治工具，与人争宠，于是都停了笔，一直到现在，"作家"抽象地位还不如一个"教授"，就是这么来的。虽然如此，我们若把二十年来成绩看看，就数量和品质言，拿得出手的作品，依然还数短篇小说，比别部门作品多些也好些。这原因加以分析，就可知道一是起始即发展得比较正常，作品又得到个自由竞争机会，新陈代谢作用大些，前仆后继，因此人材辈出，从作品中沙中检金①，沙子多金屑也就不少。其次即是有个读者传统习惯，来接受作品，同时还刺激鼓励优秀作品产生。

若讨论到"短篇小说"的前途时，我们会觉得它似乎是无什么"出路"的。他的光荣差不多已经成为"过去"了。它将不如长篇小说，不如戏剧，甚至于不如拼拼凑凑的杂文那么热闹。长篇小说从作品中铸造人物，铺叙故事又无限制，近二十年来社会的变，近五年来世界的变，影响到一人或一群的事，无一不可以组织到故事中。一个长篇如安排得法，即可得到历史的意义，历史的价值，它且更容易从旧小说读者中吸收那个多数读者，它的成功伟大性是极显明的。戏剧娱乐性多，容易成为大时代中都会的点缀物，能繁荣商业市面，也能繁荣政治市面，所以不仅好作品容易露面，即本身十分浅薄的作品，有时说不定在官定价值和市定价值两方面，都被抬得高高的。杂文虽有些似通非通，不三不四，也还是到处流行。若我们明白从民十六到廿六近十年社会风气，正如何培养到一部分读者看打架兴趣，二三子别无所长，想有所自见。自然要将老把戏玩下去，充文化人，自得其乐。（照例又前进又热闹。这只要看看这里那里总还有人不断地在喊"重要重要"，或抄印他人作品推销，也即可见生意还不太弱。）就中唯有短篇小说，费力而不容易讨好，将不免和目前我们这个学校中的"国文系"情形相同，在习惯上还存在，事实上却好像对社会不大有什么用处，无出路是命定了的。

不过我想在大家都忘不了"出路"，多数人都被"出路"弄昏了头的时候，来在"国文学会"的讨论会上，给"短篇小说"重新算个命，推测推它未来可能是个什么情形。有出路未必是好东西，这个我们从跑银行的大学生，和有销路的杂志，得奖的作品，都可见到一二。那么，

---

① 原文如此，编者注。

无出路的短篇小说，还会不会有好作者和好作品？从这部门作品中，我们还能不能保留一点希望，认为它对中国新文学前途，尚有贡献？要我答复我将说是"有办法的"。它的转机即因为是"无出路"。从事于此道的，既难成名，又难牟利，且决不能用它去冒充"同志"，讨个小官儿作作。社会一般事业都容许侥幸投机，作伪取巧，用极小气力收最大效果，唯有"短篇小说"，可是个实实在在的工作，玩花样不来。"政术"优长的分子决不会来摸它。"天才"不是不敢过问，就是装作不屑于过问。即以从事写作的同道来说，把写短篇小说过终生事业，都明白它不大经济。这一来倒好了，短篇小说的写作，虽表面上与一般文学作品情形相差不多，作者的兴趣或信仰，却已和别的作者大不相同了。支持一个作者的信心，除初期写作，可望从"读者爱好"增加他一点愉快。从事此道十年八年后，尚能继续下去的，作者那个"创造的心"，就必得从另外找个根据。很可能从"外面刺激凌轹"，转成为"自内而发"的趋势。作者产生作品那点"动力"，和对于作品的态度，都慢慢的会从普通"成功"，转为自觉"不朽"，从"敷会政策"，转为"说明人生"。这个转变也可说是环境逼成的，然而却正是进步所必需的。由于作者写作的态度心境不同，似乎就与抄抄撮撮的杂感离远，与装模作样的战士离远，与逢人握手每天开会的官僚离远，渐渐的却与那个"艺术"接近了。

照近二十年来的文坛风气，一与"艺术"接近，也许因此一来，它的名字就应当叫作"落伍"了，叫作"反动"了，他的作品并且就要被什么"检讨"了，"批评"了，他的主张意见就要被"围剿"了，"扬弃"了。但我们可不必为这事情担心。这一切不过是一堆"名词"而已。名词是照例摇撼不倒作品的。作品虽用纸张印成，有些国家在作品上浇了些煤油，放火去烧它，还无结果！二三子玩玩名词，用作自得其乐的消遣，未尝无意义。若想用它作符咒，来消灭优秀作品，其无结果是用不着龟蓍卜算的。"落伍"是被证明已经老朽，"反动"又是被裁判得受点处分，使用的意义虽都相当厉害，有时竟好像还和"侦探告密""坐牢杀头"这类事情牵连在一处。但文人用来加到文人头上时，除了满足一种卑鄙的陷害本能，是并无何等意义，不用担心吓怕的。因为名词用惯后，用多后，明眼人都知道这对于一个诚实的作家，是不会有何作用的。这不过是政治上几个流行陷人咒人的口号，其实与文学不相干。文学还是文学，作品忠实的证人是"读者"（任何时期任何地方总不缺少的忠厚正直读者），作品公正的审判人是"时间"（从每个人生命中流过的时间），作品在读者与时间中受试验，好的存在，且可能长久存在，坏的消灭，即一时间偶然侥幸，迟早间终必消灭。一个作者真正可怕的事，是无作品而充作家，或写点非驴非马作品，恰如金瓶梅一书中应白爵在西门庆面前唱小曲神情，作用是应景凑趣。目的是用另外一种势力来勉强支持门面。有些善于诪张为幻的作家，门面总算支持了，却受不了那个试验，在试验中即黯然无光。未免可怕。

日月流转，即用过去二十年事实作个例，试回头看看这段短短路上的陈迹，也可长人不少见识。当时文坛逐鹿，恰如运动场上赛跑，上千种不同的人物，穿着各式各样的花背心和运动鞋，用各自习惯的姿式，共同从跑道一端起始，飞奔而前，就中有仅仅跑完一个圈子，即已力不从心，摇摇头退下场了的。有跑到三五个圈子，个人独在前面，即以为大功告成而不再干的。有一面跑一面还打量到做点别的节省气力事情，因此装作摔了一跤，脚一蹾向公务员人丛中消失了的。也有得到亲戚、朋友、老板、爱人在旁拍把叫好，自己却实在无出息，一阵子即败溃下来的。大约说来，跑到三五年后，剩下的人数已不甚多。虽随时都有新补分子上场，跑到十年后，剩下的可望到"终点"的人就不过十来位了。就中当时跑得最有生气的，自然是普通说的"前进分子"，观众中有在帮在伙的人拍手，并在每一段路上都设下个站口，劳驾上面还插了一面小小旗帜，写上"同志，你已成功了！""你已是世界上最伟大的作家"，"你已是杰作！"（如同曹禺日出一戏中顾八奶奶称人），如此或如彼，增加作者声势的玩意儿，应有尽有，然而还是不济事！设若这个竞争是无终点的，每个人的终点即是死，工作的需要是发自于内的一点做人气概，以及支持三五十年的韧性，跑到后来很可能观众都不声不响，不拍掌也不叫好，多数作家难以为继，原是极其自然的。所以每三五年照例都有几个雄纠纠的人物，写了些得商人出力，读者花钱，同道捧场。官家道贺的作品，结果只在短短"时间"淘冶中，作品即已若存若亡，本人且有改业经商，发了三五万横财，讨个如夫人在家纳福的。或改业从政，作个小小特务员，写点子虚乌有报告的。或傍个小官儿，代笔做做秘书，安分乐生混日子下去的。这些人倒真是得到了很好的出路！"逝者如斯，不舍昼夜"，历史虽短，也就够令人深思！

"得到多数"虽已成为一种社会习惯，在文学发展中，倒也许正要借重"时间"，把那个平庸无用的多数作家淘汰掉，让那个真有作为诚敬从事的少数，在极严格中受试验，慢慢的有所表现，反而可望见出一点成绩。（三五个有好作品的作家，事实上比三五百挂名作家更为明日社会所需要，原是显然明白的。）对这个少数作家而言，我觉得他们的工作，正不妨从"文学"方面拉开，放安到"艺术"里去，因为它的写作心里状态，即容易与流行文学观日见背驰，已渐渐如过去中国一般艺术家相近。他不是为"出路"而写作，这个意见是我十三年前提起过的，我以为值得旧事重提，和大家讨论讨论。

记得是民国十八年秋天，徐志摩先生要我去一个私立大学讲"现代中国小说"，上堂时，但见百十个人头在下面转动，我知道许多"脑子"也一定在同样转动。我心想："和这些来看。我讲演的人①，我说些什么较好？"所以就在黑板上写了一行字："请你们让我休息十分钟吧。"我意思倒是咱们大家看看，比谁看得深。我当然就在那里休息，实在说就是给大家欣赏我那个乱蓬蓬的头，那种狼狈神气，不过在痛苦中也就不免将堂下那些人头一个一个加以欣赏。到末后，我开口了，一说就是两点钟。时间过了，在照例掌声中散了场。走到长廊子上时，听到前面两个人说，"他究竟说些什么？"这种讲演从一般习惯看来，自然算是失败了。当时只有一个人觉得不失败，就是做校长的胡适之先生。他以为"请个人去讲演。一二十分钟说不出来，照十八年上海风气，在台上居然不被打倒，在台下的又居然无人借故溜走，当然不算失败，懂不懂那是小事！"那次讨论"看"的人既可能比"听"的人多，看的人或许尚保留一个人印象，听的人大致都早已忘掉了。忘不掉的只有我自己，因为算是用"人"教育"我"，真正上了一课。这一课使我明白文字和语言，视和听，给人的印象，情形大不相同。我写的小说，正因为与一般作品不大相同，人读它时觉得还新，也似乎还能领会所要表现的思想。至于听到我说起小说写作，却又因为解释得与一般传说不同，与流行见解不合，弄得大家莫名其妙。这对于我个人，真是一种离奇的教育。它刺激我在近十年中，继续用各种方式去试验，写了一些作品，和读者对面。我写到的一堆故事，或者即已说明我对这个问题的意见和态度，若不曾从我作品中看出一点什么，这种单独的讲演，是只会作成你们复

---

① 原文如此，编者注。

述那个"他究竟是说什么"印象的。

其实当时说的并非稀奇古怪，不过太诚实一点罢了。"诚实"二字虽常常被文学作家和理论家提出，可是大多数人照例都怕和诚实对面。因为它似乎是个乡巴佬使用的名词，附于这个名词下为坦白，责任，超越功利而忠贞不易、超越得失而有所为有所不为，把这名词带到都市上来，"玩文学"的人实在是毫无用处的。其实正是新文学从商业转入政治，作家受社会变动的影响，和流行趣味的控制，"政策"与"销路"已成为两个具有绝大势力的名词，"艺术"或"技巧"都在被嘲笑中地位缩成一个零。以能体会时代风气而写平庸作品自夸的，就大有其人。这些人或仿佛十分前进，或俨然异常忠实，用阿谀"群众"或阿谀"老板"方式，认为即可得到伟大的成就。另外又有一部分作家，又认幽默为人生第一，超脱潇洒的用个玩票白相态度来有所写作，谐趣气分的无节制，人生在作者笔下，即普遍成为漫画化。浅显明白的原则支配了作者心和手，其所以能够如此，即因为这个原则正可当做作品草率马虎的文饰。风气所趋，作者不甘落伍的，便各在一种预定的公式上写他的革命传奇，产生并完成他"有思想"的作品。或用一个滑稽讽笑的态度，来写他的无风格、无性格、平庸乏味的打哈哈作品。如此或如彼，目标所在是"得到多数"。用的是什么方法，所得到的又是什么，都不在意。作家的自尊心被时代所扭曲压扁，竟恰恰和当前许多"知识阶级"被抽象法则具体法则所作成的一样。

当时关于这一点，我就觉得这是不成的，社会的混乱，如果一部分属于一般抽象原则价值的崩溃，作者尚有点自尊心和自信心，应当在作品中将一个新的原则重建起来。应当承认作品完美即为一种秩序。一切社会的预言者，本身必需坚实而壮健，才能够将预言传递给人。作者不能只看今天明天，争夺群众还得有个瞻望远景的习惯，五十年一百年世界上还有群众！为"主义""政策"作个代言人，有意识来写新的经典，如果动力小，一切努力都不会有何伟大成就。即或表面上因商业煊染，一时节异常兴旺热闹，其实还是空空洞洞的！新的文学要他有新意，且容许包含一个人生向上的信仰，或对国家未来的憧憬，必需得从另外一种心理状态来看文学，写作品，即超越商业习惯上的"成功"，和政策变动中的"成名"，完全如一个老式艺术家制作一件艺术品的虔敬倾心来处理，来安排。最高的快乐从工作本身即可得到，不待我求，他手写的经

小篇章中表现人性，表现生命的形式，有助于作品的完美，是无可疑的。

短篇小说的写作，从过去传统有所学习，从文字学文字，个人以为应当把诗放在第一位，小说放在末一位。一切艺术都容许作者注入一种诗的抒情，短篇小说也不在例外。由于诗的认识①，将使一个小说作者对于文字性能具特殊敏感，因之产生选择语言文字的耐心。对于人性的智愚贤否，义利取舍形式之不同，也必同样具有特殊敏感，因之能从一般平凡哀乐得失景象上，触着所谓"人生"。尤其是诗人那点人生感慨，如果成为一个作者写作的动力时，作品的深刻性就必然因之而增加。至于从小说学小说，所得是不会很多的。

所以短篇小说的明日，是否能有些新的成就，据个人私意，也可以那么说，实有待于少数作者，是否具有勇气肯从一个广泛的旧的传统最好艺术品中，来学习取得那个创造的心，印象中保留着无数优秀艺术品的形式，生命中又充满活泼生机，工作上又不少自尊心和自信心，来在一个新的观点上，尝试他所努力从事的理想事业。

或者会有人说，照你个人先前所说，从十八年起文学即已被政治看中，一切空洞理想，恐都不免为一个可悲可怕事实战败。即十多年来那个"习惯"，以及在习惯中所形成的偏见，必永远成为进步的绊脚石。原因是作家如不能再成为"政策"的工具，即可能成为"政客"的敌人。一种政治主张或政客意见，不能制御作家，有一天政治家的做作庄严，便必然受作品摧毁。因之从官僚政客观点来说，文学放到政治部或宣传部，受培养并受检查，实在是个最好最合理地方，限制或奖励，异途同归，都归于三等政客和小官僚来控制运用第一流作家打算上。其实这么办，结果是不会成功的，不过增加几个不三不四的作家，多一些捧场凑趣装模作样的机会，在一般莫名其妙的读者中，推销几百本平庸作品罢了，对于这方面的明日发展，政治是无从"促成"也无从"限制"的。

然而对面既是十多年来养成的一种根深蒂固的习惯，使一般作家的自尊心和自信心，都极其容易消失。空洞的乐观，当然还不够。明日的转机，也许就得来看看那个"少数"如何"战争"了。若想到一切战争都不免有牺牲，有困难，必需要有无限的勇气和精力支持，方能战胜克服。从小以见大，使我们对于过去、当前，各在别一处诚实努力，又有

---

① 原文如此。在后来的一些版本中，增加了"对"字，即"对诗的认识"。编者注。

相当成就的几个作者，不论他是什么党派，实在都值得特别尊敬。因为这也是异途同归，归于"用作品和读者对面"。新文学运动，若能做到用作品直接和读者对面，这方面可做的事，即从娱乐方式上来教育铸造一个新的人格，如何向博大、深厚、高尚、优美方面去发展。且启发这个民族的感情，如何在忧患中能永远不灰心，不丧气，增加抵抗忧患的韧性，以及翻身的信心，就实在太多了。

五月二十日在昆明校正

（本文选自《国文月刊》第 18 期，1942 年版）

文学上的低级趣味

朱光潜

（上）：关于作品内容

一般讨论文学的人大半侧重好的文学作品，不很注意坏的文学作品，所以导引正路的话说得多，指示迷途的话说得少。刘彦和在《文心雕龙》里有一篇《指瑕》，只谈到用字不妥一点。章实斋在《文史通义》里有一篇《古文十弊》，只专就古文立论，而且连古文的弊病也未能说得深中要害，例如讥刺到"某国某封某公同里某人之枢"之类好袭头衔的毛病，未免近于琐屑。嗣后模仿《古文十弊》的文章有张鸿来的《今文十弊》（见《北平师大月刊》第十三期）和林语堂的《今文八弊》（见《人间世》第二十七期），也都偏从文字体裁和文人习气方面着眼，没有指出文学本身上的最大毛病。我以为文学本身上的最大毛病是低级趣味。所谓"低级趣味"就是当爱好的东西不会爱好，不当爱好的东西偏特别爱好。古人有"嗜痂成癖"的故事，就饮食说，爱吃疮疤是一种低级趣味。在文学上，无论是创作或是欣赏，类似"嗜痂成癖"的毛病很多。许多人自以为在创作文学或欣赏文学，其实他们所做的勾当与文学毫不相干。文学的创作和欣赏都要靠极锐敏的美丑鉴别力，没有这种鉴别力就会有低级趣味，把坏的看成好的。这是一个极严重的毛病。

在这两篇文章里我想把文学上的低级趣味分为十项来说。弊病并不一定只有十种，我不过仿章实斋《古文十弊》的先例，略举其成数而已，其余的不难类推。我把我所举的十种低级趣味略加分析，发现其中有五种是偏于作品内容的，另外五种是偏于作者态度的。

本篇先说关于内容方面的低级趣味。本来文学之所以为文学，在内容与形式构成不可分拆的和谐的有机整体。如果有人专从内容着眼或专从形式着眼去研究文学作品，他对于文学就不免是外行。比如说崔颢的

《长干行》"君家何处住？妾住在横塘。移舟暂借问，或恐是同乡"这首短诗，如果把内容和形式拆开来说，那女子攀问同乡一段情节（内容）算得什么？那二十字所排列的五绝体（形式）又算得什么？哪一个船码头上没有攀问同乡的男女？哪一个村学究不会胡诌五言四句？然而《长干行》是世人公认的好诗，它就好在把极寻常的情节用极寻常的语言表现成为一种生动的画境，使读者如临其境，如见其人，如闻其声，如见其情。这是一个短例，一切文学作品都可作如此观。但是一般人往往不明白这个浅近的道理，遇到文学作品，不追问表现是否完美而专去问内容。他们所爱好的内容最普遍的是下列五种。

第一是侦探故事。人生来就有好奇心，一切知识的寻求，学问的探讨以及生活经验的尝试，都由这一点好奇心出发，故事的起源也就在人类的好奇心。小孩子略懂人事，便爱听故事，故事愈穿插得离奇巧妙，也就愈易发生乐趣。穿插得最离奇巧妙的莫过于侦探故事。看这种故事有如猜谜，先有一个困难的疑团，产生疑团的情境已多少埋伏着可以解释疑团的线索，若隐若现，忽起忽没，旧线索牵引新线索，三弯九转，最后终于转到答案。在搜寻线索时，"山重水复疑无路，柳暗花明又一村"，是一种乐趣；在穷究到底细时，"一旦豁然贯通"，更是一种乐趣。贪求这种乐趣本是人情之常，而且文学作品也常顾到要供给这种乐趣，在故事结构上做工夫。小说和戏剧所常讲究的"悬揣与突惊"（suspense and surprise）便是侦探故事所赖以引人入胜的两种技巧。所以爱好侦探故事本身并不是一种坏事，在文学作品中爱好侦探故事的成分也不是一种坏事。但是我们要明白，单靠寻常侦探故事的一点离奇巧妙的穿插决不能成为文学作品，而且文学作品中有这种穿插的，它的精华也决不在此。文学作品之成为文学作品，在能写出具体的境界，生动的人物和深刻的情致。它不但要能满足理智，尤其要感动心灵。这恰是一般侦探故事所缺乏的，看最著名的《福尔摩斯侦探案》或《春明外史》就可以明白。它们有如解数学难题和猜灯谜，所打动的是理智不是情感。一般人的错误就在把这一类故事不但看成文学作品，而且看成最好的文学作品，废寝忘餐，手不释卷，觉得其中滋味无穷。他们并且拿读侦探故事的心理习惯去读真正好的文学作品，第一要问它有没有好故事，至于性格的描写，心理的分析，情思与语文的融贯，人生世相的深刻了解，都全不去理会。如果一种文学作品没有侦探故事式的穿插，尽管写得怎样好，他们也尝不出什么味道。这种低级趣味的表现在一般读者中最普遍。

其次是色情的描写。文学的功用本来在表现人生，男女的爱情在人生中占极重要的位置，文学作品常用爱情的"母题"，本也无足深怪；一般读者爱好含有爱情"母题"的文学作品更无足深怪。不过我们必须明白一点重要的道理。爱情在文艺中只是一种题材，象其它题材一样，本身只象生铜顽石，要经过熔炼雕琢，得到艺术形式，才能成为艺术作品。所以文艺所表现的爱情和实际人生的爱情有一个重要的分别，就是一个得到艺术的表现，一个没有得到艺术的表现。《西厢记》里"软玉温香抱满怀，春至人间花弄色，露滴牡丹开"几句所指的是男女交媾。普通男女交媾是一回事；这几句词却不只是这么一回事，它在极淫猥的现实世界之上造成另一个美妙的意象世界。我们把几句词当作文艺欣赏时，所欣赏的并不是男女交媾那件事实，而是根据这件事实而超出这件事实的意象世界。我们惊赞这样极平凡的事实表现得这样美妙。如果我们所欣赏的只是男女交媾这件事实，那么，我们大可以在实际人生中到处找出这种欣赏对象，不必求之于文艺。这个简单的说明可以使我们明白一般文艺欣赏的道理。我们在文艺作品中所当要求的是美感，是聚精会神于文艺所创造的意象世界，是对于表现完美的惊赞；而不是实际人生中某一种特殊情绪，如失恋、爱情满意、穷愁潦倒、恐惧、悲伤、焦虑之类。自然，失恋的人读表现失恋情绪的作品，特别觉得痛快淋漓。这是人之"常情"，却不是"美感"。文艺的特质不在解救实际人生中自有解救的心理上或生理上的饥渴，它不应以刺激性欲和满足性欲为目的，我们也就不应在文艺作品中贪求性欲的刺激或满足。但是事实上不幸得很，有许多号称文艺创作者专在逢迎人类要满足实际饥渴这个弱点，尽量在作品中刺激性欲，满足性欲；也有许多号称文艺欣赏者在实际人生中的欲望不能兑现，尽量在文学作品中贪求性欲的刺激和满足。鸳鸯蝴蝶派小说所以风行，就因为这个缘故。这种低级趣味的表现在"血气方刚"的男男女女中最为普遍。

第三是黑幕的描写。拿最流行的小说来分析，除掉侦探故事与色情故事以外，最常用的材料是社会黑幕。从前上海各报章所常披露的《黑幕大观》之类的小说（较好的例有《官场现形记》和《二十年目睹之怪现状》）颇风行一时，一般人爱看这些作品，如同他们打开报纸先看离婚案、暗杀案、诈骗案之类新闻一样，所贪求的就是那一点强烈的刺激，西方人所说的 sensation。本来社会确有它的黑暗方面，文学要真实地表现人生，并没有把世界渲染得比实际更好的必要。如果文艺作品中可悲的比可喜的情境较多，唯一的理由就是现实原来如此，文学只是反映现实。所以描写黑幕本身也并不是一件坏事。欧洲文学向推悲剧首屈一指，近代比较伟大的小说也大半带有悲剧性；这两类文学所写的也还可以说都是黑幕，离不掉残杀、欺骗、无天理良心之类的事件。不过悲剧和悲剧性的小说所以崇高，并不在描写黑幕，而在达到艺术上一种极难的成就，于最困逆的情境见出人性的尊严，于最黑暗的方面反映出世相的壮丽。它们令我们对于人生朝深一层看，也朝高一层看。我们不但不感受实际悲惨情境所应引起的颓丧与苦闷，而且反能感发兴起，对人生起一种虔敬。从悲剧和悲剧性的小说我们可以看出艺术点染的功用。大约情节愈惨酷可怕，艺术点染的需要也就愈大，成功也就愈难。所以把黑幕化为艺术并不是一件易事。如果只有黑幕而没有艺术，它所赖以打动读者的就是上文所说的那一点强烈的刺激。我们在作品中爱看残酷、欺骗、卑污的事迹，犹如在实际人生中爱看这些事迹一样，所谓"隔岸观火"，为的是要满足残酷的劣根性。刑场上要处死犯人，不是常有许多人抢着去看么？离开艺术而欣赏黑幕，心理和那是一样的。这无疑地还是一种低级趣味。

第四是风花雪月的滥调。古代文艺很少有流连风景的痕迹，自然通常只是人物生活的背景，画家和文人很少为自然而描写自然。崇拜自然的风气在欧洲到十九世纪浪漫主义起来以后才盛行。在中国它起来较早，从东晋起它就很占势力，所谓"老庄告退而山水方滋"，陶、谢的诗是这种新风气之下最灿烂的产品。从艺术境界说，注意到自然风景的本身，确是一种重要的开拓。人类生长在自然里，自然由仇敌而变成契友，彼此间互相的关系日渐密切。人的思想情感和自然的动静消息常交感共鸣。自然界事物常可成为人的内心活动的象征。因此文艺中乃有"即景生情"、"因情生景"、"情景交融"种种胜境。这是文艺上一种很重要的演进，谁都不否认。但是因为自然在大艺术家和大诗人的手里曾经放过奇葩异彩，因为它本身又可以给劳苦困倦者以愉快的消遣和安息，一般人对于它与艺术的关系便发生一种误解，以为风花雪月、花鸟山水之类事物是美的，文艺用它们做材料，也就因而是美的。这是误税或是虚声，为达到这种不很光明的目的，就不惜择不很光明的手段，逢迎读者，欺骗读者，那也就决说不上文艺。在事实上，文艺成为一种职业以后，这两种毛病，这表现与传达两种急迫需要的缺乏，都很普遍。作者对自己不忠实，对读者不忠实，如何能对艺术忠实呢？这是作者态度上的基本错误，许多低级趣味的表现都从此起。

第一是无病呻吟，装腔作势。文艺必出于至性深情，谁也知道。但是没有至性深情的人也常有出产作品的引诱，于是就只有装腔作势，或是取浅薄俗滥的情调加以过分的夸张。最坏的当然是装腔作势，心里没有那种感触，却装着有那种感触。满腔尘劳俗虑，偏学陶谢滋情山水，冒充风雅；色情的追逐者实际只要满足生理的自然需要，却跟着浪漫诗人讴歌恋爱圣洁至上；过着小资产阶级的生活，行径近于市侩土绅，却诅咒社会黑暗，谈一点主义，喊几声口号，居然象一个革命家。如此等类，数不胜数，沐猴而冠，人不象人。此外有一班人自以为有的是情感，无论它怎样浅薄俗滥，都把它合盘托出，①尽量加以渲染夸张。这可以说是"泄气主义"。人非木石，谁对于人事物态的变化没有一点小感触？春天来了，万物欣欣向荣，心里不免起一阵欣喜或一点留恋；秋天来了，生趣逐渐萧索，回想自家身世，多少有一点迟暮之感；清风明月不免扰动闺思，古树暮鸦不免令人暗伤羁旅；自己估定的身价没有得到社会的重视，就觉得怀才莫展，牢骚抑郁；喝了几杯老酒，心血来潮，仿佛自己有一副盖世英雄的气概，倘若有一两位"知己"，披肝沥胆，互相推许，于是感激图报的"义气"就涌上来了。这一切本来都是人情之常，但是人情之常中正有许多荒唐妄诞，酸气滥调，除掉当作喜剧的穿插外，用不着大吹大擂。不幸许多作家终生在这些浅薄俗滥的情调中讨生活，象醉汉呓语，就把这些浅薄俗滥的情调倾泻到他们所谓"作品"里去。"一把辛酸泪"却是"满纸荒唐言"。这种"泄气主义"有它的悠久的历史传统。中国自古有所谓"骚人墨客"，徜徉诗酒，嗟叹生平，看他们那样"狂歌当泣"的神情，竟似胸中真有销不尽的闲愁，浇不平的块磊②。至于一般士女的理想向来是才子佳人，而才子佳人的唯一的身分证是"善病工愁"，"吟风弄月"。在欧洲，与浪漫主义结缘最深的"感伤主义"（sentimentalism）事实上也还是一种"泄气主义"。诗人们都

---

① 原文如此，编者注。

② 原文如此，编者注。

自以为是误落人寰的天仙，理想留在云端，双脚陷在泥淖，不能自拔，怨天尤人，仿佛以为不带这么一点感伤色彩，就显不出他们的高贵的身分。拜伦的那一身刺眼的服装，那一副憔悴行吟、长吁短叹的神情，在当时迷醉了几多西方的佳人才子！时代过了，我们冷眼看他一看，他那一副挺得笔直，做姿势让人画像的样子是多么滑稽可笑！我们在这新旧交替之际，还有许多人一方面承继着固有的骚人墨客和才子佳人的传统，一方面又染着西方浪漫主义的比较粗陋一面的色彩，满纸痛哭流泪，骨子里实在没有什么亲切深挚的情感。这种作品，象柏拉图老早就已经看到的，可以逢迎人类爱找情感刺激的弱点，常特别受读者欢迎。这种趣味是低级的，因为它是颓废的，不健康的，而且是不艺术的。

其次是憨皮臭脸，油腔滑调。取这种态度的作者大半拿文艺来逢场作戏，援"幽默"作护身符。本来文艺的起源近于游戏，都是在人生世相的新鲜有趣上面玩索流连，都是人类在精力富裕生气洋溢时所发的自由活动，所以文艺都离不掉几分幽默。我在《诗论》里《诗与谐隐》篇曾经说过："凡诗都难免有若干谐趣。情绪不外悲喜两端。喜剧中都有谐趣，用不着说；就是把最悲惨的事当作诗看时，也必在其中见出谐趣。我们如果仔细玩味蔡琰的《悲愤诗》或是杜甫的《新婚别》之类的作品，或是写自己的悲剧，或是写旁人的悲剧，都是痛定思痛，把所写的事看成一种有趣的意象，有几分把它当作戏看的意思。丝毫没有谐趣的人大概不易做诗，也不易欣赏诗。诗与谐都是生气的富裕，不能谐是枯燥贫竭的征候，枯燥贫竭的人和诗没有缘分。但是诗也是最不易谐，因为诗最忌轻薄，而谐则最易流于轻薄。"这段引语里的"谐"就是幽默，我这番话虽专就诗说，实在可通用于一般文艺。我们须承认幽默对于文艺的重要，同时也要指出幽默是极不容易的事。幽默有种种程度上的分别。说高一点，庄子、司马迁、陶潜、杜甫一班大作家有他们的幽默；说低一点，说相声、玩杂耍、村戏打诨、市井流氓斗唇舌、报屁股上的余兴之类玩艺也有他们的幽默。幽默之中有一个极微妙的分寸，失去这个分寸就落到下流轻薄。大约在第一流作品中，高度的幽默和高度的严肃常化成一片，一讥一笑，除掉助兴和打动风趣以外，还有一点深刻隽永的意味，不但可耐人寻思，还可激动情感，笑中有泪，讥讽中有同情。许多大诗人、悲剧家、喜剧家和小说家常有这副本领。不过这种幽默往往需要相当的修养才能领会欣赏，一般人大半只会欣赏说相声、唱双簧、村戏打诨、流氓显俏皮劲那一类的幽默。他们在实际人生中欢喜这些玩艺，在文艺作品中也还是要求这些玩艺。有些作家为着要逢迎这种低级趣味，不惜自居小丑，以谑浪笑傲为能事。前些时候有所谓"幽默小品"借几种流行的刊物轰动了一时，一般男女老少都买它，读它，羡慕它，模仿它。一直到现在，它的影响还很大。

第三是摇旗呐喊，党同伐异。思想上只有是非，文艺上只有美丑。我们的去取好恶应该只有这一个标准。如果在文艺方面，我们有敌友的分别，凡是对文艺持严肃纯正的态度而确有成就者都应该是朋友，凡是利用文艺作其他企图而作品表现低级趣味者都应该是仇敌。至于一个作者在学术、政治、宗教、区域、社会地位各方面是否和我相同，甚至于他和我是否在私人方面有无恩怨关系，一律都在不应过问之列。文艺是创造的，各人贵有独到，所以人与人在文艺上不同，比较在政治上或宗教上不同应该还要多些。某一地某一时的文艺，不同愈多，它的活力也就愈大。当然，每一时一地的作家倾向常有相近的，本着同声相应的原则，聚集在一起成为一种派别，这是历史上常有的事而且本身也不是坏事。不过模仿江湖帮客结义的办法，立起一个寨主树起一面旗帜，招徒聚众，摇旗呐喊，自壮声威，逼得过路来往人等都来"落草"归化，敢有别树一帜的就兴师动众，杀将过去，这种办法于己于人都无好处，于文艺更无好处。我们无用讳言，这种江湖帮客的恶习在我们的文艺界似仍很猖獗。文艺界也有一班野心政客，要霸占江山，垄断顾客，争窃宗主，腼颜以"提携新进作家"自命，招收徒弟，一有了"群众"，就象王麻儿卖膏药，沿途号喊"只此一家，谨防假冒"，至于自己的膏药是"万宝灵应"，那更不用说了。他们一方面既虚张自己的声势，写成一部作品便大吹大擂地声张出去；一方面又要杀他人的威风，遇到一个不在自己旗帜之下的作品，便把它扯得稀烂，断章取义把它指摘得体无完肤，最优待的办法也只是予以冷酷的忽视。这种"策略"并不限于某一派人。文言作者与白话作者相待如此，白话作者中种种派别互相对待也是如此。可怜许多天真的读者经不起这种呐喊嘲骂的暗示，深入彀中而不自知，不由自主地养成一些偏见，是某派某人的作品必定是好的，某派某人的作品必定是坏的，在阅读与领会之前便已注定了作品的价值。拿"低级趣味"来形容他们，恐怕还太轻吧。

第四是道学冬烘，说教劝善。我们在讨论题材内容时，已经指出文艺宣传口号教条的错误。在这里我们将要谈的倒不是有意作宣传的作品，而是从狭义的道德观点来看作品中人物情境这个普遍的心理习惯。文艺要忠实地表现人生，人生原有善恶媸妍幸运灾祸各方面。我们的道德意识天然地叫我们欢喜善的，美的，幸运的，欢乐的一方面，而厌恶恶的，丑的，灾祸的，悲惨的一方面。但是文艺看人生，如阿诺德所说的，须是"镇定的而且全面的"(Look on life steadily and as a whole)，就不应单着眼到光明而闪避黑暗。站在高一层去看，相反的往往适以相成，造成人生世相的伟大庄严，一般人却不容易站在高一层去看，在实际人生中尽管有缺陷，在文艺中他们却希望这种缺陷能得到弥补。莎士比亚写《李尔王》，让一个最孝顺最纯洁的女子在结局时遭遇惨死。约翰逊说他不能把这部悲剧看到终局，因为收场太惨。十八世纪中这部悲剧出现于舞台，收场完全改过，孝女不但没有死而且和一位忠臣结了婚。我们中国的《红楼梦》没有让贾宝玉和林黛玉大团圆，许多人也引为憾事，所以有《续红楼梦》来弥补这个缺陷。《西厢记》本来让莺莺改嫁郑恒，《锦西厢》却改成嫁郑恒的是红娘，莺莺终于归了张珙。诸如此类的实例很多，都足以证明许多人把"道德的同情"代替"美感的同情"。这分别在哪里呢？比如说一个戏子演曹操，扮那副老奸巨滑的样子，维妙维肖，观众中有一位木匠手头恰提着一把斧子，不禁义愤填膺，奔上戏台去把演曹操的那人的头砍下。这位木匠就是用"道德的同情"来应付戏中人物；如果他用"美感的同情"，扮曹操愈象，他就应该愈高兴，愈喝采叫好。懂得这个分别，我们再去看看一般人是用哪一种同情去读小说戏剧呢？看武松杀嫂，大家感觉得痛快，金圣叹会高叫"浮一大白"；看晴雯奄奄待毙，许多少爷小姐流了许多眼泪。他们要"善恶报应，因果昭彰"，要"天下有情人都成眷属"，要替不幸运的打抱不平。从道德的观点看，他们的义气原可钦佩；从艺术的观点看，他们的头脑和《太上感应篇》、《阴骘劝世文》诸书作者的是一样有些道学冬烘气，都不免有低级趣味在作祟。

第五是涂脂抹粉，卖弄风姿。文艺是一种表现而不是一种卖弄。表现的理想是文情并茂，"充实而有光辉"，虽经苦心雕琢，却是天衣无缝，自然熨贴，不现勉强作为痕迹。一件完美的艺术品象一个大家闺秀，引人注目而却不招邀人注目，举止大方之中仍有她的贞静幽闲，有她的高贵的身分。艺术和人一样，有它的品格，我们常说某种艺术品高，某种艺术品低，品的高低固然可以在多方面见出，最重要的仍在作者的态度。品高的是诚于中，形于外，表里如一的高华完美。品低的是内不充实而外求光辉，存心卖弄，像小家娼妇涂脂抹粉，招摇过市，眉挑目送的样子。文艺的卖弄有种种方式。最普通的是卖弄词藻，只顾堆砌漂亮的字眼，显得花枝招展，绚烂夺目，不管它对于思想情感是否有绝对的必要。从前骈俪文犯这毛病的最多，现在新进作家也有时不免。其次是卖弄学识。文艺作者不能没有学识，但是他的学识须如盐溶解在水里，尝得出味，指不出形状。有时饱学的作者无心中在作品中流露学识，我们尚不免有"学问汩没性灵"之感，至于有意要卖弄学识，如暴发户对人夸数家珍，在寻常做人如此已足见趣味低劣，在文艺作品中如此更不免令人作呕了。过去中国文人犯这病的最多，在诗中用僻典，谈哲理，写古字，都是最显著的例。新文学作家常爱把自己知道比较清楚的材料不分皂白地和盘托出，不管它是否对于表现情调、描写人物或是点明故事为绝对必需，写农村就把农村所有的东西都摆进去，写官场也就把官场所有的奇形怪状都摆进去，有如杂货店，七零八落的货物乱堆在一起，没有一点整一性，连比较著名的作品如赛珍珠的《大地》，吴趼人的《二十年目睹之怪现状》之类均不免此病，这也还是卖弄学识。另外是卖弄才气。文艺作者固不能没有才气，但是逞才使气，存心炫耀，仍是趣味低劣。像英国哲学家休谟和法国诗人魏尔兰所一再指示的，文学不应只是"雄辩"（eloquence），而且带不得雄辩的色彩。"雄辩"是以口舌争胜，说话的人要显出他聪明，要博得群众的羡慕，要讲究话的"效果"，要拿出一副可以镇压人说服人的本领给人看，免不掉许多装模作样，愈显得出才气愈易成功。但是这种浮浅的炫耀对于文学作品却是大污点。一般文学作者愈有才气，也就愈难避免炫耀雄辩的毛病。从前文人夸口下笔万言，倚马可待，文成一字不易，做诗押险韵，和韵的诗一做就是几十首，用堂皇铿锵的字面，戏剧式表情的语调，浩浩荡荡，一泻直下，乍听似可喜，细玩无余味，这些都是卖弄才气，用雄辩术于文学。爱好这一类的作品在趣味上仍不很高。

　　文艺趣味上的毛病是数不尽的，以上十点只是举其荦荦大者。十点之中有些比较严重，有些比较轻微，但在一般初学者中都极普遍。许多读者听到我这番话，发现他们平时所沾沾自喜的都被我看成低级趣味，不免怪我太严格苛求，太偏狭。这事不能以口舌争，我只能说：一个从事文学者如果入手就养成低级趣味，愈向前走就离文学的坦途大道愈远。我认为文学教育第一件要事是养成高尚纯正的趣味，这没有捷径，唯一的办法是多多玩味第一流文艺杰作，在这些作品中把第一眼看去是平淡无奇的东西玩味出隐藏的妙蕴来，然后拿"通俗"的作品来比较，自然会见出优劣。优劣都由比较得来，一生都在喝坏酒，不会觉得酒的坏，喝过一些好酒以后，坏酒一进口就不对味，一切方面的趣味大抵如此。

（原载 1944 年 7 月《时与潮文艺》第 3 卷第 5 期，后又收入《文艺时代》1946 年第 1 卷第 4、5 期。两文略有差异。本文选自《文艺时代》）

一番语重心长的话[①]

——给现代中国青年

朱光潜

　　我在大学里教书，前后恰已十年，年年看见大批的学生进来，大批的学生出去。这大批学生中平庸的固居多数，英俊有为者亦复不少。我们辛辛苦苦地把一批又一批的训练出来，到毕业之后，他们变成什样的人，做出什样的事呢？他们大半被一个公同的命运注定。有官做官，无官教书。就了职业就困于职业，正当的工作销磨了二三分光阴，人事的应付销磨了七八分光阴。他们所学的原来就不很坚实，能力不够，自然做不出什么真正事业来。时间和环境又不容许他们继续研究，不久他们原有的那一点浅薄学问也就逐渐荒疏，终身只在忙"糊口"。这样一来，他们的个人生命就平平凡凡地溜过去，国家的文化学术和一切事业也就无从发展。还有一部分人因为生活的压迫和恶势力的引诱，由很可有为的青年腐化为土绅劣豪或贪官污吏，把原来读书人的一副面孔完全换过，为非作歹，恬不知耻，使社会上颓风恶习一天深似一天，教育的功用究竟在那里呢？[②]

　　想到这点，我感觉到很烦闷。就个人设想，象我这样教书的人把生命断送在粉笔屑中，眼巴巴地希望造就几个人才出来，得一点精神上的安慰，而年复一年地见到出学校门的学生们都朝一条平凡而暗淡的路径走，毫无补于文化的进展和社会的改善。这种生活有何意义？岂不是自误误人？其次，就国家民族的设想，在这严重的关头，性格已固定的一辈子人似已无大希望，可希望的只有少年英俊，国家耗费了许多人力和

　　① 本文收入朱光潜《谈修养》一书，该书共收文章22篇，是朱光潜在1940年至1942年间陆续写成的，1943年5月由重庆中周出版社出版。

　　② 原文如此，编者注。

财力来培养成千成万的青年，也正是希望他们将来能担负国家民族的重任，而结果他们仍随着前一辈子人的覆辙走，前途岂不很暗淡？

青年们常欢喜把社会一切毛病归咎于站在台上的人们，其实在台上的人们也还是受过同样的教育，经过同样的青年阶段，他们也曾同样地埋怨过前一辈子人。由此类推，到我们这一辈子青年们上台时，很可能地仍为下一辈子青年们不满。今日有理想的青年到明日往往变成屈服于事实而抛弃理想的堕落者。章宗祥领导过留日青年，打过媚敌辱国的蔡钧，而这位章宗祥后来做了外交部长，签订了二十一条卖国条约。汪精卫投过炸弹，坐过牢，做过几十年的革命工作，而这位汪精卫现在做了敌人的傀儡，汉奸的领袖。许多青年们虽然没有走到这个极端，但投身社会之后，投降于恶势力的实比比皆是。这是一个很可伤心的现象。社会变来变去，而组成社会的人变相没有变质，社会就不会彻底地变好。这五六十年来我们天天在讲教育，教育对于人的质料似乎没有发生很好的影响。这一辈子人睁着眼睛蹈前一辈人的覆辙，下一辈子人仍然睁着眼睛蹈这一辈子人的覆辙，如此循环展转①，一报还一报，"长夜漫漫何时旦"呢？

社会所属望最殷的青年们，这事实和问题是值得郑重考虑的！时光向前疾驶，毫不留情去等待人，一转眼青年便变成中年老年，一不留意便陷到许多中年人和老年人的厄运。这厄运是一部悲惨的三部曲。第一部是悬一个很高的理想，要改造社会；第二部是发见理想与事实的冲突，意志与社会恶势力相持不下；第三部便是理想消灭，意志向事实投降，没有改革社会，反被社会腐化。给它们一个简题，这是"追求"、"彷徨"和"堕落"。

青年们，这是一条死路。在你们的天真烂漫的头脑里，它的危险性也许还没有得到深切的了解，你们或许以为自己决不会走上这条路。但是我相信：如果你们没有彻底的觉悟，不拿出强毅的意志力，不下坚苦卓绝的工夫，不作脚踏实地的准备，你们是不成问题地仍走上这条路。数十年之后，你们的生命和理想都毁灭了，社会腐败依然如故，又换了一批象你们一样的青年来，仍是改革不了社会。朋友们，我是过来人，这条路的可怕我并没有夸张，那是绝对不能再走的啊！

---

① 原文如此，编者注。

耶稣宣传他的福音，说只要普天众生转一个念头，把心地洗干净，一以仁爱为怀，人世就可立成天国。这理想简单到不能再简单，可是也深刻到不能再深刻。极简单的往往是正途大道，因为易为人所忽略，也往往最不易实现。本来是很容易的事而变成最难实现的，这全由于人的愚蠢、怯懦和懒惰。世间事之难就难在人们不知道或是不能够转一个念头，或是转了念头而没有力量坚持到底。幸福的世界里决没有愚蠢者、怯懦者和懒惰者的地位。你要合理地生存，你就要有觉悟、有决心、有奋斗的精神和能力。

"知难行易"，这觉悟一个起点是我们青年所最缺乏的。大家都似在鼓里过日子，闭着眼睛醉生梦死，放弃人类最珍贵的清醒的理性，降落到猪豚一般随人饲养，随人宰割。世间宁有这样痛心的事！青年们，目前只有一桩大事——觉悟——彻底地觉悟！你们正在作梦，需要一个晴天霹雳把你们震醒，把"觉悟"两字震到你们的耳里去。

"条条大路通罗马"。实现人生和改良社会都不必只有一条路径可走。每个人所走的路应该由他自己审度自然条件和环境需要，逐渐摸索出来，只要肯走，迟早总可以走到目的地。无论你走那一条路，[①] 你都必定立定志向要做人；做现代的中国人，你必须有几个基本的认识。

一、时代的认识——人类社会进化逃不掉自然律。关于进化的自然律，科学家们有不同的看法。依达尔文派学者，生物常在生存竞争中，最适者生存，不适者即归淘汰。依克鲁泡特金，社会的维持和发展全靠各分子能分工互助，互助也是本于天性。这两种相反的主张产生了两种不同的国际政治理想。一种理想是拥护战争，生存既是一种竞争，而在竞争中又只有最适者可生存，则造就最适者与维持最适者都必靠战争，战争是文化进展的最强烈的刺激剂。另一种理想是拥护和平，战争只是破坏，在战争中人类尽量发挥残酷的兽性，愈残酷愈贪摧毁，愈不易团结，愈不易共存共荣；要文化发展，我们需要建设，建设需要互助，需要仁爱，也需要和平。这两种理想各有片面的真理，相反适以相成，不能偏废。我们的时代是竞争最激烈的时代，也是最需要互助的时代。竞争是事实而互助是理想。无论你竞争或是互助，你都要拿副本领来。在竞争中只有最适者才能生存，在互助中最不适者也不见得能坐享他人之

---

① 原文如此，编者注。

成。所谓"最适"就是最有本领，近代的本领是学术思想，是技术，是组织力。无论是个人在国家社会中，或是民族在国际社会中，有了这些本领，才能和人竞争，也才能和人互助，否则你纵想苟且偷生，也必终归淘汰，自然铁律是毫不留情的。

二、国家民族现在地位的认识——我国数千年来闭关自守。固有的文化可以自给自足，而且四围诸国家民族的文化学术水准都比我们的低，不曾感到很严重的外来的威胁。从十九世纪以来，海禁大开，中国变成国际集团中的一分子，局面就陡然大变。我们现在遇到两重极严重的难关。第一，我们固有的文化学术不够应付现时代的环境。我们起初慑于西方科学与物质文明的威力，把固有的文化看得一文不值，主张全盘接收欧化；到现在所接收的还只是皮毛，毫不济事，情境不同，移植的树常不能开花结果，而且从两次大战与社会不安的状况看来，物质文明的误用也很危险，于是又有些人提倡固有文化，以为我们原来固有的全是对的。比较合理的大概是兼收并蓄，就中西两方成就截长补短，建设一种新的文化学术。但是文化学术须有长期的培养，不是象酵母菌可以一朝一夕制造出来的。我们从事于文化学术的人们能力都还太幼稚薄弱，还不配说建设。总之，我们旧的已去，新的未来，在这青黄不接的时候，我们和其他民族竞争或互助，几乎没有一套武器或工具在手里。这是一个极严重的局势。其次，我们现在以全副精力抗战建国。这两重工作中抗战是急需，是临时的；建国是根本，是长久的。多谢贤明领袖的指导与英勇将士的努力，多谢国际局面的转变，我们的抗战已逼近最后的胜利。这是我们的空前的一个好机会，从此我们可以在国际社会中做一个光荣的分子，从此我们可以在历史上开一个新局面。但是这"可以"只是"可能"而不是"必然"，由"可能"变为"必然"，还需要比抗战更坚苦的努力。抗战后还有成千成万的问题急待解决，有许多恶习积弊要洗清，有许多文化事业和生产事业要建设。我们试问，我们的人才准备能否很有效率地担负这些重大的工作呢？要不然，我们的好机会将一纵即逝，我们的许多光明希望将终成泡影。我们的青年对此须有清晰的认识，须急起直追，抓住好时机不让放过。

三、个人对于国家民族的关系的认识——世界处在这个剧烈竞争的时代，国家民族处在这个一发千钧的关头，我们青年人所处的地位何如呢？有两个重要的前提我们必须认识清楚：

不可强学生以不能为能的态度去使用古文。然则唯一可用的工具是使学生以确切的语言接受知识，更以确切的语言表现出来。这个工具是我们今日直接所用的语言而不是间接的古人所用的语言。今人而用古人的语言，至少在识字后还须十年以上的翻译训练。若把我们自己的语言直接写成文字，大学一年间的习作，训练得当的话，多少可以使学生确切的表现自己的思想与情感。确切，不就是科学文字的标准与美的文学的基础吗？

三、近代的文明国家，没有不是语文一致的。以精致的语言洗练成文学的修辞，又以文学的修辞培养成语言的优美。文字的生长本为记载语言。由于记载时的从容修饰，文字又帮助了语言的发展。但修饰过度，离本愈远，遂成为语文的分裂。分裂久了，离语言太远的文字就僵化为古文。只有语言是活的，因为它生长；也只有记载活语言的文学才是活的，因为它与语言共同生长。

欧洲的近世文明，谁都承认是起源于文艺复兴。而文艺复兴的基本精神是敢于承认现代，敢于承认自己的思想与情感，敢于以现代的语言表示现代人的思想与情感。其实这也就是希腊精神，也就是吾国周秦诸子的精神。有了这种精神才有现在，才能充实现在而创造将来。在文学上，楚辞、唐诗、五代词、元曲、明清小说，也都是由于这种精神所创造；西洋近代文学，更是最明显的例。让我们继承古人的精神，不要抄袭古人的陈言；让我们放开眼光到世界文学的场面；以现代人的资格，用现代人的语言写现代人的生活，在世界文学同共的立场上创造现代的文明。

为了以上三种目的，我们选下这本参考小书。内容虽不完备——凡长篇及本校同人作品皆经割爱——却都是能忠实于自己的思想与情感的作品；从这些作品发展开来，便是修辞立诚的门径，便是创造中国文学的新途，也便是中国文学走上世界文学的大路。

（本文选自《国文月刊》第二八、二九、三〇期合刊，1943年）

活的语言①

李广田②

前 记

这篇文章的初稿是在二十九年的七月间写成的。写这篇文章的动机是因为读了姚雪垠先生的《差半车麦秸》一篇小说。这篇小说中有很多优点，而其中所用的"活的语言"就是最显著的优点之一。

"活的语言"的范围本来是很广的，任何人嘴里说出来的话都可以说是活的语言。我这里所说的活的语言，却只是指那些正活在大众——尤其是农民阶层—的生活里，活在大众的口头上的语言，而这种语言又是富有社会意义、民族特色、或时代精神的，当然，还必须富有文学的意味。

那么，我为什么把问题的范围缩得这样狭呢？因为，当作家写他自己的生活，写一般的知识分子或上流社会的生活时所用的语言，其中虽然也有些差别，但那差别是并不十分远的，而当作家写下层民众的生活时所用的语言却完全是另一种了，尤其在对话中，那用语更是特殊。假如认为下层民众的语言是俗的，是浅的，是无光无色的，我以为这是一种错误的看法，下层民众——尤其是农民——的语言，实在有其特殊的优异性，而这也就是我把问题的范围缩到如此狭隘的原因之一。

---

① 本书所选的《活的语言》一文，其版本系《李广田文集》第 1 卷（山东文艺出版社 1983 年版），该版本与李广田原发于《国文月刊》第 15 期的原文，有些许差异，特此说明。

② 李广田在西南联大期间，曾经担任过文学院中国语文系教师，以 1941 年至 1942 年度为例，李广田就教过国文壹 M(读本)、国文壹 M(作文)、国文壹 N(读本)、国文壹 N(作文) 等课程（参见《国立西南联合大学史料》教学科研卷，云南教育出版社 1998 年版）。《活的语言》一文，李广田后来把其放入 1944 年写就的《创作论》一书中，在 1948 年的《序》中，李广田说"最后一篇《论语言》，其实是最早的一篇，一九四〇年七月写于四川罗江，先发表于《国文月刊》，现在又删改了一些，放在这里，似乎还合适。"本书限于篇幅，对李广田原文中所引用的例文，有所删减。

这篇文章写成之后，曾经交《文群》发表过，其中所举的例子第一便是姚雪垠先生的《差半车麦秸》。直到最近，我又看见他在十一月份的重庆《大公报·战线》上发表了《我怎样学习语言》一篇文章。这篇文章给我一个证明，证明姚先生对于语言确曾下过很大的功夫。他在这篇文章中又供给了很多材料，使我有机会来改写了我的前稿。我把他的话引用了很多，同时，我前稿中有些话也相当的删去了。当然，这里边的漏洞，不周严处，一定还很多，我希望能引起讨论，得到高明的指教。

一

语言是文艺作品的主要工具，然而这又是多么不容易运用的一种工具。曾经从事于写作过的人，只要他是一个严肃的工作者，不感到语言困难的人该是很少吧？"世界上的痛苦，没有比语言的痛苦更甚的了！"曾经有两个诗人这样说过。我们相信这句话并不怎么夸张。语言的贫乏，选择之不易恰当，以致表现得不能恰如其分，不能活泼生动，如闻如见，这不知使认真的作家费了多少苦思，尽力地向脑子里搜索，摇了多少次笔尖，不敢向纸上落，落下了又提起来，写成了又涂改过。然而，这种"在适当地点的最适当的语言"，是不是可以从作者的脑子里硬找出来呢？是不是从作者的笔尖上可以摇出来呢？

在作品中的任何人物，都说着一样的语言——无论是农民，工人，商人，官吏，知识分子，都是在作品中用着作者所惯用的一种语言说话，甚至一个不识字的农民也是满口的新名词，旧典故，或极曲折的欧化句法之类的情形，在我们的一般作品中是常常见到的。在这种情形之下，作者所要传达给读者的东西，不知已被损伤了若干，假如一篇文学作品的功能只在告诉读者一件简单的事情或一种抽象的思想，这样的作品也许是可以的，然而所谓一件作品的真实性与艺术性岂不就很薄弱了吗？没有真实性，没有艺术性，是不成其为一件文学作品的。然而我们的作者与读者却大多在一种习而不察的情形中作着，读着。实在，这也与用死的古文写活的事情或想由一篇死文字里认识活的事实是一样地不近情理。

在叙述中，在描写中，作者必须去寻求那最适当的语言去叙述或描写他们所见所闻或所感到的一切，这已是很不容易的事了，而在对话的语言中，则更为困难，因为在对话中必须用语言本身表现出整个活的人物来，这就是说，不但要把作品中人物所要说的意思传达出来，而且还须借了对话本身，表现出人物的性格，身份，他的社会阶层，言语所代表的社会意义，甚至他的地方色彩，以及时代精神，而且是活鲜鲜地真实地表现出来。这种活的语言，是最困难的了，因为它已不是作者自己所惯用的那一种呆板的单纯的语言，而是各种各样的，多方面的语言了。

其实，这种"什么人说什么话"的意见，从前的人也曾经有过的。譬如章学诚在《古文十弊》中论求文之弊说："文人固能文矣，文人所书之人，不必尽能文也。叙事之文，作者之言也，为文为质，惟其所欲，期如其事而已矣。记言之文，则非作者之言也，为文为质，期于适如其人之言，非作者所能自主也。……与其文而失实，何如质以传真也。"他所说的"记言之文"，也就是我们所说的对话用语；而"适如其人之言"，也就是说作品中的人物须说他自己适如其分的语言。什么人有什么人的口吻，什么人有什么人的语汇。比如一个村学究的嘴里绝不会有"下意识"、"死亡率"、"相对性"、"绝对性"等等的字眼，一个农人的嘴里绝不会有"宗旨"、"目的"、"生产"、"消费"等等的字眼。一个作家要写出一个村究或写出一个农民，只了解他们的行为和他们的思想还不够，还必须获得他们所用的语言，这样，才能写出一个活的村学究和活的农民，尤其在写他们直接对话的时候。那么，这些语言要向哪里去寻求呢？苦搜你的脑子也得不到，就是读那些优秀的作品也只能告诉你很少的一点点。假设你自己不曾到那些"活的语言"的仓库中去过。那仓库不在书里，不在脑子里，而是在活着的社会生活中，在你所要写的人物的口头上。

你要写一个农民吗？那么你就向农民学习吧，你去同农民共同生活吧，你将了解他们的生活，你将惊奇他们的语言之丰富与绮丽，你将用那些活的语言写出一个活的农民来。普式庚不单曾向她的乳母学习语言，而且旅行到奥林堡的郊外，在那里学习语言。高尔基是从下层生活中生长起来的，他在作品中活用着下层语言。这自然都可以作为作家们的先例。但我们在这里不妨大胆地假设一下：假如有这么一天，——这一天当然还非常遥远，假如有一天农民也能提笔写他们自己的生活，那又将是如何的作品呢？童年时候生活在农村里，有机会听到善于讲话的农人讲故事，那种言谈的魔力，不曾在读任何小说时再感到过，可惜他们多少世代以来，被剥夺掉了使用文字的权利，虽然他们之中也有很多是有文学天才的人。

二

抗战以来，随着各部门的进步，文艺也在进步中，而且已经有很多好作品摆在我们面前了。作品中语言的进步也是很显著的，尤其是活的语言之运用。这主要的原因，是因为作者大都从书里跑了出来，不但把生活的视野扩大了，而且能够实际和作者所要写的对象共同生活着的关系。

在姚雪垠先生的小说《差半车麦秸》中，有这样的一段；

……

农民是生在土地里，靠土地而生存的，他懂得土地，爱惜土地，土地就是他的生命。恶草是妨碍着禾苗的，他痛恶恶草，无论生在谁家地里的恶草他都痛恶，他看见地里生了荒草，就不能不叹息，而且正如采矿家之试验矿质一样，正如美食家之品尝食品一样，用眼睛，用鼻子，用舌头，他可以鉴定出土壤的肥瘠。这些都是一个农民所应有的感情和知能。因了这些，"这是一脚踩出油的好地！"这一句话才说得出来，才极其有力，而深深地表达出了惋惜之情。而且，这是多么活泼真实而又深刻的一句话呀。这不是从任何书里边可以找得出来的，更不是任何作家可以从脑子里造得出来或偶然从作者笔尖上滑了下来的。这是真正的最好的活的语言。这可以说是一句农民的诗。这也不是差半车麦秸一个人的创作，这是农民阶级的一句成语，这句成语是怎样造成的呢？它大概是从多少年代以前传下来的，它在时间的变迁中变化着，从这地方传到那地方，从这个农民的口上传到那个农民的口上，它最初不一定是这样说法，但传到某一个时代在某一个地方就完成了这句话的形式，就成了成语，成为一句农民的诗了，这就象一切残歌断曲俚语俗谚一样，是历史的，民族的语言之成果，这虽然只是短短的一句话，却未尝不可把它看作一篇具有真实内容的诗章。[①]那么，是不是真有这种可以一脚踩出油的好地呢？当然没有，然而这句话也并不显得怎么虚张声势，它是一

---

① 在山东文艺出版社 1983 年出版的《李广田文集》第 1 卷中，"未尝"一词系"未赏"。笔者收入本书时，把其改为"未尝"。

句有形象性的，有真实感情的活的语言，而用在差半车麦秸的场合，又是最适当不过的。高明的作家们试想再换一句看看吧，也许那简直是不可想象的了。

在《七月》第四集第四期中，孔厥写一个《农民会长》，虽是短短的一封通讯，然而把一个老农民真写得活龙活现了。秋收工作团到了柳林子，农民会长去通知住在窑洞里的庄稼人。作者写道：

......

这些用语都极其简单明了，同时也极其正确而生动，尤其是最后一句，这是老农人用自己的言语说自己的生活，在这简单的二十几个字里所包含的内容，不知能不能用另一种描写或叙述传达出来，即使是用了几百字，几千字。

请再看文章的最后一段：

......

这里的叙述都能恰到好处，而最后由农民会长说出的这一段则尤妙。第一，我们先感到这里的特殊语调，我们知道农民们都是喜欢唱歌的，喜欢把话说得整齐有韵，凡农民口中一切俚谚俗语也都有着歌谣的形式，而在这短短的言语中，我们也感到了他的节奏甚至音节。第二，是这言语中所代表的社会意义。活的艺术语言都应当有它的社会意义。高尔基在《和青年们谈话》中说："语言虽不是蜜，却粘着万物。言语是一切事实，一切思维的衣服。而事实里边又藏着他的社会意义。"那么，这里的社会意义是甚么呢？这里表示着社会的改造和"人"的改造，而活了六十三岁的老农民，也由于社会的改造而被改造了，他是正在改造过程中的人物。在他的世界观或人生观中，还保留着部分的宿命论，当他说这句话的时侯，他大概还回忆起他的母亲或祖母曾经给他请瞎子算过命，他反顾了一番过去六十年来在无意识中过的快乐或痛苦的生活，但是现在一切都变了，连他自己的生活与思想也都变了，他亲眼看见了"人"的力量，群众的力量，而他自己，也是贡献出了力量的一人，他自己也享受了一份斗争的成果，因为现在世界已经"社会"了。是的，是"社会"了，这两个字的误用是这言语中的主要内容，假设换一换其他字眼都不对，比如说，我们可以说"世界已经改变了"或者说"世界已经实行社会主义了"等等，都不对，因为这些言语都不能代表这个活的农民，不能代表他所属的阶层与时代，不能说明他正是在"意识"与"无意识"之间，不说明他正在新的社会中学习，他正在进步，正在发展。秋收工作团的人们自然不会说这样的言语，而他的儿子懂得他的误用就向他白了一眼，因为这些年青人是比较走在了前边的。至于我们呢，我们读了这篇文章就认识了这个老农人，并认识了这个正在变革中的社会。

什么人在什么情景中一定要说什么样的话，他的话可以代表他整个的人格。作者要表现出一个真实的人物，就必须先选取那人物所用的语言。这种例子，不但在新作品中可以见到，假如我们回顾一下旧的作品，当作者在某种特殊场合要特别把那人物写的生动活泼时，也同样是选用了足以表现出那人物的活的语言或与活的语言相去不远的语言。这情形在古典小说如《水浒》《红楼梦》《儒林外史》等中尤其显著。比如《水浒传》中写阎婆惜抓住了宋江和梁山泊好汉勾结的证据时，她说："今日也撞在我手里，……且不要慌，老娘慢慢地消遣你！"这里的口调，尤其是"消遣"两个字的用法，就活活地画出了一个阴狠毒辣的女人。而最好的例子还是第二十三章中写潘金莲的一段：

……

我们真的佩服施耐庵的本领，他运用语言运用得这样好，我们看了潘金莲这一段话，我们就看见了她的模样，听到了她的声音，认识了她的为人，而且连武大的家庭情况也完全看得出来了。

在姚雪垠先生的《我怎样学习语言》中又有如下的例子：

……

上边所举出的例子，我想已经可以说明"活的语言"在文学作品中的地位了，但是如何才能获得这种语言呢？高尔基在《和青年们谈话》中继续说道："文学者们是从日常生活的自然状态中，严选了正确、恰当、适切的语言，把事实中的社会意义，在其一切重要性、完全性和明了性上描写出来，便是艺术作品。"

三

语言之选择与运用，诚然是困难的，而活的语言之运用则尤不易。但我们也未尝不可以说是容易的，只要作家不是永远把自己闭在书斋里，只要作者肯跑到现实生活中去生活一遭，好的语言也俯拾即是的。

是春天，我们坐着包车，须用整整一日的时间，从省城赶回我们所住的那个县城，因为多日不雨，天气已经非常燥热，马路上的尘土为车轮人足所翻扬，令人张不得口，开不得眼睛。车伕们满身是汗，气喘嘘嘘地走着，然而在气喘嘘嘘之中，他们总不断地说着笑话。他们熟悉于种种社会，他们懂得各种人物，而他们的肚子里又满是好故事。他们谈得高兴极了。最奇怪的是他们自己对他们自己的生活之满足，他们总是说他们如何吃酒，如何吃肉，打牙祭拉过十天半月，就丢开车子去休息，并计划如何给父母妻子捎回多少钱，仿佛他们真是过着一种比一切生活都美满似的生活。天色已经晚了，而我们的目的地还看不见影儿，我们以为他们已经很疲乏了，应当少讲话，然而不然，他们的故事是讲不完的，我们惟恐不能赶到家，自然是有点不高兴。其中一个车伕忽然尖声叫道："妈哟，老子三天不见你，你就跑了，老子要打你！"

这却叫我吃了一惊，"你！""你"是谁呢？我倒要看看这个被"老子"骂了而且将要挨打的"你"。正在左顾右盼百思莫解的当儿，我们那座小城却已经隐隐在望了，原来"你"就是那座城。

你看，这就是我们劳动者的风趣，拉了一天车，太阳下山了，而目的地也到了，前面就是旅店，就是洗脚水，就是大曲酒，肘子肉，而且，就是拉了一天车的工钱，于是对了这座石头城，——这曾仿佛是跑了的，仿佛是故意跑了的，仿佛是故意躲闪着的，三日不见的城—像责备自己的老婆孩子似的责骂起来了。

是插秧的时节，驻在当地的军队都分班到城外去帮助农人插秧。"我们军民要合作……"的歌声，水车声，溪流声，响彻了原野，当工作完了的时候，一个只穿着短裤的"武装同志"，从水塘里拔出了两条泥腿，霍霍地淌着水，等一脚踏在岸上，一脚尚在塘中时，他嘻开了满嘴大牙喊道："嗨，咋搞？咱们是自家洗自家的还是咋搞？"

接着是笑声，骂声，泼水声，光脚板在田塍上的拍击声。在这短短的一语中传达了甚么感情呢？这里表示出了我们的军士的甚么情趣呢？暂时地放下了枪杆，离开了军营和操场，仿佛一匹脱了缰的野马一样，虽然是辛苦的工作，然而这又是多么高兴的工作呀，自己本来也是农人的，自己也是熟悉水田的带臭的气息与绿秧的甜丝丝的气息的，于是这又是多么亲切的工作呀？虽然一只沉甸甸的枪杆也已像镰刀一样的熟手了，而此刻，则更像是回到了自己的家乡一样地工作着，也许自己还骄矜于既能打鬼子，又能种庄稼，从前军队欺负老百姓，如今抗战了，军队帮助老百姓努力生产，一旦工作完了，于是快乐的冲激使他发出这样的欢呼：怎么干？咱们还是自己洗自己的腿呢还是怎样？这话的回答是可以想象得到的："妈卖皮的鬼儿子哟，不自己洗自己的还有谁抱着你洗吗？"是啊，是那样粗壮硬朗的小伙子啊，你看那腿，那腿上的肉疙瘩，象一窝蛤蟆一样跳蹦着，腿上的毛，象树根一样滋长着，谁还去抱你的腿给你洗呢？

象以上所举的例子，只要你肯留心，真是随时随地都可以听到。姚雪垠先生在《我怎样学习语言》中又说：

……

为了证明我所说的美妙的口语真是俯拾即是，我引用了姚雪垠先生所说的这些例子，这段话可以说是触到了这问题的各方面，我不能自已地把整段话都引了出来。我们还应当把我们的话题再收回到"俯拾即是"上去。虽然说这样的言语是俯拾即是的，却不见得样样都可拾，正如姚雪垠先生所说，必须加以批判，知所取舍，也正如高尔基所说，是必须经过严选的，尤其特别注意其完全性与明了性。潘菲洛夫在其《论革命的语言》中说："……我们明白知道，民众的语言中有许多好的，如果把民众语与贵族语放在天平秤上，在价值上，美丽上，民众语要优胜得多。但在民众语中，也有许多必须丢弃的渣滓和垃圾。……"于此，我们不妨顺便再举一个实例。有一次，我们几个人在稻田间散步，由于我们服装及体格，一个本地人认定了我们是从北国的风砂中跑来的，于是善意地向我们说道："两个月后，这个，就是，吃干饭啊。"他指点着水田里的稻苗。显然地，他断定我们不认识稻苗，我们也不知道天天所吃的干饭就是稻苗生成的，于是这样告诉了我们。然而我必须诅咒我的记忆，我没有方法把他当时所说的话照样一字不变地记下来，他当时说的话是更破碎，更不明了的，这样的话就不是我们所应选取的了。即使为了表现这样一个人，恐怕也必须把他的话改造过。

四

曾经有一个朋友向我叹息道："我是一个没有故乡的人，我丢掉了我的故乡，也丢掉故乡的语言，我几乎不能说一句纯粹的乡土话了。"言下颇表现出无限哀愁。我们从事于写作的朋友们，该有很多是来自乡村的吧，我们都曾经说着自己的乡土语言，听过用自己的乡土语言所编织成的那些丰富而美丽的谣曲与故事，而那些语言之中，都是充满着我们民族的特色，人民的生活经验与智慧的。但我们的"文化"却都在少数都市中，我们抛弃了乡村，而走向城市，于是我们和大众隔离起来，我们忘记了他们的语言，也隔离了他们的生活，于是我们所写的是我们的小世界，而一些能读的也只是少数人，于是文学成了少数人的私产。落后的乡村，广大的群众，就根本没有份儿了。为了教育大众，为了呼唤大众起来参加斗争，参加我们的民族解放事业，"通俗文艺"，"文艺大众化"等运动，以及"民族形式"的讨论等等，已经有了相当的时日了，所谓"新鲜活泼的，为中国老百姓所喜闻乐见的中国作风与中国气派，"应当怎样地去努力发扬并完成呢？这自然是多方面的很困难的工作，而我们的作者，要深入现实中，要和老百姓们亲近，要和他们在一起生活一遭，要了解他们，教育他们，并向他们学习，这应该是很重要的吧？而向大众学习活的语言，也该是重要课程之一吧。更进一步，我们不妨把我们的梦做得更远一点，也更美一点，不知还须经过多少艰难困苦的崎岖道路，使人民大众的文化水准提高起来，使农民、工人、士兵……不但能读，能欣赏，而且让他们之中的天才也能写，能创作，也可以产生出他们自己的作家来，可以用他们自己的语言写出他们自己的生活，写出他们自己的痛苦与快乐，写出他们自己的理想与哲学，那才真正是"民众的文学"，那才可以成为他们自己的教育工具，他们自己的战斗武器，他们自己生活中的安慰与滋养，然而，摆在我们面前的道路还是多么悠长啊。

（节选自《李广田文集》第1卷，山东文艺出版社版1983年版）

八年来的回忆与感想

闻一多

说到联大的历史和演变，我们应追溯到长沙临时大学的一段生活。最初，师生们陆续由北平跑出，到长沙聚齐，住在圣经学校里，大家的情绪只是兴奋而已。记得教授们每天晚上吃完饭，大家聚在一间房子里，一边吃着茶，抽着烟，一边看着报纸，研究着地图，谈论着战事和各种问题，有时一个同事新从北方来到，大家更是兴奋的听他的逃难的故事和沿途的消息。大体上说，那时教授们和一般人一样，只有着战争刚爆发时的紧张和愤慨，没有人想到战争是否可以胜利，既然我们被迫得不能不打，只好打了再说。人们只对于保卫某据点的时间的久暂，意见有些出入，然而即使是最悲观的也没有考虑到最后战事如何结局的问题。那时我们甚至今天还不大知道明天要做什么事，因为学校虽然天天在筹备开学，我们自己多数人心里却怀着另外一个幻想。我们脑子里装满了欧美现代国家的观念，以为这样的战争，一发生，全国都应该动员起来，自然我们自己也不是例外，于是我们有的人，等着政府的指示：或上前方参加工作，或在后方从事战时的生产，至少也可以在士兵或民众教育上尽点力。事实证明这个幻想终于只是幻想，于是我们的心理便渐渐回到自己岗位上的工作，我们依然得准备教书，教我们过去所教的书了。

因为长沙圣经学校校舍的限制，我们文学院是指定在南岳上课的。在这里我们住的房子也是属于圣经学校的。这些房子是在山腰上，前面在我们脚下是南岳镇，后面往山里走，便是那探索不完的名胜了。

在南岳的生活，现在想起来，真有"恍如隔世"之感。那时物价还没有开始跳涨，只是在微微的波动着罢了。记得大前门纸烟涨到两毛钱一包的时候，大家曾考虑到戒烟的办法。南岳是个偏僻地方，报纸要两三天以后才能看到，世界注意不到我们，我们也就渐渐不大注意世界了，于是在有规则性的上课与逛山的日程中，大家的生活又慢慢安定下来。半辈子的生活方式，究竟不容易改掉，暂时的扰动，只能使它表面上起点变化，机会一来，它还是要恢复常态的。

讲到同学们，我的印象是常有变动，仿佛随时走掉的并不比新来的少，走掉的自然多半是到前线参加实际战争去的。但留下的对于功课多数还是很专心的。

抗战对中国社会的影响，那时还不甚显著，人们对蒋委员长的崇拜与信任，几乎是没有限度的。在没有读到史诺的《西行漫记》一类的书的时候，大家并不知道抗战是怎样起来的，只觉得那真是由于一个英勇艰毅的领导，① 对于这样一个人，你除了钦佩，还有什么话可说的呢！有一次，我和一位先生谈到国共问题，大家都以为西安事变虽然业已过去，抗战却并不能把国共双方根本的矛盾彻底解决，只是把它暂时压下去罢了，这个矛盾将来是可能又现出来的。然则应该如何永久彻底解决这矛盾呢？这位先生认为英明神圣的领袖，代表着中国人民的最高智慧，时机来了，他一定会向左靠拢一点，整个国家民族也就会跟着他这样做，那时左右的问题自然就不存在了。现在想想，中国的"真命天子"的观念真是根深蒂固！可惜我当时没有反问这位先生一句："如果领袖不向平安的方向靠，而是向黑暗的深渊里冲，整个国家民族是否也就跟着他那样做呢？"

但这在当时究竟是辽远的事情，当时大家争执得颇为热烈的倒是应否实施战时教育的问题。同学中一部分觉得应该有一种有别于平时的战时教育，包括打靶，下乡宣传之类。教授大都与政府的看法相同：认为我们应该努力研究，以待将来建国之用，何况学生受了训，不见得比大兵打得更好，因为那时的中国军队确乎打得不坏。结果是两派人各行其是，愿意参加战争的上了前线，不愿意的依然留在学校里读书。这一来，学校里教育便变得更单纯的为教育而教育，也就是完全与抗战脱节的教育。在这里，我们应该注意：并不是全体学生都主张战时教育，而全体教授都主张平时教育，前面说过，教授们也曾经等待过征调，只因征调没有消息，他们才回头来安心教书的。有些人还到南京或武汉去向政府投效过的，结果自然都败兴而返。至于在学校里，他们最多的人并

---

① 原文如此，编者注。

不积极反对参加点配合抗战的课程，但一则教育部没有明确的指示，二则学校教育一向与现实生活脱节，要他们炮声一响马上就把教育和现实配合起来，又叫他们如何下手呢？

武汉情势日渐危急，长沙的轰炸日益加剧，学校决定西迁了。一部分男同学组织了步行团，打算从湖南经贵州走到云南。那一次参加步行团的教授除我之外，还有黄子坚，袁复礼，李继侗，曾昭抡等先生。我们沿途并没有遇到土匪，如外面所传说的。只有一次，走到一个离土匪很近的地方，一夜大家紧张戒备，然而也是一场虚惊而已。

那时候，举国上下都在抗日的紧张情绪中，穷乡僻壤的老百姓也都知道要打日本，所以沿途并没有作什么宣传的必要。同人民接近倒是常有的事。但多数人所注意的还是苗区的风俗习惯，服装，语言，和名胜古迹等等。

在旅途中同学们的情绪很好，仿佛大家都觉得上面有一个英明的领袖，下面有五百万勇敢用命的兵士抗战，反正是没有问题的。我们只希望到昆明后，有一个能给大家安心读书的环境。大家似乎都不大谈，甚至也不大想政治问题。有时跟辅导团团长为了食宿闹点别扭，也都是很小的事，一般说来，都是很融洽的。

到昆明后，文法学院到蒙自呆了半年，蒙自又是一个世外桃源。到蒙自后，抗战的成绩渐渐露出马脚，有些被抗战打了强心针的人，现在，兴奋的情绪不能不因为冷酷的事实而渐渐低落了。

在蒙自，吃饭对于我是一件大苦事。第一我吃菜吃得咸，而云南的菜淡得可怕，叫厨工每餐饭准备一点盐，他每每又忘记，我也懒得多麻烦，于是天天只有忍痛吃淡菜。第二，同桌是一群著名的败北主义者，每到吃饭时必大发其败北主义的理论，指着报纸得意洋洋说："我说了要败，你看罢！现在怎么样？"他们人多势众，和他们辩论是无用的。这样，每次吃饭对于我简直是活受罪。

云南的生活当然不如北平舒服。有些人的家还在北平，上海或是香港，他们离家太久，每到暑假当然想回去看看，有的人便在这时一去不返了。

等到新校舍筑成，我们搬回昆明。这中间联大有一段很重要的历史，就是在皖南事变时期，同学们在思想上分成了两个壁垒。那年我正休假，在晋宁县住了一年，所以校内的情形，不大清楚，只听说有一部分同学离开了学校，但是后来又陆续回来了。

教授的生活在那时因为物价还没有很显著的变化，并没有大变动。交通也比较方便，有的教授还常常回北平去看看家里的人，如刘崇鋐先生就回去过几次。

一般说来，先生和同学那时都注重学术的研究和学习，并不像现在整天谈政治，谈时事。

《中国之命运》一书的出版，在我一个人是一个很重要的关键。我简直被那里面的义和团精神吓一跳，我们的英明的领袖原来是这样想法的吗？"五四"给我的影响太深，《中国之命运》公开的向五四宣战，我是无论如何受不了的。

大学里的课程，甚至教材都要规定，这是陈立夫做了教育部长后才有的现象。这些花样引起了教授中普遍的反感。有一次教育部要重新"审定"教授们的"资格"，教授会中讨论到这问题，许多先生，发言非常愤激，但，这并不意味着反对国民党的情绪。

联大风气开始改变，应该从三十三年算起，那一年政府改三月二十九日为青年节，引起了教授和同学们一致的愤慨。抗战期中的青年是大大的进步了，这在"一二·一"运动中表现得尤其清楚。那几年同学中跑仰光赚钱的固然有，但那究竟是少数，并且这责任归根究底，还应该由政府来负。

这两年来，同学们对学术研究比较冷淡，确是事实，但人们因此而悲观，却是过虑。政治问题诚然是暂时的事，而学术研究是一个长期的工作。有些人主张不应该为了暂时的工作而荒废了永久的事业，初听这说法很有道理，但是暂时的难关通不过，怎能达到那永久的阶段呢？而且政治上了轨道，局势一安定下来，大家自然会回到学术里来的。

这年头愈是年青的，愈能识大体，博学多能的中年人反而只会挑剔小节，正当青年们昂起头来做人的时候，中年人却在黑暗的淫威面前屈膝了。究竟是谁应该向谁学习？想到这里，我觉得在今天所有的不合理的现象之中，教育，尤其大学教育，是最不合理的。抗战以来八九年的教书生活的经验，使我整个的否定了我们的教育。我不知道我还能继续支持这样的生活多久，如果我真是有廉耻的话！

（本文选自西南联合大学出版社 1946 年 7 月出版的《联大八年》）

于我们已经取得了师的地位。在这一点上，也许我们更需要他。

杜甫在秦州，囊空如洗，只"留得一钱看"时，写过这样两句："世人共卤莽，吾道属艰难。"诚然，在当时，无知恶少都可以"谈笑觅封侯"，"乡里小儿狐白裘"更不是难事，杜甫舍此不求，而自趋于"艰难"，这是他认定的道路。另一方面，他"非无江海志，萧洒送日月"，他在他的诗里也屡屡提到"庞德公"，对于隐逸生活不但称赞，有时还羡慕，但是他不能这样生活。他四十四岁时"穷年忧黎元，叹息肠内热"，到五十五岁经过十多年流离的痛苦，仍然是"不眠忧战伐，无力正乾坤"，他之所以这样，正因为"葵藿倾太阳，物性固难夺"，这是他的性格。他坚持他的性格，坚持他的道路，在他深深地意识到"吾道竟何之"，"处处是穷途"时，则宁愿自甘贱役，宁愿把自己看成零，看成无，——但是从这个零、这个无里边在二十年的时间内创造出惊人的伟大。这样的生活态度，在中国的诗人中是少有的，怕只有屈原能与之相比。这里边没有超然，没有洒脱，只有执著：执著于自然，执著于人生。中国的自然诗很多，但是有谁写过象杜甫从秦州经同谷到成都一路上那样的纪行诗，使人"始知五岳外，别有他山尊"的呢？这是一段艰险的路程，这些诗不仅是用眼看出来的，也不是用心神会出来的，而是用他饥饿的身躯一步一步走出来的。在中国诗人中更有谁把一个时代整个的图像融汇在象杜甫在天宝之乱前后与夔州以后所写的那样的长篇巨制里的呢？只有作人执著，作诗也执著——"语不惊人死不休"——的人才会有如此惊人的成绩。

杜甫不但毫无躲避地承受这些"艰难"，他还专心一意地寻找"艰难"。"或看翡翠兰苕上，未掣鲸鱼碧海中"，掣鲸鱼于碧海，是艰难的工作，他却执著地要这样做。因此动物界里的马与鹰，自然界里的大江与落日，在他的诗里都得到适当的地位；人间的悲壮感与崇高感在他的诗里也得到充实的表现。另一方面，他并不缺乏翡翠兰苕的优美感，他写过"细雨鱼儿出，微风燕子斜"，他写过"鹅儿黄似酒，对酒爱鹅儿"，但这只是他暂时的休息，正如他走入某寺院，游某山庄，精神上感到一时的舒快一般，走出来他面前仍然是艰难的现实。这类的诗，以他在长安任左拾遗与初至成都时写得最多，（这两个短期也诚然是他生命里两段暂时的休息）——就是这一部分诗也足足抵得住一个整个的王维！

杜甫由于这种执著的精神才能那样有力地写出他所经历过的山川，

那样广泛地描绘出他时代的图像，使我们读了他的诗，觉得他比他同时代的任何一个诗人都亲切。我们所处的时代也许比杜甫的时代更艰难，对待艰难，敷衍蒙混固然没有用，超然与洒脱也是一样没有用，只有执著的精神才能克服它。这种精神，正是我们目前迫切需要的。

一九四五年

（选自《冯至选集》第二卷，四川文艺出版社 1985 年版）

评 艺 文

冯友兰[1]

　　我们于以上所说，都是就文化类的观点立论。我们不说所谓东方文化、西方文化，而只说生产家庭化底文化，生产社会化底文化。我们是从文化类的观点以看普通所谓东方文化、西方文化。从这一观点以看普通所谓东方文化、西方文化，我们只注意于其同，而不注意于其异。或可问：如有两个或几个民族在同一文化类，就其在同一文化类看，它们当然有其同；但在别底方面看，是否亦有其异？我们说：当然有其异。正因有其异，所以有两个或几个民族，虽在同一文化类，我们还可以分别出某民族是某民族。正如两个人或几个人，虽同是工程师，就其同是工程师说，他们当然有其同，但在别底方面他们还是有其异。因有其异，虽他们同是工程师，而我们仍能分别出谁是张三，谁是李四。

　　从类的观点看，事物所有底性质，有主要底，有不主要底。例如张三，李四，同是工程师，当然俱有其所以为工程师者。此其所以为工程师者，从工程师的类的观点看，是工程师底人的主要底性质，有之方可为工程师，无之即不可为工程师。至于张三是胖子，李四是瘦子，则从工程师的类的观点看，俱是不主要底。一个人的胖瘦，对于他的是工程师，并无关系。此是就类的观点看。若从个体的观点看，则在张三或李四所有底性质中，我们不能分别哪些是主要底，哪些是不主要底。此点我们于第一篇《别共殊》中已曾提及。现在我们可以说，各个体之所以为个体，正因他们所有底许多性质，各不相同。从类的观点看，除了属于其类底一性质外，其余底这些性质，都是不主要底；但自个体的观点

---

　　① 冯友兰曾经担任过西南联大文学院院长，在哲学心理系主讲中国哲学史、朱子哲学等课程。冯友兰在 1939 年 6 月为《新事论》一书所写的《自序》中说："自中日战起，随学校南来，在南岳写成《新理学》一书。……此书成后，事变益亟，因另写一书，以讨论当前许多实际问题，名曰《新事论》。……为标明此书宗旨，故又名曰《中国到自由之路》。"本文为该书的第八篇。

看，则其余底这些性质都是重要底。我们能分别张三李四，正因一个是胖工程师，一个是瘦工程师；假使两人都是胖的时候，我们或者说：高而胖底工程师是张三，低而胖底工程师是李四。

是高，是胖，对于张三之为工程师，是不主要底。但是高，是胖，是工程师，对于区别张三之为张三，则是重要底。对于区别某类之为某类是主要底者，是有理由可说底；对于区别某个体之为某个体是重要底者，虽重要而没有理由可说。事实上张三已经是高而胖而且是工程师了。是高，是胖，是工程师，对于区别张三之为张三，自然是重要底；但我们没有理由说，张三必须是高而胖，不然即不足为张三。固然我们可以在事实上说明张三何以胖，如说他多吃而不运动等，及张三何以高，如说他的父亲亦是高底等。但这些即令与张三的高而胖有关系，亦只是张三高而胖的原因，并不是他高而胖的理由。此即是说，张三之高而胖是事实。我们不能离开事实，说张三必须高而胖；但我们可以离开事实，说一个工程师必须懂一点算学。我们可举出许多理由，说为什么一个工程师必须懂一点算学，但我们没有理由可以说张三为什么必须高而胖。一个一点算学也不懂底人，决定不能为工程师；但如张三本来即是低而瘦，低而瘦并不妨碍张三之为张三。

人必须吃饭，这是有理由可说底。张三是个人，所以他必须吃饭，这亦是有理由可说底。但张三吃饭，有他特别底吃法，譬如说他用左手拿筷子，这是没有理由可说底。虽没有理由可说，但对于区别张三之为张三，却可以是很重要底。我们区别一个民族之为一个民族，亦是在这些方面注意。人必须吃饭，中国人吃饭，西洋人亦吃饭，此是中西之所同。但中国人吃饭，要吃另成一种烹调底饭，如馒头等，用另成一种底吃饭工具，如筷子等；西洋人吃饭，要吃另成一种烹调底饭，如面包等，用另成一种底吃饭工具，如刀叉等。这些另成一种方面，正是中国人与西洋人区别底地方。

当然各民族的中间，有人种上底区别，如所谓黄种白种等。黄种中间，及白种中间，从人种方面说，又可有许多不同底种族。但这些方面，我们不论。我们并不讲人种学，我们现在所要说者，是从文化上来看各民族的异。如有一民族，只人种上与别一民族不同，而在文化上却与别一民族无异，此二民族即是已经同化了。此所谓在文化上与别一民族无异，并不是从文化类的观点看。英国是生产社会化底文化，德国亦是生产社会化底文化，从文化类的观点看，英国德国在此方面是相同底。但我们并不能说德国已为英国所同化了。因为从文化方面看，德国与英国还有其异在，这些异，从生产社会化底文化的类的观点看，是不主要底，而在区别英国之为英国，德国之为德国，却是很重要底。

我们于上文说，人必须吃饭，而各民族吃的方法可有不同。这些不同，从吃饭的观点看，是不主要底，因为吃饭就是吃饭，无论如何吃，吃什么，只要吃饱不饿即可；但于区别各民族，则如何吃及吃什么，却可以是很重要底。又如人必须住房子，而各民族的房子的式样可有不同；人必须穿衣服，而各民族的衣服的式样可有不同；人必须说话，而各民族所说底话，可有不同。这些不同，从住房子、穿衣以及说话的观点看，都不是主要底。但在区别各民族之为各民族，则是重要底。

艺术文学都是与这些不同的方面有关系底。所以各民族有各民族的艺术文学。而从文化方面以区别各民族，则其艺术文学是最需要注意底。我们常听说，英国工业，英国科学，英国文学等。说英国工业，英国科学，只能是说英国"的"工业，英国"的"科学，而不是英国"底"工业，英国"底"科学。英国"的"工业，英国"的"科学，只是说，英国人所有底工业，英国人所有底科学。但说英国"底"工业，英国"底"科学，即是说英国底工业，英国底科学，要与别底国的工业科学，有大不相同底地方。这是不通底。但英国文学，却真正是英国"底"文学，因为它是用英国语言底。它有许多底妙处，是跟着英国语言来底，所以确乎不能翻译。无论哪一民族的文学，都是如此。例如在中国文学中，"对仗"是很重要底。对联、律诗、骈文全靠"对仗"，以成其一体。但"对仗"是跟着中国语言来底，别底语言，不能有"对仗"。

艺术亦可是某民族"底"，而不止是某民族"的"。我们于上文说，人必须住房子，而各民族的房子的式样可以不同。从房子之为房子的观点看，这些式样不同，是不主要底。但各民族虽同住房子，而却可于这些不主要底方面，玩许多花样。这许多花样，即各民族的建筑艺术。例如有希腊式底建筑，有中国式底建筑。希腊式底建筑是希腊式"底"建筑。中国式底建筑是中国"底"建筑。这些建筑式样的不同，即是希腊底文化，与中国底文化的不同的一部分。

对于有些事物，所谓各民族间底不同，是程度上底不同，而不是花样上底不同。例如就交通工具说，一个民族用牛车，一个民族用火车；就战争工具说，一个民族用弓箭，一个民族用枪炮；此是程度上底不同。交通工具的主要性质是能载重致远，而且快，愈能载重致远且快者，愈是好底，即程度愈高底交通工具。战争工具的重要性质是要能杀敌。愈能杀敌，即愈是好底、愈是程度高底战争工具。火车与枪炮，比之牛车与弓箭，自然更能合乎交通工具及战争工具的要素，所以是更好底、程度更高底交通工具与战争工具。换句话说，自交通工具之为交通工具的观点看，牛车与火车的差别，是程度上底差别；自战争工具之为战争工具的观点看，弓箭与枪炮之差别，亦是程度上底差别。但自房子之为房子的观点看，则希腊式底建筑与中国式底建筑之差别，则是花样上底差别。

一民族所有底事物，与别民族所有底同类事物，如有程度上底不同，则其程度低者应改进为程度高者，不如是不足以保一民族的生存。但这些事物，如只有花样上底不同，则各民族可以各守其旧，不如是不足以保一民族的特色。此点人常弄不清楚。在清末民初，所谓新旧之争中，大部分人都弄不清这一点。所谓新派要用火车代牛车，枪炮代弓箭，同时亦要用洋式房子代中国式房子，洋式衣服代中国式衣服，以为不如此不足以保中国的生存。所谓旧派反对用洋式房子代中国式房子，洋式衣服代中国式衣服，同时亦反对用火车代牛车，枪炮代弓箭（清末确有人如此）。他们以为如果如此，中国虽或能生存，而亦不是中国了。若使他们这两派人，俱能知道牛车与火车、弓箭与枪炮的不同，是交通工具及战争工具的程度上底不同，而中式房子与西式房子，中式衣服与西式衣服的不同，是房子与衣服的花样上底不同。穿中式衣服坐汽车，中式房子里藏枪炮，并没有什么矛盾。他们若如此，他们即可知，我们可以革新而不失其故；他们亦即可知，他们的争执，有许多实在是不必有底。

我们改造中国，差不多同有些工程师改造中国的建筑一样。有些人想着：非西洋式底房子，不能用钢骨洋灰，非西洋式底房子，不能装电灯汽管。所以我们如想用钢骨洋灰，以求房子坚固，想用电灯汽管，以求房子住着舒服，非盖西洋式底房子不可。又有些人想着：中国式底建筑，有一种特别底美，它能使人感觉到端正，庄严，静穆，和平。这是中国的"精神文明"。至于房子的坚固及住着舒适，是属于所谓"物质文明"方面者。若为"物质"而牺牲"精神"，则是一种"堕落"；

"堕落"是不应该底。我们不加入所谓精神及物质，或精神文明及物质文明的争论。我们只要说上面所说两派人的争论，实在是不必有底。用钢骨洋灰造房子，房子内安电灯汽管，是现代的办法，并不是西洋的办法。希腊罗马的房子，亦不用钢筋洋灰，亦不安电灯汽管。至于中国建筑与西方建筑的式样不同，乃是花样上底不同，并不是程度上底不同。我们可用钢骨洋灰建造西洋式底房子，于其中安电灯汽管；我们亦可用钢骨洋灰建造中国式底房子，于其中安电灯汽管。现在中国的建筑已竟是照着这种方向进行了。我们还可有中国式底建筑，它还能使人感觉到端正，庄严，静穆，和平，但却是钢骨洋灰造成底，里面有电灯，有汽管。这即是新中国底象征。在新中国里，有铁路，有工厂，有枪炮，但中国人仍穿中国衣服，吃中国饭，说中国话，唱中国歌，画中国画。这些东西，都不止是中国"的"，而且是中国"底"。在这些方面，我们看见中国之为中国。

清末人常用"体""用"二观念以谈文化。我们于此，可用"文""质"二观念，以说明我们的意思。一个社会的生产方法、经济制度以及社会制度等，是质。它的艺术、文学等，是文。用上所举之例说，一个建筑所用底建筑材料是质，一个建筑所取底式样是文。文是关于花样底不同者。从关于质底类的观点看，文是不主要底。但从一个体，一社会，或一民族的观点看，文却是重要底。

或可说：若果一个国家或民族，照着上所说底办法改革，则这个国家或民族恐怕已是名存实亡了。有些人觉得所谓文质之分，等于所谓名实之分，这是不对底。我们虽不愿用普通人所谓"精神文明"一名词，但我们可以指出，普通人所谓"精神文明"者，一部分实即是我们此所谓文。我们此所谓文，包括普通所谓艺术文学，而普通所谓艺术文学，占普通所谓精神文明的一重要部分。艺术文学，就其本来说，虽不过人的生活中的花样，但人的生活的丰富，有意思，一大部分即靠这些花样。这些花样，能开拓人的心胸，能发抒人的情感，能使人歌，能使人哭，用孔子的话说，"可以兴，可以观，可以群，可以怨"。从这些方面看，即不能不说文是重要底了。因艺术文学只是花样，而即以其为不重要者，正是墨家的"蔽"，所谓"蔽于用而不知文"也。据说，有一个美国人，到欧洲去逛，看了罗马的圣保罗教堂（教皇的教堂），他摇头说："也不见怎样好，还不如纽约的吴尔窝斯大厦高大坚固。"这位先生即是纯从质一方面，以看此教堂。他只看见这个教堂的质，没有看见这个教堂的文。对于此等人我们必须说：他虽到过罗马，而实没有看见罗马。

再就别底艺术说。人于情感激越的时候，常有大喊大叫、乱舞乱跳的情形。所谓"情动于中"，则"发于声音，形于动静"。这些都是质（这些对于人的一般生活说，亦可说是文；文质本是相对底）。在这些声音动静上玩些花样，使这些声音不是乱叫乱喊，这些动静不是乱舞乱跳。这些花样，即是唱歌、音乐、跳舞等艺术，简言之，即是歌舞。这些艺术取各种情感所发之声音动静而去其乱。不但去其乱，而且为之节，使听之者、观之者亦能有这种情感，而且感觉一种愉快。这些都是文。

就从情感所直接发出底声音动静说，凡人都是相同底。但就各民族对于这些声音动静所玩底花样说，则可各不相同。所以各民族有各民族的歌舞。一民族的歌舞，不但是一民族的，而且是一民族"底"。在这些上面，我们可以区别一民族之为一民族。

一个民族，只有对于它自己"底"文学艺术才能充分地欣赏。只有从它自己"底"文学艺术里，才能充分地得到愉快。就文学说，一个民族的文学是跟着它的语言来底。一个民族的语言，只有一个民族内底人，才能充分了解。一个民族的语言，是一个民族的整个历史，整个生活所造成。若有一人，对于一个民族语言中底每一个字，皆能知其在各方面底意义，每一个字，皆能用得恰当，此人必须是对于此民族的整个历史、整个生活皆已有充分底了解。说"知"每一个字在各方面底意义，每一字在每一地方底恰当用法，已是比较简单底说法。因为在这些方面，有些是只能感觉，不能"知"底，所谓只可意会，不可言传。一个字的意义，不是全在字典上所能查出底。在这些方面，对于不是生活在某民族的历史底、生活底环境中者，是没有办法底。

就理想底语言标准说，一个字或一个名，应该专指一个观念或概念。但这是不可能底，至少是不易办到底。因为若果如此，则字或名的数目，必定非常底多，在实用方面，要发生极大底困难。所以无论在哪个民族的语言里，一个字或一个名，常指不止一个观念或概念。所以我们于翻译的时候，此语言中的某一个字，有时要翻为彼语言中底某一字，有时则须翻为彼语言中底另一字。若不知此，以为此语言中底某一字，无论在什么地方，皆相当于彼语言中底某一字，则于翻译时，必要文学。

有些人以为所谓新文学应即是所谓欧化底文学，这是不对底。在新文学运动中，有些改革，并不是欧化，而只是近代化或现代化。例如用新式标点，并不是欧化，而只是近代化或现代化。在欧洲古代及中古时代，书亦是没有标点底。古代及中古底书，没有标点，亦没有引得。在古代及中古，书少，书是预备人一个字一个字地读底看底，不是预备人走马看花地翻阅底，所以没有标点。在古代及中古，书亦不是预备人查底，所以没有引得。在清朝的"四库全书"中，每书不但没有引得，而且没有目录。在这一点，它颇有点"古意"。有标点，有引得底书，固然亦可一个字一个字地读，但现代亦不免有些人因有标点，有引得，而只翻阅书、查书者。所谓近代毛病，此是其一。

普通所谓文学中底欧化，有一大部分亦不是欧化，而是现代化。在现代，我们有许多新底东西，新底观念，以及新底见解，因此亦有许多新名词，新说法。我们现在底人说底或写底言语中，有新名词，新说法，乃是因为我们是现代底人，并不是因为我们是欧化底人。我们说：坐火车，坐飞机。这些话是从前所没有底，不过这些话，与"坐牛车，坐轿子"等，同是道地底中国话，不是欧化底中国话。我们说："民主政治是最好底政治。"这话亦是以前所没有底，但这话与"人为万物之灵"，同是道地底中国话，不是欧化底中国话。这是就所谓新东西及新观念说。就我们现代人的思想说，我们现代人对于事物，观察较清，分析较细，自然有许多分别，以前人所未看到者，我们现在看到了。我们的言语，我们的说法，因此亦较细密。例如我们说："所谓中国哲学史是中国哲学的史呢？还是在中国底哲学史呢？如果一个人写一本英国物理学史，他所写底实在是在英国底物理学史，而不是英国物理学的史，因为严格地说起来，没有英国物理学。"这一段话，有人或认为是很欧化了。其实这一段话，不过是用一种比较细密底说法，以说一个分别，为普通人所未注意到者。若说这段话是什么化底，我们说它是现代化底。

有些现代中国人，并不是因为以上所说底，或类似以上所说底关系，而因为要表示他吃过洋饭底关系，故意将他所说底，或所写底话，弄得特别。例如请人吃饭，他不写"谨订于某月某日某时洁樽候光"，而写"某某先生太太有荣幸（或有快乐）请某某先生某某太太吃饭，于某月某日某时"。又如与人写信，他不写"某某先生大鉴"，而写"亲爱底某先生"。下款不写"弟某某",而写"你的忠实底朋友",等等。如此完全改了中国言语在这些方面底说法,而此改并没有什么不得已底理由。这些是真正底、单纯底"欧化"。站在言语的立场说,这种"欧化"是不必要底。站在民族的立场说,这种欧化是要不得底。

不幸自民初以来,有些人以为所谓新文学应即是欧化底文学,而且应即是这一种真正底、单纯底欧化文学。他们于是用欧洲文学的花样,用欧洲文学的词藻,写了些作品,这些作品,教人看着,似乎不是他们"作"底,而是他们从别底言语里翻译过来底。不但似乎是翻译,而且是很坏底翻译,非对原文不能看懂者。我们于上文说,文学作品是不能翻译底。隋唐译佛经底人向来即说,翻译的工作,如"嚼饭喂人",是个没有办法底办法。翻译的东西,向来不能教人痛快,这些似乎是翻译底东西,更"令人作三日恶"。

在新文学作品中,新诗的成绩最不见佳。因为诗与语言的关系,最为重要,于上所举例可见。做新诗者,将其诗"欧化"后,令人看着,似乎是一首翻译过来底诗。翻译过来底诗,是最没有意味底。

因为有这种情形,所以所谓新文学运动,并没有完全得到它所期望底结果。新文学运动里底人本来说,旧文学是贵族底文学,而他们的新文学是平民底文学;旧文学是死底文学,而他们的文学是活底文学。一种艺术或文学,若不能使大众得到一种感动,则这种艺术文学是贵族底,是死底。民初新文学家,从这一点批评当时底旧文学,是不错底。几个词人,抱着谱填词,填成以后,他们互相恭维一阵,但与大众毫无关系。这种文学当然是贵族底,是死底。贵族底、死底艺术文学,并不一定即是没有价值底。博物院里有许多东西,都是贵族底,死底,但仍有它的价值。不过专就是贵族底及死底说,如果所谓文学是贵族底,是死底,则有些新文学底作品,尤其是有些新诗,实则是更贵族底,更死底。因为有些新文学底作品,非学过欧洲文字底人,不能看懂,而中国学过欧洲文字的人,比念过《唐诗三百首》底人,是少得多了。

近来又有所谓普罗文学。所谓普罗文学可以有两种:一种是鼓吹或宣传无产阶级革命底文学;一种是可以使无产阶级底人可以得到一种感动底文学。前一种文学是"文以载道"者,它的价值或在"道"而不在"文"。后一种文学,始真是文学。就后一种文学说,普罗文学即与平民文学无异。《七侠五义》、《施公案》是中国底平民文学,而满纸"普且可以想到与 y 同时发生的事体 w，或者在 y 发生的地点的情形 z。w 这件事体与 x 呈现不必相同，或狭义地相似，y 这情形与 x 呈现也不必相同或狭义地相似，然而我们仍可由 x 想到 w 或 z。其所以能如此想象者，照本条说法，就是因 w 与 y 和 z 在时空上有接连的情形。如果我们把我们的想象推敲一下，我们会发现本段（1）（2）两条的原则是从想象着想的。从思议着想，情形或者复杂一点，以后再论。

3. 从以往的经验着想，相似的不必使我们联想到。有时空上连接的，也不必使我们联想到。即以（2）条所说的搬家而论，我们说去年这时候搬家，今年又到这时候了。可是去年这时候所发生的事体非常之多，如果我们拼命的去记，我们也许可以得许多别的事体或情形。我们何以没有想到那些事体而只想到搬家呢？我们当然可以举出类似和大小轻重，重要或不重要等等标准以表示我们所以想到搬家。这些标准也对，它们的确影响到我们的联想。但是这些标准单独地计算起来，都不是充分的理由。我们不能说因为一件事重要，我们就会联想到它。重要的事，我们也不必联想得到。这些标准联合起来，也许是充分的理由，但是即令果然如此，我们依然无法分别它表示充分的理由底所在。反过来，我们似乎可以说没有相似处，我们不至于联想，没有时空上的接连，我们也不至于联想。相似与时空上的连接都是必要条件，不是充分条件。其他的标准似乎也是。有联想时，所联想到的一定满足以上的标准中之一，而满足以上标准之一的，不必联想得到。

4. 上面所说的都是联想。时空上的接连不是对于意念所能说的。对于意念，我们是否能说相似，本身是一问题。从一方面说，意念无所谓相似，从另一方面说，意念可以说相似。这问题我们现在根本不谈。现在所表示的是时空上的接连和相似是联想原则，至少从直接的影响这一方面着想，它们是如此的。可是意象为意念所寄托，有时因意象的相联，我们有意念的相联。我们可以看见人家办喜事，由呈现的红，而想到美国人办喜事的新娘子所穿的白，由意象的白，我们可以思议到白之所以为白，又可以思议到坚白异同学说，此中不但有联思，而且有联想。并且大部份的联思是跟着联想而来的。只存由思白而联思到坚白异同的联思，不必根据于联想。这联思的根据是意义上的，可以是而不必是意象上的。我们在这里虽然承认有不根据联想的意义上的联思，然而大部分的联思是根据于联想的。照此说法，我们的思议图案仍间接地受习惯训练经验的影响。一个美国人思白，不见得会联思到坚白异同学说。

C. 联想联思的符号化

1. 联想联思的符号化也是联想联思的习惯化。我个人有一相当怪的联想：生平听古琴的机会不多，可是每听一次，总想象到一有相当多的古木的山，上面有小平地一块，在这块平地上，有石桌石椅，在桌上有香炉，炉中有烟上升，旁有带风帽穿古衣的老者坐在石椅上。这意象与所弹的调毫无关系，弹平沙落雁，我有这意象。弹高山流水，我也有这意象。我看我没有分别调子的能力。这意象从什么经验来的，我也说不清楚，记不得了，也无从追根。也许年轻的时候看过这样的画，而这样的画中有人在弹琴。无论如何，我总有经验上的根据，不过我找不出而已。好在我的注重点不在这根据而在这联想，在这联想中，弹琴变成这意象底符号。弹琴对于我只有引起这张画的意味，根本谈不到欣赏音乐。可是这张画就是弹琴对于我的意义。这意义既然这么靠得住，弹琴实在就是这想象的符号。

2. 这样的例别人在他们的经验中也可以找出来，有些人也许多，有些人也许少。符号化的情形可以如下表示：例如有 x 呈现或有 a 意象，只要有 x 呈现或 a 意象，b 意象就随着而来，我们说 x 或 a 是 b 意象的符号。思议的情形同样。我们对于联想联思的符号化，难免不想到以下诸点：（一）符号有意义的，这在上条已经提到。弹琴对于我有那张画的意义，对于别的人也许有别的意义。（二）符号难免有武断成分，弹琴不一定引起那样的画底图案，它们没有普遍的理的根据。然而在事实上他们居然如此地相联起来。（三）联想联思的符号化有时可以找出原因。可是即令找出原因，我们也不过是提出已往的陈迹而已。

3. 联想联思的符号化中的习惯成分，有些容易表示，有些不容易表示。"想到早饭就想到咖啡"，这联想中当然有欧美的习惯。而"想到早饭就想到稀饭"，这联想中有中国人的习惯。显而易见，风俗习惯不同的人，联想联思也不同。可是有些联想联思的习惯没有这样的显明。各思想者有他个人的习惯，例如我们人看见柿子就想到风，想到灰色的天气。就柿子本身的颜色说，也许我应该想到天朗气清，然而我想到风，想到灰色的天气，原故也许是我在北平找事的时候，恰巧是我注意柿子的时间，也是括风而又有灰色的天气的时间。也许那几次的经验的影响大使我得到这里所说的习惯。这还是可以找出原因的例子，还有些习惯连原故都找不出。可是原因虽找不出，而习惯已成。

4. 文学的欣赏，尤其是诗词歌赋，需要联想联思上的符号。欣赏文学要比欣赏逻辑或算学要复杂得多。后者只有意念的意义问题，只有所思的结构问题，前者除意念问题之外尚有意象问题。意象问题来了之后复杂情形就随着发生。意象与意象之间的相联，有习惯，有风俗，有环境，有历史背景，而最难得的是符号化的意象的意义。中国人的"小窗静坐"，决不是铁纱窗里面坐着一位西服皮鞋的少年。这几个字所引起的意象，是茅屋一间，窗内坐着一位古衣古冠的老者。与此意象相联而来的，也许是屋旁疏竹几枝，屋后有高山，屋前有流水。这一意象也许是隐者的符号，而隐居也许有治乱不知，黜涉不闻，起居无时，随适之安底味道。这不过是就一可能立说而已，别的可能非常之多。现在所注意的不在可能的多少，而在意象联想中的符号。此符号成分在有某习惯风俗某环境某历史者，不必能得，而在无某习惯风俗无某环境历史者，差不多没有法子得到。普通所谓想象丰富的意思，就是联想快而符号的成分多。

D. 联想或联思力：

1. 联想联思有力量问题。而力量有大小，有精粗。这力量的大小。一部份是经验底丰富与否的问题。经验丰富与否不是生活历程中的项目多少底问题。生活历程中的项目多，经验不一定丰富，项目少，经验也不一定不丰富。一个人饱食终日，无所用心，经验不会丰富。可是一个人一天到晚忙个不了，而所忙的事让他川流过去不留痕迹，不见得经验会丰富。经验丰富不仅要历程中的项目多而且要项目的影响大。没有影响的经过，不是经验，我们论收容与应付所与的时候，曾说有收容即能应付，能应付即有收容。有无收容，要以能否应付来表示。我们其所以这样地说者，就是影响问题。经验就是收容官能之所得以应付所与。收容对于官能者总有影响，不然，他不能以他所收容的去应付所与。收容多而应付的能力大，经验才丰富。这也就是说，项目多而项目的影响大，经验才丰富。

2. 联想联思的力量也靠经验的深浅。而深浅也是影响问题的一部份。有些影响似乎是生理方面的，得到这影响的有生理上的应付能力。例如吃了某东西之后，身体难受，以后碰见该东西，就有恶感。这样的影响，不是多方面的。思想，要求，希望等等，不见得因此即有改变。

我们不能不说这样的影响浅。有些影响不是这样的，有时候一个人得到一回经验使他感觉到极大的快乐，或者极大的忧愁，而这经验使他在生活上旁征博引，使他想，使他思，使他懂，使他在生活上发现某种意义。也许原来的经验是一方面，然而影响所及，也许是多方面的。从经验者着想，这经验深刻。

3. 联想联思当然还有经验者的灵敏问题。以上是从经验着想，可以丰富，可以贫乏。可以深刻，可以肤浅。而这些也逃不了经验者的灵敏与否的问题。从这一点着想，也许我们要论灵敏才容易说得通。灵敏问题有麻烦的地方，普通所谓灵敏，一部分是联想的灵敏。联想联思灵敏的人的经验，大致说来，多半是丰富的，虽然不见得深刻。本段的主题既然是联想联思的能力，当然也要论到联想联思的灵敏。不过联想联思的灵敏是从灵敏的结果说，不是从原因说。是从枝叶说，不是从骨干说。我们还是要回到聪明两字去。所要求的是视而灵于见，听而敏于闻等等。有官能的灵敏，有收容与应付上的灵敏，然后经验才能丰富，才能深刻，经验丰富或深刻，联思联想才灵敏，能力才大，才精，没有骨干上的灵敏，联想联思也不致于灵敏。

4. 联想联思的力量有多有敏有锐。多就是范围广，方面多，敏就是来得快，锐就是尖锐。力量大也许是三者都有，也许是三者之中任何两项，或任何一项。如果三者得兼，那实在了不得。如果三者之中有其一，联想联思的能力也相当可观。联想联思也有训练问题。这要看经验者能否自己观察自己的特别点。有些人自己观察自己，发现很奇怪的现象。据说有一个德国的诗人要摆好些腐坏的苹果在他的书桌子上，他的诗意才丰富。据说有一个日本的作家要挂好些雨衣和大衣在他的书房里，他才能写作。这也许是齐东野人的话，可是我们不见得有理由否认这类情形。怀体黑教授曾说过，在他自己的经验中，他早晨洗澡出进澡盆的时候，也就是思想最丰富最快的时候。我们现在的问题不在这类情形的理解，而在这类情形的存在。这种情形究竟有什么根据，也许很难决定。可是假如一个人他自己的经验中发现这类特别的情形，他很可以利用这特别点以增加他的联想联思的能力。

E. 联想联思的重要

1. 联思联想虽根据经验，然而不抄写经验。虽遵守逻辑，而不就是逻辑。假如抄写经验的话，联想联思就没有用处，也不至于重要。它不抄写经验，所以它能够突出经验范围之外。经验的确重要，我们已经从种种方面表示经验的重要。即在想象本身，我们也表示过它非有经验上的根据不可。可是如果联想联思抄写经验，我们的思想即限于经验。如果我们的思想在各方面限于已经经验过的，我们在任何方面都没有进步。限于经验也就是狃于经验。如此，我只能继往，不能开来。联思联想虽遵守逻辑，然而不就是逻辑本身的展开。果然是后者，联思联想也毫无用处。完全是逻辑本身的发展的联思，只是逻辑而已。逻辑的性质以后会谈到，现在根本用不着提及，我们现在只说，如果联思只是逻辑，联思决不增加我们的知识。

2. 联想联思在艺术上的重要，显而易见，尤其联想。各种艺术都有一共同点，这就是依照意象去创作实物。实物两字当然发生问题。一张山水画，从一方面看来是实物，从另一方面看来，不是实物，就画是可挂，可卷，可收藏的东西说，它当然是实物。就山水说，它不是实物。这还是从简单的画着想。若从戏剧音乐着想，问题复杂得多。一本戏剧书的情节可以说是戏剧家的想象，所要求的实物是那戏剧的出演，也可以说那戏剧家的想象。在这里，实物两字的问题更多。虽然如此，艺术总有发于中的想象与形于外的表现。前者既发生，后者的要求势不能免。实物就是形于外的表现。它就是艺术品。这艺术品的创造，总要以意象为依归。如果意象只抄写经验，则艺术品只是抄写自然的实物而已。要意象不抄写经验，也就是要联想不抄写经验。照我们的说法，联想本来是不抄写经验的。不抄写经验的意象的重要，就是联想的重要。

3. 联想不仅在艺术重要，就是在日常生活中，联想也重要。无论是小的改革，大的革命，都是修改现实。前者也许是修改短时间内或小地方内的现实，后者也许是修改长期内的或大区域的现实。然而都是修改现实。修改现实有两方面：一方面是对于现实有所不满。对于现实有所不满，也就是对于生活中的种种呈现有所不满。如果我们的联想只限于经验，狃于经验，我们只能接受生活中的种种呈现，而不能对于它们有所不满。如果我们对于它们能够有所不满，我们在思想上有不狃于经验的情形。另一方面修改现实，要创作的意象或意念。创作的意象决不是抄写经验的意象，创作的意念决不只是逻辑的本身。如果是的话，当然无所谓修改现实。因为根本就没有异于现实的意象与意念在日常生活中，不抄写经验的意思，不只是逻辑的意念，既是重要，联象想联思当然重要。①

4.但是在知识论的立场上，要关切的是联想联思对于研究学问的重要。学问的进步总要创作的想象与创作的思议。研究学问，决不是被动地等知识的降临，在求知的历程中，决不是被动地抄写经验。被动地抄写经验或机械地运用逻辑，只是活下去而已。别的学问暂且不说，研究历史，不是被动地抄写经验，研究逻辑，也不是机械地利用逻辑。在这两门学问，我们需要创作的意象与创作的意念，别的学问的需要可想而知。创作的意象不能不靠经验或不顾经验，而横冲直撞。它只是不狃于经验不抄写经验而已。创作的意念也靠经验，同时也遵守逻辑。它也不能不顾逻辑而东扯西拉，它不过不就是逻辑而已。要这样的意象与意念，学问才有进步。这也就是说，有联想与联思，学问才有进步。

（本文选自《金岳霖文集》第二卷，甘肃人民出版社1995年版）

---

① 《金岳霖文集》原文中就是如此，编者注。

读书方法与思想方法

贺　麟[1]

就人而言，各人的性情、兴趣、才能、需要不同，则各人读书的方法，即有不同。

就读书而言，则不同学科的书籍，应有不同的读法。如读自然科学书籍的方法与读社会科学书籍的方法，必有不同处。又如读文学书的方法，与读史学书、哲学书的方法，亦不尽相同。从前梁任公著《要籍解题及其读法》一书，选出中国几种重要的经书和子书，提示其内容大旨，指出读每一种书的特殊方法，更足见读书的方法，不但随人而异，而且随书而异。

因此，一人既有一人读书的方法，一书也有一书的特别读法。所以贵在每人自己根据他平日读书的经验，去为他自己寻求一个最适宜、最有效率的读书方法。而每遇一种新书，我们也要贵能考查此书的特殊性质，用一种新的读书方法去把握它，理解它。

故本文不能精密的就不同的人，和不同的书，指示特殊的、不同的读书方法。此事须有个别的指导，只能概括的就广义的读书的方法，略说几句。

读书，若不是读死书的话，即是追求真实学问的工作，所谓真实学问，即是活的真理，真的知识。而真理或知识即是对于实在或真实事物的理智的了解，思想的把握。换言之，应用思想或理智的活动，以把握或理解真实事物，所得即为知识、真理、学问。故读书即所以训练思想，应用理智，以求得真实学问。读书并不是求记诵的博雅，并不是盲从古人，作书本的奴隶。书广义讲来，有成文的书和不成文的书，对于

---

[1]　贺麟在西南联大文学院哲学心理教育系（西南联大后来设立了师范学院，教育系便划归了师范学院，文学院的哲学心理教育系便改为哲学心理系）任教，本文为贺麟于1943年秋天在重庆小温泉给全体新生讲课的讲稿。贺麟主讲的课程有西洋哲学史、伦理学、哲学概论等课程。

成文的书，用文字写出来的书，贵能用自己的思想于字里行间，探求作者言外之意。所谓不要寻行数墨，不要以词害意。至于不成文的书，更是晦昧难读，更是要我们能自用思想。整个大自然，整个人生都是我们所谓不成文的书。能够直接读这种不成文的书，所得的学问，将更为真实，更为创新，更为灵活。须以读成文的书所得，作读不成文的书的参考。以读不成文的书所得，供给读成文的书的指针。这样，我们就不会读死书，这样，我们就可得真的、活的学问。中国旧日的书生，大概就只知道有成文的书，而不知道有更广博、更难读、更丰富而有趣味的不成文的书。更不知道读成文的书与读不成文的书，须兼程并进，相辅相助；所以只能有书本知识，而难于得到驾驭自然，指导人生，改革社会的真实学问。所以无论读哪一种的书，关键在于须自己用思想。

要操真实学问，首先须要有一个基本的确切认识。要确切认识：真知必可见诸实行，真理必可发为应用。要明白见得：知识必然足以指导我们的行为，学术必然足以培养我们的品格。有了真知灼见，认识透彻了，必然不期行而自行。一件事，知道了，见到了，真是会欲罢不能。希腊思想史家尝说："理论是行为的秘诀"一语，最足以代表希腊人的爱智的科学精神。所谓"理论是行为的秘诀"，意思就是要从理论的贯通透彻里去求行为的动力，要从学术的探讨、科学的研究里，去求征服自然指导人生的丰功伟绩。我们要见得，伟大的事功出于伟大的学术，善良的行为出于正确的知识。简言之，要走上真学问纯学问的大道路，我们首先要能认识知先行后，知主行从的道理，和孙中山先生所发挥的知难行易的学说。必定须有了这种信念，我们才不会因为注重力行，而反对知识，因注重实用，而反对纯粹学识，更不会因为要提倡道德而反对知识，反对科学。反之，我们愈要力行，愈要实用，愈要提高道德，我们愈其要追求学问，增加知识，发展科学。

求学应抱为学问而学问，为真理而真理的态度，亦即学者的态度。一个人不可因为将来目的在作实际的政治工作，因而把学问当作工具。须知一个人处在求学的时候，便应抱学者的态度。犹如上操场时，就应该有运动家的精神，受军事训练时，就应有军人的气概。因为每一样事，都有其标准，有其模范。要将一事作好，就应以模范作为鹄的。所以我们求学就应有学者的态度，办事就应有政治家的态度。譬如，曾国藩政治上、军事上虽说走错了道路，然而当他研究哲学时，则尊崇宋儒，因为他认为程朱是中国哲学思想的正宗。学文则以司马迁、韩愈为其模范，以桐城古文为其依归。治考证学则推崇王念孙父子。他每做一门学问，就找着那一门的模范来学。一个人在社会上作实际工作，无论如何忙迫，但只要有一个钟头，可以读书，则在那一个钟头内，即须作纯学问的探讨，抱着为真理而学问的态度。要能领会学问本身的价值，感觉学问本身的乐趣。唯有抱着这种态度，才算是真正尊崇学术，方可以真正发挥学术的超功用之功用。

我刚才已经说过，读书，做学问贵自用思想。因为读书要能自用思想才不会作书本的奴隶。能自用思想，则不但可以读成文的书得益处，且进而读不成文的书，观察自然，理会人生，也可以有学术的收获。所以我首先须要很简略的讲一点，如何自用思想的方法。因为要知道读书的方法，不可不知道思想的方法。

关于思想的方法，可分三方面来讨论：

（一）逻辑的方法：逻辑与数学相依为命，逻辑方法大都采自数学方法，特别几何的方法。逻辑方法即是应用数学的方法来研究思想的概念，来理解自然与人生的事实。逻辑方法的目的在能给我们有普遍性、有必然性、有自发性的知识。换言之，逻辑方法要给我们坚实可靠、颠扑不灭、内发而非外铄的知识。必定要这种知识才够得上称为科学知识。

逻辑方法与数学方法一样，有一个特点，就是只问本性，不问效用如何、目的何在、或结果好坏、满足个人欲望与否等实用问题。只问理论的由来，不问事实上的由来。譬如，有一三角形于此，数学不问此三角形有何用处，不问画此三角形之人目的何在，不问此三角形是谁画的，是什么时候画的，更不问画三角形、研究三角形有何利益、有何好的结果等。数学只求证明三角之合必等于两直角，就是三角形之所以成为三角形的本性或本质，就是一条有普遍性必然性的真理。所以一个人是否用逻辑方法思想，就看他是否能扫除那偶然性的事实，摆脱实用的目的，而去探讨一物的普遍必然的本质。

中国人平日已养成只重一物的实用、目的、效果，而不去研究一物之本性的思想习惯。这种思想上的成见或习惯如不打破，将永远不会产生科学知识。譬如：《大学》上"物格而后知致，知致而后意诚，意诚而后心正，心正而后身修，身修而后家齐，家齐而后国治，国治而后天下平"，一大串推论，就不是基于知识本质的推论，而只是由效果推效果，由功用推功用的方法。这种说法即使是对的，但这只是效果的研究。而效果是无必然性的，所谓成败利钝的效果，总是不可逆睹的。由不可逆睹的效果，推不可逆睹的效果，其所得的知识之无必然性与普遍性，可想而知。但假如不去做效果的推论，而去做本性的探讨，就可以产生纯学术知识。譬如，对于格物的"物"的本性，加以系统的研究，可成物理学，或自然哲学；对于致知的知的本质，加以研究，可成为知识论；研究心或意的本性，可成心理学；研究身的本性，可成生理学；研究家国天下的本性，可成社会哲学或政治哲学。由此足见要求真学问，求纯科学知识，须注重研究本性的逻辑方法，而不可采取只问效果的实用态度。

逻辑方法的实际应用，还有一特点：可用"据界说以思想"，"依原则而求知"两句话包括。我们思想不能不用许多概念。我们说话作文，不能不用很多名词。界说就是对于所用的这些概念，或名词下定义。那是指出一个概念或名词所包括的确切意义，规定一个概念或名词所应有的界限范围。每一个界说即是指出一个概念，或事物的本性。据界说以思想，就是要我们思想中所用的概念，都是有了确定的意义，明晰的范围的。如是庶我们的思想可以条理而有系统。界说即是规定一物的本性，则据界说以思想即是去发挥那物的本性，而形成纯学理的知识。一个人对于某一项学问有无学术上的贡献，就看他对于那门学问上的重要概念有无新的界说。伟大的哲学家就是界说大家。伟大的工厂，一切物品，皆本厂自造。伟大的思想系统，其中所用的主要名词，皆自己创造的，自己下过界说的。一个人能否理智的把握实在，对于自然人生的实物的本质有无真认识，就看他能否形成足以表示事物的本性的界说。平时我们所谓思想肤浅，说话不得要领，也就是指思想不能把握本质，说话不能表示本质而言。单是下界说，也就是难事。但这也许出于经验的观察，理论的分析，直觉的颖悟，只是武断的命题。要使其界说可以在学理上成立起来，颠扑不破，还要从各方面将此界说，发挥成为系统。无论千言万语，都无非是发挥此界说的义蕴。总之，要能把握事物的本性，对于事物有了明晰的概念，才能下界说。并且要能依据界说以思想，才能构成有条理有系统的知识。

至于所谓依原则而求知，就是一方面用原则原理作指导去把握事实，另一方面，就是整理事实，规定材料，使它们符合原理。不以原理作指导而得的事实，或未经理智整理不符合原理的事实，那就是道听途说，虚幻无稽，模糊影响的事实，而不是有学理根据的科学事实。先从特殊的事实去寻求解释此事实的普遍的原则，次依据此原则去解释其他同类的事实，就叫做依原则而求知。我们相信一件事实，不仅因为它是事实，乃因为它合理。我们注重原理，乃是因为原理足以管辖事实，以简驭繁，指导事实。总之，有一事实，必须能找出解释此事实的原则，有一原则，必须能指出符合此原理或遵守此定律的事实。单研究事实而求不出原则，或不根据原则而任意去盲目的尝试，胡乱的堆集事实，均不能获得科学知识。科学的实验，就是根据理性的原则或假设，去考验事实是否遵守此原则。

（二）体验的方法：体验方法即是用理智的同情去体察外物，去反省自己。要了解一物，须设身处地，用同情的态度去了解之。体验法最忌有主观的成见，贵忘怀自我，投入认识的对象之中，而加以深切沉潜的体察。体验本身即是一种生活，一种精神的生活，因为所谓体验即是在生活中去体验，离开生活更无所谓体验。体验法即是教人从生活中去用思想。体验法是要人虚心忘我，深入事物的内在本质或命脉，以领会欣赏其意义与价值，而不从外表去加以粗疏的描写或概观。体验是一种细密的、深刻的、亲切的求知方法。体验即是"理会"之意。所谓理会即是用理智去心领神会。此种方法，用来体察人生，欣赏艺术，研究精神生活或文化创造，特别适用。宋儒最喜欢用体验。宋儒的思想可以说皆出于体验。而朱子尤其善于应用体验方法以读书。他所谓"虚心涵泳"、"切己体察"、"深沉潜思"、"优游玩索"皆我此处所谓体验方法。

（三）玄思的方法：所谓玄思的方法，也可以说是求形而上学的知识的方法。此种思想方法，甚为难言。最简易的讲来，可以谓为"由全体观部分，由部分观全体"之法，也可以称为"由形而上观形而下，由形而下观形而上"之法。只知全体，不知部分，则陷于空洞。只知部分，不知全体，则限于支离琐碎。必由全体以观部分，庶各部分可各安其分，各得其所，不致争执矛盾。必由部分以观全体，庶可见得部分的根本所寄，归宿所在，而不致执着一偏。全体有二义，一就复多的统一言，全体为万殊之一本。一就对立的统一言，全体为正反的综合，矛盾的调解。全体与部分息息相通，成为有机的统一体。譬如，由正而反而合的矛盾进展历程，即是由部分观全体的历程。反之，由合，由全体以解除正反的矛盾，以复回双方应有的地位，即是从全体观部分的历程。譬如，读一篇文字，由一字一句以表明全篇的主旨，就是由部分观全体之法。由全篇文字的主旨，以解释一字一句应有的含义，便是由全体观部分之法。如朱子之今日格一物，明日格一物，而达到豁然贯通的境界，事物之本末精粗无不到，而吾心之全体大用无不明，就是能由部分而达全体，由支节达贯通，由形而下的一事一物而达形而上的全体大用。又朱子复能由太极之理，宇宙之全，而观一事一物之理，而发现本末精粗，条理井然，"枝枝相对，叶叶相当"。这就是由全体观部分而得到的境界。

总结起来说，我们提出的三种思想方法，第一种逻辑的方法，可以给我们条理严密的系统，使我们不致支离散漫；第二种体验的方法，可以使我们的学问有亲切丰富的内容，而不致干燥空疏；第三种玄思的方法，可以使我们有远大圆通的哲学识见，而不致执着一偏。此处所谓逻辑方法完全是根据数学方法出发，表示理性的基本作用。此处所论体验，实包含德国治文化哲学者如狄尔泰（Dilthey）等人所谓"体验"和法国柏格森所谓直觉。此处所论玄思的方法，即是最平实最简要的叙述一般人所谓辩证法。此种用"全部观部分"，"部分观全体"的说法以解释辩证法，实所以发挥黑格尔"真理乃是全体"之说的精义，同时亦即表示柏拉图认辩证法为"一中见多，多中见一"（多指部分，一指全体）之法的原旨。这三种方法并不是彼此孤立而无贯通处，但其相通之点，殊难简单说明。概括讲来，玄思的方法，或真正的辩证法，实兼具有逻辑方法与体验方法而自成为寻求形而上学的系统知识的方法。

知道了一般的思想方法，然后应用思想方法来读书，那真是事半而功倍。

第一，应用逻辑方法来读书，就要看能否把握其所讨论的题材的本质，并且要看著者所提出的界说，是否有系统的发挥，所建立的原则是否有事实的根据，所叙述的事实是否有原则作指导。如是就可以判断此书学术价值的高下。同时，我们读一书时，亦要设法把握一书的本质或精义，依据原则，发疑问，提假设，制范畴，用种种理智的活动以求了解此书的内容。

第二，应用体验的方法以读书，就是首贵放弃主观的成见，不要心粗气浮，欲速助长，要使自己沉潜浸润于书籍中，设身处地，切己体察，优游玩索，虚心涵泳，须用一番心情，费一番神思，以审美、以欣赏艺术的态度，去读书。要感觉得书之可乐可好，智慧之可爱。把读同代人的书，当作就是在全国甚或世界学述之内去交朋友，去寻老师，与作者或国际友人交流思想、沟通学术文化。把读古书当作尚友千古与古人晤对的精神生活，神游冥想于故籍的宝藏里，与圣贤的精神相交接往来，即从这种读书的体验里去理会，去反省，去取精用宏，含英咀华，体验古人真意，去绍述古人绝学，去发挥自己的心得。这就是用体验的方法去读书，也可以说是由读书的生活中去体验。用这种的读书法，其实也就是一种涵养功夫。由此而深造有得，则其所建立的学说，所发出的议论，自有一种深厚纯朴中正和平之气，而不致限于粗疏浅薄偏激浮嚣。

第三，应用全体看部分，从部分看全体的方法以读书，可以说是即是由约而博，由博返约之法。譬如，由读某人此书，进而博涉及此人的其他著作，进而博涉及与此人有关之人的著作（如此人的师友及其生平所最服膺的著作）皆可说是应用由部分到全体观的方法。然后再由此人师友等的著作，以参证、以解释此人自己的著作，而得较深一层的了解，即可说是应用由全体观部分的方法。此外如由整个时代的文化以观察个人的著作，由个人的著作以例证整个时代的趋势，由某一学派的立场去观认某一家的地位，由某一家的著作以代表某一学派的宗旨，由全书的要旨以解释一章一节，由一章一节以发明全书的精义，均可以说是应用由全观分，由分观全，多中见一，一中见多的玄思方法以读书。

此法大概用来观察历史，评人论事，特别适用。因为必用此法以治史学，方有历史的透视眼光或高瞻远瞩的识度。由部分观全体，则对于全体的了解方亲切而具体，由全体观部分，则对于部分的评判，方持平而切当。部分要能代表全体，例证全体，遵从全体的规律，与全体有有机关系，则部分方不陷于孤立、支离、散漫无统纪。全体要能决定部分，统辖部分，指导部分，则全体方不陷于空洞、抽象、徒具形式而无内容。

因为此种玄思的方法，根本假定著作、思想、实在，都是一有机体，有如常山之蛇，击首则尾应，击尾则首应。故读书，了解思想，把握实在，须用以全体观部分，以部分观全体的方法。

总之，我的意思，要从读书里求得真实学问，须能自用思想，不仅可读成文的书，而且可读不成文的书。知道如何自用思想，有了思想的方法，则读书的方法，自可紬绎推演出来。必定要认真自己用思想，用严格的方法来读书，方可以逐渐养成追求真实学问，研读伟大著作的勇气与能力，即不致为市场流行的投机应时，耳食袭取的本本所蒙蔽、所欺骗。须知不肯自用思想，未能认真用严格的方法以读书，而不知道真学术惟有恃坚苦着力，循序渐进，方能有成，实不能取巧，亦是没有捷径可寻的。如果一个人，能用坚苦的思想，有了严密的读书方法，那缺乏内容，肤浅矛盾的书，不经一读，就知道那是没有价值的书了，又何至于被蒙蔽呢？

末了，我还要说几句关于读书的价值，读书的神圣权利，和读书的搏斗精神。

人与禽兽的区别，虽有种种不同的说法，但根据科学的研究，却只有两点：（一）人能制造并利用工具，而禽兽不能。（二）人有文字，而禽兽没有文字。其实文字亦是一种工具，传达思想、情感、意志，精神上人与人内在交通、传久行远的工具。说粗浅一点，"人是能读书著书的动物"。故读书是划分人与禽兽的界限，也是划分文明人与野蛮人的界限。读现代的书即所以与同时的人作精神上的沟通交谈。读古人的书即所以承受古圣先贤的精神遗产。读书即可以享受或吸取学问思想家多年的心血的结晶。所以读书实人类特有的神圣权利。

要想不放弃此种神圣权利，堂堂正正地作一个人，我们惟有努力读书。读书如登高山，非有勇气，绝不能登至山顶，接近云霄。读书如撑船上滩，不可一刻松懈。读书如临战场，不能战胜书籍，利用书籍，即会为书籍所役使，作书本的奴隶。打仗失败只是武力的失败。而读书失败，就是精神的失败。朱子说："读书须一棒一条痕，一掴一掌血。"最足以表示这种如临战阵的读书精神，且足以作我们读书的指针。

（本文选自贺麟的《文化与人生》，商务印书馆1988年版）

明白主题的重要（可惜的是在人们实际写作时却时常不为注意，或者注意到而仍不明显），所以现在不妨再申述一下。

写戏的人决不能凭着一时的高兴，拾到材料就写，他应该先找出这材料在所写的戏里面的意义，主题就是选择材料的标准。因为囤积的材料不能一古脑儿塞进一个剧本中，我们是写戏，不是摆杂货物，有了主题，根据它来选择，整个剧本才能一致地有了意义。

主题第一应该"显明"，不要含糊，令导演戏的人觉得眼花缭乱，东是主题，西也是主题。在未动手写剧本时，最好先决定结尾如何地宣传；并且最重要的自己要相信自己的"信念"，然后学习怎样使人相信。若是误解了宣传的意义，以为凡是宣传都是因为本身不可靠，才竭力宣传使入相信可靠，这样聪明的人是不配谈宣传，谈抗战剧的。第二应该简单，应当清楚地指导观众怎样同情的方向，更紧紧地抓住他们的同情，死也不要放松。然而我们却万不可采用死胡同式的主题（dead alley theme）。换句话，我们所用的人物，以及所编排的故事，不可以写得使观众无法同情起。例如有一个剧本写有姊弟二人，相依为命。弟弟得了可怕的麻疯病，她听到一个谬误的传说，说是这种病只有再和一个女人发生关系才可以解救；姊姊虽已订婚了，但是她非常怜爱自己的弟弟，听信了这种治麻疯病的谬说，便痛苦地牺牲了自己。不巧又为她的未婚夫撞见了，她无以自解，愧恨而死，弟弟亦随后自杀。作者竭力描画姊姊的性格的伟大，以为这样伟大的牺牲，可以引起观众的同情，事实上因为采用主题的不得当，观众感到惶惑无主，对女主人公同情不好，不同情也不好。又如前几天报上载有一家母女二人，三个日本兵破门进来，逼女儿到楼上，剥她的衣服，母亲跑去救她，被日本兵打得不成样子，推下楼去，一时晕厥过去。醒来时，她听见女儿在楼上抵拒喊叫之声，惨不忍闻，心里忿恨极了，举起火烧了楼，女儿和日兵都惨酷地死在火里。母亲听不下女儿的呼号声音，也跳入火里烧死。这种材料过分刺激，常使观众顾不得同情，只觉得"恐怖"，观众心里只有恐怖和惨酷，是不能引起抗战的信念的。

主题是个无情的筛孔，我们必须依照主题狠心地大胆地把材料筛它一下，不必要的不合式的材料淘汰去。这样写来，作品才能经济扼要。

三、预备剧本的大纲 话剧是建筑，不是堆砌。所以也象建筑物一样地需要精确的设计。那怕写一个独幕剧，我们最好依角色上下场分成许多场面，那一场谁"上场"，谁"下场"；那一场最重要，最能表现主题；都应预先自己弄明白。假如必须有一段话要发挥，要加在那一场，什么时候，由什么人说出来才表现得最恰当最有力，也都要想清楚。所以大纲里面应列"场表"，记载那些人上下场，发生那些事实，有那些重要的话。譬如第三幕有一个杀人的动作，那么事先就应在第一、第二幕里计划周密，杀人动作之前做充足的准备，逐渐引入紧张的地方。有了计划才有分寸。多幕剧固然如此，独幕剧也应如此。

对于大纲。自然也有人不重视的，不过为着初学写戏的人是有大纲再写戏，比较妥帖些。

一般地讲，剧本要使观众逐渐发生兴趣，紧张的场面总放在较后，这种例子，俯拾即是，无须多说。

人物的个性、对话、动作等等，亦应于大纲中想透了再动笔。力求其明瞭周详。易卜生创作时所写的人物，栩栩如生，一若真有其人，一闭眼就可见到似的。因为他也是先在大纲中详细描写，做过一番苦工夫的。我们要成好作家，这种预备工夫决不可少，只凭聪明取巧写剧本，反而是个拙笨的方法。

大纲完成后，在写作时有了意见，自然还可以改动，有时，剧本完成后，经过多少改窜。结果和原来的大纲，相去很远，然而这并不是废去大纲的理由，因为大纲是个起点，没有起点，一切以后的变动是无从谈起的。

四、人物的选择　我们常说某某先生就是那一类人的典型。所谓典型，就是把一个阶层或一类人的共同之点，异于别阶层别类人的行动、习惯、语言、思想集中在一个代表者身上所造成的人物。换言之，典型人物是拥有其他属于同阶层或同类的人的共同特点的。

典型和个性略有不同。譬如张某爱财如命，一毛不拔，典型的写法是把所有吝啬人的同点完全装在他身上。这样写法的好处是：第一，观众容易懂；第二，容易引起观众兴趣。坏处是难得彻底真实，不易使人心服。因为写典型总是免不了特意使他明显，于是时常夸张人物的特点，加以重复。比较起来，个性是不易写的，但写到恰好时，是使人心服的。因为个性不止于着重他与其他同类人的同点，却更着重他的异点的。粗枝大叶地讲，譬如张某虽然吝啬，但如果他的女儿病重，他固然依然故我、不肯拿出钱来请高明医生，但是听见病人不断的呻吟的声出他的创作过程：有的从头按序写起；有的从末尾倒行写起；有的从紧张场面写起；有的为点醒主题，从思想部分最重要处写起；各人有各人的写作习惯，每种写法各有长短。

起首第一件事，我们应求"头绪清晰"；故事的头绪不能太多，多了易乱。如果头绪实在多，斩截不下，那么自己应设法逐渐介绍，有兴味地介绍，挽合着"动作"来介绍，不要在开幕五分钟内，填鸭式地把观众应知的过去背景及故事头绪，匆促地硬塞在观众的脑内。铺叙故事如此，介绍每个上场人物也如此。处处交代得清楚明白，然后慢慢地展开重要的剧情。

第二件事是"动作"。写剧不是写对话，是表明人与人之间相互反应的精神活动。这种活动的显明表示，莫过如"动作"。所谓"动作"不一定是拿起枪打死一个汉奸，有时心理上的冲突，常常比表面上的动作，还要动人的。譬如：拿起枪打死一个敌人，发现这个敌人正是从前自己最好的朋友，当责任与私谊在争执的时候，表面仿佛看着没动，其实已有动作了。

第三件事是要抓住观众的注意力。有了动作，还要看编排，换句话说，就是要引起观众要看那"动作"的渴望，预先知道在那一幕如火如荼的动作就要展现在眼前了。所以写第一幕时，就预备着第二幕，抓住观众的兴趣，叫他们等待着第二幕的展开。我们的旧小说内，有所谓："欲知后事如何，且听下回分解"的手法，虽不十分与我们现在讲的相当，然而却是很相近的。这种手法，我们有一个专门名词，叫作运用（Suspense）（余上沅先生译作"跌宕"，洪深先生的电影戏剧的编剧方法上译作"紧张"），我们利用观众对主角的同情与好奇心，告诉观众一点儿，而又不是完全告诉他们，叫他们期待着更大的转变，这样，在幕与幕之间，依据这种手法，在看戏人的心里，做强有力的连系。

然而方法只是方法，并不是一切戏剧都要如此。譬如高尔基的《夜店》，柴霍夫的《三妹妹》、《樱桃园》，并不用这样的手法，而一样抓住观众的注意。我所以特别提出来，是因为刚写抗战剧时，这种方法是最容易学习的。

文章有所谓"起承转合"，戏剧——若是以故事为中心——到了"中段"也有所谓故事"陡转"（peripety）的方法。我们说过 suspense 常常是预示观众若干端倪，对更有力的发展，引起他的期待的心情。"陡转"常常是出乎观众意料之外的故事的转捩，这种转捩，多半与主角有关。譬如写一义勇军的领袖，被敌人发觉，抓去审讯，判决处死，正在执行死刑的千钧一发的当口，义勇军的队伍忽然攻入敌营，救出领袖。主角由生而死；由死而生，完全陡然发展，但操纵着观众的情绪，决不亚于我所说的 suspense。这是一个简单的方法，但是许多伟大的作品，常是因把它运用得精妙而获得成功。

"陡转"有二种：第一，故事的。见于形象，如上面所举义勇军领袖的例。第二，人格的。是内心的变动。例如一个莽将军，本来是无恶不作，但是经历渐渐告诉了他国家与个人的关系，隐约地启示他什么是对的，终于有一天，因为受了绝大的刺激，使他忽然舍身报国，做了爱国的烈士。这种精神上的"陡转"如果写得真切，是最能动人的。说到这里，我要再三声明这些所谓的方法，决非颠扑不破的道理，创作的天才，自然懂得运用它们，以至于舍弃他们。千万不要为这些话限制了自己的自由发展。

谈到结尾，有一两点还要注意：

第一、不可公式化　现在普通抗战剧的结尾，很少不是在一种公式下写成的。结果，总是"汉奸打倒，志士抬头"。我并不是主张"汉奸不打倒，志士不抬头"。我是说这些仿佛纸糊的人物，在台上跳跳蹦蹦的喊着胜利的口号，时常会给人以空虚寂寞之感的。实在讲，伟大的戏剧，好的结尾的动人之处，固然在结构的精绝，然而更靠性格描写的深刻。例如：吴祖光先生编的《凤凰城》，结尾苗可秀死了、大愿虽然未酬，但是他的伟大的人格却更加深入观众的心里。假如依着一贯的公式，不顾真实，硬为凑成一个欢喜的结局，观众纵然一时鼓掌欢呼，但不及原来的结局那样深远动人，足以启发观众崇高钦敬的心情，激动强烈的抗战意识。

我不反对"大成功"的结尾，正如我相信事实上我们的抗战早晚要成功一样。但若只是靠结局"大成功"做写戏的无二法门，以致结构幼稚，人物浅薄，这是我们所深恶痛绝的。

第二、不可临时凑　中国旧剧界有一句老话："戏不够，神来凑。"编唱本之前没有计划，写到后来，自己也不知道如何结尾，只能用鬼神出现，搭救好人（如南天门），凑成一个善恶终有报的结尾。这种错误，即是在伟大的剧作家，有时也不免要触犯的。例如：莫利哀所作的《伪君子》的结尾，奸人得势，忠厚的奥贡养虎贻患，受了泰笃夫的种种欺凌，妻子被侮辱，财产被侵占，眼看泰笃夫要把做房主的奥贡赶出门外，戏是急转直下，简直无法转圜。然而正在戏要收束的当口，忽然不知为什么，被贤明的国王知道了，突然派来一群官吏，将泰笃夫抓去处罪，于是善良胜利，大快人心。这种毫无预备的奇突的发展，显然看出临时凑合，使人无法信服。写戏收尾，有时固然可以出人意外，细细回想一下，却也要在人意中，这才有趣味。

第三、要点醒主题　如果一直找不着机会来点明主题，那么在最后的结局当口，是不该再忘却的。

关于对话方面，我们要注意：

（一）适合性格。

（二）适合舞台上的逻辑，注意舞台上的空间与时间的确切。在一个戏里面，假定邻居至少在一里路外，那么，如若与邻居隔窗谈话，是空间上的不合逻辑；出去到十数里外做一件事，过半分钟就回来，却报告事情已经办妥，这是时间上的不合逻辑；两者都同样的破坏了舞台的幻觉。

（三）要清晰简要，不要咬文嚼字。不要噜噜哝哝地、成段成章地写。刚写作的人借某个人物的嘴，说出很多的理论，结果，不但离开了真实，兴味也失却不少。

归总讲来，有几点要请诸位特别注意：

（一）编剧的三种限制——舞台、演员、观众——在目前以认识观众，最为重要，所以写抗战剧前，必须了解观众的性质，跑到乡下对穷苦的农人谈节约是笑话，要观众觉得亲切，我们要熟知观众的生活，彻底观察，体验他们的需要。

（二）话剧感动人的，不是"话"，而是"剧"。剧的重要成分是动作。所以爱好话剧的人跑进剧场，决不是听一幕一幕的话，而是欣赏一幕一幕的动作。剧本应该多动作，有些好的剧本，删去了对话，依然成为完美的默剧。写剧本应尽量多找动作，用动作来代替对话。记住！在台上用一个真实的动作，比用一车子的话表述心情更有力量。

（三）写好剧本，决不能凭一时冲动提笔就写，要有长期的准备，列出详尽的计划才能写成的。写成后，还要再三修改，不辞劳苦，耐性地修改，这样才能产生好的剧本。

末了，希望诸位在有空时多看戏、多读剧本、多参加戏剧的活动、多体会里面的奥妙。最深奥的戏剧的艺术，须要自己来探讨。闭门造车，看了一两本编剧法，是不能帮助我们写成一个伟大的抗战剧本的。

（原载《战时戏剧讲座》，重庆正中书店 1940 年 1 月一版。本文选自《曹禺研究专集》（上册），海峡文艺出版社 1985 年版）

说 笑

自从幽默文学提倡以来，卖笑变成了文人的职业。幽默当然用笑来发泄，但是笑未必就表示着幽默。刘继庄①《广阳杂记》云："驴鸣似哭，马嘶如笑。"而马并不以幽默名家，大约因为脸太长的缘故。老实说，一大部分人的笑，也只等于马鸣萧萧，充不得什么幽默。

把幽默来分别人兽，好像亚理士多德②是第一个。他在《动物学》里说："人是唯一能笑的动物。"近代奇人白伦脱③（W.S.Blunt）有《笑与死》的一首十四行诗，略谓自然界如飞禽走兽之类，喜怒爱惧，无不发为适当的声音，只缺乏表示幽默的笑声。不过，笑若为表现幽默而设，笑只能算是废物或者奢侈品，因为人类并不都需要笑。禽兽的鸣叫，尽够来表达一般人的情感，怒则狮吼，悲则猿啼，争则蛙噪，遇冤家则如犬之吠影，见爱人则如鸠之呼妇（Cooing）④。请问多少人真有幽默，需要笑来表现呢？然而造物者已经把笑的能力公平地分给了整个人类，脸上能做出笑容，嗓子里能发出笑声；有了这种本领而不使用，未免可惜。所以，一般人并非因有幽默而笑，是会笑而借笑来掩饰他们的没有幽默。笑的本意，逐渐丧失；本来是幽默丰富的流露，慢慢地变成了幽默贫乏的遮盖。于是你看见傻子的呆笑，瞎子的趁淘笑——还有风行一时的幽默文学。

笑是最流动、最迅速的表情，从眼睛里泛到口角边。东方朔⑤《神异经·东荒经》载东王公投壶不中，"天为之笑"，张华注谓天笑即是闪

---

① 刘继庄：清代人，又名献廷，字继庄，别号广阳子。

② 亚理士多德：古希腊哲学家，科学家。

③ 近代奇人白伦脱：英国诗人，有诗集《海神情歌》行世。

④ Cooing：英语，（鸡、鸽等鸟类）咕咕地叫，喁喁而语（人低声说话）。

⑤ 东方朔：西汉文学家，汉武帝时太中大夫，性诙谐滑稽，善辞赋。《神异经》据考为后人伪托他的作品。

电，真是绝顶聪明的想象。据荷兰夫人（Lady Holland)的《追忆录》，薛德尼·斯密史①(Sidney Smith)也曾说："电光是天的诙谐（Wit）②。"笑的确可以说是人面上的电光，眼睛忽然增添了明亮，唇吻间闪烁着牙齿的光芒。我们不能扣留住闪电来代替高悬普照的太阳和月亮，所以我们也不能把笑变为一个固定的、集体的表情。经提倡而产生的幽默，一定是矫揉造作的幽默。这种机械化的笑容，只像骷髅的露齿，算不得活人灵动的姿态。柏格森③(Le Rive)《笑论》说，一切可笑都起于灵活的事物变成呆板，生动的举止化作机械式（Le mécanique plaque sur 1e vivant)。所以，复出单调的言动，无不惹笑，像口吃，像口头习惯语，像小孩子的有意模仿大人。老头子常比少年人可笑，就因为老头子不如少年人灵变活动，只是一串僵化的习惯。幽默不能提倡，也是为此。一经提倡，自然流露的弄成模仿的，变化不居的弄成刻板的。这种幽默本身就是幽默的资料，这种笑本身就可笑。一个真有幽默的人别有会心、欣然独笑，冷然微笑，替沉闷的人生透一口气。也许要在几百年后、几万里外，才有另一个人和他隔着时间空间的河岸，莫逆于心，相视而笑。假如一大批人，嘻开了嘴，放宽了嗓子，约齐了时刻，成群结党大笑，那只能算下等游艺场里的滑稽大会串。国货提倡尚且增添了冒牌，何况幽默是不能大批出产的东西。所以，幽默提倡以后，并不产生幽默家，只添了无数弄笔墨的小花脸，挂了幽默的招牌，小花脸当然身价大增，脱离戏场而混进文场；反过来说，为小花脸冒牌以后，幽默品格降低，一大半文艺只能算是"游艺"。小花脸也使我们笑，不错！但是他跟真有幽默者绝然不同。真有幽默的人能笑，我们跟着他笑；假充幽默的小花脸可笑，我们对着他笑。小花脸使我们笑，并非因为他有幽默，正因为我们自己有幽默。

所以，幽默至多是一种脾气，决不能标为主张，更不能当作职业。我们不要忘掉幽默（Humour）的拉丁文原意是液体；换句话说，好像贾宝玉心目中的女性，幽默是水做的。把幽默当为一贯的主义或一生的衣食饭碗，那便是液体凝为固体，生物制成标本。就是真有幽默的人，若

---

① 薛德尼·斯密史：英国天主教宣教士、散文家。

② Wit：英语，意思为诙谐、机智、才智、机警。

③ 柏格森：法国唯心主义哲学家，生命哲学和现代非理性主义的代表。

要卖笑为生，作品便不甚看得，例如马克·吐温[①](Mark Twain)。自十八世纪末叶以来，德国人好讲幽默，然而愈讲愈不相干，就因为德国人是做香肠的民族，错认幽默也像肉末似的，可以包扎得停停当当，作为现成的精神食料。幽默减少人生的严重性，决不把自己看得严重。真正的幽默是能反躬自笑的，它不但对于人生是幽默的看法，它对于幽默本身也是幽默的看法。提倡幽默作为一个口号，一种标准，正是缺乏幽默的举动；这不是幽默，这是一本正经的宣传幽默，板了面孔的劝笑。我们又联想到马鸣萧萧了！听来声音倒是笑，只是马脸全无笑容，还是拉得长长的，像追悼会上后死的朋友，又像讲学台上的先进的大师。

大凡假充一桩事物，总有两个动机。或出于尊敬，例如俗物尊敬艺术、就收集骨董，附庸风雅。或出于利用，例如坏蛋有所企图，就利用宗教道德，假充正人君子。幽默被假借，想来不出这两个缘故。然而假货毕竟充不得真。西洋成语称笑声清扬者为"银笑"，假幽默像搀了铅的伪币，发出重浊呆木的声音，只能算铅笑。不过，"银笑"也许是卖笑得利，笑中有银之意，好比说"书中有黄金屋"；姑备一说，供给辞典学者的参考。

（选自《钱锺书散文》，浙江文艺出版社 1997 年版）

· ① 马克·吐温：美国杰出的幽默讽刺小说家。

写作的练习

冰心①

有人说："写作靠天才。"其实，这话并不尽然，所谓天才是什么？天才的定义，是一分灵感 (Insperation)，九分出汗 (Perspiration)，这句话就是说要多写多看。

关于多看，中外书籍都应当看，不但是文学，就是心理学，自然科学，社会科学等都应当抱着"开卷有益"的态度去多看。胡适之，梁任公，都有青年必读书目，要选择去读。因为多看可以：

一、扩充情感上的经验，使未经验过的事能以从书上经验到。

二、学习用字，用字对于写作，正像钥匙开锁一样，只要运用得纯熟，便可门门俱通。拿个事实来说吧：有一次我在轮船上，锁钥丢了，无论怎祥打不开箱子，后来找到了一个专门开锁的人他有一大一串锁钥，他告诉我，这串锁钥曾经打开了许多人的箱子，果然，我的箱子也被打开了。这字眼便像钥匙可以打开许多难题。

三、习用譬喻。会演讲的人，多是用比喻，以具体的事物去形容抽象的东西，如孔子论"君子之过也，如日月之蚀焉，"这便是说明了君子之过失，好像日蚀月蚀一样的显明，人人都能看得见。又如耶稣讲天国，也是把天国比做具体的事物。

除以上所述以个②，一个作者还应当：

一、多接近前辈作家，多和他们谈话，因为谈话也是一种艺术，富于热情的人，他的谈话有力，富于想象力的人谈话很美，头脑清楚的

---

① 冰心随同丈夫吴文藻在大后方期间，于 1938 年初至 1940 年底，在昆明近郊的呈贡县任教，和大学校园依然保持着紧密的联系。对此，郑天挺在《梅贻琦先生和西南联大》一文中回忆道："1939 年 10 月，吴文藻、谢冰心两位先生为了躲避空袭，移住呈贡山上，他们伉俪都是'朋友第一'的人，一次约梅校长、杨振声和我，还有其他几位到呈贡作了三天短期休假。"（见《联大教授》，新星出版社 2010 年版）

② 原文如此，编者注。

人，他的谈话有条理；这三种便是写作三个最重要的条件。使你听了，自然感觉到轻松，愉快而有意味。

二、多认识不同性的不同行的人，尤其是医生，律师和心理学家，听他们述说经验以内的事。有一次，我在火车上，碰着了几位空军壮士，于是我便问他们，"当你们驾机腾空和敌机战斗的时候，心情究竟怎么样？是不是像一般人所认为的那样英勇？那样光荣？"，他的回答是："那儿有的事，当敌机快来轰炸我们的时侯，我们马上就得加好了汽油，穿好了服装，配备好了战斗的工具，然后坐在机房内，把稳了飞轮，看准了时刻，一分，二分，三分，五分，十分，二十分的等待着，眼不能展，头不能动，四肢连伸都不能伸，周身像木片一般的麻木，敌机临空了，便起飞，当驱逐和战斗的时候，既不惧怕，也不英勇，心里只好像一张白纸。"由此看来，一般作者形容的空军壮士，都是客观的，不是主观的。是想象的，非经脸的。

三、多旅行多看山水风物；城市乡村的一切，便可多见事物的背景，多搜集写作的丰富材料。例如各地的风俗，人情，习惯都是值得作者研究和宝贵的。

再说到多写，多写是和多看同样的重要。

一、兴到就写不拘体裁——当你有什么感触的时侯，马上就把她写下来，留待以后再整理。

二、不要写经验以外的东西——一定要写你经验以内的事实，不然，便太冒险了。

三、细心观察——凡是一个写作对象的一举，一动，一言，一语，都要仔细去观察，分析，不但是大事，而且小事，不懂是表面，而且内衷，尤其要注意话后的背景和引起的反应。

四、练习观感——这也是写作中重要的条件。

a 视觉—要注意形式颜色等，譬如说白人，白马，白玉和红布，红绒，红绸，虽然都是白的和红的，然而她们中间有着很大的差别。

b 听觉——当你和别人谈话时，要注意音调和字句，即使你一个人静待的时候，也应当留心周围环境的声音。譬如《秋声赋》，完全是各种声音的描写。

c 嗅觉——如同香，臭，辛，辣，而且要会描写出来。

d 味觉——要辨别各种食物的滋味，就如说，那种东西是甜的，它是怎样的甜，那种东西是苦的，它又是怎样的苦。

e 肤觉——如同冷热，松，紧，粗细，干湿等，而且要会描写出来。

最后是作者本身的修养。一个作者一定有其作者的风格，并且每个作者都有其特殊风格。平常说风格有两个定义：

一、作者把适当的字眼用在适当的地方。

二、风格就是代表作家自己，换句话说，就是文如其人。

所以一个作家要养成他的风格，必须先养成冷静的头脑，严肃的生活和清高的人格。

一、作家应当呈示问题，而不应当解决问题。也就是说作家应当站在客观立场上来透视社会，解剖社会，社会黑暗给暴露出来。就好像易卜生的娜拉，也不过是呈示妇女问题吧了。所以当着妇女们欢宴恭请他的时候，他只说了一句："我写娜拉的时候，并没有想到您们。"

二、不要先有主义后写文章，因为先有主义便会左右你的一切，最好先根据发生的现象，然后再写文章。

三、不要受主观热情的驱使，而写宣传式的标语口号的文艺作品。使人看到感觉滥调和八股。

话说某某老翁，有几亩田地，让张三耕种，他每次要谷的时侯，张三总是杀鸡给他吃，但有一次的例外，没有杀鸡，于是这个老翁便生气了，便在墙上写着"此田不与张三种"七个大字，张三看见了，连忙杀了一只鸡送来，这个老翁见了鸡，连忙又写了"不与张三更与谁？"一句，张三见了很奇怪，便问他究竟是什么意思？老翁说："上句是无鸡之谈，下句是见鸡而作。"两人哑然而笑了。本文所讲的也是无"稽"之谈，希望读者见"机"而作。

（本篇最初发表于《文艺写作经验谈》，重庆天地出版社 1943 年 9 月出版，本文选自《冰心全集》第 3 卷，海峡文艺出版社 1994 年版）

群 社

残 年

清华、北大、南开的同学由长沙到昆明时，有一个步行团。这六十八天的生活给予了同学们一个集体生活的习惯。到昆明后，他们觉得这种集体生活在平时也并不是不需要，于是以这一部份同学为基础，在蒙自分校回到昆明时，有了群社的组织。

群社最盛时，有二百多社员，前后则有一千余人。

那时群社的经常工作是出壁报，开辩论会，讨论会，时事座谈会等。

群社除了有一个通俗平易的街头壁报之外，在校内有"群声"，①"群声"偏重于生活的描述和政治评论，可以说是群社的机关报。"腊月"是纯文艺的刊物，那时，群社里写文章的能手相当不少，记得有一次，"腊月"出刊在云瑞中学时，一星期之中，有篇文章前面始终挤满着人，前往欣赏的教授也颇不乏人。"热风"是一个画刊，以漫画，尤其是连环漫画为主，间有些短小的杂文和木刻。"热风"画刊最精彩的一次是有六幅连环漫画，第一幅的标题是"灯红酒绿，卿卿我我"，描写男女聚会的盛况。第二幅是一个跳舞场面。第三幅是男的为女的提皮包背大衣。第四幅是"不能不以身相报"，双双走进旅馆。第五幅是女者抱着大肚皮痛苦。第六幅是一个老教授谆谆告诫："这种事情只有你们女人才有责任。"事实上，那时候这种事情也时有发生，所以女同学并未抗议。其他还有"书评"壁报。

辩论会曾经有过各种题目，最激刺的一次是辩论恋爱与结婚问题。②女同学坚持不结婚男同学则主张应该结婚，双方旗鼓相当。讨论会举凡

---

① 在《联大八年》一书中，该处为逗号，但在以后的选本中，如在云南教育出版社 1998 年出版的《国立西南联合大学史料》中，却改为顿号。本书依照 1946 年版的《联大八年》原文刊出。编者注。

② 原文如此，编者注。

国共问题，战时教育问题等等都讨论过。

那时候大家对于旅行都很感兴趣。群社曾举办过路南夏令营，在路南住了一个星期，在这一星期中他们作过兵役宣传，举行过各项比赛。此外附近的名胜如桃园、杨宗海，等等他们都到过。① 记得在桃园的一次，一共有六队，每队将近百人。每队仅交五元法币的桃子费，吃了两顿桃子，最后每人还带了很多回来。回来时，因为时间太晚，公路局特从昆明派车来接同学回去。

在假期里，群社里分成各种学习小组：社会科学方面有哲学，经济，文学方面有文艺，诗歌，及俄语世界语讲习班，讲员都是同学，最卖座的时候，现在云瑞中学最大的教室（可容五百人都挤满了）。艺术方面有戏剧，歌咏，木刻。时事方面有中国问题等。受他们的号召而参加学习小组的同学最多时达到七百余人。

对于娱乐和健康，群社的社员也没有放松过。他们有球队，连不会打球的老爷都要上，他们有，月光会一类的聚餐。②

对于民众的教育和宣传工作，他们经常有街头壁报，并且以各种方式作兵役宣传，群社的街头剧随时也可以看见在街上演出。

群社的社员有苦干的精神，记得群社戏剧组在省党部演出阿Q正传时，就有一位女同学把头发剪了演尼姑，因为没有钱，所有的东西都拿人来代替，如像幕布用人支持等等，以至动员六十余人。而且他们开了先例：演戏不吃东西，下午在学校里吃了饭跑去，晚上演完了跑回学校吃饭。守夜的也只吃一只"麻花"。

除了这些，群社有一个集体学习的制度，他们上某门课的同学，大家集拢，规定每人应该看多少书，看完之后，负责报告，这样他们省去了多少时间，而能多学到很多东西。功课好的帮助坏的。教书先生们都惊叹他们的功课为什么如此好。金岳霖先生有一次向教授们说："这些人平时不上课，考时起来总是很好，③ 真没有'办法'。"因此现在的在校的助教中还有很大一部份是群社的。

自从皖南事变之后，群社遭受到无理的压迫，他们的活动便慢慢的

---

① "杨宗海"系"阳宗海"的误排，句逗也有误排，在一些选本中，该句调整为"阳宗海等等，"编者注。

② 原文如此，编者注。

③ 原文如此，编者注。

停下来，最后群社就因此解散了。

群社虽然结束了，他们的精神却给予联大同学一个永不忘的印象。而后如像冬青社，戏剧研究社等都是从群社演化而来，他们的表现，同学们也自有公论。

（选自《联大八年》，西南联大学生出版社 1946 年版）

记 冬 青 社

公 唐

　　"冬青社"是联大历史最久的文艺团体，有联大就有"冬青"。生机勃勃的春夏，它是联大一切花朵中最壮丽的一个，而在沉寂的冬秋，他的一股生命仍在静静地流着，孕育来春的花朵。这是一株名符其实的冬青树。

　　熟习联大历史的人该不会忘群社吧。"辞别了五朝宫阙，暂驻足衡山湘水"的三千学生，跋涉千山万水，来到昆明之后，彼此不再是同窗不相识的陌生的人了，为了集体学习，集体娱乐，因而组织了以二百余人为骨干的群社。当时在校的同学，谁不能听到群社的歌声，谁不迎到群社的笑容，又谁不受到群社集体学习的号召！在群社里，有一群爱好文艺的同学为着展开集体的文艺活动，就组织了冬青社，聘请闻一多，冯至，卞之琳等先生为导师。从此，在校内有一张以精干的杂文为主的冬青壁报。在校外，有生动活泼而能反映现实的冬青街头报。联大的文艺空气在这一支生力军的努力下，蓬勃勃的展开了。但，冬青的影响决不止于启蒙作用和教育街头的民众，他还从事深刻的研究工作用以提高写作的艺术水准。它不是为艺术而艺术，也不认为宣传即等于艺术，它抱定文艺并不超然于政治的观点，而唯有艺术水准愈高的作品愈有政治的作用。因此，以后冬青又发刊一种水准较高的《冬青文抄》，每期有数万字，装订成册，放在图书馆供同学们阅览，内容有论文，小说，散文，诗歌，批评。这一时期的联大在群社领导下是活跃的，壁报多至十余种，而群社的姊妹团体冬青却领导了同学们的文艺活动。

　　一九四〇年四月×日，人们在早晨从梦中醒来，突然听到国内的政治环境急趋恶劣，连学校里的团体活动也受到了威胁。于是，群社解体了，冬青的文艺活动也沉寂了。此后，群社虽不复存在，但冬青仍旧维持着，为适应环境起见，它不再和大家见面，社友们沉静地互相研究和埋头写作。这种情形，一直继续到一九四四年夏季。在这长时期里，冬青虽不常为外人所知，但它是更坚实的锻炼了自己。社友们的写作技巧进步了。表现在外的有在贵阳革命日报（即后来的贵州日报）发刊的《冬青副刊》，撰稿等除社友以外，经常有冯至，卞之琳，李广田，方敬，林庚等文坛名作家。《副刊》的篇幅虽小，但有独特的作风。社友们在此时写作很多，因没有足够自己作品伸展的园地，多半投稿国内各种文艺刊物，其中最重要的就是大公报"文艺"。在有一段时期里。大公报"文艺"的稿件几乎有一半以上是冬青社友们的。一九四三年冬季，社友们计划出版冬青文艺月刊，筹备多时，创刊号的稿件也已部分集好，终因领不到登记证和印刷条件的过分困难而流产。那年春天，又和一书店接洽，计划在桂林印刷，后来也因故作罢。但，刊物虽没有出成，社友之间的连系却更加密切，[①] 而写作也更勤了。

一九四四年暑期，因旧的社友陆续离开昆明，乃公开征求新社友，人数由十余人而增至三十人，在新旧社友相接待的一次大会上，决定在校内恢复冬青壁报，在校外接洽报纸副刊。冬青的新生命又开始了。

一九四五年春，联大恢复了生气，冬青也重以传统的作风做自己的工作：冬青壁报仍以杂文为主，成为人人称道的短小精干而最能反映现实的一支文艺生力军。当五四文艺节时，它曾联合文艺社、新诗社和文协分会举办纪念会。同年冬季，又曾和以上几个文艺团体合办罗曼罗兰和 A·托尔斯泰追悼会。

今天，联大虽已北迁，冬青社友虽已分散，但冬青社是会永远活在联大同学甚至全昆明同学们的心头的。冬青社友已是全文坛上的一支生力军。我们认为冬青的作风正是联大同学精神的代表，它是永远和群众在一起向深处发掘的！

（选自《联大八年》，西南联大学生出版社 1946 年版）

---

① 原文如此，编者注。

认识和工作的技巧和积极性都平均而普遍的逐步提高了。在以前只抱着一个空洞的理想的付之实践了，在以前观念糊涂的逐渐弄清楚了，在以前言行相违背的渐趋统一了。至于写作的，戏剧的，音乐的，事务的等等不胜枚举的专门人才也都在他们独特感到兴趣的学习基础上建立起更高的一层，这是值得我们欢欣鼓舞的。

级会起初是在学校里立起一面独特的旗帜，等到全校普遍的酝酿起热烈的空气，同学一切的活动都由学生自治会全盘计划的时候，级会倡导风气的任务已告完成而成为自治会辅导和督导的机构了，这也该算是这个历史阶段中一般级会的特征之一吧。

这里还应该记取我们在级会工作中所得到的经验：

在三年级会的工作中，一个使我们永远不会忘记的经验是："团结就是力量"。这句老生常谈在这里得到更确实的明证。尽管我们起初组织级会的目的只在打破隔膜联络感情。开头我们只是闹闹玩玩，大家弄得很熟，想不到以后就在这感情的基础上，发挥了工作上最大的效能。我们看到其他班级有的人数并不比我们少，份子也不见得比我们坏，可是他们发动起工作来就没有我们动员得更多更快。这就是因为别的班级同学与同学之间没有建立起更深的感情，相互间了解得不够，换句话说，团结得不好。

其次，在工作方式上我们也获得一个宝贵的经验，那就是我们能够顾及大多数同学的利益和兴趣。依照着每个同学不同的兴趣我们有着各式各样的活动方式，喜欢写作的参加壁报的工作，喜欢玩的参加旅行，喜欢打球的参加球赛，（我们班曾经打败了好几班的排球队），……等等。在考试之先我们也时常能及时的开讨论会，同学们为了应付考试，也愿意来参加讨论，不能否认的，我们还没有完全吸收每个喜欢写作，喜欢打球的人都来参加。这可以说是我们级会工作中的小瑕疵。

在今天我们回忆这段级史的时候，我们特别要记住这些经验。同学们大都已先后分散于各地，我愿每个人都带着外文系一九四六级的精神传播于我们踏到的每一个角落。

（选自《联大八年》，西南联大学生出版社1946年版）

新 诗 社

新诗社

一九四四年四月九日
新诗社成立！
她在阳光里诞生，
在暴风雨里成长。
她从来不长吁短叹，
低吟慢唱；
她没有小声小气地讲过话，
因为她的面前
永远是成千成万的人。
两年前，
当大家都在
一团雾里
提心吊胆地过日子，
新诗社大胆地喊着：
"我们太寒冷了，
我们太潮湿了，
我们要把肋骨
像两扇大门似的
打开，
让阳光直晒到我们的心。"
凡是来过新诗社的人，
都该记得
那一大群坦白热诚的青年，
没有顾忌地批评，
真心真意地赞美。

他们的大门永远开着，

没有一个抽屉是上了锁的。

他们是用生命来写诗，

不是用笔墨。

新诗社曾经狂热地为贫病作家募过捐，在全国后方各大都市总数三百多万元当中，新诗社募到三十六万元。（一九四四年）

新诗社是一个开门的团体，每次开会时，到会的有中法大学的云南大学的，英语专科学校的天祥中学的，五华中学的昆华中学的，昆华女中的昆华商校的云大附中的联大附中的……还有云南日报的省政府的税务局的银行界的……

新诗社在青年从军时，有六个社员投笔从戎，有一个在战场上牺牲了。

在一二·一运动时，新诗社的损失相当严重缪，祥烈同学丢了一条腿，① 李复业同学的腹部有还没取出的弹片，张天珉同学手腕上有刺刀的伤痕。②

新诗社提倡朗诵诗，举办过许多大规模的朗诵大会，（一九四五年五四纪念周诗朗诵大会，同年九月间为胜利民主团结而歌朗诵大会和校庆纪念周诗朗诵大会），听众每次都在千人以上。

新诗社认为，诗歌工作者，对人民大众，有所号召有所宣告，必然地要通过诗朗诵，③ 同时，诗朗诵是一个很好的尺度，来测量诗创作的集体性人民性，和它的健康与力量。

新诗社已经出版的诗集，有戈扬的《抢火者》（一二·一运动叙事诗）扬明的《死在战场以外的中国兵》。

新诗社的纲领是：

一，我们把诗当作生命，不是玩物；当作工作，不是享受；当作献
　　礼，不是商品。

二，我们反对一切颓废的晦涩的自私的诗；追求健康的爽朗的集体
　　的诗。

---

① 原文如此，编者注。

② 在原文排版中，"还没取出的弹片，""张天珉……"均另起一行。编者注。

③ 在原文排版中，"有所号召"、"有所宣告"和"必然地……"均另起一行。以后几句话也另起一行，不再一一标出。

三，我们认为生活的道路，就是创作的道路；民主的前途，就是诗
　　歌的前途。

四，我们之间是坦白的直率的团结的友爱的。

新诗社的导师是人民所爱戴的闻一多先生。

（选自《联大八年》，西南联大学生出版社1946年版）

剧 艺 社

鬼 斗

　　如果还不健忘，剧艺社的朋友们一定能回忆那些惨淡而又兴奋的日子。一个有着特殊经济优势的剧团在喝咖啡吃西点中演出，而我们靠着大饼和白开水跟他们唱对台。没有足够的钱，没有足够的人员，也没有足够的工具，只是凭着热情苦干，我们终于战胜了他们。

　　剧艺社正式成立是两年前的事，开始由于几位热心剧运的朋友演出了"草木皆兵"。虽然感到人力物力的不足，时间短促，但是它却给了我们很大的兴奋和鼓励。以后又演了几个小戏。这一时期的剧艺社只是处在稳静状态中，并没有显著的进步。

　　三十四年暑假剧艺社公开征求社员，一时社员增加到五十多人，全体大会成立了干事会，共分总务，联络，研究及总负责人四股共七位干事，内部组织开始健全，新社员带来好些技术人才，同时更带来新的热情。在人力方面我们是相当坚强了。

　　接着十一月一日为庆祝校庆应自治会的邀请演出了"风雪夜归人"。这是一个新的试验。我们发现了我们有极高的工作热情但也有许多缺点，如不够紧密，分工不够精细，技术差，计划不周到等等，针对这些缺点而力求改进，在实践中得到了进步。

　　艺术本来就是一种武器。我们应用这武器在一二·一运动中，在反内战民主的浪潮中，我们剧艺社对统治者展开全面的攻势，先后演出了凯旋，匪警，审判前夕及潘琰传等十个自己编导的剧本；不断协助我们的伙伴新中国剧社演出，帮助中山中学，昆女中，昆女师等。在内部由于长期的共同工作，民主作风的培养更为需要，对剧本我们要集体批评，对社员及工作则公开检讨，我们相信只有不断的学习才会有进步，只有进步才能有力量。

　　最后，还应该提到的，三十五年学联五四周，剧艺社的演出芳草天涯，博得一致好评：认为剧艺社不但擅演活报剧，对于艺术水准相当高的戏剧，同样能演得极好。

（选自《联大八年》，西南联大学生出版社 1946 年版）

一枝四十年代文学之花

——回忆昆明《文聚》杂志

林 元

　　1941年"皖南事变"后，突然刮来一片黑云压在昆明西南联大上空。白色恐怖，从校门口那两扇灰色的门板缝里，悄悄钻进了民主堡垒。根据党"隐蔽精干"的指示，地下党和群社的骨干同志纷纷撤退。我也于二三月间到昆明西郊的海源河村子隐蔽起来。五个月后，秋风吹散了黑云，国民党反共反人民的阴谋被击破，形势缓和了，有些群社的同志陆续回来。我便于八月间回到了学校。校园显得一片荒凉、寂寞：昔日高昂的抗日歌声消失了，读书会、时事报告会、辩论会没有了，琳琅满目的墙报不见了……。

　　我是读中文系的，平日爱学习写点散文、小说，不甘寂寞，便在十月间和马尔俄（蔡汉荣）、李典（李流丹）、马蹄（马杏垣）等商量办一个文学刊物。穆旦（查良铮）、杜运燮、刘北汜、田堃（王铁臣、王凝）、汪曾祺、辛代（方龄贵）、罗寄一（江瑞熙）、陈时（陈良时）等同学不但自己积极写稿支持，还出主意和帮助组织稿件，这就也成为文聚社的一分子了。这些人中，多数是群社社员，或参加过群社的活动，有的是冬青文艺社社员。马杏垣、王铁臣是地下党员。冬青社是群社的一个文学小组扩展成的，原属于群社。马杏垣、王铁臣都是地下党员在群社或冬青社里的积极分子。文聚社与冬青社、群社，可以说是一脉相通的。李流丹和马杏垣喜爱美术，学习版画，创刊号上就有他们的木刻创作。封面也是他们参加设计的。马尔俄是我的广东同乡，读的是经济系，但爱文学、音乐，写些散文，英文也不错，对西方文艺很感兴趣。他不问政治，但有是非感。办刊物要钱，当时有很多广东人在昆明做生意，有些我们认识，马尔俄还在昌生园当会计，他认识的生意人就更多，我们就通过这些人的关系，为《文聚》杂志拉广告。有广告费，刊物才得以办成。

经费问题解决后，我们便向一些搞文学的老师请求支持。他们满口答应，都说昆明文坛太沉寂了，应该有一个刊物。《文聚》便以"昆明西南联大文聚社"的名义出版，于1942年2月16日问世。初为半月刊，24开本；后改为月刊，16开本；再后改为不定期丛刊，32开本；到1945年我和马尔俄办《独立周报》(四开版)时，便成为该报副刊。刊头沿用期刊"文聚"二字字体。

《文聚》从1942年出版到1946年。这四年中，在《文聚》发表过文章的老师有朱自清、冯至、沈从文、李广田、卞之琳、罗莘田(罗常培)、王了一(王力)、闻家驷、余冠英、吴晓铃、孙毓棠、王佐良、杨周翰等。而发表文章最多的是冯至，计有他的散文《一个消逝了的山村》(《文聚》一卷四期)、《一棵老树》(《文聚》一卷五六期合刊，改为《文聚丛刊》，32开本，以《一棵老树》命名，署冯至等著)、小说《爱与死》(《文聚》二卷三期)、《两姑母》(《独立周报》《文聚》副刊)、诗《十四行六首》(《文聚》一卷三期)、《招魂》(《独立周报》《文聚》副刊"一二·一"运动特辑)、译诗《里尔克诗十二首》(《文聚》二卷一期)、《译尼采诗七首》(《文聚》二卷二期)。其次是沈从文。计有他的小说《王嫂》(《文聚》一卷二期)、《秋》(《长河》中之一章，《文聚》一卷三期)、《人与地》(《文聚》一卷五六期合刊)、《动静》(《文聚》二卷一期)、《芸庐纪事》(《文聚》二卷二期)、杂文《新废邮存底》(《文聚》一卷一期，用上官碧笔名)。其次是李广田。计有他的散文《青城枝叶》(《文聚》一卷一期)、《悔》(《文聚》一卷二期)、《日边随笔》(《文聚》二卷二期)、小说《子午桥》(《文聚》一卷四期，改为《文聚丛刊》，32开本，以《子午桥》命名，署李广田等著)、《雾季》(《文聚》二卷一期)、诗《我听见有人控诉我》(《独立周刊》《文聚》副刊"一二·一"运动特辑)。卞之琳的文章，包括译作，亦发表不少。

在《文聚》上发表过文章的同学，除了上述文聚社的同仁外，有流金(程应镠)、许若摩(许光锐)、黄丽生、赵全章、郑敏等。而发表作品最多的是穆旦。计有他的诗《赞美》(《文聚》一卷一期)、《春的降临》(《文聚》一卷二期)、《诗》(八首)(《文聚》一卷三期)、《诗三章》(《文聚》一卷五六期合刊)、《合唱二章》(《文聚》二卷二期)、《线上》(《文聚》二卷三期)。杜运燮的诗也发表不少。计有《滇缅公路》(《文聚》一卷一期)、《马来亚》(《文聚》一卷二期)、《希望之歌》(《文聚》一卷五六期合刊),《恒河，欢迎雨季》(《文聚》二卷三期)、《一个有名字的兵》(《独立周报》《文聚》副刊)。刘北汜、汪曾祺的作品也发表较多。

在这里要走笔一提诗人陈时。他是文聚社的一分子，思想进步，不满现实，是一位天真纯洁、有才华、受西方现代诗歌影响较深的诗人。《文聚》发表过他的散文诗《悲剧的金字塔》、《地球仪》(《文聚》一卷一期)。香港《大公报》《文艺》副刊、香港《星岛日报》《星座》副刊以及《顶点》诗刊都发表过他的诗篇。戴望舒对他的诗很赏识。他的灵魂象水晶一样透明，他终于被黝黑的旧社会吞噬了。1943年以后，我再也没有看见过他。1982年他的弟弟陈里昂(联大同学)向我打听他的消息，我估计很可能是自杀了。

《文聚》虽然是"西南联大文聚社"出版的，虽然作者队伍是以联大师生为主，但它是一个走向社会，面向全国的刊物，有联大校外的作者，有昆明以外的国统区的作者，还有解放区的作者。其中有何其芳、方敬、高寒(楚图南)、魏荒弩、靳以、金克木、姚可昆、曹卣、杨刚、袁水拍、程鹤西、赵萝蕤、赵令仪、江篱、祖文、李慧中、糜芜、马逢华等。方敬、袁水拍的文章发表较多。何其芳、方敬的稿是李广田约来的，袁水拍的稿是穆旦约来的，靳以的稿是刘北汜约来的。杨刚的稿似乎是沈从文或刘北汜约来的。楚图南的稿是由一位地下党的同志介绍，我和马尔俄亲自去约的，他当时在云南大学教书，为人厚朴，见面后说话不多，我们说明了来意，他就答应了。不久便寄来了一篇《谈木刻》的文章(《文聚》一卷五六期合刊)。记得是谈解放区古元、彦涵等人的木刻的。这对国统区当时的读者，仿佛吹来了一股艺术新风。

《文聚》创刊，我们就宣称是一个"纯文学"的刊物，意思是说不是政治性的。所以这么说，是由于当时革命正处在低潮，白色恐怖还隐藏在社会的阴暗角落，联大的三青团分子正在趾高气扬；还有一个原因，是当时的有些文学作品艺术性不强，特别是有些诗歌，就只有"冲呀"，"杀呀"的口号。这在抗战初期，是起过动员民众的历史作用的，到了抗战中后期，光是口号就不行了。我们认为应有艺术性较强的文学，再说人们的精神生活也需要艺术滋养，于是《文聚》便比较注意艺术性。由于作者队伍中大多数人都生活在民主堡垒里，而联大校外的作者，又大多数是进步或革命的作家，就当然离不开政治，于是政治性与艺术性的统一，则是我们追求的目标。

根据这个不很明确的办刊宗旨，我们出了创刊号。

创刊号上的评论文章，有佩弦(朱自清)的《新诗杂话》。作者纵谈了抗战以来的新诗，横论了艾青、臧克家、卞之琳、何其芳、柯仲平、老舍等解放区和国统区诗人的新作；又从自由诗派谈到格律诗派，谈到象征诗派。他说："从格律诗以后，诗以抒情为主，回到了他的老家。从象征诗以后，诗只是抒情，纯粹的抒情，可以说是钻进了他的老家。可是这个时代是个散文的时代，中国如此，世界也如此。诗钻进了老家，访问的就少了。"他是主张诗要"明白和流畅"，诗要散文化，要"民间化"的。为了强调他的这个观点，他又写了一篇《常识的诗》(署名朱自清，《文聚》二卷三期)，赞赏和翻译了美国著名诗人多罗色·巴尔克(Dorothg Parker)夫人的诗。他说："她的诗清朗是独具的，特殊的。诗都短，寥寥的几句日常的语言，简直象会话，所以容易懂，不象一般近代诗要去苦思。"创刊号上的散文，有李广田的《青城枝叶》。内容是描写抗战中人民颠沛流离的生话和在大后方所看见的人世间枝枝叶叶。这是一篇有李广田一贯风格的散文。此外，有马尔俄的散文《怀远三章》和上官碧(沈从文)的杂文《新废邮存底》。《新废邮存底》是作者写给一个小学教员的信。谈到联大被敌机轰炸，"有几个同事险被活埋，有些同学住处全毁掉，第二天还是照样上课"。而另一面，社会上却有不少人抱着"无所谓"的人生观，打麻将、玩扑克牌去"消耗他有用的生命"。谈到抗战后，作者说："打胜仗后要建国，打败仗后想翻身，都得每个人把所有智慧和能力粘附到'国家'上面去方有好结果的。你活下一天，就得好好尽职。……个人可死去，必死去，国家民族却决不能灭亡！"这一期的诗，有穆旦的《赞美》。穆旦是联大外语系毕业的，他的英文很好，能从西方文艺直接借鉴。他的诗显然是受西方现代诗歌的影响。他的有些诗是不容易读懂的，但《赞美》却是一首不难读懂的诗篇。诗人对祖国和人民倾泻了海一样深沉的感情，用无数象征性的事物诉说一个民族走过的贫穷、灾难、耻辱的道路。颜色虽然暗淡，调子虽然沉郁，但主旋律却是昂扬的——诗人看到了人民"溶进"了抗日洪流，激情地一再欢呼："因为一个民族已经起来！"诗人的才华当时还被埋在泥土里，我们决定把《赞美》放在创刊号的"头条"。宝石出土，便放出耀眼的光辉，当时就受到不少读者赞美。此外，有杜运燮的诗《滇缅公路》。杜运燮和穆旦走着同一条艺术道路，读的也是外语系，都受西方现代诗歌的影响，但他的诗比穆旦的明朗、易读。《滇缅公路》是一首歌颂筑路工人，歌颂"给战斗疲倦的中国送鲜美的海风"的公路。当时我国漫长的海岸线都被侵略者堵塞了，滇缅公路是通向海洋、通向世界的一个窗口，"整个民族在等待，需要他的负载。"这首诗发表后，朱自清先生曾在课堂上赞扬过。这期还有罗寄一的诗《一月一日》、《角度》和陈时的散文诗，都是西方现代诗歌的诗风。穆旦、杜运燮、罗寄一在《文聚》上发表的如穆旦的《赞美》、《诗》(八首)、杜运燮的《滇缅公路》、罗寄一的《诗六首》(《文聚》二卷二期)中的两首等，后来都被闻一多先生收入他编的《现代诗抄》。穆旦和杜运燮还是近年出版的引人注目的《九叶集》诗人之一。《九叶集》《序》里首先举出穆旦的《赞美》作为例子来称赞。这期的小说，有汪曾祺的《待车》。这是一篇时空跳跃，淡化情节，没有故事，没有"人物"，用意识流手法，受西方现代小说影响较大的作品。是汪曾祺初期的小说。看得出他当时正在尝试、探索各种创作方法。他在《文聚》二卷三期上发表的散文《花园》则是受沈从文先生作品的影响，用的是现实主义的手法了。此外，有我的一篇小说《王孙——大学生类型之二》。我的这篇小说和以后在《文聚》上发表的几篇小说习作，都是受现实主义影响，反映当时的社会生活的。

上述诗文，是《文聚》创刊号的全部文章，它奠定了后来《文聚》的风格。

《文聚》是跟着时代的步伐前进的。当着战斗或斗争激烈，《文聚》就唱出高昂的歌声。1943年德国法西斯疯狂地进攻莫斯科，全世界人民都揣着沉重的心情注目这座革命的灯塔，《文聚》一卷五六期合刊"头条"便发了杨刚一首长诗《我怀念你呀，莫斯科》。这首诗热情奔放，格调昂扬，"保卫莫斯科！"喊出了全世界革命人民的心声。这在反苏、反共、反人民的国民党反动派统治的大后方，真象一声巨雷。1945年12月1日，昆明学生为争自由，反内战，用鲜血染红了联大那两扇灰色木板大门。《独立周报》《文聚》副刊出了个"一二·一"运动特辑，其中有卞之琳的散文诗《血说了话》；李广田的诗《我听见有人控诉我》，诗人"在死难者的身上，读到了仇恨的血誓"。声称不问政治的马尔俄也写了悼念四烈士的散文。我则用社论的形式写了篇质问蒋介石的文章：《对"一二·一"运动如何才是公平处置？》。在这个特辑里，还有一首著名的诗篇，那就是冯至的《招魂》。不管是《我爱你呀，莫斯科》的长诗，或是悼念烈士的《招魂》，都既有强烈的政治内容，又有灼热的思想感情和艺术的表现形式，所以至今还焕发出艺术和历史的光辉。1984 年我回昆明凭吊"一二·一"四烈士坟墓，看到冯先生的《招魂》诗篇就赫然刻在四烈士墓碑上。这使我想起当时联大最大的一座建筑物，唯一用瓦片盖顶的宽敞的图书馆，馆里设着四烈士的灵堂，昆明市人民象水流那样默默流进灵堂里，当这支洪流在灵堂里流出，它咆哮了："正义，快快地回来！／自由，快快地回来！／光明，快快地回来！"(《招魂》)

《文聚》上很多文章都是从这个或那个侧面去反映抗日战争和解放战争中沸腾的人民生活的。但人们的生活象黄河长江之水，不是每时每刻都在激扬沸腾的，而更多的时候是平静地悠悠流去，读者也需要反映宁静生活的文学，需要在宁静中探索、反刍人生，需要艺术，需要美，需要美来滋润生机、丰富精神世界。《文聚》发表了不少美文，发表了不少有关自然景物和人类心灵的美文，比如，沈从文的小说《秋》、《王嫂》，冯至的散文《一个消逝了的山村》、《一棵老树》，李广田的散文《悔》，方敬的散文《司锺老人》(《文聚》一卷二期)，何其芳的《夜歌和白天的歌》(似发表在《文聚》一卷四期)，孙毓棠的诗《失眠歌》(《文聚》一卷五六期合刊)和上述穆旦、汪曾祺等的诗文，都是读后使人得到美的享受的。《文聚》还发表了不少西方著名诗人的诗篇，比如里尔克的诗(卞之琳译，《文聚》一卷二期；冯至也译了十二首)、叶慈的诗(杨周翰译，《文聚》一卷二期)、魏伦的诗(闻家驷译，《文聚》一卷三期)、尼采的诗(冯至译)和歌德的散文(姚可昆译，《文聚》二卷二期)等。这些诗文除给人以美的享受外，还使人的智慧得到启迪。是的，《文聚》上的不少诗文，不管是翻译的或是创作的都泛溢着艺术的美感，充满着人生的奥秘，蕴涵着生活的哲理。让我在这里举冯至的诗《十四行六首》中的一首，作为例证：

> 从一片泛滥无形的水里
> 取水人取来椭圆的一瓶，
> 这点水就得到一个定形；
> 看，在秋风里飘扬的风旗，
>
> 它把住些把不住的事体，
> 让远方的光，远方的黑夜

　　和些远方的草木的荣谢，
　　还有个奔向无穷的心意，

　　都保留一些在这面旗上。
　　我们空空听过一夜风声，
　　空看了一天的草黄叶红，

　　向何处安排我们的思、想？
　　但愿这些诗象一面风旗
　　把住些把不住的事体。

　　冯至先生的充满着美感，充满着哲理的十四行诗，在《文聚》发表后，当时，后来，直至现在都得到读者、诗的研究者的好评。1985 年第十一期《诗刊》"头条"有一篇《'诂'诗和'悟'诗》的理论文章，谈到"诂诗"和"悟诗"的关系时，就引用了冯先生的这首诗说："无形的东西要凭借有形的东西来把握。……诗的研究者会从这个充满哲学意味的形象中得到启发。固定着的旗杆也许就是我们借助于'诂'而获得的立足点，那飘拂的风旗永远在追求着一种'悟感'！"

　　《文聚》上的文章，象每个人的脸孔一样虽然各自不同：各有各的艺术观，各有各的生活体验，各有各的思想情感，各有各的创作方法，各有各的表现形式，……但在这些文章中，却有一个共同点，都心有灵犀共同追求着一种东西，一种美，一种理想和艺术统一的美，一种生活的美，一种美的生活。这就形成了《文聚》的风格。《文聚》发表的许多文章，至今还有可读性，或许也正是在这一点上。

　　文聚社除出版《文聚》杂志外，还出版《文聚丛书》。在 1943 年《文聚》一卷五六期合刊上登出的《文聚丛书》广告，一套共十本。计有小说集：沈从文的《长河》（长篇），冯至的《楚国的亡臣》（中篇），刘北汜的《阴湿》（短篇），林元的《大牛》（短篇），马尔俄的《飓风》（短篇）；散文集：李广田的《日边集》，赵萝蕤的《象牙的故事》，方敬的《记忆的弦》；诗集：穆旦的《探险队》，卞之琳译的《〈亨利第三〉与〈旗手〉》（福尔·里尔克著）。其中《〈亨利第三〉与〈旗手〉》于 1943 年 3 月出版。这是一部叙事散文诗。《亨利第三》的作者第一次欧战前在法国曾被选为"诗王"；《旗手》德文单行本在两次欧战之间曾发行 50 万册以上。卞之琳先生的译文，十分严谨，在当时和现在都是第一流的。在这部诗里，他的译笔忠于原作的风格和原作的音节。书中还有他的一篇长《序》——《〈亨利第三〉与〈旗手〉的遇合》。这是一篇有价值的独立的论文。穆旦的诗集《探险队》，记得于1943年出版，这是诗人的第一本诗集。《长河》于1945年1月出版，这是沈从文先生的唯一的一部长篇小说，是继代表作《边城》后的一部重要著作的初次出版，印数一千册，很快便售完了。"一千册"，在当时大半河山沦陷，交通阻塞，读书人卖书度日的情况下，是不小的一个数字，足见读者对这部著作的欢迎。现在就更成为国内外学者研究沈从文作品的重要著作了。1982年人民文学出版社出版的《沈从文小说选》(凌宇编)内附录的《沈从文主要著作年表》中，记述《长河》的出版日期却是："上海开明书店1948年8月初版"，这是失实的。这个年表中记述的沈从文的一些短篇小说如《芸庐纪事》的发表期刊日期是："天津《益世报》'文学周刊'1947年2月1日—3月29日。"也是失实的。这篇小说最早发表的期刊日期，是在1945年1月1日出版的《文聚》二卷二期上。年表记述的《枫木坳》小说，似乎亦先发表于《文聚》，由于手头资料不全，具体年月及期数记不起了。众所周知，版本对于研究作家、作品是十分重要的，如《沈从文小说选》再版，希望出版社能予以更正。文聚社出版的《长河》版本，我所存的早已遗失，三年前的一个偶然机会，在中国社会科学院文学研究所的一位研究沈从文著作的朋友处，发现了这个版本，据说是他们图书馆收藏的。《沈从文主要著作年表》之所以有此失误，想是编者没有看到文聚社的版本和1942—46年出版的《文聚》杂志。

　　《文聚丛书》除上述三本已出版外，冯至的《楚国的亡臣》(即后来由上海文化生活出版社出版的《伍子胥》)已交稿，正要付排。抗日战争胜利了，在后方苦熬了八年的人们，纷纷复员回去，《文聚丛书》的作者和编者，亦先后离开昆明，《文聚丛书》和《文聚》杂志便停止出版了。

　　这套丛书是32开本，书名用红字，书标是一棵柳树，封面纸是一种雪白的有点裱糊过的宣纸味道的纸张。装帧朴雅大方，与内容十分协调，有《文聚》的风格，是卞之琳先生参予设计的。印刷也相当精美，在抗日战争物质条件极困难的情况下，在昆明是第一流的印刷，是由崇文印书馆印刷的。《文聚》除创刊号外，也均由他们印刷。这个印书馆的经理是个年青人，叫祁仲安，思想较开明，当时的一些进步书刊，如李

《文艺》壁报才站稳脚跟，就引发了一场关于文艺方向问题的辩论。当时《耕耘》壁报发表了一些唯美主义色彩较浓的作品（主要是现代派的诗），表现出"为艺术而艺术"的倾向。《文艺》壁报的同人平时多读了一些鲁迅作品，一向认为文艺应该是"为人生"的。经过讨论，决定由程法伋与何孝达执笔，撰写评论与《耕耘》探讨。《耕耘》则反过来批评《文艺》上的诗作是"标语口号式"的。于是连续三、四期双方展开了笔战。争论虽说是各抒己见，却推动了《文艺》壁报的同人进一步学习文艺理论，逐步明确了写作方向，同时也为以后建立文艺社打下基础。

1944 年，新校舍的壁报种类多了起来，学生也建立起各种社团，如何孝达、沈叔平、施载宣（萧荻）等组织新诗社，出版《诗与画》壁报。后来一批美术爱好者如赵宝煦等又分离出来，成立阳光美术会，创办《阳光》画刊，新诗社的壁报就改为《新诗》。不少系会也出版了《法学》、《社会》，外文系出刊了《生活》、《翻译》。联大校园文化气氛有了起色，民主精神也渐渐复苏。

早在抗战初期 5 月 4 日的青年节都曾举行过纪念活动。可是 1944 年国民党政府改定了 3 月 29 日为青年节，其用意无疑是抹煞"五四"民主与科学的革命传统。联大学生坚决不予理睬，纷纷酝酿纪念"五四"的活动。《文艺》壁报以壁报社的名义筹备"文艺晚会"，晚会的主题是"五四"以来新文艺成就的回顾，邀请朱自清、闻一多、杨振声、沈从文等教授分别讲演"五四"以来散文、诗歌、小说等的成就，另请中文系主任罗常培先生讲"五四"新文学运动的意义与影响。经与几位教授联系都乐于承担，只是闻一多表示诗歌的成就宜请冯至、卞之琳先生来讲，他可以讲讲"五四"新文学与文学遗产的问题。晚会地点定在南区 10 号大课教室。聚集这么众多著名的教授举行学术讲座，在联大固然是第一次。

当天晚饭后听众纷纷涌向会场，南 10 教室早挤得水泄不通。只好临时更换会场到图书馆大阅览室。由于对群众活动怀有敌意者乘机捣乱并拉闸断电，使文艺晚会终于流产，主持者李广田先生被迫宣布改期举行。

第二天，校园里议论纷纷，要求重开的呼声十分强烈。教授们都已作好发言准备，也不甘心就此罢休。经中文系同学马千禾（马识途）、齐亮等努力奔走，并征得罗常培、闻一多诸位教授的同意，决定于 5 月 8 日晚间重新举行，地点改在图书馆前的草坪上，这样可以容纳更广泛的听众。为使晚会的主题得以更完满地展示，又邀请了孙毓棠、闻家驷两位先生，增强讲师阵容，加大了号召力。

当晚的讲题是：罗常培《"五四"前后新旧文体的辩争》，冯至《新文艺中新诗的收获》，朱自清《新文艺中散文的收获》，孙毓棠《谈现代中国戏剧》，沈从文《新文艺中小说的收获》，卞之琳《新文艺和西洋文学》，闻家驷《中国新诗与法国诗的关系》，李广田《新文艺中杂文的收获》，闻一多《新文艺和文学遗产》和杨振声《新文艺的前途》。

晚会由罗常培先生主持前半场，闻一多先生主持后半场。听众除联合大学学生外，还有云南大学及其他大中学校学生，不下3000人。大家坐在草坪上，自始至终鸦雀无声，秩序井然，显然为教授们精采言论所吸引。

重开的文艺晚会名义上虽由中文系的国文学会主办，但构想出自《文艺》壁报，基本框架也是《文艺》壁报策划的，演讲人基本上都是原先邀请的。国文学会之所以接下这副担子，勇于促成，该是由于此举意义重大，不同一般。

《文艺》壁报继续按期出版，作者队伍逐渐扩大，李明、邱从乙、叶传华（叶华）、杨凤仪、杨晶雯、刘治中（刘克光）、尹洛、刘海梁等同学经常给壁报写稿，王景山、赵少伟把自己主办的《新苗》壁报停刊，参加了《文艺》的行列。力量加强了，稿源拓宽了，就有选择的余地，壁报质量逐步提高，影响也更大了。大家感到活动不能局限在出壁报，还需深入开展学习与研究，于是决定成立"文艺社"，同已有的社团如冬青社、阳光美术会、新诗社、高声唱歌咏队等相呼应。第一批社员23人，包括壁报的发起人和写稿者，于1945年3月26日晚间以茶话会形式举行了文艺社的成立大会，仍聘李广田为导师。会上选举产生总干事3人：程法伋抓总，张源潜负责研究，王楫负责《文艺》壁报的出版。另推举许宛乐为总务干事，何孝达、叶传华为研究干事，王景山、赵少伟、廖文仲为出版干事。

文艺社的主要活动

除了继续出版半月一期的《文艺》壁报外，文艺社的主要活动是举行中外作家的纪念会、作品讨论会和报告会。社员们则以这类集会为契机，学习有关作品和理论。

文艺社成立不久，就举行了法国作家 A·纪德的讨论会。那一两年纪德的好几本作品 (如《窄门》、《田园交响乐》、《赝币制造者》、《地粮》) 在国内相继翻译出版，文艺界有人称之为"纪德年"。文艺社想通过这位知名作家，着重研究生活、写作与世界观的关系。讨论会之前，王楫写的长篇评介文章《A·纪德》由王了一 (王力) 教授在他主编的昆明《中央日报》"星期文艺"增刊上全文刊载，他又书写了若干则纪德言论的摘录分发社员，作为讨论的章本；讨论会的纪录则刊登在 5 月 15 日出版的《文艺》壁报 (第 28 期) 上。

8 月 12 日晚间举行了鲁迅讨论会，参加者 35 人，由谭作人、杜定远、李维翰等社员作中心发言。文协昆明分会常务理事李何林出席指导，对鲁迅小说发表了独到的见解，给与会者很大的启发。

8 月 26 日晚举行美国著名作家斯坦贝克讨论会，由赵少伟作《愤怒的葡萄》读书报告。最后由何孝达作了小结发言。赵少伟还是个出色的画家。每次讨论会前，他都用整张的白报纸画下作者头像，为会场增色。

文艺社的活动也常常得到文协的支持，1945 年 4 月 22 日晚，文艺社同文协、冬青社联合举行法国作家罗曼罗兰和苏联作家托尔斯泰的追悼会，会上由楚图南报告了两位作家创作的时代背景，以及他们的人生观、世界观的转变过程，号召大家学习他们为人类服务的精神。接着由闻家驷、白澄先生分别介绍作家的生平和创作，齐亮并朗诵郭沫若写的罗曼罗兰悼词《宏大的轮船碰泊到安全的港口》，何孝达朗诵罗氏作品《向全世界的良心控诉》等。

1945 年 9 月文艺报贴出启事，公开征求新社员，在大一和先修班新生中吸收了一批爱好文艺的青年，彭珮云、孙霭芬、于文烈、武运昌等就是这时参加的。文艺社的社员达 60 余人，成为联大当时最大的学生社团之一。这时日本天皇早已宣告无条件投降，中国的八年抗日战争终于胜利，形势突变，人心振奋，文艺社的活动也更为积极。为庆祝《文艺》壁报创刊二周年，出了一期"倍大号"壁报，刊登了袁可嘉、叶传华等的诗，邱从乙 (芳济) 等的散文，刘晶雯、李维翰的小说等。壁报提前一天于 9 月 30 日清早挂出，晚间约 40 余人举行了高尔基讨论会。次日举行报告会的主题是"抗战八年以来文艺的总检讨"，邀请作家孟超讲杂文，闻一多讲诗歌，李广田讲小说，李何林讲文艺理论。在会上自由发言的还有田汉、尚钺、黄药眠。李何林介绍了毛泽东对文艺问题的见解，阐述了《在延安文艺座谈会上的讲话》的精神，这在昆明公开场合大概还是第一次。李先生的讲话给爱好文艺的青年提供了新的精神食粮，留下了难忘的印象。当晚到会的，还有新诗社的许多朋友，可算是一次很有意义的盛会。

文艺社社员缪弘，是外文系1947级学生，爱写诗。1944年冬，他响应知识青年从军的号召，与哥哥缪中（经济系学生）同时报名，后改入译员训练班。缪弘受跳伞训练，在驻昆的美国志愿空军部队服务。1945年7月，缪弘随部队飞抵柳州，然后乘船到平南附近上岸，7月31日在向丹竹机场进攻时光荣殉国，年仅19岁。其时距日本宣布投降不足半个月。联大学生自治会、外文系1947级级会、南开中学校友会联大分会和文艺社4团体，于8月19日联合举行了追悼会。《文艺》壁报选出他部分遗诗出了一期"专号"，又请李广田先生从遗诗中挑选出22首，由社员集资，铅印出版了一册64开本的《缪弘遗诗》，仍由李先生题签和作"序"，王椒代表文艺社写"后记"，介绍了缪弘的生平。冯至先生写了一篇《新的萌芽——读〈缪弘遗诗〉》，发表在昆明的《中央日报》国庆纪念刊上。

这里，我们要特别强调的是文艺社社员们一直怀念的李广田先生。他对文艺社和《文艺》壁报情有独钟，每请必到，并多事先准备讲稿。他从《文艺》壁报开创就担任导师，而且是一位踏踏实实、费了很多精力来培养年轻文艺战士的名副其实的导师。

《文艺新报》与《罢委会通讯》

联大自1944年纪念"五四"的活动以后，诸家壁报先成立了壁报协会，《文艺》、《耕耘》、《生活》3家壁报当选为报协常委。秋季开学后又组织了更广泛的壁报联合会，和各系系会一起酝酿并进行学生自治会改选。新成立的学生自治会为进步力量所掌握，齐亮、陈定侯、程法伋当选为常务理事，张源潜、王椒也先后当选为理事。学生自治会有时单独、有时联合云南大学等校及其他团体，对时政问题发表宣言，表明立场和态度；有时还组织学生参加全市性的游行，如1944年的护国纪念游行，1945年的"五四"纪念游行。《文艺》壁报已有两年的历史，在联大校园内有广泛的影响。社员的作品，不仅发表在自办的壁报上，还相当广泛地刊登在昆明及外地的报刊上，为此，社员们就决定办一张铅印的小报《文艺新报》，请沈从文先生题写刊头，仍请李广田先生为导师，并依法向地方当局登记，经费则由社员自筹。报社社长为程法伋，推选王楫为主编，王景山、赵少伟为副，刘治中、刘晶雯参加编辑委员会。出版事宜由张源潜负责。仍按壁报的传统，每期刊登文艺评论、散文与杂文、短篇小说和诗歌。此报为半月刊，四开四版，公开发售。

1945年11月1日，《文艺新报》创刊号出版。《编辑室小启》代替发刊词云："'联大文艺社'是一个学习的团体，是一些爱好文艺的联大同学组织的，现在有60个社员，经常在做一些充实自己的工作——从读书到生活，从写作到讨论——也时常举行一些演讲会。如今为提高我们的学习情绪，我们办了这一个小小的刊物，使我们在外界的监视下能有更大的警惕和努力。热忱地希望得到读者们的批评！"

头版刊登了李广田先生的论文《人民自己的文学》。刊登杂文3篇：苏起（王景山）的《颂扬之类》，应为（王景山）的《还要牺牲!!》，嵇明的《亲善与提携》；散文3篇：方非的《给孩子们》，王季的《头》，向方的《疯子》；诗5首：叶华的《夜太阳》，《鼓》，何达的《灯》，萧荻的《生活和生命》，芳济（邱从乙）的《赠》；小说有史劲的《古屋之冬》，评论为冯虚的《沙汀著〈困兽记〉》。栏目和《文艺》壁报一致。

《文艺新报》第二期在11月16日出版（其时出版工作由王景山等负责）。此期增设了"文艺信箱"，并专聘闻一多、李何林先生为信箱的导师。此期还转载了冯至先生评论《缪弘遗诗》的文章《新的萌芽》。

形势急遽变化。抗战胜利的欢声未落，蒋介石反动政权迫不及待地要完成其"统一"大业，与人民为敌的内战一触即发。在昆明以"民主堡垒"——西南联大为核心的学生民主运动，被颁布法令禁止集会游行。因此，反内战争民主就成为联大进步学生的迫切任务。11月24日，包括文艺社在内的联大15个进步社团联名建议学生自治会，发表宣言通电全国，反对内战，呼吁美军退出中国。25日晚，反内战时事晚会在联大图书馆前草坪上进行。此时，昆明警备司令关麟征的部队奉命开枪镇压，并封锁了通往联大的道路。

时事晚会并没有被冲锋枪吓散，而是在枪声中继续进行，通过了反内战宣言，最后在高声唱歌咏队队员的激昂的《我们反对这个！》的歌声中结束。对晚会的暴力威胁激起群众无比的愤怒，联大、云大、中法大学等校率先罢课，各校成立了罢课委员会。程法伋当选为联大罢委会的常委。28日，全市大中学校罢课的达31所。昆明学联组成了昆明市罢课联合委员会，西南联大被推举为"罢联"的常委。

11月29日，《文艺新报》提前赶出了一期"反对内战号外"实为第三期。本期突破了从壁报起就形成的格局，以短兵相接的方式投入战斗。它以联大文艺社的名义发表了《我们反对内战》的评论，指出："我们要时时刻刻揭破中国法西斯对人民的欺骗，分化，笑里藏刀的阴谋。它们喝饱了人民的血，八年来用人民的骨肉换来了它们的特权与财富，现在又投靠在财阀集团的美国怀抱里，向异党，向争取自由争取人权的民众开刀；而且用一手包办的单方面的无耻的宣传，蒙蔽事实，抹煞事实，欺骗人民，愚弄人民，并且制造内战，煽动内战。"这一期还以整版的篇幅刊登了李广田先生的《关于高尔基》。这原是1945年6月在高尔基逝世9周年纪念晚会上的演讲。以评论高尔基的一篇《文化的主人公们，站在哪一边？》结合当前的现实加以发挥："站在哪一边"就是每一个中国人都应该郑重考虑的问题。此期还刊登苏为的《为民喉舌》，冯虚的《匪警》，揭穿中央社的无耻造谣；罗青的朗诵诗《晚会》，反映枪声威胁下时事晚会群情激愤的场面。在中国两种命运、两种前途难卜的严重关头，《文艺新报》旗帜鲜明地站了出来，成为揭露反动派镇压民主罪行的第一份报刊。"号外"一出，《文艺新报》就被当局勒令停刊。然而文艺社并未放下武器，《文艺新报》改为"对内刊物"继续出版。

11月25日晚的枪声不过是国民党反动派镇压群众运动的前奏。12月1日，他们更派遣军官总队和一批特务匪徒，连续施行了一系列更加残暴的血腥屠杀……，这就是反动派蓄意制造的"一二·一"昆明惨案。为此，"罢联"通电各地，披露惨案真相，从而掀起了声势浩大的反内战、争民主的"一二·一"运动。为此，"罢联"也决定创办发行自己的报纸《罢委会通讯》。程法伋已是联大罢委会常委之一，王楫是本届学生自治会理事，因此文艺社和《文艺新报》的班子就成为《罢委会通讯》的班底。王楫任主编，王景山、赵少伟、刘治中为辅，广大社员都是报导的组织者和撰写人。

《罢委会通讯》于12月1日创刊，第一期上登出关于罢课的报导，"小言"《我们没有报纸》则说明《通讯》发刊的缘由。到12月3日出版的第三期，才以"武装军队，竟甩手榴弹／学生无辜，死伤惨重"的大标题，报导了12月1日反动派屠杀学生的过程和死伤者的名单。

《罢委会通讯》最初每日出版一期，16开两版。前几期每期有"小言"，由编辑部根据罢委会领导的意见撰写；第10期以后，穿插以"社论"和"短评"，仍为主编和编辑执笔。以后不定期出版，16日和21日还出过两次"增刊"。到12月27日复课为止，《通讯》共出版15期。其主要内容，除报导惨案经过外，还有4烈士小传，入殓典礼，昆明各界人士公祭情况，全国各地和海外声援简况，停灵斗争等等。《通讯》还刊登了田间的诗《你们安息吧，惨案死难烈士》，郭沫若的诗《进步赞》等。两期增刊则分别全文刊登了《昆明市全体学生呈蒋主席书》和《国立西南联合大学教授会为控告杀人罪犯李宗黄关麟征等呈国民政府军事委员会告诉状》的法律文书。国民党政府迫于人民的公愤和全国的抗议，撤换掉李宗黄和关麟征，又基本满足了学生提出的其他条件，"罢联"乃于12月27日发表声明，宣布即日起复课，择日公葬4烈士。最后一期《通讯》就此发表社论《这是一个新的开始》，指出罢课的结束"决不是整个运动的结束"，"结束了这个阶段，便立刻要作一个新的开始，用一种新的手段来进行反对内战争取自由民主的工作。""罢联"在结束时曾宣布："将《罢委会通讯》改名继续出版"。不久就出版了《学生报》，另组编委会，只是该报"文艺"副刊刊头是王景山设计的。

文艺社除了主持《罢委会通讯》的出版外，在自己的阵地《文艺新报》上更作了出色的配合。他们不管当局的禁令，于12月16日出版了第四期，标明为"'一二·一'殉难四烈士纪念专号"，头条发表了联大冬青社、剧艺社、新诗诗、①文艺社、阳光美术会、高声唱歌咏队联名的《祭于再、潘璞、荀极中、李鲁连四烈士》，由《文艺新报》主编执笔。第一版还发表了李广田先生的专文《不是为了纪念》。标题显然化用了鲁迅先生的《为了忘却的记念》。这一期还发表了方明的悼念文章《吊》，整版的杂文：杨旗（王景山）的《从"匪"到"奸"》、萧民的《奴相三型》、琅的《什么是为民喉舌》、冷铁的《自请撤职》、韩进之（赵少伟）的《法治专家》等；日雨（刘晶雯）的报导《联大在围攻中》，以及整版的诗：因蔯《祭烈士》、芳济的《给死者》、何达的《图书馆》，以及作

----

① 原文如此，疑为"新诗社"的误排，编者注。

家王亚平的《钢铁的行列——记"一二·九"往事》。全版是一个声音，由于赋予文艺的形式，这声音更为悲愤、强烈。

被勒令停刊的《文艺新报》不能再在书店里公开出售，许多上街出售《罢委会通讯》的联大同学多兼售《文艺新报》。两者性质不同而呼声一致，在运动中都影响不小。

《罢委会通讯》停刊后，《文艺新报》继续出版，并保持着与现实斗争紧密结合的风格。如报道了1946年2月10日，重庆各界庆祝政治协商会议成功大会遭特务捣毁的迫害民主运动的"较场口事件"。3月2日第六期又发表了作家姚雪垠的《我抗议！——一个无党派人士的愤怒》，以及与此相关的杂文。同年春，文艺社部分社员曾参加了在李公朴先生创办的专门出售进步书刊的北门书屋举行的文艺问题讨论会，学习《在延安文艺座谈会上的讲话》。在会上发言的有闻一多、李公朴、李广田、楚图南、尚钺、孟超诸先生，由王楫担任记录，记录整理稿在一期《文艺新报》上以两版全文刊载，这在国统区宣传毛泽东文艺思想方面起了一定作用。《文艺新报》总共出了8期，终因经费拮据而停刊，那时离联大结束(5月4日)、学生复员北上也为期不远了。《文艺》壁报则出到纪念"五四"的第36期，也就是最后一期。壁报自创刊起每期揭下后都裁开装订成32开大小的小册子，保存在留昆明的社员处，现在则不知下落了。

作为两年多共同学习、并肩战斗的结束，文艺社全体社员在复员北返前举行最后一次集会。李广田先生曾为文艺社题词："不但要揭露黑暗，而且要歌颂光明。"闻一多先生也为文艺社题词："为人民服务"(此后不久，敬爱的闻一多先生即遭国民党特务暗杀于西仓坡校舍门前)。这两页宝贵的题词一向由王景山保存，现已捐献给中国现代文学馆。

1946年夏，联大结束，文艺社社员分在北京大学的成立了北大文艺社，先后由赵少伟、徐承晏、朱谷怀、王景山等负责；分在清华大学的成立了清华文艺社，由张源潜、郭良夫、刘海梁等负责，继续出版壁报，组织学习讨论，清华文艺社还担任《清华周报》副刊《清华文艺》的编辑。

（本文选自《新文化史料》1999年第4、5期）

西南联大中文系

汪曾祺

　　西南联大中文系的教授有清华的，有北大的。应该也有南开的。但是哪一位教授是南开的，我记不起来了，清华的教授和北大的教授有什么不同，我实在看不出来。联大的系主任是轮流做庄。朱自清先生当过一段系主任。担任系主任时间较长的，是罗常培先生。学生背后都叫他"罗长官"。罗先生赴美讲学，闻一多先生代理过一个时期。在他们"当政"期间，中文系还是那个老样子，他们都没有一套"施政纲领"。事实上当时的系主任"为官清简"，近于无为而治。中文系的学风和别的系也差不多：民主、自由、开放。当时没有"开放"这个词，但有这个事实。中文系似乎比别的系更自由。工学院的机械制图总要按期交卷，并且要严格评分的；理学院要做实验，数据不能马虎。中文系就没有这一套。记得我在皮名举先生的"西洋通史"课上交了一张规定的马其顿国的地图，皮先生阅后，批了两行字："阁下之地图美术价值甚高，科学价值全无。"似乎这样也可以了。总而言之，中文系的学生更为随便，中文系体现的"北大"精神更为充分。

　　如果说西南联大中文系有一点什么"派"，那就只能说是"京派"。西南联大有一本《大一国文》，是各系共同必修。这本书编得很有倾向性。文言文部分突出地选了《论语》其中最突出的是《子路曾皙冉有公西华侍坐》。"暮春者，春服既成，冠者五六人，童子六七人，浴乎沂，风乎舞雩，咏而归"，这种超功利的生活态度，接近庄子思想的率性自然的儒家思想对联大学生有相当深广的潜在影响。还有一篇李清照的《金石录后序》。一般中学生都读过一点李清照的词，不知道她能写这样感情深挚、挥洒自如的散文。这篇散文对联大文风是有影响的。语体文部分，鲁迅的选的是《示众》。选一篇徐志摩的《我所知道的康桥》，是意料中事。选了丁西林的《一只马蜂》，就有点特别。更特别的是选了林徽音的《窗子以外》。这一本《大一国文》可以说是一本"京派国文"。严家炎先生编中国流派文学史，把我算作最后一个"京派"，这大概跟我读过联大有关，甚至是和这本《大一国文》有点关系。这是我走上文学道路的一本启蒙的书。这本书现在大概是很难找到了。如果找得到，翻印一下，也怪有意思的。

"京派"并没有人老挂在嘴上。联大教授的"派性"不强。唐兰先生讲甲骨文，讲王观堂（国维）、董彦堂（董作宾），也讲郭鼎堂（沫若），——他讲到郭沫若时总是叫他"郭沫（读如妹）若"。闻一多先生讲（写）过"擂鼓的诗人"，是大家都知道的。

联大教授讲课从来无人干涉，想讲什么就讲什么，想怎么讲就怎么讲。刘文典先生讲了一年庄子，我只记住开头一句："《庄子》嘿，我是不懂的喽，也没有人懂。"他讲课是东拉西扯，有时扯到和庄子毫不相干的事。倒是有些骂人的话，留给我的印象颇深。他说有些搞校勘的人，只会说甲本作某，乙本作某，——"到底应该作什么？"骂有些注释家，只会说甲如何说，乙如何说："你怎么说？"他还批评有些教授，自己拿了一个有注解的本子，发给学生的是白文，"你把注解发给学生！要不，你也拿一本白文！"他的这些意见，我以为是对的。他讲了一学期《文选》，只讲了半篇木玄虚的《海赋》。好几堂课大讲"拟声法"。他在黑板上写了一个挺长的法国字，举了好些外国例子。曾见过几篇老同学的回忆文章，说闻一多先生讲楚辞，一开头总是"痛饮酒熟读《离骚》，方称名士"。有人问我，"是不是这样？"是这样。他上课，抽烟。上他的课的学生，也抽。他讲唐诗，不蹈袭前人一语。讲晚唐诗和后期印象派的画一起讲，特别讲到"点画派"。中国用比较文学的方法讲唐诗的，闻先生当为第一人。他讲《古代神话与传说》非常"叫座"。上课时连工学院的同学都穿过昆明城，从拓东路赶来听。那真是"满坑满谷"，昆中北院大教室里里外外都是人。闻先生把自己在整张毛边纸上手绘的伏羲女娲图钉在黑板上，把相当繁琐的考证，讲得有声有色，非常吸引人。还有一堂"叫座"的课是罗庸（膺中）先生讲杜诗。罗先生上课，不带片纸。不但杜诗能背写在黑板上，连仇注都背出来。唐兰（立庵）先生讲课是另一种风格。他是教古文字学的，有一年忽然开了一门"词选"，不知道是没有人教，还是他自己感兴趣。他讲"词选"主要讲《花间集》（他自己一度也填词，极艳）。他讲词的方法是：不讲。有时只是用无锡腔调念（实是吟唱）一遍："'双鬟隔香红，玉钗头上风'——好！真好！"这首词就 pass 了。沈从文先生在联大开过三门课："各体文习作"、"创作实习"、"中国小说史"，沈先生怎样教课，我已写了一篇《沈从文先生在西南联大》，发表在《人民文学》上，兹不赘。他讲创作的精义，只有一句"贴到人物来写"。听他的课需要举一隅而三隅反，否则就会觉得"不知所云"。

联大教授之间，一般是不互论长短的。你讲你的，我讲我的。但有时放言月旦，也无所谓。比如唐立庵先生有一次在办公室当着一些讲师助教，就评论过两位教授，说一个"集穿凿附会之大成"、一个"集罗唆之大成"。他不考虑有人会去"传小话"，也没有考虑这两位教授会因此而发脾气。

西南联大中文系教授对学生的要求是不严格的。除了一些基础课，如文字学（陈梦家先生授）、声韵学（罗常培先生授）要按时听课，其余的，都较随便。比较严一点的是朱自清先生的"宋诗"。他一首一首地讲，要求学生记笔记，背，还要定期考试，小考，大考。有些课，也有考试，考试也就是那么回事。一般都只是学期终了，交一篇读书报告。联大中文系读书报告不重抄书，而重有无独创性的见解。有的可以说是怪论。有一个同学交了一篇关于李贺的报告给闻先生，说别人的诗都是在白地子上画画，李贺的诗是在黑地子上画画，所以颜色特别浓烈，大为闻先生激赏。有一个同学在杨振声先生教的"汉魏六朝诗选"课上，就"车轮生四角"这样的合乎情悖乎理的想象写了一篇很短的报告《方车轮》。就凭这份报告，在期终考试时，杨先生宣布该生可以免考。

联大教授大都很爱才。罗常培先生说过，他喜欢两种学生：一种，刻苦治学；一种，有才。他介绍一个学生到联大先修班去教书，叫学生拿了他的亲笔介绍信去找先修班主任李继侗先生。介绍信上写的是"……该生素具创作夙慧。……"一个同学根据另一个同学的一句新诗（题一张抽象派的画的）"愿殿堂毁塌于建成之先"填了一首词，作为"诗法"课的练习交给王了一先生，王先生的评语是："自是君身有仙骨，剪裁妙处不须论。"具有"夙慧"，有"仙骨"，这种对于学生过甚其辞的评价，恐怕是不会出之于今天的大学教授的笔下的。

我在西南联大是一个不用功的学生，常不上课，但是乱七八糟看了不少书。有一个时期每天晚上到系图书馆去看书。有时只我一个人。

中文系在新校舍的西北角，墙外是坟地，非常安静。在系里看书不用经过什么借书手续，架上的书可以随便抽下一本来看。而且可抽烟。有一天，我听到墙外有一派细乐的声音。半夜里怎么会有乐声，在坟地里？我确实是听见的，不是错觉。

我要不是读了西南联大，也许不会成为一个作家。至少不会成为一个像现在这样的作家。我也许会成为一个画家。如果考不取联大，我准备考当时也在昆明的国立艺专。

一九八八年

（选自《汪曾祺全集》第 4 卷，北京师范大学出版社 1998 年版）

沈从文先生在西南联大

汪曾祺

沈先生在联大开过三门课：各体文习作、创作实习和中国小说史。三门课我都选了，——各体文习作是中文系二年级必修课，其余两门是选修。西南联大的课程分必修与选修两种。中文系的语言学概论、文字学概论、文学史（分段）……是必修课，其余大都是任凭学生自选。诗经、楚辞、庄子、昭明文选、唐诗、宋诗、词选、散曲、杂剧与传奇……选什么，选哪位教授的课都成。但要凑够一定的学分（这叫"学分制"）。一学期我只选两门课，那不行。自由，也不能自由到这种地步。

创作能不能教？这是一个世界性的争论问题。很多人认为创作不能教。我们当时的系主任罗常培先生就说过：大学是不培养作家的，作家是社会培养的。这话有道理。沈先生自己就没有上过什么大学。他教的学生后来成为作家的，也极少。但是也不是绝对不能教。沈先生的学生现在能算是作家的，也还有那么几个。问题是由什么样的人来教，用什么方法教。现在的大学里很少开创作课的，原因是找不到合适的人来教。偶尔有大学开这门课的，收效甚微，原因是教得不甚得法。

教创作靠"讲"不成。如果在课堂上讲鲁迅先生所讥笑的"小说作法"之类，讲如何作人物肖像，如何描写环境，如何结构，结构有几种——攒珠式的、桔瓣式的……那是要误人子弟的，教创作主要是让学生自己"写"。沈先生把他的课叫做"习作"、"实习"，很能说明问题。如果要讲，那"讲"要在"写"之后。就学生的作业，讲他的得失。教授先讲一套，让学生照猫画虎，那是行不通的。

沈先生是不赞成命题作文的，学生想写什么就写什么。但有时在课堂上也出两个题目。沈先生出的题目都非常具体。我记得他曾给我的上一班同学出过一个题目："我们的小庭院有什么"，有几个同学就这个题目写了相当不错的散文，都发表了。他给比我低一班的同学曾出过一个题目："记一间屋子里的空气"！我的那一班出过些什么题目，我倒不记得了。沈先生为什么出这样的题目？他认为：先得学会车零件，然后才能学组装。我觉得先做一些这样的片段的习作，是有好处的，这可以锻炼基本功。现在有些青年文学爱好者，往往一上来就写大作品，篇幅很长，而功力不够，原因就在零件车得少了。

沈先生的讲课，可以说是毫无系统。前已说过，他大都是看了学生的作业，就这些作业讲一些问题。他是经过一番思考的，但并不去翻阅很多参考书。沈先生读很多书，但从不引经据典，他总是凭自己的直觉说话，从来不说亚里斯多德怎么说、福楼拜怎么说、托尔斯泰怎么说、高尔基怎么说。他的湘西口音很重，声音又低，有些学生听了一堂课，往往觉得不知道听了一些什么。沈先生的讲课是非常谦抑，非常自制的。他不用手势，没有任何舞台道白式的腔调，没有一点哗众取宠的江湖气。他讲得很诚恳，甚至很天真。但是你要是真正听"懂"了他的话，——听"懂"了他的话里并未发挥罄尽的余意，你是会受益匪浅，而且会终生受用的。听沈先生的课，要像孔子的学生听孔子讲话一样："举一隅而三隅反"。

沈先生讲课时所说的话我几乎全都忘了（我这人从来不记笔记）！我们有一个同学把闻一多先生讲唐诗课的笔记记得极详细，现已整理出版，书名就叫《闻一多论唐诗》，很有学术价值，就是不知道他把闻先生讲唐诗时的"神气"记下来了没有。我如果把沈先生讲课时的精辟见解记下来，也可以成为一本《沈从文论创作》。可惜我不是这样的有心人。

沈先生关于我的习作讲过的话我只记得一点了，是关于人物对话的。我写了一篇小说（内容早已忘记干净），有许多对话。我竭力把对话写得美一点，有诗意，有哲理。沈先生说："你这不是对话，是两个聪明脑壳打架！"从此我知道对话就是人物所说的普普通通的话，要尽量写得朴素。不要哲理，不要诗意。这样才真实。

沈先生经常说的一句话是："要贴到人物来写。"很多同学不懂他的这句话是什么意思。我以为这是小说学的精髓。据我的理解，沈先生这句极其简略的话包含这样几层意思：小说里，人物是主要的，主导的；其余部分都是派生的，次要的。环境描写、作者的主观抒情、议论，都只能附着于人物，不能和人物游离，作者要和人物同呼吸、共哀乐。作者的心要随时紧贴着人物。什么时候作者的心"贴"不住人物，笔下就会浮、泛、飘、滑，花里胡哨，故弄玄虚，失去了诚意。而且，作者的叙述语言要和人物相协调。写农民，叙述语言要接近农民；写市民，叙述语言要近似市民。小说要避免"学生腔"。

我以为沈先生这些话是浸透了淳朴的现实主义精神的。

沈先生教写作，写的比说的多，他常常在学生的作业后面写很长的读后感，有时会比原作还长。这些读后感有时评析本文得失，也有时从这篇习作说开去，谈及有关创作的问题，见解精到，文笔讲究。——一个作家应该不论写什么都写得讲究。这些读后感也都没有保存下来，否则是会比《废邮存底》还有看头的。可惜！

沈先生教创作还有一种方法，我以为是行之有效的，学生写了一个作品，他除了写很长的读后感之外，还会介绍你看一些与你这个作品写法相近似的中外名家的作品看。记得我写过一篇不成熟的小说《灯下》，记一个店铺里上灯以后各色人的活动，无主要人物、主要情节，散散漫漫。沈先生就介绍我看了几篇这样的作品，包括他自己写的《腐烂》。学生看看别人是怎样写的，自己是怎样写的，对比借鉴，是会有长进的。这些书都是沈先生找来，带给学生的。因此他每次上课，走进教室里时总要夹着一大摞书。

沈先生就是这样教创作的。我不知道还有没有别的更好的方法教创作。我希望现在的大学里教创作的老师能用沈先生的方法试一试。

学生习作写得较好的，沈先生就作主寄到相熟的报刊上发表。这对学生是很大的鼓励。多年以来，沈先生就干着给别人的作品找地方发表这种事。经他的手介绍出去的稿子，可以说是不计其数了。我在一九四六年前写的作品，几乎全都是沈先生寄出去的。他这辈子为别人寄稿子用去的邮费也是一个相当可观的数目了。为了防止超重太多，节省邮费，他大都把原稿的纸边裁去，只剩下纸芯。这当然不大好看。但是抗战时期，百物昂贵，不能不打这点小算盘。

沈先生教书，但愿学生省点事，不怕自己麻烦。他讲《中国小说史》，有些资料不易找到，他就自己抄，用夺金标毛笔，筷子头大的小行书抄在云南竹纸上。这种竹纸高一尺，长四尺，并不裁断，抄得了，卷成一卷。上课时分发给学生。他上创作课夹了一摞书，上小说史时就夹了好些纸卷。沈先生做事，都是这样，一切自己动手，细心耐烦。他自己说他这种方式是"手工业方式"。他写了那么多作品，后来又写了很多大部头关于文物的著作，都是用这种手工业方式搞出来的。

沈先生对学生的影响，课外比课堂上要大得多。他后来为了躲避日本飞机空袭，全家移住到呈贡桃园新村，每星期上课，进城住两天。文林街二十号联大教职员宿舍有他一间屋子。他一进城，宿舍里几乎从早到晚都有客人。客人多半是同事和学生，客人来，大都是来借书，求字，看沈先生收到的宝贝，谈天。

沈先生有很多书，但他不是"藏书家"，他的书，除了自己看，也是借给人看的，联大文学院的同学，多数手里都有一两本沈先生的书，扉页上用淡墨签了"上官碧"的名字。谁借的什么书，什么时候借的，沈先生是从来不记得的。直到联大"复员"，有些同学的行装里还带着沈先生的书，这些书也就随之而漂流到四面八方了。沈先生书多，而且很杂，除了一般的四部书、中国现代文学、外国文学的译本，社会学、人类学、黑格尔的《小逻辑》、弗洛伊德、亨利·詹姆斯、道教史、陶瓷史、《髹饰录》、《糖霜谱》……兼收并蓄，五花八门。这些书，沈先生大都认真读过。沈先生称自己的学问为"杂知识"。一个作家读书，是应该杂一点的。沈先生读过的书，往往在书后写两行题记。有的是记一个日期，那天天气如何，也有时发一点感慨。有一本书的后面写道："某月某日，见一大胖女人从桥上过，心中十分难过。"这两句话我一直记得，可是一直不知道是什么意思。大胖女人为什么使沈先生十分难过呢？

沈先生对打扑克简直是痛恨。他认为这样地消耗时间，是不可原谅的。他曾随几位作家到井冈山住了几天。这几位作家成天在宾馆里打扑克，沈先生说起来就很气愤："在这种地方打扑克！"沈先生小小年纪就学会掷骰子，各种赌术他也都明白，但他后来不玩这些。沈先生的娱乐，除了看看电影，就是写字。他写章草，笔稍偃侧，起笔不用隶法，收笔稍尖，自成一格。他喜欢写窄长的直幅，纸长四尺，阔只三寸。他写字不择纸笔，常用糊窗的高丽纸。他说："我的字值三分钱！"从前要求他写字的，他几乎有求必应。近年有病，不能握管，沈先生的字变得很珍贵了。

沈先生后来不写小说，搞文物研究了，国外、国内，很多人都觉得很奇怪。熟悉沈先生历史的人，觉得并不奇怪。沈先生年轻时就对文物有极其浓厚的兴趣。他对陶瓷的研究甚深，后来又对丝绸、刺绣、木雕、漆器……都有广博的知识。沈先生研究的文物基本上是手工艺制品。他从这些工艺品看到的是劳动者的创造性。他为这些优美的造型、不可思议的色彩、神奇精巧的技艺发出的惊叹，是对人的惊叹。他热爱的不是物，而是人，他对一件工艺品的孩子气的天真激情，使人感动。我曾戏称他搞的文物研究是"抒情考古学"。他八十岁生日，我曾写过一首诗送给他，中有一联："玩物从来非丧志，著书老去为抒情"，是记实。他有一阵在昆明收集了很多耿马漆盒。这种黑红两色刮花的圆形缅漆盒，昆明多的是，而且很便宜。沈先生一进城就到处逛地摊，选买这种漆盒。他屋里装甜食点心、装文具邮票……的，都是这种盒子。有一次买得一个直径一尺五寸的大漆盒，一再抚摩，说："这可以作一期《红黑》杂志的封面！"他买到的缅漆盒，除了自用，大多数都送人了。有一回，他不知从哪里弄到很多土家族的挑花布，摆得一屋子，这间宿舍成了一个展览室。来看的人很多，沈先生于是很快乐。这些挑花图案天真稚气而秀雅生动，确实很美。

沈先生不长于讲课，而善于谈天。谈天的范围很广，时局、物价……谈得较多的是风景和人物。他几次谈及玉龙雪山的杜鹃花有多大，某处高山绝顶上有一户人家，——就是这样一户！他谈某一位老先生养了二十只猫。谈一位研究东方哲学的先生跑警报时带了一只小皮箱，皮箱里没有金银财宝，装的是一个聪明女人写给他的信。谈徐志摩上课时带了一个很大的烟台苹果，一边吃，一边讲，还说："中国东西并不都比外国的差，烟台苹果就很好！"谈梁思成在一座塔上测绘内部结构，差一点从塔上掉下去。谈林徽因发着高烧，还躺在客厅里和客人谈文艺。他谈得最多的大概是金岳霖。金先生终生未娶，长期独身。他养了一只大斗鸡。这鸡能把脖子伸到桌上来，和金先生一起吃饭。他到外搜罗大石榴、大梨。买到大的，就拿去和同事的孩子的比，比输了，就把大梨、大石榴送给小朋友，他再去买！……沈先生谈及的这些人有共同特点。一是都对工作、对学问热爱到了痴迷的程度；二是为人天真到像一个孩子，对生活充满兴趣，不管在什么环境下永远不消沉沮丧，无机心，少俗虑。这些人的气质也正是沈先生的气质。"闻多素心人，乐与数晨夕"，沈先生谈及熟朋友时总是很有感情的。

文林街文林堂旁边有一条小巷，大概叫作金鸡巷，巷里的小院中有一座小楼。楼上住着联大的同学：王树藏、陈蕴珍（萧珊）、施载宣（萧荻）、刘北汜。当中有个小客厅。这小客厅常有熟同学来喝茶聊天，成了一个小小的沙龙。沈先生常来坐坐。有时还把他的朋友也拉来和大家谈谈。老舍先生从重庆过昆明时，沈先生曾拉他来谈过"小说和戏剧"。金岳霖先生也来过，谈的题目是"小说和哲学"。金先生是搞哲学的，主要是搞逻辑的，但是读很多小说，从普鲁斯特到《江湖奇侠传》。"小说和哲学"这题目是沈先生给他出的。不料金先生讲了半天，结论却是：小说和哲学没有关系。他说《红楼梦》里的哲学也不是哲学。他谈到兴浓处，忽然停下来，说："对不起，我这里有个小动物！"说着把右手从后脖领伸进去，捉出了一只跳蚤，甚为得意。有人问金先生为什么搞逻辑，金先生说："我觉得它很好玩！"

沈先生在生活上极不讲究。他进城没有正经吃过饭，大都是在文林街二十号对面一家小米线铺吃一碗米线。有时加一个西红柿，打一个鸡蛋。有一次我和他上街闲逛，到玉溪街，他在一个米线摊上要了一盘凉鸡，还到附近茶馆里借了一个盖碗，打了一碗酒。他用盖碗盖子喝了一点，其余的都叫我一个人喝了。

沈先生在西南联大是一九三八年到一九四六年。一晃，四十多年了！

一九八六年一月二日上午

（原载《人民文学》1986年第5期；收入《汪曾祺全集》（第三卷），北京师范大学出版社1998年版）

怀燕卜荪先生

王佐良

　　燕卜荪 (William Empson) 是当今英国著名的诗人、批评家、文学教授。最近看到他的相片，已是鬓发俱白，垂垂老矣。

　　在我的印象里，他却仍然是年轻的。他在一九三七年初来中国，还是一个三十刚出头的青年人，然而已在当时人才颇多的英国诗坛建立了地位，而他所写的论文《晦涩的七个类型》自从在一九三〇年出版以后，一直受到英美文学批评界的重视——由于他的敏锐的分析，也由于这类有创见的书势必要引起的异议——终于成为英美大学英文系里研究诗和批评的师生必读的著作之一。

　　他来到一个正在抗日的战火里燃烧着的中国。我们——一群从北平、天津的三个大学里跋涉到内地来的读英国文学的学生——是在湖南衡山南岳第一次上他的课的。那时候，由于正在迁移途中，学校里一本象样的外国书也没有，也没有专职的打字员，编选外国文学教材的困难是难以想象的。燕卜荪却一言不发，拿了一些复写纸，坐在他那小小的手提打字机旁，硬是把莎士比亚的《奥赛罗》一剧凭记忆，全文打了出来，很快就发给我们每人一份！我们惊讶于他的非凡的记忆力：在另一个场合，他在同学们的敦请下，大段大段地背诵密尔顿的长诗《失乐园》；他的打字机继续"无中生有"地把斯威夫特的《一个小小的建议》和 A·赫胥黎的《论舒适》等等文章提供给我们……然而我们更惊讶于他的工作态度和不让任何困难拖住自己后腿的精神——而且他总是一点不带戏剧性姿态地做他认为该做的事，总是那样平平常常、一声不响的。

　　后来许多年代里，每逢我自己在教学工作里遇到困难，感到疲惫，一想起他在南岳的情形，我就觉得没有什么可说的了——他的行为成了我衡量自己工作态度的一种尺度。

　　然而南岳还有欢乐。我们爬山，越过白龙潭、水帘洞去铁峰庵，我们作长夜谈，喝浓茶，有时也喝一点酒，我们认真地、几乎是放肆地品评作家作品，我们也读诗、背诗、写诗。燕卜荪参加了这一切。只有在这种场合，特别是有几杯酒下肚的时候，这位平素沉默的英国青年诗人才滔滔不绝地谈了起来。

他同我们一样，并没有忘记正在山外边进行着的战争。在一首写在这个时期、题名《南岳之秋》的诗里，他写道：

> 再说，你也不真是废物，
>
>   只能呆住不动，
>
>   替代该出去的人物；
>
>   不妨大方地承认，
>
>   确有模糊的意图，
>
>   要去那发生大事的城镇。

也许正是这种"模糊的意图"使他在一九三九年离开了中国。在那欧战从"假打"发展成为大打的年头，他的同辈诗人奥登 (W.H.Auden) 等人纷纷避往美国的时候，燕卜荪回到了战云笼罩的英国。

但是在此之前，他还在中国住了两年。这是流动的两年：他跟随学校，和我们一起，过香港，过河内，到蒙自，最后又到昆明。昆明的丽色和清风像是使他的心情也开朗起来，他开了一门课：英国现代诗。

这门课的特别处，在于讲课者本人就是一个英国现代诗人。他所讲授的诗，许多是他的朋友写的。这又是一个以头脑锐利、灵敏出名的文学批评家开的课，他用他在《晦涩的七个类型》里分析马维尔 (Andrew Marvell) 的"玄学派诗"的同样精细和深入的方法来为我们分析叶芝 (W.B.Yeats) 和艾略特 (T.S.Eliot) 等人的现代诗。回想起来，这门课是十分完整、内容充实的，把从霍布金斯 (Gerard Manley Hopkins) 起一直到奥登和狄兰·托马斯 (Dylan Thomas) 止的重要现代派人物都包括在内了，而后两人在当时 (一九三八——三九) 就是最新的诗人。我们读到了奥登写的《西班牙》一诗，当时这诗问世还不过一年之久。虽然后来奥登本人把这首诗否定了，既不收入他的合集，也不允许别人收入选本，但在燕卜荪讲授它的当年，我们倒是挺喜欢它那题材上的尖锐性和写法上的新颖和戏剧性的。

但是燕卜荪不讲他自己的诗。他的讲课也是"低调"的，亦即他只是阐释词句，就诗论诗，而很少象一些学院派大师那样溯源流，论影响，几乎完全不征引任何第二手的批评见解。

作为这样一位老师的学生，我们不得不集中精力阅读原诗。许多诗很不好懂。但是认真阅读原诗，而且是在那样一位知内情，有慧眼的向导的指引之下，总使我们对于英国现代派诗和现代派诗人所推崇的十七世纪英国诗剧和玄学派诗等等有了新的认识。

燕卜荪一年后走了，但是他关于英国现代诗的讲授撒下了种子。当时西南联大文学院的讲坛上，多的是有成就有影响的学者和作家，包括几个通过研究法国和德国文学也对欧洲现代派诗有兴趣、甚至本人也写现代派诗的人，但是带来英国现代诗的新风的主要是燕卜荪。一个出现在中国校园中的英国现代诗人本身就是任何书本所不能代替的影响。其结果是，在燕卜荪课堂上听讲的以及后来听这些听讲者的课的人当中，出现了一种新的文学风尚。英国浪漫主义受到了冷落（有些人甚至拒绝去听讲授司各特的作品的课程），艾略特和奥登成了新的奇异的神明，有些人还写起现代派的诗来。

纯粹的模仿是没有出息的，一时的风尚也难持久。中国的战时现实使得这些年轻人有时欢乐、鼓舞，有时又忧愤、苦闷，因此英美现代诗的多数题材是他们所不能接受的，能接受的主要是技巧，而就在技巧，他们也作了选择。这主要是由于中国传统诗有那样一个灿烂光华的过去，而在西南联大，还有中文系闻一多的强大影响。闻一多当时正提倡田间的"战鼓式"的诗，但他是鼓励年轻人的，也注意到了这批倾向英美现代的学生和助教，并把他们作品中新意较多的若干首收进了他所编的《中国诗选》。

燕卜荪在中国学生间的影响还表现在另一方面：英文写作。

我们那一代的西南联大英文系学生之中，几乎没有一个不爱动笔写英文文章的。燕卜荪充分重视这种兴趣。但是他更重视内容，要求言之有物。当一个同学用"心灵探险"的方式和抒情的笔调写出了他对于莎士比亚《如愿》一剧的印象时，他读后写下了这样的评语："我恨这类花花绿绿的文章，因为它不解决文学批评上的任何问题，虽然你做得很出色。"而当这个同学对另一个莎士比亚剧本提出了实质性的新论点的时候，他立即得到了燕卜荪的鼓励，但不是通过几句空洞的赞词，而是写下了一大段的分析，又提出了若干商榷性的问题。他不仅把学生摆在同他这个老师完全平等的地位，而且把学生摆在同学生所讨论的作家同等的重要的地位。有一次我们读了美国作家克洛区 (Joseph Wood Krutch) 写的对现代文明表示憎厌的文章，燕卜荪要我们加以评论。当时我们许多人年少气盛，对于任何要退回到过去去的言论是痛加挞伐的，因此越是作者反对机器与都市文明，我们就越是加以赞颂。燕卜荪对于其中一篇评论的评论是："我看你的摩天楼和霓虹灯，同克洛区的田园诗一样，都没有接触到问题的本质……。"他是完全认真的；他对于学生论点的认真对待不仅使学生得到真正的鼓励，而且使他们从此更加注意要开动脑筋，充实内容，写文以思想胜，而不是老纠缠在若干成语、丽词、套话之内，结果文章没写好，而内容则毫无新见了。

这当然不是说，他不注意语言。对于语言的复杂性，对于词意内涵的各种可能性，很少人能比《晦涩的七个类型》的作者更敏感了。一九五一年又出版了他的大书《复杂词的结构》，更足证明他对语言的持续多年的注意。但是他从来不是为语言而语言，他总要透过语言去看背后的情调，意境，思想，特别是思想上各种微细的分别。同时，他也通过文学的某一样式——如田园诗或田园诗的若干变种——来研究内容上的重大问题。人们有时说他象解决数学难题那样地来探索一篇作品的意义，以求得一种"纯智慧的"满足，其实他正是反对这种自我陶醉式的文学批评，而他所着重的则是内容，特别是诗里所写的冲突——他认为诗人"应该写那些真正使他忧虑，忧虑到发狂地步的东西。"[1]——只不过他的方法总是：要通过具体的语言分析，而不是通过大而无当的议论，来达到对于作品内容的真正了解。

而且他总是不知疲倦地从一个题目进到另一个题目，不满足于已经取得的重大成绩。六十年代之初，他又写出了《密尔顿的上帝》（一九六一）一书。在英美的文学研究界和批评家之间，密尔顿是向来引起最激烈的争论的一个作家。在燕卜荪之前，有些学院派大师，如牛津的路易斯 (C.S.Lewis)，强调密尔顿思想里符合传统观念的一面，影响很大。燕卜荪则针锋相对地证明密尔顿的有些想法就在他所处的剧烈动荡的十七世纪也完全是"离经叛道"的。后来，历史家希尔在他的名作

---

[1]《燕卜荪与里克斯的谈话》，见 I·汉弥尔登编《现代诗人》，伦敦，1968 年，第 186 页。

开讲英国诗想到的一些体验

卞之琳

　　1929 年秋初我进北京大学英文系开始正式读英国诗到今日，我在北京大学西文系开始讲授英国诗，时间恰巧是 20 年。20 年天翻地覆的岁月里，除了在北京大学四年，也总算跑了个天南地北：从保定到济南，从青岛到杭州，从上海到成都，从太行山到峨眉山，从延安到昆明，从香港到天津，从京都到牛津。到天涯海角也得跑回来，我兜了多少个圈子，总一次又一次回到也一次不同一次的北平。现在北平是从本质上变过来了，成了新的北京，名字也终于争到名副其实的北京大学里，"英诗入门"这一类课还能像 20 年前那样的讲吗？历史不许可。

　　历史上 20 年前的秋季正是那次空前的资本主义世界的经济总危机开始发生的时节。近在中国，早一点则有 1927 年的革命风暴，哪怕在保守、落后的中学青年的心灵上，也都激起了一点波动。我在 1929 年秋初到荒凉的北方故都来找"五四运动"的发源地，这个回想起来颇有意味而当时并不自觉的行动，也就多少反映了革命高潮与低潮的心理影响对于知识未成熟、认识还朦胧的中学青年，尤其是倾向文学的青年，所起的作用与反作用。当时"五四"时代的空气在这里罩上了一片苍凉，英国诗的门很方便地为我开了。虽然在中学时代英文诗也随便读过一点，这在我可算是一个新天地，因为中国旧诗词则在更早以前本已有所熏染了。小说我当时还爱从英文读俄国的，诗是英国的叫我着了迷。当时我读几首总要译一首成中文（当然译得很坏，可是尽可能求内容与形式都忠于原作，我都费了很大的功夫）。读英国诗 [课程] 联系中国，我只做到了这一步，肤浅的一步。结果自然是现实离开我很远了。

　　当时，我们的一年级英国诗 [课程] 是清华大学的美国人毕莲女士担任的。她也许因为知道中国年轻人的胃口，教"金库"不从第一篇伊丽莎白时代诗教起，而从第四篇，开始于浪漫诗人——拜伦，雪莱，济慈，渥茨渥斯。这些人在中国本来也已经是最为大家知道一点的英国诗人，因为不论好坏的介绍也已经比较多。不错，这些都是革命性的诗人，可是当时大家不清楚，在短作里更不容易看出来，他们实在反映了英国工业革命与资本主义的暴发运动。当时英国资产阶级竭力反对阻碍工业资本家自由发展的一切桎梏，与之相应，这些诗人也反对礼教，反对形式主义。可是这种"革命"，每一步都是促进生产方式的改革，使之更资本主义化。英国重要的布尔乔亚诗人都或多或少是革命的，都觉得为自己也就是为人类争自由，可是他们结果正好无意中表现了资本主义一步步向前推进的运动，只有使资本主义内在矛盾加剧加明显的运动（因为资本主义越推进，内在矛盾也就越深）。他们要求自由，可是愈干只有离目标愈远。他们愈成熟愈疏远他们年轻时候的理想。他们逐渐逃避了现实。他们的不满现状，本来也就易向古的、远的、高的攀举。这本也就是浪漫诗人特别显著的特色。出身贵族的拜伦，为自由斗争，不在本国干，而宁去希腊。雪莱，本来出生在有钱人家的，本来想只要把一切社会关系推翻就可以恢复幸福的自然人的，羡慕云雀，那个"地面的嘲笑者"，逍遥在光与美的、概念的云端。渥茨渥斯不再指望以反抗争自由，本来小有收入的，也就悠然地"回到自然"。济慈，出身于小资产阶级而常感受经济困难的，比他们更知道一点资本主义的现实；他从贫苦、残酷的现实世界驾了"诗翼"逃往了罗曼史与官能美的幻想世界。他给后来的资本主义诗定下了基调："革命"就是逃避现实。这一点，英国 12 年前在西班牙阵亡、到目前为止还可称惟一的马列主义文学理论家克里思多阜·考德威尔，解释得清清楚楚，可是这一点解释工作我们当然不能期望于传统的唯心论批评家，更不用说毕莲女士了，她不但不跟我们照旧观点讲讲那些诗的所谓"时代精神"，只在班上拿一首一首诗念念，连技巧的特点也都不加提示，由我们自己去捉摸。我们不知道为什么在当时开始学英国诗而从浪漫诗人着手觉得特别适合，只管从这些诗人发泄感情，追求幻美。当时我们的老师们当然也不会告诉我们说那是脱离现实的道路。

　　1929 年的时代可毕竟不是百年前的时代了。在半封建半殖民地的中国，我们尽管孤陋寡闻，总也隐隐地感觉到资本主义世界的悲剧。英国浪漫诗人的革命与逃避，在维多利亚时代诗人，早就没有那么痛快了。丁尼孙，白朗宁，史文明，阿诺德，在各自不同的逃避中都得碰回来接触一下现实，他们处理现实的材料，就不出肤浅，含混，凄凉或悲观。我自己当时自然还不了解这一点，可是总逐渐觉得读这些浪漫诗人与维多利亚时代诗人不大对劲了。恰巧因为读了一年法文，自己可以读法文书了，我就在1930年读起了波德莱尔，高蹈派诗人，魏尔伦，玛拉美以及其他象征派诗人。我觉得他们更深沉，更亲切，我就撇下了英国诗。当时我只以为原因大致在民族性远近，时代远近的差别。后来各种知识告诉我那时期欧洲诗倾向的领导地位确实也从英国转移到了法国。现在更明白英国资本主义生产方法发展得最快，但由于特殊原因，英国资本主义衰落起来倒是最慢。各种方式的"为艺术而艺术"（象征主义包括在内）正好相反的反映了"商品拜物主义"。颓废的表现资本主义末期形势的这种运动在法国进行得特别快，特别彻底。对法国象征派诗发生兴趣后我才又回到英国诗，都受过法国象征派诗影响的英国现代诗人，T. S. 艾略特一批人（他们把资本主义末路的文明表现得更淋漓尽致）以至奥登这一代（他们已经对新社会有所憧憬，虽然他们后来终由于小资产阶级知识分子的根性作祟，经不起考验，在西班牙内战以后和第二次世界大战以前都碰回了头），我对于英国诗的注意也是由他们这些人才倒跳过19世纪，回溯到蒲伯、德莱敦、约翰·邓恩、弥尔顿，以至伊丽莎白时代，仿佛看了一个较熟悉的垂死者总会好奇地要知道较生疏的他一生的历史。回到伊丽莎白时代诗的风气本来在浪漫派时代已经流行过，因为那个时期之间有他们近似的地方，可是T. S. 艾略特一些现代人的重新提倡倒像是由于资本主义到末日的时候特别爱回顾它那个青春的时期吧？因为我现在知道伊丽莎白时代诗也就是英国布尔乔亚诗的开始。可怪的是20年前毕莲女士教我们"金库"，因为从第四篇浪漫派诗开始，一首一首念下去，到后来还是来不及教19世纪以前的诗，而到二年级，徐志摩先生教英国诗又完全限于19世纪诗。当时各大学的英国诗一课的重点也大多在19世纪，尤其是浪漫派。这个现象看起来是偶然，实际上是必然，因为革命与逃避、憧憬与幻灭的交替无意中在浪漫派诗里表现得最显豁，因为从1911年以后中国在殖民地革命，资产阶级性革命，无产阶级性革命的复杂形势的影响下，知识分子，尤其是大学里的知识分子，把英国诗浅尝起来，不自觉地感到浪漫派诗最易上口了。可是尽管人家这样教我们，我们自己还是那样读，这又是看起来是偶然，实际上是必然。因为中国实际到1927年以后已经发展到深沉的阶段，我们尽管不自觉，读浪漫派诗，在兴趣上，在心情上，都感到不够味了。必然的形势，不知不觉地驱使我自己若干年来在大学里教书大致都不用从前人家在大学里教我们的办法：身受的经验告诉我不要那样教。如今认识了这一点，必然的形式更不会让我们沿袭我们老师们的家法。顺着必然的趋势，为什么今日初步教英国布尔乔亚诗不正好从伊丽莎白时代起，直到现代，给大家一个扼要而清晰的历史发展的观念？

从文学青年读西洋诗进一步联系到自己创作实际这一点说，我认真写诗却是就开始于自己耽读资本主义衰亡中的法国诗的时期，1930 年的秋冬之际，我们在北平当时尽管有意无意的表面上逃开了革命叛徒集团统治下的残酷的现实，连表面上也总逃不脱半殖民地半封建社会没落中的凄凉的现实。北京大学民主广场北边一部分以及灰楼那一带当时是松公府的一片断垣废井。那时候在课余或从文学院图书馆阅览室中出来，在红楼上，从北窗瞥见那个景色，我总会起一种惘然的无可奈何的感觉。我想写诗，最好是旧诗（虽然并不想直接写这种场面）。可是我毕竟早爱好过受西洋诗影响的新诗，而西洋资本主义的衰亡感又不自觉地配合了中国封建社会的衰亡感，因此我动起笔来就是白话新诗了。

在西洋诗的影响下，我不先不后，从这个阶段开始认真写诗，这一点事实，从另一方面，看起来像偶然，却又是必然地合上了中国新诗受西洋诗影响到当时的发展阶段。"五四"运动的发作多少受了苏联十月革命与西洋资产阶级民主思想的推动。"五四"运动提倡的文化里包含了科学精神，个人主义，人道主义，旧民主主义，社会主义，甚至共产主义。中国诗也是由西洋的影响突破了封建旧形式而成了白话新诗。那时候诗标榜平民化，通俗，也确实做到相当的明白清楚，在缺点方面，则往往是庸俗，肤浅，幼稚。形式上大多数诗写得太散文化，一部分还是"改组派"。这些诗虽然一部分还摆脱不掉封建遗味，大部分富有社会意义。它们毕竟不是工农大众产生的，在知识分子手里，新诗发展下去也就不能跳越过几个阶段，特别在形式上。第一个阶段是创造社时代，尤其是"女神"时代。新诗到那时候比较成熟，诗意也浓重得多，格式主要用自由体，也略有倾向韵律整齐的地方。西洋资本主义兴起时代的个人主义的色彩相当重。这阶段诗是受了西洋 19 世纪初浪漫派的影响。接上来是特别受英国浪漫派影响的"新月"派阶段。技巧到这时候更熟练，白话又用得洗练而口语化，格式试求规律化，多方面介绍西洋诗体，也可以说受西洋诗影响受得更道地一点。另一方面，社会意义，除了一些人道主义的作品，来得更浅，精神愈来愈布尔乔亚化。随了进一步倾向逃避、倾向颓废的发展，技巧更细密，意思反趋晦涩，形式松散，语言反离远现实，则有继起的"现代派"，这是受了法国象征派及其后期的影响。我自己虽然可以说不属于任何一派，开始写诗却正在上述两阶段的交替期间。在这以后我们才有技术上真正略合西洋现代性的诗。（我在这里并不是讲中国新诗的历史，只是说它受西方影响，特别在技术方面，谈到它各阶段的主要趋势，至于各阶段内容不同的问题不在这里细说了。）

想起来也很有意义的，中国新诗在"五四"运动以后不足20年的时间里居然，至少在形式上，也急剧地，具体而微地，通过了西洋从19世纪初以来的布尔乔亚发展的各阶段。可是与上面所讲的中国新诗发展的各阶段同时，作为工农大众代言人而实际上还是属于知识分子的革命诗也起起伏伏的贯串各阶段的或并行的发展下来。直到抗战起来，知识分子写诗的才从各方面汇集到一条革命性的统一战线上。可是还是直等到延安文艺座谈会以后，知识分子写诗的才大多数全心地去接受民间文学的影响，与未受西洋影响、纯从民间文学中成长的新诗歌工作者会合了。每一个写诗的人现在在普及基础上提高的原则下，都面对着一些问题，首先是：受过西洋资产阶级诗影响而在本国有写诗训练的是否要完全抛弃过去各阶段发展下来的技巧才去为工农兵服务，纯从民间文学中长成的是否完全不要学会一点过去知识分子诗不断发展下来的技术？

明白了这个情势，尤其在对世界主义警惕的今日，如何教英国布尔乔亚诗的问题也就容易解决了一点。我们第一步且慢谈如何批判地接受，我们先得认清英国诗的真面目，在内容、形式、方法、技巧各方面的真相，而从这各方面找出社会意义，历史意义。英国布尔乔亚诗发展的分期，我想只有暂照考德威尔的分法，从伊丽莎白时代到现代主要分为三个时期——原始积累时期，工业革命时期，资本主义衰亡时期。至于如何进行教与学，则正是我们在这种个人体验的文字以外实地动手做的事情了。

（本文选自卞之琳《漏室鸣——卞之琳散文随笔选集》，中央编译出版社 2005 年版）

新 诗 现 代 化

——新传统的寻求

袁可嘉

四十年代以来出现了一种"现代化"的新诗，引起了读者的关注。

要了解这一现代化倾向的实质与意义，我们必先对现代西洋诗的实质与意义有个轮廓认识；关于这方面的介绍评论，国内已渐渐有人注意，笔者亦屡曾提及，此处不多唠叨；我们为行文方便，只能径以结论方式对现代西洋诗歌作下述描写；无论在诗歌批评，诗作的主题意识与表现方法三方面，现代诗歌都显出高度综合的性质，批评以立恰慈的著作为核心，有"最大量意识状态"理论的提出；认为艺术作品的意义与作用全在它对人生经验的推广加深，及最大可能量意识活动的获致，而不在对舍此以外的任何虚幻的（如艺术为艺术的学说）或具体的（如以艺术为政争工具的说法）目的的服役，因此在心理分析的科学事实之下，一切来自不同方向但同样属于限制艺术活动的企图都立地粉碎；艺术与宗教、道德、科学、政治都重新建立平行的密切联系，而否定任何主奴的隶属关系及相对而不相成的旧有观念，这是综合批评的要旨；另一方面表现在现代诗人作品中突出于强烈的自我意识中的同样强烈的社会意识，现实描写与宗教情绪的结合，传统与当前的渗透，"大记忆"的有效启用，抽象思维与敏锐感觉的浑然不分，轻松严肃诸因素的陪衬烘托，以及现代神话、现代诗剧所清晰呈现的对现代人生、文化的综合尝试都与批评理论所指出的方向同步齐趋；如果我们需要一个短句作为结论的结论，则我们似可说，现代诗歌是现实、象征、玄学的新的综合传统。

基于这个粗线条的轮廓认识，并参证于少数新诗现代化尝试者的诗作，我们已进入正确地分析其实质，了解其意义的有利境地；他们的试验在一切涵义穷尽以后，有力代表改变旧有感性的革命号召；这一感

为配合这一现代化运动的展开，新的文学批评必须克尽职责；它必须从新的批评角度用新的批评语言对古代诗歌——我们的宝藏——予以重新估价，指出传统与现代化的关系，分析其决不仅仅是否定的伟大价值；它必须对目前的流行倾向详作批评，指明其生机与危机；它更必须对广泛的现代西洋文学善尽批评介绍译述的任务。

更重要的自然是真正现代化作品的产生，只有创作成果的出现才足以肯定前述的理论原则的正确与意义，否则终不免沦为荒唐幻想，自我陶醉；这显然有待这一倾向作者的自觉的努力，担当伟大的寂寞与严肃的工作；我们似已亲切感觉反抗阻力的来源与性质，多少人赢得世界而失去灵魂，愿这些作者宁可失去世界而誓必拯救灵魂。

上面的说明都不免略嫌抽象；结文时我们似不妨举出一个实例以作印证，并可进而触及技巧上一些特点；可作例诗中的一个是穆旦《时感》（见天津《益世报·文学周刊》二月八日）中的一首：

> 我们希望我们能有一个希望，
> 然后再受辱，痛苦，挣扎，死亡，
> 因为在我们明亮的血里奔流着勇敢，
> 可是在勇敢的中心：茫然，
>
> 我们希望我们能有一个希望，
> 它说，我们并不美丽，但我们不再欺骗，
> 因为我们看见那么多死去人的眼睛，
> 在我们的绝望里闪着泪的火焰，
>
> 当多年的苦难为沉默的死结束，
> 我们期望的只是一句诺言，
> 然而只有空虚，我们才知道我们仍旧不过是，
> 幸福到来前人类的祖先，
>
> 还要在这无名的黑暗里开辟起，
> 而在这起点却积压着多年的耻辱，
> 冷刺着死人的骨头，就要毁灭我们一生，

我们只希望有一个希望当做报复。

这首短诗所表达的是最现实不过，有良心良知的今日中国人民的沉痛心情，但作者并不采取痛哭怒号的流行形式，发而为伤感的抒泄，他却很有把握地把思想感觉揉合为一个诚挚的控诉。仔细分析起来，作为主题的"绝望里期待希望，希望中见出绝望"的两支相反相成的思想主流在每一节里都交互环锁，层层渗透；而且几乎是毫无例外地每一节有二句表示"希望"，另二句则是"绝望"的反问反击，因此"希望"就益发迫切，"绝望"也更显真实，而这一控诉的沉痛、委婉也始得全盘流露，具有压倒的强烈程度，末一句"我们只希望有一个希望当做报复"似是全诗中最好的一行，它不仅含义丰富，具有综合效果，无疑有笔者在他处曾经说过的"结晶"的价值。

这诗里现实、玄学、象征的综合情形似过于明显，可信托于读者自已，这在意象比喻的特殊结构上尤可清晰见出；这样的诗不仅使我们有情绪上的感染震动，更刺激思想活力；在文字节奏上的弹性与韧性更不用说是现代诗的一大特色。

（原载于 1947 年 3 月 30 日天津《大公报·星期文艺》，本文选自袁可嘉的《论新诗现代化》，生活·读书·新知 三联书店 1988 年版）

抗战以来的西南联大

穆旦[①]

　　北大、清华、南开是战争开始后首遭蹂躏的三校。北大和清华的校舍被日人用为马厩和伤兵医院了，而南开大学则全部炸毁。所以在一九三七年秋季，大后方的许多学校仍在安然上课时，平津的学生们挣扎在虎口里。他们有的留在平津，秘密地做救亡工作；有的，几乎是大部分，则丢下了自己的衣服和书籍，几经饥寒和日人的搜查、威吓、留难，终于流浪到青天白日的旗帜下来了。

　　就是这些人们，在战前掀起了轰轰烈烈的学生运动的，这时候流浪在全国各地方。三校曾经在长沙复课，但到达长沙的学生和教职员总共不过七八百人而已于是组成长沙临时大学，借用长沙之圣经学校，衡湘中学，四十九标营房等为校址，其工学院暂附于湖南大学中，文学院之一部则在南岳半山中。当时借读于长沙临大者很多，全国各大学学生几乎都有，表面虽似混乱，而实皆为一种国难期间悲壮紧张空气所包围。学校于十一月间正式上课，不三月而学期结束。

　　这一时期教授少，书籍仪器等几乎没有，个人生活也大都无办法，有的同学甚至每日吃一角钱的番薯度日！然而大家却一致地焦虑着时局。校中有时事座谈会、讲演会等，每次都有人满之患。南京陷落后，大局危在旦夕，长沙的情形也非常不安，即是肯用功的同学也觉无法安心读书了，又加以"投笔从戎"的浪潮汹涌全国，于是长沙临大中乃有大批同学出走。其中入交辖学校的，有入军校的，有的则结成小组，到

---

　　① 穆旦，原名查良铮，1940年西南联大毕业后留校任教，从事诗歌创作，与闻一多、朱自清、冰心、冯至、卞之琳等交往甚多。但对沈从文这样的小说家也在西南联大担任教职有些不以为然。《杨振声编年事辑初稿》一书记载：一年暑假，在联大就读的杨振声的儿子杨起到昆明东南部的阳宗海游泳，休息时，在汤池边上的一个茶馆喝茶，同桌上的穆旦说："沈从文这样的人到联大来教书，就是杨振声这样没有眼光的人引荐的。"他的这种观点代表了不少人的看法。但是，这样的自我认同，在西南联大的兼容并包中，使得校园文学获得了健康的发展。

山西陕西汉口等地参加各种工作团及军队，再没有人梦想着大学毕业了。这是学校进程中一个比较暗淡的时期；而就在这时期中，学校当局决定了迁往云南。

人们把工作和读书看为两回事。所以"救亡呢？还是上学校呢？"的问题就成了"在长沙呢？还是到云南去？"当时在长沙是容易加入救亡工作的，所以学生自治会反对学校迁移，并派了代表到教育部请愿；当地的报纸也都一直攻击，认为大学生不该逃避云云。是时有很多同学犹豫不决，恰好学校当局请了两位名人来讲演，一位是省主席张治中先生，他是反对迁移的；另一位是陈诚将军。他给同学们痛快淋漓地分析了当前的局势，同时征引了郭沫若周恩来陈独秀等对于青年责任的意见，而他的结论是：学校应当迁移。我这里得说，以后会有很多同学愿随学校赴云南者，陈诚将军是给了很大影响的。

一九三八年二月中旬，长沙临大分两批离湘：一批海行者，经广州香港海防而抵滇；另有同学教授等约三百人，自湘经黔步行而抵昆明，凡三千三百里，费时六十八日。抵滇后，长沙临时大学易名西南联合大学，于同年五月，正式在滇上课。

直到笔者书此文时，西南联大在滇已经两年多了。两年来的西南联大，可以说是无日不在苦难中，折磨成长。概括起来说，它的第一个困难是"穷"。学校的设备经过一次摧毁，就更坏一次；图书和仪器固然是在增添了，然而和同学的需要仍不能按比例地提高。教职员方面，也是"穷"。他们的月薪顶高的不能买昆明的三四石米，低的则一石米都不能买到，以此养家，当然可见。同学们除了少数外，是更苦了，一般地说，都是"面有菜色"的。他们固然不再希冀以往的物质享受，然而万般困难足以摧毁他们的精神。其次，是校舍的困难。许多人睡在一间阴暗的小屋子里，无法安静是不用说了，而昆明又多流行病，个人健康也无法维持。有一次一室中有四五人先后都患了猩红热，而同室中其余的同学仍无法疏散开。这只不过说明了校舍的"挤"。西南联大的校舍问题并不只此一端。方迁滇时，学校在昆明西北郊建有土房，为以后一年级的一千多新生所用了；工学院在城东的两个会馆里，也比较安静。而其他部分的同学，三两个月一迁居都视为常事了。这原因也很平常，就是西南联大是租了几个疏散到乡间的中学的校舍的（农业学校，工业学校，昆华师范，昆华中学），房子一到期，就有种种原因必须让出来。

以上所述只不过是西南联大的艰苦情况之一部分而已，其他殊难尽述。然而就在这种种困苦中，西南联大滋长起来了。许多参加救亡工作的同学回来复学了，在沦陷区的许多中学毕业生，尤其是华北一带的，他们不辞艰苦纷纷来到昆明，希望考进西南联大。所以现在的西南联大，虽是大量地吸收了西南各省的青年，而仍不愧为北方青年的大本营者，其故就在于此。直到一九三九年始业，西南联大的学生总数竟有三千十九人之多，实不可不谓"漪与盛哉"了。

随着抗战局势的稳定，校中课业的进行也积极起来。课室中同学们都专心听讲了，实验室就是在暑期中也都从早忙到晚，而图书馆，则是永远挤满了人。学校各处的墙壁上都贴满了壁报，讨论着有关政治、经济、法律、历史、社会、时事等等问题，不下二三十种。而课外活动方面，举凡各种社会事业，如演剧、下乡宣传、响应寒衣募捐、防空救护等，西南联大都是热心活动的一分子。然而你会想到吗？这一切都是正为饥寒所迫的同学们做出来的！

国难在激励着人们，我们对于日人最有效的答复就是来工作的成绩来给他们看。西南联大被轰炸已经两次了。一次是在一九三八年九月二十八日，西南联大所租用的昆华师范里落了十几枚杀伤弹，死了方由天津来的同学二人。一次是在一九三九年十月十三日，日人在西南联大一带投了不下百余枚轻炸弹，意欲根本毁灭了这个学校。师范学院全部炸毁，同学财物损失一空；文化巷文林街一向是联大师生的住宅区，也全炸毁了；在物质方面，日人已经尽可能地给了打击。然而，就是轰炸的次日，联大上课了，教授们有的露宿了一夜后仍旧讲书，同学们在下课后才去找回压在颓垣下的什物，而联大各部的职员，就在露天积土的房子里办公，未有因轰炸而停止过一日。

十月十六日

（原载《教育杂志》第 31 卷第 1 号，署名"查良铮"，本文选自李怡编：《穆旦作品新编》，人民文学出版社 2011 年版）

忆冯友兰先生的"人生哲学"课

郑 敏

一位留有长髯的长者，穿着灰蓝色的长袍，走在昆明西南联大校舍的土径上，两侧都是一排排铁皮为顶、有窗无玻璃的平房，时间约在1942年。这就是"二战"时期闻名世界的中国最高学府——昆明西南联合大学。那位长者正走向路边的一间教室；我和我的一位同窗远远跟在我们的老师——哲学家冯友兰教授的后面，也朝着那间教室走去，在那里"人生哲学"将展开它层层的境界。

正在这时，从垂直的另一条小径走来一位身材高高的，戴着一副墨镜，将风衣褡在肩上，穿着西裤衬衫的学者。只听那位学者问道："芝生，到什么境界了？"回答说："到了天地境界了。"于是两位教授大笑，擦身而过，各自去上课了。那位戴墨镜的教授是当时刚从美国回来不久的金岳霖教授，先生因患目疾，常戴墨镜。这两位教授是世界哲学智慧天空中的两颗灿星，在国内外都深受哲学界同行的敬仰。

我在1939年考入西南联大，原想攻读英国文学，在注册时忽然深感自己对哲学几无所知，恐怕攻读文学也深入不下去，再加上当时联大哲学系天际是一片耀眼的星云，我心想，这真是千载难逢的天象，我何不先修哲学，再回过头来攻文学，以便对文学能有深刻的领悟？于是就在极为激动的心情下注册为哲学系的学生。回顾此生我想当时我作了对自己以后一生心灵成长十分正确的一次决定。但我并不是一个好学生，因为我总是想在哲学里找到诗歌，而又想在诗歌中涉及哲学；一心二用，又怎能成为一个好学生呢？记得除了"康德"一课，我的成绩总是平平偏下。大约在二三年级时我修了冯先生的中国哲学史和人生哲学。我虽然对冯先生的讲课印象极深，而且从自己的上述角度特别喜欢人生哲学的境界说，每次聆听冯先生的讲授都是一次精神的升腾，无穷的享受，然而从学术的角度来讲，我仍然不是一个优秀生，甚至有些意马心猿。

内心感到不安。《中国哲学史》的英文版本被列入每一期的美国的"学者书架"购书目录中，但在国内则很难购到该书的中文版。可见我们对自己的文化传统的价值意识还没有跟上整个形势的发展。

近来在教学之余，部分地重温了先生的《中国哲学史》与《人生哲学》，深感先生是一位十分开放的学者，他对哲学的追索探寻，反映了自20世纪初以来中国知识分子在寻找真理方面的登山、历险精神。冯先生早年留学美国时正逢英美实用哲学得势之时，因此对先生的重理性与科学分析的倾向有一定的影响。但冯先生却是一位吸收各家之长，能容纳多元思维的哲学家，他对于儒道两家同异的比较及对古今中外哲学学派的比较研究，显示出先生探索之深，萃集智慧之广，渴求真理之诚。重温冯先生《人生哲学》，始意识到先生的思考在当时即已触及当代哲学界所热衷讨论的多元思维及真理价值问题。我自1986年后在教学与科研中都接触到当代哲学、语言学、文学评论对一个中心论及二元对抗模式的思维方法的批判，其目的在于走出西方古典形而上学的专断、僵化对人的思维现代化的阻挡。因反思自己在20世纪前半叶接受新教育时也深深种下对中国古典文化的轻视，盲目地将古典文化传统与新文化对立，似乎不扫除古典传统的影响，无从立"新文化"，这自然是20世纪以来流行于我国的"新思潮"，为当时的年轻人所普遍接受的思想。今天回想起来这种将传统与革新截然对立，将中华古典文化传统与西方思想对立，也都是狭窄的二元对抗思维，如不走出，则不利于自一个广阔的多元层次与世界文化进行交流，不利于复兴和发展古老的充满智慧的我们自己的母文化。冯先生在论古代百家时指出各派哲学"多有'见'于宇宙之一方面，遂引伸之为一哲学系统，故有所'见'，亦有所'蔽'"（《三松堂全集》，第1卷，第508页）。认识到这点就不会以一派为中心，为正统，而歧视其余，唯有走出这种中心论，思维才能博采众长，使各派以己之"见"补它派之"蔽"，又以它派之"见"补己之"蔽"将对抗转换成互补，进入多元的思维，也是当代思潮所追求的开放的心态。冯先生在比较儒道的异同时指出，道家之蔽在于将一切人之所为排除在自然之外，加以否定，所以其"无为"是一种"损"的哲学，儒家一方面吸收了道家关于"道"的理论，一方面不排斥人的所为，但应不为功利而为，此所谓"无所为"，是"益"的哲学。冯先生的理论消除了将儒、道放在对立位置的"出世／入世"，对抗思维，在伦理学上使二者互补，使封闭的名利追求，官禄等级结构受到"道"的洗涤，以出世的境界介入世事，达到修身养性而又积极介入的"益"的境界。人们的偏见与摇摆，与因此发生的种种内耗矛盾，多起自二元对抗的狭窄僵化思维。冯先生在上半世纪即已倡导扬各家之"见"，克各家之"蔽"的治学精神，今日读来，令我十分敬佩。

我们即将步入 21 世纪的青年，正生长在一个如沸鼎的时代，他们精力充沛，满怀对事物探索的热情，在此时如不给他们以接触自己古老的文化的机会，他们所能得到的将只是电视机发送出的商业文化快餐，对西方世界物质繁华的一些浮光掠影的窥视。中华文化的宝贵泥土已慢慢流失近一个世纪，一个失去对自己昨天的记忆与认识的古老民族，往往以模仿西方文明为建立新文化的模式，年青一代如果不知"玉"在何方，他们对一拥而入的商业文化（并非西方真正文化传统的泡沫）将失去辨识真伪的能力，甚至成为商业文化耀眼包装的俘虏。所以在他们接触一拥而入鱼龙混杂的他文化的同时，一定要补好对中华文化传统的深刻认识的一课，这自然远非为了开发旅游财源而已。既不能如"文化大革命"时砸烂孔家店，也不能仅只读孔家饮食文化，而应深深地追问中国哲学史古典文化中究竟有些什么是我们应当带进世界文化博览厅，供世界人民参观，使之赞叹不已的。我想这是我们今天纪念冯友兰先生之举的最深刻的意义。

（原载于冯钟璞、蔡仲德编：《冯友兰先生百年诞辰纪念文集》，清华大学出版社 1995 年版；本文选自《郑敏文集》，北京师范大学出版社 2012 年版）

纪念西南联大六十周年 ①

赵瑞蕻

一年多以来，我书桌上常放着四本书，我在译述工作之余休息时，总喜欢翻翻它们，引起无限亲切的遐想，使我一再回到那早已消逝了的遥远的苦难岁月，那些充满着抗争和求索精神的激动的日子，那个特殊时代特殊机遇所交织起来的奇丽梦境里。这四本书就是：一、《国立西南联合大学校史——一九三七年至一九四六年的北大、清华、南开》，二、《笳吹弦诵在春城》（回忆西南联大），三、《笳吹弦诵情弥切》（西南联大五十周年纪念文集），四、《西南联大在蒙自》。此外，还有好几期西南联大北京校友会和上海校友会编印的《通讯》。这些书刊都附有不少珍贵的老照片、图片、校歌，当年好几位教授老师们的题词和手迹，以及冯友兰先生撰文、闻一多先生篆额、罗庸先生书丹的极为贵重的"国立西南联合大学纪念碑"（这碑文意义博大深远，充满激情，文采斐然，记叙西南联大始末，阐明其精神与成就；此文是冯先生得意之作，定当流传久远，以启迪后人）的复制片等。除《校史》外，每本书和通讯里边都有许多老校友写的回忆录和纪念文章，还有一些难得的史料。《校史》一九九六年十月北大出版社印行，由西南联大北京校友会主编，共有六百多页，是依靠十几位校友辛勤努力，经过十多年的多方面调查研究、搜集资料而编成的一部巨著。可以说，这是我国历史上第一部如此详尽完善，如此有意义的校史，是空前绝后的。说"绝后"，因为西南联大已成为历史陈迹了。然而，西南联大的精神过去存在，现在还存在，将来也会存在，而且应该使之发扬光大的。正如不久前在上海《文汇读书周报》上发表《西南联大与现代新诗》一文的作者鲲西学长所说的："西南联大已是历史陈迹，但它曾哺育和润泽无数莘莘学子心灵的恢弘博

---

① 本文原题《离乱弦歌忆旧游》，现将原副题移作正题。原编选者注。

大的精神是不会被遗忘的。"说得多好，我完全赞赏他的见解。为《校史》写序的陈岱孙先生更是具体地说明西南联大的卓越成就，光辉的贡献，他着重指出："人们不得不承认西南联大，在其存在的九年中，不只是形式上弦歌不辍，而且是在极端艰苦条件下，为国家培养了一代国内外知名学者和众多建国需要的优秀人才。"

《校史》还有一个特色，就是"院系史"，都由各院系一位老校友负责撰写，倾注了各自的研究、理解和热情；比如外国语言文学系史就是现任北京大学英语系教授李赋宁学长执笔的。书中将各系历年所开的课程，每门课担任的教师都一一列出；对主要的教授还作了专门介绍，他们的生平学历等，甚至还概括说明他们授课的特色。这里举两个例子：

在外文系里，吴宓先生"讲课的特点是不需要看讲义，就能很准确、熟练地叙述历史事实；恰如其分地评论各国作家及其作品、历史地位和文学价值。他教学极为认真负责，条理清楚，富于说服力和感染力。吴宓主张外文系学生不应以掌握西方语言文字为满足，还应了解西洋文化的精神，享受西方思想的潮流，并且对中国文学也要有相当的修养和研究。外文系培养出了许多杰出的人才，与他的思想感染很有关系"。

叶公超先生授课的特点是："先在黑板上用英文写下简明扼要的讲课要点，然后提纲挈领地加以解释说明。接着就是自由发挥和当机立断的评论。这种教学法既保证了基本理论和基本知识的传授，又能启发学生的独立思考和探索，并能培养学生高雅的趣味和准确可靠的鉴赏力。叶公超语言纯正、典雅，遣词造句幽默、秀逸，讲授生动。"

以上所引赋宁学长对于吴、叶两位老师的讲课特点的简要说明和评论，是完全符合实情的。当年我在蒙自和昆明上吴宓先生的"欧洲文学史"和叶先生的"十八世纪英国文学"这两门课时的情景犹淹留心中，具体、明朗、生动、深刻；这会儿我仿佛又亲切地望见他们的音容笑貌了。我又想到吴、叶两位先生这样的教学方式对于今天我们大学里文科（尤其是外文和中文系）是大可借鉴而加以继承发展的，所以我很乐意在这里介绍一下。《校史》最后附有全部学生名单，从哪年到哪年，毕业或肄业，本科或研究所的，都记载得清清楚楚，一查就行。今天国内外人文科学和自然科学界许多著名学者、教授、科学家，还有诗人、作家、翻译家，作出各种贡献，产生过这样那样的影响，已故或尚健在的西南联大同学都可以在这本书里找到他们的名字。

《西南联大在蒙自》由云南蒙自县文化局、蒙自师专和蒙自南湖诗社合编，出版于一九九四年十二月。这是本较新鲜别致的纪念文集，编得挺好，封面很吸引人，印有南湖风景、海关大院内原来的教室和歌胪士洋房里原来的师生宿舍等三张照片。书中收有陈寅恪、钱穆、郑天挺、朱自清、陈岱孙、浦薛凤、柳无忌、杨业治、浦江清等先生的回忆纪念文章和旧体诗；闻立雕的《忆父亲在蒙自二三事》和宗璞的《梦回蒙自——忆冯友兰先生在蒙自》两篇文章。当时南湖诗社发起人之一刘兆吉学长还特地写了一篇《南湖诗社始末》，详细介绍了这个组织的经过和工作（如办墙报、讨论会等）及成员情况。这是一份颇有价值的史料。南湖诗社是西南联大第一个文学社团，是在闻一多和朱自清两位教授热忱鼓舞和亲切指导下进行活动的。《校史》第一篇"概述"里提到这个诗社说："一些爱好诗歌的学生成立了一个诗社，取名南湖诗社。他们请朱自清、闻一多为导师，出版诗歌墙报，还举行了两次诗歌座谈会，讨论诗歌的前途、动向等问题。他们提倡新诗，以写新诗、研究新诗为主，对旧体诗并不反对。……社员有查良铮（穆旦）、赵瑞蕻、周定一、林振述（林蒲）、刘重德、李敬亭、刘寿嵩（绶松）等。后来他们在诗歌创作或研究方面都有相当成就。"上文提到的鲲西学长写的一文中也说："西南联大的诗歌活动是从蒙自南湖开始的。《西南联大现代诗抄》中有周定一的《南湖短歌》就是在当时南湖壁报上发表的，说是发表其实是贴在墙上的。……而我记忆最深的是赵瑞蕻君也贴在墙上的一首长诗，一时间颇为轰动。"（我这长诗就是《永嘉籀园之梦》，后改题为《温州落霞潭之梦》）这本书里杨业治先生写的《从南岳到蒙自》一文最后还特别翻译了歌德《浮士德》卷首的《奉献》（Zueignung）一诗，他说："回忆蒙自旧事，恍如隔世。歌德《浮士德》第一部的篇首《奉献》所述，合我此时情意。译此诗以志怀。"在这里，我想引该诗第二节（全诗共四节）作为六十年前我们师生在那遥远的地方、亲切的南湖湖畔度过的难忘日子的纪念：

你们带来了欢乐日子的景色，

好一些可爱的人影在那里升起；

像一个古老的，半已淹没的传说，

初恋和初次的友谊随着来到；

唤醒了的旧日痛苦的怨诉，

复述着生命的迷宫似曲折的道路；

又说起那些命运夺走了

美好的时光，先我而逝去的好人。

六十年前，从南岳山中辗转流亡到蒙自湖畔，暂时找了教学读书的安静环境的西南联大文法学院教师和学生中如今仍健在，还能做点事的人不多了；绝大部分的老师教授们已成古人，"先我而逝去"了（vor mir hinweggeschwunden）。我们在蒙自虽然只待了半个学期，但那里的地方色彩和生活情景却在我们大家心上留下了深刻的印象。正如后来朱自清先生在《蒙自杂记》里所说的："我在蒙自经过五个月，我的家也在那里作过两个月。我现在常常想起这个地方，特别是在人事繁忙的时候。"我在这里再抄一段宗璞《梦回蒙自》一文中关于蒙自风物的描绘，对她父亲冯友兰先生的怀念，以及她自己的感受：

> 蒙自是个可爱的小城。文学院在城外南湖边，原海关旧址……园中林木幽深，植物品种繁多，都长得极茂盛而热烈，使我们这些北方孩子瞠目结舌。记得有一段路全为蔷薇花遮蔽，大学生坐在花丛里看书，花丛暂时隔开了战火。……南湖的水颇丰满，柳岸河堤，可以一观；有时父母亲携我们到湖边散步。那时父亲是四十三岁，半部黑髯，一袭长衫，飘然而行。……在抗战八年艰苦的日子里，蒙自数月如激流中一段平静温柔的流水，想起来，总觉得这小城亲切又充满诗意。……当时生活虽较平静，人们未尝少忘战争，而且抗战必胜的信心是坚定的，那是全民族的信心。

关于蒙自，我那三篇怀念朱自清先生、燕卜荪先生和穆旦的散文里已有较详细的描述，这里不重复了。陈岱孙先生也为《西南联大在蒙自》写了一篇很好的序，我觉得应该把他流露着真情实感的最后几句话引在这里：

> 当小火车缓慢地从蒙自站驶出时，我们对于这所谓"边陲小邑"大有依依不舍的情绪。直至今日，凡是当年蒙自分校的同仁或同学，在回忆这一段经历时，都对之怀着无限的眷恋。固然环境宁静，民风淳朴是导致这一情绪的一大因素。但更重要的是，在当时敌人深入，国运艰难的时候，在蒙自人民和分校师生之间，存在着一种亲切的，同志般的敌忾同仇、复兴民族的使命感和责任感。这才是我们间深切感情的基础。因此，《西南联大在蒙自》一书所征集文章还不只是个人当年雪泥鸿爪的一般回忆，而实为呈现当年时代史迹的纪录。

每当我翻阅这些书刊时，我眼前立刻浮现着六十年前日本帝国主义的铁蹄穷凶极恶地蹂躏祖国大地，抗日烽火高烧，在动荡离乱的岁月中，敌机狂炸下，我们的学校在长沙、南岳、蒙自、昆明等地克服各种艰难，以"刚毅坚卓"（这四个字是联大校训）的精神，坚持教学，勤奋学习，弦歌不辍的景象。西南联大的历史是从一九三七年八月至一九四六年七月，共计八年十一个月，以学年计算正好九个学年。在当时那样动乱的局势中，那样艰苦的办学条件下，三座久负盛名而各有其历史和校风的大学，北大、清华、南开在三位校长蒋梦麟、梅贻琦、张伯苓先生精诚团结、密切合作中，依照当时教育部的指示，共同建立了西南联大；又依靠这三位常委的领导，在全体师生支持努力下，逐步克服了外部种种物资的匮乏，消除了内部某些分歧和矛盾，终于坚持了九年之久；"内树学术自由之规模，外来民主堡垒之称号，违千夫之诺诺，作一士之谔谔"（碑文中语），培育了那么多优秀人才，这真是了不起！在中国教育史上，乃至全世界教育史上创造了奇迹。郑天挺先生在《梅贻琦先生和西南联大》一文中说："三校都是著名专家学者荟萃的地方。……经过长沙临大五个月共赴国难的考验和三千五百里步行入滇的艰苦卓越锻炼，树立了联大的新气象，人人怀有牺牲个人、坚持合作的思想。联大每一个人，都是互相尊重，互相关怀，谁也不干涉谁，谁也不打谁的主意。学术上、思想上、政治上、校风上，莫不如此。"我想郑先生这几句话可以认为是西南联大之所以取得光辉成就的一个很好的说明，也体现了西南联大的办学原则，这就是"坚持学术独立，思想民主，对不同思想兼容并包。校方不干预教师和学生的政治思想，支持学生在课外从事和组织各种社团活动"（《校史》前言）。这也就是上面提及的西南联大精神。其实，西南联大精神就是五四精神，即民主、科学、反帝反封建、爱国主义的精神的继承和发扬。这点许多校友写的回忆录和纪念文章里都多多少少地谈到了。一九四三年十二月林语堂先生路经昆明（那时他准备到美国），参观西南联大并讲演，他很激动地对大家说："联大的师生物质上不得了，精神上了不得！"这句名言一时传为美谈，确是一语道出了当时联大的景况。二十多年后，有个美国弗吉尼亚大学历史系教授约翰·依色雷尔（中文名字是易社强）有一天在哈佛大学图书馆里偶然看到了一本《联大八年》，立即吸引了他，发现战时中国在西南角上居然办了这么一个大学，在如此艰苦的环境中，他便提出一个疑问——为什么在短短八年中竟能培养出这样众多出色的人才？为了研究这个问题，他兴致勃勃地多方搜集资料，访问了五十多位联大教师，两百多个联大同学；还不辞辛劳，远渡重洋，来大陆和台湾七八次，深入调查研究，终于花了十多年时间，完成了一部有七百多页的巨著《联大——在战争与革命中的一座中国大学》（后来是否仍用此书名，是否已正式出版，待考），这也真是一件了不起的事情！他曾对一个访问他的记者说："西南联大是中国历史上最有意思的一所大学，在最艰苦的条件下，保存了最完善的教育方式，培养出了最优秀的人才，最值得人们研究了。"（请注意这句话中连用了五个"最"字）后来，一九八八年，他为了纪念西南联大五十周年，还特别写了一篇文章。在这里，我愿意抄几句，且听听一位外国学者朋友怎样评论西南联大吧：

　　……中国北方知识分子精英的荟萃，使联大顿时成为一所超级大学。……联大的素负盛名的教师自然而然吸引了战时中国最优秀的学生。除了虎虎有生气的文化学术活动以外，联大还成为中国最具政治活力的一个大学。由于联大师生无所畏惧地捍卫了政治自由和学术自由，抨击了重庆的一党专制，联大获得了"民主堡垒"的美誉。……到一九四六年秋天，北大、清华、南开复员回到原先的校园时，联大已为自身在中国现代史上赢得了光辉的一页。然而，联大传统并未在逝去的岁月中冻僵，却已成为中国，乃至世界可继承的一宗遗产。……追随北大前校长蔡元培、清华梅贻琦、南开张伯苓的传统，联大为东西方文化在中国土壤上喜结良缘作出了榜样。……在不到半个世纪以前，就能产生一所具有世界先进水平的大学，这所大学的遗产是属于全人类的。

（全文中译见《云南师大学报》一九八八年十月编印《西南联大暨云南师大建校五十周年纪念特刊》）

我在《南岳山中，蒙自湖畔》那篇纪念穆旦逝世二十周年较长的散文里，曾说"六十年前降临在中国大地上的秋天是灰色的、黑色的、动荡的、凄凉的、悲愤的，兵荒马乱，烽火连天；也是同仇敌忾，充满着反抗呐喊声的"。那时，一九三七年秋天，十月里，北大、清华、南开三座大学师生，再加上不少从别的大学来借读和转学的学生，克服了路途险阻，千辛万苦，流亡到长沙，在一个临时建立起来的学校觅得难得的栖身之地（包括南岳山中的临大分校文学院），继续教学读书。那时，长沙一时就成为三十年代末期狂飙怒涛中我国一大批知识分子密集团聚的一个据点。可是不久，只有三个月短暂的时间，由于强敌深侵，时局紧迫，学校被迫西迁昆明，正如后来《西南联大校歌》里所唱的："万里长征，辞却了五朝宫阙，暂驻足衡山湘水，又成离别。"这支知识分子大军，其中有许多当时最著名、最有影响的学者专家教授，文化学术界的精英，又开始长征，"兵分两路"，水陆并举，经历了前所未有的远距离跋涉，中国五千年历史上空前的知识分子大迁移，最后又都汇合相聚在昆明（联大文法学院蒙自分校于一九三八年八月搬回昆明，与理工等学院合在一起了），那个云贵高原上的春城，五百里滇池边上的一颗明珠。从长沙临大学期结束，开始西迁，到昆明西南联大新学年开始，正好半年时间。师生全体虽历艰辛，终于安全到达目的地，未出大事故，这真也是了不起的！更可贵的是，师生经过长途跋涉，深入内地，了解生活景况，民间疾苦；或路经英、法殖民地，亲见丑恶现象，这都不是平时在课本上所能具体地体会到的。这些锻炼，这些不可多得的考验，使师生睁开了眼睛，看得更远，想得更深，更加关心祖国民族的命运，对以后的生活和斗争起了作用。闻一多先生在一封给他父母亲的信中说：

……第五日行六十里，第六日行二十余里，第四日最疲乏，路途亦最远，故颇感辛苦。……如此继续步行，六天之经验，以男等体力，在平时实不堪想像，然而终能完成，今而后乃知"事非经过不知易"矣。至途中饮食起居，尤多此生未尝过之滋味。每日六时起床（实无床可起），时天未甚亮，草草盥漱，即进早餐，在不能下咽之状况下，必须吞干饭两碗，因在晚七时晚餐时间前终日无饭吃。……前五日皆在农舍地上铺稻草过宿，往往与鸡鸭犬豕同堂而卧。……

闻先生在一封给一个学生的信中又说：

十余年专业之考据，于古文纸堆中寻生活，自料灵性已濒于枯绝。抗战后，尤其是步行途中二月，日夕与同学少年相处，遂致童心复萌。

朱自清先生一九三八年八月在蒙自为清华第十级毕业生题词中说："……诸君又走了这么多的路，更多的认识了我们的内地，我们的农村，我们的国家。诸君一定会不负所学，各尽所能，来报效我们的民族，以完成抗战建国的大业的。"冯友兰先生的题词中也说："第十级诸同学由北平而长沙衡山，由长沙衡山而昆明蒙自，屡经艰苦，其所不能，增益盖已多矣。"

一九三八年秋天，整个联大总算安顿下来，师生开始新学年的教学和学习，迈入另一阶段的生活境遇中了。那时，学校租借了昆明市郊会馆和不少座中学、专科学校（因避敌机空袭，这些学校疏散到乡下或外县去）的房屋，作为教室、行政办公用屋、师生宿舍等。后来又在昆明城外西北部三分寺一带买了一百二十多亩土地，造了一个新校舍。除了图书馆和两个大食堂是瓦房外，所有的教室都是土坯墙铁皮顶，而学生宿舍和各类办公室统统是土墙茅草屋。就在这片新校舍以及其他租借来的房屋中，在如此简陋的校园里，西南联大师生坚持教学、读书、研究、实验，进行各种各样的活动，开拓了一条空前的爱国、民主和科学，坚持学术独立、思想自由的道路；"创造了战时联合办学的典范，发扬了民主治校的精神"，培养出了一大批"创业之才"（《校史》前言）。也正是那个难忘的秋天，当大家稍稍安定下来的时候，日本鬼子的飞机开始袭击昆明了。一九三八年九月十三日，我们初次听到了空袭警报的凄厉声；九月二十日，敌机九架对准美丽的春城疯狂地投下了炸弹，学校租来作为教职员和学生宿舍的昆华师范学校挨炸了。我那时就住在那里一个住了四十多个同学的大教室里，幸亏我们一听到"预先警报"就往外面田野里跑，躲避了。昆师后院边上有个破落的佛殿胜因寺，被炸了一半；平日中晚两顿饭我们就在寺里围着一张破桌站着吃的。从此以后，敌机时常来骚扰投弹，也因此，"跑警报"便成了我们生活中一个组成部分。汉语中第一次出现了"跑警报"这个新名词了。关于"跑警报"，我在作于一九四〇年的那首长诗《一九四〇春，昆明》（这首诗或许是我国新诗中采取现代派手法惟一集中描写日本鬼子轰炸的长诗）和作于一九九五年春《当敌机空袭的时候》一文中已有较详细的描述，这里从略了。

那时，还出现了一个新名词，就是"泡茶馆"，因为坐得很久，所以叫"泡"。"泡茶馆"也成为联大师生（尤其是学生）日常生活中的一个组成部分了。那时，学校附近如文林街、凤翥街、龙翔街等有许多本地人或外来人开的茶馆，除喝茶外，还可吃些糕饼、地瓜、花生米、小点心之类的东西。许多同学经常坐在里边泡杯茶，主要是看书、聊天、讨论问题、写东西、写读书报告甚至论文，等等。自由自在，舒畅随意，没有什么拘束；也可以在那里面跟老师们辩论什么，争得面红耳赤（当然，我们经常也在宿舍里或者在教室里就某件事，某个人，某本书，某个观点展开热烈的辩论，争个不休）。街上也有几家咖啡店，我记得昆师门口有一家"雅座"；北门街上那个店叫做"Café chez nous"（咖啡之家）更神气点。我记得燕卜荪先生喜欢独自坐在那儿，边喝咖啡，边抽烟，边看书。不过，师生们多半是走进一个小食店，随意吃碗"过桥米线"或者饵块（一种籼米做的白色糕，切成一片片的，配上佐料），那也是大家时常见面聊天的场所。这些都是联大师生生活中的一部分镜头，是直到如今仍令人怀念的一幅幅风俗画。

我从一九三七年秋入学到一九四〇年夏联大外文系毕业后，立即找到了一个不坏的事儿，在温德（Robert Winter，原清华外文系教授）先生主持下的"基本英语学会"工作。后又在云南英专教英文（清华校友水天同先生是校长），最后转到岗头村昆明有名的南菁中学教高中一年级英语，直到一九四一年十一月离开昆明上重庆去了。所以，我与西南联大有整三年可喜的缘分；我在昆明待了四年多。如今回忆起来，当年种种情景仍历历在目，仿佛这会儿就呈现在身边似的。根据我的亲身体会感受，或者一些理解——可说不上有什么深刻认识，特别研究——我觉得西南联大的优点长处，也许就用"西南联大精神"这六个字眼吧，可以用下面四句话，三十二个字概括起来，这就是：一、爱国救亡，抗战必胜；二、师生情谊，教学相长；三、民主思想，自由探索；四、中华情结，世界胸怀。关于第一点"爱国救亡，抗战必胜"，不必多说，大家都是清楚、了解的。在这里，我只是想就二、三、四这三点，这三个方面集中结合起来谈谈我的一些感受。重心放在第二点上，因为这是我感受最亲切，得益最深的。

任何学校，从小学、中学到大学，主要的成员是教师和学生；起主导作用的是教师。教师领导学校，担任教学，教育学生，培植人才；教师的职责可以不一样，但目标一致，就是办好学校。西南联大继续坚持北大、清华、南开三校"教授治校"的优良传统，并且在新的条件下，发展了这个传统。从校长到校务委员会、教授会、教务长、总务长、训导长到各院长各系主任、各研究所长等，都由教授担任。还有个特点，就是教授兼职（总务长、教务长、院长、系主任等）并不增加薪水，照样参加教学工作，课程负担跟一般教授相同。彼此之间是同事，不分什么上下级；他们更不是官，没有官僚味儿。从同学方面说来，他们都是老师，平时一律称为"先生"，从不叫什么这个主任那个长。随时随地大家都尊敬地叫梅先生、闻先生、吴先生、叶先生、沈先生……一九三一年梅贻琦先生任清华大学校长时曾说："所谓大学，非谓有大楼之谓也，有大师之谓也。"后来他又说过："教授是学校的主体，校长不过就率领职工给教授搬搬椅子凳子的。"这两句名言（也可称为警句）及其所代表着的精神在西南联大仍然得到贯彻。梅先生本人就是一个电机、机械学的专家，一个名副其实的学者、科学家，杰出的教育家，联大主要的领导人。梅先生的人品、学养、办事能力、待人接物，踏实诚挚，谦和沉着，富于责任心，在学校里享有很高的威望。生活又是那么朴素，在昆明经常穿着一件深灰色的长袍走来走去。一九六二年梅先生逝世后，叶公超先生曾写了一篇怀念文章，称梅先生为"一位平实真诚的师友"；叶先生说："他有一种无我的 selfless 的习惯，很像希腊人的斯多噶学派 Stoic。他用不着宣传什么小我大我，好像生来就不重视'我'，而把他对朋友，尤其对于学生和他的学校的责任，作为他的一切。……最令人想念他的就是他的真诚。处在中国的社会，他不说假话，不说虚伪的话，不恭维人，是很不容易的一椿事。"

上文提到梅先生说过一个大学不是靠大楼，而是靠大师，我认为这是至理名言。过去如此，现在也应该如此，欧美等国也是这样（一九五三年至一九五七年我在德国莱比锡大学任客座教授时，对此点有所了解。该校拥有一批国际著名学者，不少位诺贝尔奖金获得者）。这并不意味着大学不要大楼（在今天很需要许多座现代化的高楼大厦），而是说学校主要是师资力量，必须有好教授，尤其是各专业的大师。西南联大有许多大师，文理工科都有，这只要翻翻《校史》中的"院系史"部分就可以明白了。当年那些大师的年龄还只是在三十岁至五十岁之间，正处在壮年时期，而他们在科学、文化研究各方面已取得了成就，作出闪亮的贡献了。此外，还有一批跻身世界学术前沿的青年学者，这也是一份高强的力量。依我的感受来说，最可喜最可贵的是当时一般师生之间存在着一种深厚、亲挚、密切、和谐的关系；那样亲切的师生情谊，认真的教学相长的学风应该大书特书，值得我们今天沉思，好好学习的。联大实行"通才教育"，即"自由教育"，强调基础教育和锻炼，十分重视基础课程，许多名教授担任基础课（比如说，中国文学史、西洋通史等），也有配合助教进行教学的。必修课外，开了许多选修课，甚至一门相同的课，由一至二三个教师担任，各讲各的，各有其特色，这就有"唱对台戏"的味儿，起着竞赛的互相促进作用了。每个教授必须担任三门课，而且上课时很少照本宣读，主要讲自己的专长、研究心得。平时师生在课堂上见面外，随时可以随意谈天，讨论问题，甚至为某个科学论据某个学术观点争吵起来。

我清楚记得，一九三九年秋，有一天上午，我在联大租借的农校二楼一间教室里静静地看书，忽然有七八个人推门进来，我一看就是算学系教授华罗庚先生和几位年轻助教和学生（我认得是徐贤修和钟开莱，这两位学长后来都在美国大学当教授，成了著名的学者专家）。他们在黑板前几把椅子上坐下来，一个人拿起粉笔就在黑板上演算起来，写了许多我根本看不懂的方程式，他边写边喊，说："你们看，是不是这样？……"我看见徐贤修（清华大学算学系毕业留校任助教的温州老乡，当时教微分方程等课）站起来大叫："你错了！听我的！……"他就上去边讲边在黑板上飞快地写算式。跟着，华先生拄着拐杖一瘸一瘸地走过去说："诸位，这不行，不是这样的！……"后来他们越吵越有劲，我看着挺有趣，当然我不懂他们吵什么。最后，大约又吵了半个多钟头，我听见华先生说："快十二点了，走，饿了，先去吃点东西吧，一块儿，我请客！……"这事足可以说明当年西南联大的校风学风。这是一个典型的例子，因为它给我的印象太深了，所以直到如今我仍然牢记在心。

我还记得当时哲学系有个朱南铣同学（我跟他较熟悉）书念得很好，真有个哲学头脑，常常异想天开，也会写很不错的旧体诗。他戴副高度近视眼镜，背有点驼。我经常看见他跟他系里沈有鼎教授（数理逻辑专家）泡茶馆，一泡泡半天，海阔天空，无所不谈，有时候也辩论起来，各不罢休。朱南铣有次告诉我他的一些学问是从沈先生的"信口开河"里捡到的。一九四〇年我毕业后，就没有再看见他。后来听说"文革"中，他被下放劳动，一天晚上摸黑走路，不幸掉在池塘里淹死了。

我在这里再一次想起吴宓先生、叶公超先生、朱自清先生和沈从文先生来。关于吴先生、朱先生和沈先生我已写了三篇较长的文章，不重复了。这里再说一下叶先生。他可真是一位既精通英国语言文学（英文说得那么自然、漂亮、有味儿，听他的课实在是享受），又对国学有较深的修养；还善于写字绘画，长于画兰竹，曾说"喜画兰，怒画竹"。叶先生在外表有副西方绅士的派头，仿佛很神气，如果跟他接触多了，便会发现他是一个真诚、极有人情味儿的人，一个博学多才的知识分子。他并没有什么架子，相反的跟年轻同事相处得挺好，乐于助人，而且十分重视人才，爱护人才。这里，我举一个例子：他很欣赏北大外文系一九三八年毕业生叶桭，留他在联大当助教，教大一英文。叶桭是我老乡、温州中学老同学，中英文都很棒。他喜欢英国萨克莱作品，很有研究，写过几篇论文。那时，叶先生和叶桭都住在昆华师范学校（联大教职员和学生宿舍）里，时常见面来往，叶先生有什么事就找叶桭，是十分亲近的。有一次，我正在叶桭住的一间屋子里，看见叶先生敲门进来了，就对叶桭（叶桭字石帆）说："石帆，我这几天穷得要命，你借我点钱，过几天还你，行吧?"叶桭问他要多少，叶先生说："五十吧！"叶桭说："好！……"

我在南岳上学时，除外文系的课程（如叶先生的"大二英文"，燕

抖了。我悄悄地对她说："别怕！没关系，慢慢读下去……"她老叫我"Young Poet"（年轻的诗人），几次说"Young poet，你一定要好好帮我闯过法文这一关啊！"当然，靠她自己用功，最后她的"三年法文"还是及格了。其实，吴先生虽然严厉，但他十分直爽，平易近人，极关心学生的学业进步。一九四四年我在重庆翻译的《红与黑》初版本出版后，寄赠一本给吴先生（那时他在昆明），他很快就写信鼓励我说："你做了一件很不容易的事！在这炮火连天中，这本名著翻译过来会给人带来一股清醒，振作起来的力量。"（这是国内《红与黑》中译本最早的几句评论。你看，当时吴先生的眼光多锐利！他的见解比起解放后许多大大小小文章集中火力批判《红与黑》，说它是一株大毒草，不知高明多少倍了！）一九四九年七月，我和杨苡带了两个孩子到天津我岳母家，几天后我独自到北京拜访沈从文先生，也到清华园看望吴先生，畅谈别后情况，他一定要留我吃中饭，说可以多聊聊。临走时，他送我一本他翻译的博马舍《费嘉乐的结婚》作为纪念。此书我珍藏至今，后来我在南京大学教外国文学史时，曾对照法文原著精读了两遍，惊叹先生译笔忠实而流利，又能保持原作风味。我在课堂上以吴先生的译文朗诵了该剧第五幕第三场费嘉乐有名的独白。一九七三年秋，杨宪益夫妇出狱后不久，我和杨苡到北京探望时，我也到北大燕东园拜访吴先生，那时他已患咽喉癌开刀，声音嘶哑，但仍高兴和我谈谈，我十分难过。三年后，先生辞世了，才七十一岁。

在蒙自时，我还怀着极大的兴趣去听钱穆先生的《中国通史》课，那时他四十三岁，正是盛年，精力充沛，高声讲课，史实既熟悉又任意评论，有独特的见解；说到有趣的事，时不时地朗朗发笑。我记得他说《论语》"有朋自远方来，不亦乐乎！"一句里的"朋"不是一般所说的朋友，而是指孔门七十二弟子。一个人的学问有弟子来切磋，那多好。学问本来是集体的，是共同事业。所以古人说"独学而无友，则孤陋而寡闻"，孔子就是看待学生如朋友一样。古代称学生为弟子很有道理。还有，老师去世了，孔子，宋代的朱熹，明代的王阳明死了，主持丧事的人，都是学生，家里人倒反跟在后头。这都是咱们中国文化的优良传统。《校史》上说钱先生"对中国民族文化有精辟的认识和深厚的感情，因而主张民族文化决定历史的进程"。钱先生在他的《回忆西南联大蒙自分校》一文中，提到陈梦家和赵萝蕤夫妇，时常来往谈谈；还特别指出陈梦家热忱地劝他撰写《国史大纲》。他说:"余之有意写《国史大纲》一书,实梦家两夕话促成之。"这点也很可以说明当时同事之间,长者与晚辈之间的美好关系,一种可贵的情谊。在蒙自时我常看见陈、赵两位在南湖边散步。陈梦家先生教文字学课,穿着蓝布大褂,布鞋,手里老拿着一个灰布包,里头装着书和讲义走进海关大院去上课。他那时对上古先秦史、甲骨文已很有研究了。赵萝蕤学长一九三六年已译了 T. S.艾略特的《荒原》出版,叶公超先生写了一篇极好的序。我那时看见她比较瘦,修长的体态,很潇洒。钱文中说及赵萝蕤从前在燕园时"追逐有人,而独赏梦家长衫落拓,有中国文学家味,遂赋于归"。陈先生在抗战胜利前后,曾到欧美讲学,搜集我国流失在海外青铜器资料,作出了贡献。他解放后在清华任教,后调考古研究所工作,确是一位勤奋有为的学者。可是后来"文革"一开始,他就受迫害蒙冤自杀了!才五十五岁!这样一位热爱祖国文化,上古史、古代神话、甲骨文的专家教授,又是一位很有成就的新诗人,怎么也逃不掉"罪恶的黑手",死于非命?西南联大有许多师生后来受尽折磨,含冤自杀的就有不少个,陈梦家之死也是个例子。一九七八年十一月,在广州越秀宾馆召开全国外国文学工作规划会议时,我和赵萝蕤学长很巧住在靠近的房间里,有较多的机会谈谈。有一次我问她有关陈梦家的不幸事,她不愿多谈,沉默好久。我知道她多痛苦!如今,她也去世了,而她在外国文学方面所作出的贡献,她的《荒原》和《草叶集》等的译介,她与吴达元、杨周翰合编的《欧洲文学史》等业绩将永远留在人间!

《校史》上说:"西南联大集中了北大、清华、南开三所著名大学的著名教授。文科的教授,大多数是中西兼通的学者。专长外国语言文学、哲学、政治学、经济学的名教授,无不具有深厚的国学基础以及对本国国情较深入的了解。擅长中国文史哲方面研究的名教授,有的将外国进行学科研究的方法和手段运用到处理中国传统的学科,已在一些领域取得卓越的成就。"我们文科学生就在这许多教授的循循善诱和潜移默化中,尊师爱徒的优秀传统下,受到了亲切的教育。那时部分教授还在外面自办杂志,如《今日评论》、《当代评论》、《战国策》等;也在《中央日报》编个文艺副刊,这都是发言据点,制造舆论的地盘。许多老师认真教学外,坚持写东西,沈从文先生是一个。他的《云南看云》就是一篇很有分量很有见解的散文,他指出:"……战争背后还有个庄严伟大的理想……不仅是我们要发展，要生存，还要为后人设想，使他们活在这片土地上更好一点，更像人一点！"总之，他们都是在各自专业中走着一条独立思考，自由探索的道路而取得了各自的成绩的。同学们除了上课听讲外，还参加许多其他活动，组织各种社团（成立了一个"联大剧团"，曾演出《祖国》、《原野》等，轰动一时），可以随时随意去听各种政治立场、各种学术观点的公开演讲；演讲者可以"各抒己见，畅所欲言，足以反映学校继承了兼容并包、学术自由的传统，并倡导科学和民主的精神"（《校史·概论》）。我们的"南湖诗社"后来改称为"高原文学社"，每两周进行一次活动，吸引了许多同学。或者去参加各种形式的活动，如"七七"抗战纪念会、五四运动纪念会、文艺报告会、诗歌朗诵会、歌咏队等等。校园里还有一个"民主墙"，上面贴了各种壁报，五花八门，各有特色。谁都可以把自己的意见和建议，对时局的评论等，甚至把一篇散文，一首诗，一篇小论文贴在上边，看的人很多，教师们也常来看看。闻一多先生写文章，大谈田间，非常赞赏田间的诗，还有艾青（后来他还朗诵了艾青的《大堰河》），认为他们是"时代的鼓手"。他大胆地提出"儒家、道家、墨家是偷儿、骗子、土匪"；他说，在中国历史上屈原是唯一一个有资格被称为人民诗人的诗人。在一次演讲时，他赞扬高尔基和马雅可夫斯基，说这是文学创作的一条大道。一九四四年在纪念鲁迅逝世八周年大会上，闻先生慷慨激昂地说：

> 从前我们在北平骂鲁迅，看不起他，说他是海派，现在，我要向他忏悔，鲁迅对，我们骂错了！海派为什么就要不得，我们要清高，清高到国家这步田地！别人说我和政治活动的人来往，是的，我就是要和他们来往。

这一切就是西南联大的精神。为了进一步说明这个问题，我愿意在这里再引已故国际数学哲学著名学者、美国哈佛大学教授王浩学长在《谁也不怕谁的日子》一文中说的几句话：

> 当时，昆明的物质生活异常清苦，但师生们精神生活却很丰富。教授们为热心学习的学生提供了许多自由选择的好机会；同学们相处融洽无间，牵挂很少却精神旺盛。当时的联大有"民主堡

垒"之称。身临其境的人感到最亲切的就是"堡垒"之内的民主作风。教师之间，学生之间，师生之间，不论资历与地位，可以说谁也不怕谁。

尽管那时物价飞涨，生活越来越艰苦，联大师生在外兼职兼课（教家馆等），打工干活维持生活的多得很，比如闻先生替人刻图章，等等。除了少数有钱人家的子女和一些不好好念书，在外边做生意，搞投机倒把的学生（滇缅公路开通时，也有人来回跑仰光，发"国难财"的，但这些只是极少数，个别人）外，绝大部分同学是清苦的、勤奋的、积极向上的。头几年大家成天穿着黄色校服，因日晒雨打，逐渐褪色，变成灰色了；冷天披件黑棉衣（这都是长沙临大搬家时学校发给学生的）。一路穿到蒙自穿到昆明，换洗的衣服少得可怜，这是当年流亡学生的标志。大多数人的住处不必说了，"那时联大的教室是铁皮顶的房子，下雨的时候，叮当之声不停。地面是泥土压成，几年之后，满是泥垢；窗户没有玻璃，风吹时必须用东西把纸张压住，否则就会被吹掉"，这几句是杨振宁学长在《读书教学四十年》一文里"扎实的基础，西南联大"一小节中说的。这个后来得了诺贝尔奖金的大科学家年轻时就是在这么个环境中长成起来的。在这里，我想抄录我在一九八八年纪念联大五十周年时写的一首小诗以作印证：

西南联大颂

八个年头！那么艰苦，又那么香甜，
在南天，壮丽群山翠湖边，
双层破床，雨漏点灯读书；
师生情谊犹如一泓清泉。
在茶馆里谈心，红了耳朵争论，
追求民主真理，有个共同的信念。
狂炸中仍然弦歌不绝——
联大啊！早已开花结果，在海角天边。

我多么怀念在西南联大学习那三年珍贵的时间！我多么怀念那许多敬爱的老师们！我多么怀念那许多年轻有为、相亲共进的同学们！在南岳山中，在蒙自湖畔，在滇池边上，在昆明城中，翠湖的堤岸上……我们度过的日日夜夜是值得留恋，永远缅怀的！冯至先生在他的《昆明往事》这篇回忆散文里一开头就这么写着：

> 如果有人问我，"你一生中最怀念的是什么地方？"我会毫不迟疑地回答，是"昆明"。如果他继续问下去，"在什么地方你的生活最苦，回想起来又最甜？在什么地方你常常生病，病后反而觉得更健康？什么地方你又教书，又写作，又忙于油、盐、柴、米，而不感到矛盾？"我可以一连串地回答："都在抗日战争时期的昆明。"

冯至先生一九三八年底到了昆明，正是日寇凶焰越来越烧入内地，武汉失守，广州沦陷，长沙大火以后不久的时候，那时他三十三岁。他在联大边教德文，边研究歌德和杜甫，为他以后的专著作了最充分的准备。艰苦生活和轰炸没有打断他的追求精神，贡献他自己一份力量；他开始创作十四行诗，为现代新诗打开了一条哲理沉思的道路。冯先生指出西南联大"绝大多数教职员都是安贫守贱，辛辛苦苦地从事本位工作"。是啊，安贫守贱，再加上乐道——这个"道"就是思想自由，学术自由，勇于探索，敢于批判，"违千夫之诺诺，作一士之谔谔"；既有中华情结，又抱世界胸怀，或者正如吴宓先生所一再强调的"Plain living and high thinking"（生活朴素，思想高超。原句是英国浪漫主义大诗人华兹华斯的名言），这也都是西南联大的精神。

总之，"联大所以能培养出众多人才，与联大的教育思想、教育制度、学风和政治环境有密切关系"（《校史》第六十九页）。

抗战时期，中国的文化中心在昆明，因为昆明有西南联大。

团结，宽容，互相促进，坚持独立自主精神，追求真理，要求民主自由；愤怒谴责国民党一党专政，贪污腐败和法西斯暴行——西南联大这个"民主堡垒"，不是日寇炸弹所能摧毁的，也不是任何反动腐朽的势力所能消灭的。

西南联大知识分子群体所走过的道路及其后来的命运令人感慨不已，值得后人深入研究。我相信一定会有人写出一本专著大书，以启示未来热心的人们。

我相信卢梭的一句话——Le temps peut lever bien des voiles（时间会揭

开重重帷幕，也可以说"发历史未发之覆"）。

最后，引王力先生《缅怀西南联合大学》一诗作为本文的结束语——一首"五色交辉，相得益彰，八音合奏，终和且平"（西南联大纪念碑文中语）的协奏曲：

> 卢沟变后始南迁，
> 三校联肩共八年。
> 饮水曲肱成学业，
> 盖茅筑室作经筵。
> 熊熊火炬穷阴夜，
> 耿耿银河欲曙天。
> 此是光辉史一页，
> 应叫青史有专篇。

一九九八年春三月写完

（本文选自钟叔河、朱纯编《过去的大学》，长江文艺出版社2005年版）

忆李广田师和西南联大文艺社

王景山

真是完全意想不到的事，一张毛边纸的三寸长二寸宽的《国立西南联合大学学生壁报登记表》，居然侥幸保存下来了，经历了抗日战争的最后二年，经历了解放战争三年，甚至还经历了史无前例的浩劫十年。这张登记表，是一九四四年九月三十日由当时西南联大的训导处发给的，编号为"报登字第柒拾贰号"，内分五栏，名称：《新苗》。出版期间：二周。创刊日期：十月二日。负责人：赵少伟、王景山，指导人：李广田先生。

看着这张登记表，广田先生的身影，重又清晰地浮现在我的眼前。虽然他含冤逝世已整整十有四年。

我是一九四三年夏从贵阳考进联大文学院外国文学系的。赵少伟是著名剧人赵慧深的胞弟，同年从重庆考进联大，入工学院。作为大一新生，我们住在一起，因都爱好文艺，便结识了，后来他转入了外文系。当时联大学生已从一九四一年反共高潮以来的蛰伏中复苏过来。《文艺》壁报率先出版，以它那朴实的内容、朴素的形式和准确无误的版期，赢得了广大同学们的赞赏。而《文艺》壁报的指导人，就是李广田先生。

我们受到鼓舞和启发，便约集工学院的胡东明，法学院的韩济民，以《文艺》为榜样，筹办了《新苗》壁报。

三十年代初，广田先生还在北京大学求学时，就和何其芳、卞之琳二位合出了诗集《汉园集》，因而被艳称为"汉园三诗人"，这是我早就知道的。他的散文集《银狐集》、《画廊集》等，都是我高中时代最爱读的作品。但是促使我们请他做指导人的原因，除因他在文学上的成就外，大概还有一个因素，即我和他同是山东人，是大同乡。听说，抗日战争发生后，他是和他正在任教的国立六中师生一起，长途跋涉到四川的。后经杨振声先生介绍到联大四川叙永分校任教，然后才又到了昆明。

好象是一九四四年底,《新苗》已经出版了四、五期了,我们忽然接到延安图书馆寄来的热情的信,要我们按期寄送《新苗》一份。这当然是误会,以为我们是铅印的刊物了。但延安居然知道了我们这个小小的《新苗》的名字,实在使我们不胜惊喜。广田先生得知此事,激动地分享了我们的欢乐。

次年春,在《文艺》壁报的基础上,联大文艺社正式成立。《文艺》壁报的主要负责人程法仅、张源潜、王楫等,都是外文系同学,便建议我们停办《新苗》,参加文艺社,一同办好《文艺》。我们知道这里也有广田先生的意思,因此欣然应允。我和赵并担任了文艺社的出版干事。

《文艺》壁报也是半月一期,每期约两万字,小说、诗歌、散文、杂文、评论,各栏俱全。我记得,许多稿子都是经广田先生看过,指导过的。其中有一些,又经广田先生介绍在某些进步报纸副刊上发表。当时诗人吕剑同志正在昆明编辑一家报纸的副刊,就发表过一些文艺社社员的稿子。

一九四五年秋,杨振声、李广田二先生编的文艺刊物《世界文艺季刊》出版了。第一卷出了四期,现在都还可以看到。第二卷是否续出,已无印象。广田先生的著作在该刊揭载的有短篇小说《活在谎话里的人们》,论文《谈报告文学》、《认识与表现》等。值得注意的是在上面先后发表的联大文艺社社员的著译竟达十几篇之多。其中包括刘治中(署名史劲,现名刘克光)的短篇小说《冬日》,王楫(署名王季)的短篇小说《未完成的婚礼》,赵少伟(署名卢式、王卢、卢集、赵毅深)写的评论《罗曼罗兰的〈悲多汶传〉》、《爱密尔·白朗代及其〈咆哮山庄〉》、《AN.奥斯特洛夫斯基的〈大雷雨〉》和译文《论传记艺术》(Lytton Strachey 作)、《约翰·史丹倍克:工作中的小说家》(L.加奈特作)、《卡莱尔》(传记,Lytton Strachey 作)、《人心》(小说 Giorgicri Contri 作)以及我(署名景山、鲁峰)写的评介《沙汀的〈奇异的旅程〉》、《徐昌霖的〈年青的 R.C〉》、《读茅盾的〈清明前后〉》等。由此可以看出广田先生对我们这些文艺学徒的培植、提携和关怀。

当时,联大校内的文艺活动是颇活跃的。一九四四年、四五年"五四"纪念周中都有盛大的文艺晚会,请知名教授、作家出席演讲。每当一些世界著名作家的诞辰、忌日,也常常举行纪念活动。这些活动广田先生总是应邀参加的。他曾集自一九四二年春起至一九四六年春止写于昆明的二十三篇论文,题为《文学枝叶》,由范泉编入《一知文艺丛书》第一辑，于一九四八年一月由上海益智出版社出版。他在《序》中特别指明："其中：《鲁迅的杂文》、《鲁迅小说中的妇女问题》、《论文学的普及和提高》、《谈报告文学》、《纪念高尔基：论文化工作者应该站在哪一边》，都是讲稿。"

这就又使我想到了在广田先生支持下文艺社创办的小型文艺刊物，铅印的《文艺新报》。

《文艺新报》是一九四五年十一月创刊的半月刊，署联大文艺社编辑兼发行，公开出售。创刊号第一版第一篇便是广田先生的《人民自己的文学》。文中明确提出："真正的人民文学是要由人民自己创作的，应当由人民来说他们自己的痛苦，说他们自己的快乐，说他们自己的理想，说他们自己的生活，用他们自己的语言文字，来表他们自己的情，达他们自己的意，来作为他们互助结合的工具，作为他们斗争的武器。""而所谓文学也不是单独生长的事物，它必须是和人民的政治、经济，以及一般生活同时并进，并互为作用。"这是一篇重要的文章，广田先生当时的文艺思想于此可见一斑。

此文后亦收入《文学枝叶》，文末署写作日期为"三十三年十一月八日"，应即一九四四年十一月八日。但在《文艺新报》上初次发表时，作者附记则云："这是两年前的旧作，去年曾交某刊待用，这刊物却至今尚未问世。《文艺新报》急需短文补白，便捡出旧稿重抄一遍，虽略有订正，终觉有些文不对题——或说题不对文——的地方。大约当初是因为喜欢这里的歌谣，便以之为中心而写了下去，如今想订正，势非另起炉灶不可，既不可能，也就只好如此了。"据此推算，则此文似应作于一九四三年冬，孰是，待考。

一九四五年十一月十六日，《文艺新报》第二期出版，开始设"文艺信箱"。"编辑室启事"云："为适应一部分读者的要求，我们从这一期起设了一个'文艺信箱'，替读者解答文艺理论、文艺思潮、作品形式、内容及其他问题。并特约闻一多先生、李何林先生、李广田先生为本信箱导师。凡比较重要的问题，我们都在本刊公开答复；而因限于篇幅，不能公开答复的，即用书而答复。遇到有特别重要的意义和研究价值的，我们还想开专题讨论会，由本社社员和读者共同讨论，并请本信箱导师参加指导。……"在这一期《文艺新报》上即由李何林先生答复了读者提出的"关于色情作品的几个问题"。

可是这个"文艺信箱"只办了一期就停了。这年十一月二十五日，西南联大、云南大学等四校联合举办的时事晚会，反对内战，遭到国民党反动派军警包围和开枪开炮威胁。次日昆明三万大中学生开始了轰轰烈烈的抗议罢课。二十九日，《文艺新报》赶出了反对内战，支持罢课的号外。第一版第一篇就又刊登了广田先生的《关于高尔基》一文。此文即后来收入《文学枝叶》中的《纪念高尔基：论文化工作者应该站在哪一边》那一篇，是广田先生在那年六月十八日高尔基逝世九周年纪念会上的讲词。当时我们发表此文，是有用意的。文前特加"编者按"云："当法西斯的匪帮被反法西斯的联合阵线打垮了一大半的时候，为了纪念高尔基逝世九周年纪念，李广田先生写下了这一篇文章。在这里作者特别强调了'文化的主人翁们，站在哪一边？'现在反法西斯的战争虽已完全获胜，但由于美国支持中国内战政策，及隐约间两个阵线的对垒，使我们深切地感到高尔基当年就极清楚地料到的。也正因为如此，李先生才觉得更（有）介绍的必要。在这篇文章里我们定能得到不少的启示的。"

这一期的《文艺新报》甫经出版，即遭查禁。当时的昆明市中等以上学校罢课联合委员会出版的《罢委会通讯》（王楫、赵少伟和我都任编辑）第十四期载《自由在哪里？〈文艺新报〉奉令停刊》。消息云："联大文艺社主编之《文艺新报》，于上月二十九日出版时，因登载真实消息，已奉令停刊，然该社仍对内发行，在联大校内发售，每份百元。"

一九四五年十二月一日，国民党反动派一手造成了震惊中外的昆明"一二·一惨案"。联大学生潘琰、李鲁连、南菁中学教员于再，昆华工校学生张华昌英勇牺牲。站在哪一边的问题，已成为每个人都面临的严峻的现实，必须做出抉择。《文艺新报》遂于十二月十六日又赶出了第四期《"一二·一"殉难烈士纪念专号》。第一版第一篇是联大文艺社、新诗社、剧艺社、冬青社、阳光美术社、高声唱歌咏队等六大文艺社团联名的祭四烈士文。第二篇则又是广田先生的：《不是为了纪念》。

广田先生此文，从题目上看，使我们想到鲁迅为纪念左联五烈士殉难而写的《为了忘却的记念》，从内容看，则明显地继承和发扬了鲁迅《记念刘和珍君》的战斗抒情的文风。他在文中悲愤指出："仿佛'三一八'的血和'一二一'的血汇流在一起，多少人的鲜血正洋溢在我们的周围。"他预言："假如杀人者不肯放下屠刀，大约我们的血还得继续流下去。"然而他又断言："屠手们假使不能用过多的血作为营养，他们就必须在人民的血泊中淹没。"他发出战斗召唤："希望在我们面前，我们要奋然向前！而'一二一'，正是进军的口号，'一二一'使我们的步伐更一致，'一二一'唤我们永远向前！"

这篇稿子，记得是我和几个同学一起去广田先生家向他约写的。他当时心情沉重的愤懑神情，至今如在目前。这一期《文艺新报》的二、三、四版，多为文艺社社员写的控诉的诗篇、揭露性的杂文和报导事实的通讯、特写，而且多用笔名。广田先生则毅然署上真名。他以自己的坚定言行，作了站在哪一边的最好说明。

这一段时间，我不只一次去广田先生家。他当时住在昆明商校宿舍，因他的夫人王兰馨先生在该校任教。他们的独生女儿小岫则在附近的中华小学上学。一家三口住在一间不大的平房里。我依然记得，屋子中间拉了一道布幔，里半大些，作为卧室，放着床铺、杂物；外半小些，放一张木桌，几张木椅，一二书架，这就是广田先生用来写作、备课，会佳宾和全家吃饭的处所了。

广田先生个子瘦小，完全不是山东大汉。当时他年纪不到四十，但脸上纹路分明，说明饱经风霜。如果不是身着一袭常年不变、早已褪了色的蓝布长衫，也许看来更象一位老农民的吧！

他为人是朴实的，朴素的；平易可亲，没有一点架子。文如其人，他的文也是朴实的，朴素的。《文学枝叶》中的论文，是如此。这一时期所写《日边随笔》中的散文，也是如此。

当然，时代在变化，广田先生的思想也在变化。《日边随笔》序中，他说到早年曾喜欢并向往"日边清梦断"、"日色冷青松"这样的意境、境界，此刻却感到"生命无时不在烈火里燃烧，就象生活在太阳近边一样"，恰是生动地画出了这种变化的轨迹。他在一九四五年联大"五四"文艺晚会上讲《论文学的普及与提高》，同年五月二十三日，参加冬青社集会讲《谈报告文学》，肯定都不是偶然的。他始终以一种一丝不苟的步伐，认真地、稳重地、扎扎实实地、一步一个脚印地走在文学的长途上，走在教育的长途上，走在革命的长途上。

一九四六年春，联大各文艺社团一度有成立艺联之议。我曾面见闻一多、李广田等先生征求意见，并请题辞。闻先生题"为人民服务"，广田先生题"不只暴露黑暗，更要歌颂光明"。从这两句，我深深体会到广田先生对党的热爱，和对革命必胜的坚强信心。

一九四六年夏，西南联大复员北返。广田先生先后在南开大学、清华大学任中文系教授。

我复员到北京大学上最后一年的课，曾写了一篇题为《一个朴实平易的人——记李广田先生》，在当时北京《平明日报》上发表。

解放初期，我在江苏南通通州师范任教，一天，忽然接到他的信询问愿不愿意来北京，参加文艺工作。我遂于一九五一年春来北京，进当时丁玲、张天翼同志主持的中央文学研究所学习。这时才知道他在解放前夕已光荣入党。

后来他调昆明云南大学担任领导工作。由于彼此都忙，而我又经历了一段波折，很长一段时间，我们没有通信。去年看到文艺社老友刘克光同志，他说广田先生到昆后，一度还有过调我到云大的想法。

史无前例的十年浩劫开始了。全国陷入一片混乱，千百万人受到残酷迫害。

忽然听说他丧生于一个浅塘。

当时我自顾不暇，只感到久久摆脱不掉的压抑和悲哀。心，只是一天天往下沉。

严冬终于过去。一九七八年一个阳光灿烂的日子，我收到了云南大学为广田先生平反昭雪、举行追悼仪式的通知。我和赵少伟联名从北京发了一个唁电，并委托云大代献花圈，上款写"悼念广田导师"，下款写"前西南联大文艺社社员王景山、赵少伟敬献"。

一九八一年夏，在阔别三十几年以后，我重到昆明，参加《一二·一运动史》讨论会。一个偶然的机会，听到了广田先生在十年浩劫中所受的非人折磨的情况。这是一个极富感情的女性目睹者的话："嘿嘿！头发长得披到了肩上，不准剪哟！胡子也那么长，不准剃哟！衣裳烂成了一片片，一缕缕。浑身上下满是血痕，痰迹，浆糊……啊啊啊，都象个野人，象个原始人喽！还要挂那么大块牌子，抬那么大块石头！倒在地上了，还要拳打脚踢……"

　　　　我实在听不下去了。

　　　　然而，严冬终于过去了。

　　　　为了纪念，我写了如上的回忆。

　　　　愿广田先生在地下安息！

一九八二年三月五日

（本文选自《新文学史料》1982 年第 4 期）

难忘恩师李广田

孙昌熙

　　在现代文学史上，有我终生永难忘怀的两位恩师：一位是杨振声先生；一位是曾得他提拔过的李广田先生。我在这里主要想谈谈我与李广田的一些交往。以前我也曾写过回忆李广田的文章，但大都是有关学术方面的，对于他对我一生道路的影响，在生活上对我的关心照顾，以及尽管名义上是同事，而实际上我却接受了他如师长一般的绵绵的恩情的这些事，却是第一次在这里提及。

　　当回忆的触角伸展开来，沿着岁月之河缓缓上溯的时候，首先浮现在我脑中的便是在西南联大第一次见他的情景。当时的李广田由于思想的进步与行动的异常活跃，被国立六中解聘，杨振声此时正在西南联大的叙永分校担任领导，听说后立即把李广田要到了叙永分校去。李广田从齐鲁大地的齐东县（今邹平县）走出来，在济南省立第一师范学校就读后，又考入北京大学英文系学习了 6 年，这许多年吸收的新知识已经使他从一棵贫瘠土壤里的"灌木"成长为一棵挺拔的"蓊郁的树"。1936年 3 月，与卞之琳、何其芳合著的诗集《汉园集》及他的散文集《画廊集》都作为文学研究会的合作丛书之一出版，在当时引起很热烈的反响，李广田也因此被誉为"汉园三杰"之一。《汉园集》收李广田《行云集》诗 17 首，《画廊集》收散文 23 篇，从这些篇章中，可以看出李广田如一个风信子一样感受到四面八方的气候，但却更深地向泥土的深处扎根，向民族生活的内部挺进，这位"生自土中，来自田间"的作家，以他本性的自然质朴显示了他作品的独特的个性。不久，叙永分校又搬回昆明，而这时的我正在联大任助教，听说李广田来联大的消息后我非常兴奋，因为我一直爱好写作而且与李广田又同是山东老乡，因此决定拜访他。一天晚上，约了刘泮溪（也是山东同乡）一起来到李广田家中。李广田十分和蔼可亲，圆脸稍有些发红，个子不高，穿了一件灰色长袍，我们谈话进行得非常愉快，我表示希望他以后在创作上多多帮助和培养我，他很爽快地便答应了。

这后这久，在杨振声开的《现代文学和小说写作》课上我写的一篇作业《小队长的故事》，经沈从文推荐后，在《中央日报》的文艺副刊《平明》上发表。在这种鼓舞下，我又一股气发表了《河边》、《长江上》等好几篇小说。我把这几篇小说拿去给李广田。希望得到他的指教。没想到，一天晚上，他拿着我的文章亲自来到我的宿舍，对我大加鼓励了一番，说我很有前途，并把《河边》里描老长工的那一段拿来大声地朗诵，说写的很好。

他对我只是鼓励很少批评，还把我的创作介绍出去发表，小说《枇杷园》就是他推荐在贵州的《文讯》上发表的。后来李广田主编《世界学生》，我的稿子也常在那发表。在李广田的影响下，我的思想也开始激进，《高尔基的门徒》就是写一个同学如何称赞高尔基的；散文《山居》被李广田先生评论为"很有艺术表现力"。正是在李先生的这种鼓励之下，我写下了生平我认为最得意的一篇悲剧小说《爸爸的骗局》。这个故事写的是由于迷信而产生的大悲剧：我的伯父有一个儿子，准备娶媳妇，可一查日子发现过年的日子不宜结婚，为了破"黑道"日，按当地的习俗，要在新婚之日让儿子准备好一切下关东，然后在新娘的窗户下问三声"留客不留客"，如果答应的话，即可入洞房成婚，但如果没有回答的话，则应立刻背上行李下关东。而这个新娘由于羞怯，没有回答，从此之后，我伯父的儿子便断了音讯，是死了，还是已另外安家，总之，是再也没有回来过。可是，这家为了安慰媳妇，也是为了两个老人老有所养，便每年造一封假信，骗着媳妇在这里一年又一年地呆下去，以至最后老在这个家里。李广田看完这篇小说后，连声说好。他也写过一篇类似的小说，叫《生活在谎话里的人们》，可他却说："你的比我的好"。自古都是"文人相轻"，可他却对一个初习创作的人说出如此鼓励的话来，令我十分感动。他把这篇小说寄到重庆去，未发表之前便给了我最高的稿费。十分不幸的是，这个稿子后来让日本的飞机轰炸了，我又没留底稿，已无法再恢复这篇小说的原貌了，它永远地失去了与读者见面的机会。然而，由李广田先生的鼓励所激发起来的这股旺盛的创作力，却值得我一生去珍惜。

李广田先生不仅在创作上给了我无私的帮助和照顾，而且对我以后生活道路的选择也有密切的关系。我后来从事文学理论研究和鲁迅研究也是与李广田先生分不开的，是李广田先生给我奠定了文学理论的基础，并扶着我一步步走上这条路的。

李广田到西南联大后，开始教授《文学概论》课，这在联大是第一次有这个课，而且资料非常匮乏，于是，李广田开始着手《文学论》讲义的编写。这个课在当时联大引起了很大的轰动，我也就是从这个时候开始接触文艺理论的。在这份讲义的基础上，1946 年李广田完成了《文学论》的初稿，然而李广田对这部《文学论》的态度十分审慎，他要不断地修改和补充以便使它更加完善和系统化。1948 年出版的《文学枝叶》和《创作论》都只是从这棵未成形的大树上裁下来的零散枝叶。这部书最终于 1982 年在香港出版时，只剩了"总论"部分，第二、三卷已经遗失。然而，即使就这"总论"部分，也可看出这部书在经历了风风雨雨的考验之后，也仍然有它重要的价值。在这部书中，李广田以马克思主义的辩证唯物史观为指导，以多年来作为诗人和散文家的创作经验为基础，从文学的整体观出发，颇有特色地阐明了文学的价值、社会功用以及作家的生活与思想和创作的关系等一系列基本问题。尽管这本书是文艺理论研究起步时的著作，然而时隔这么多年，它对现代文艺理论的建设，仍有着不可低估的价值。

正是这部煌煌巨著当初的雏形《文学论》讲义，改变了我整整一生的命运。我在西南联大从当学生起，就因为与系主任之间有一点宿怨，以至一直不受他欢迎。我在中文系当了三年助教后，是应该提为教员了，但他却不提我。我在"华中大学"的一个同学拉我去他们学校，当时他们学校的李何林教授辞职，剩下《文学概论》课没人上。但这对我来说，却存在一个极大的困难，那就是我对文学理论知道得太少了，以我当时的水平是没法挑起这个大梁的。这时，我想起李广田先生的这部《文学论》讲义来了，便去向他借。老实说，我心里并没有抱很大的希望：一个教授的讲义怎么会轻易借给别人用呢？意外的是李广田先生却很慷慨地把它给了我，我于是利用一个暑假一字一字地抄下来，碰到有不明的地方，就去向他请教。后来他又极详细地看了一遍，补充了一些材料，让我拿着它去华中大学上课去了。

正是凭了这份讲义，我得以提为讲师在华中大学教文学概论课，这个课在那也一样受到欢迎，这全都是因为这份讲义的缘故，我只不过是充当了一个扬声器而已。也正是因为有了这份讲义，有了讲师的职称，我才得以在 1946 年山东大学在青岛复校时回到了山东，因为我既不想随西南联大留在昆明，也不想随华中大学迁往武昌，我之所以能回到故乡山东，全是这份讲义的功劳。当初李广田先生慷慨地给我这份讲义的时候，也许没有想到它后来会发生如此大的作用，然而这并不能抹掉我在心底里珍藏着的对他的深深的感激之情。

当我在华中大学任教的期间，李广田先生继续给我发表稿子。抗战胜利后，西南联大解散，李广田去往天津南开大学任教。我在青岛主编《中兴周刊》时，曾向李广田约稿，他给我寄来了《新诗的道路》一文，对刊物的名字也提出了自己中肯的意见。

解放以后，我曾一度想离开山东大学，臧克家打算介绍我去西北大学，正在这时，李广田写信来，告诉我将有一个重要的人物要来山大当校长，要我不要走，留下来帮助他。于是，我便又留在了山东大学，后来华岗来做了山大校长，在他的带领下，我和刘泮溪等一起合著了《鲁迅研究》一书，在全国树了一面鲁迅研究的旗帜，而这都是当时李广田规劝的结果。如今，我在山东大学已经呆了 50 年，半个世界的风风雨雨、沧海桑田，其间我做出了一些成绩，也经历了一些波折，当年事渐高，回忆往昔岁月的时候，这个曾影响了我一生生活道路与选择的恩师的形象，油然在心头愈来愈鲜明起来：他永远是那样一幅脱不掉农民习性的诚实而朴挚的样子，终年的一身灰长袍，拎了一个又大又沉的包，匆匆的总在忙碌之中。

后来，李广田被调往云南大学当校长，收揽重用人才是他办学的方针，不过，一次我差点把他手下的一员大将，我的一位老同学给拉了出来，这说来是很不应该的，有些对不起他。即使在当校长的百忙之中，李广田仍然坚持创作，写了不少的散文歌颂新中国的诞生，《花潮》中就有这样的一个名句："春光似海，盛世如花。"用生机勃勃的春天来象征祖国欣欣向荣的事业。解放以后，我主要从事文艺理论研究和鲁迅研究，已经不搞创作了，因而与李广田的联系也就很少了，但我有空就找来他的文章读，就好象是面谈一样，感到异常亲切。

然而，一场空前的劫难袭来，诚挚的李广田是自然无法逃脱这场扼杀的。尽管传言都说他是投莲花池自尽的。然而以"文化大革命"时红卫兵中的一些歹毒的手段而论，完全有可能是在被迫害致死后投往莲花池的。李广田先生的女儿，现在是北京师范大学教授李岫，对自杀一说给以坚决的否认："我的父亲是决不会自杀的。"在李先生的最后一封信里，他还不断地勉励女儿，并说打算坚持好好地活下去。据云南大学的一个门卫回忆，说当晚看见有人押着李广田从后门出去了。事情的真相已经永远被历史的灰尘封裹起来，即使查明真相又能怎么样呢？李广田先生已经永远地含冤而去了，他是千千万万个这场"革命"的牺牲者之一，他仿佛永远站立在那块阴暗的背景前面，向我们后人昭示着什么。

"文化大革命"结束以后，李广田先生被恢复了名誉，《人民日报》曾专门写文纪念过他，他的挚友们也纷纷以各种形式追忆他、悼念他。著名诗人卞之琳、臧克家、冯至，著名批评家李健吾等，都曾洒泪挥笔，称他为"中华民族引为骄傲的'地之子'"。他的著作也陆续得到了再版或出版，昆明出版了《李广田选集》，山东出版了六大本的《李广田文集》。我也曾写了好几篇文章纪念他，但在我看来，我永远也道不尽我对恩师的感激之情，让我再一次以这篇文章奉献于他高洁的灵前。(黎卉芳整理)

（本文选自《山东教育学院学报》1996年第1期）

李广田和《世界文艺季刊》

王景山

　　《世界文艺季刊》是四十年代中期抗战胜利前后在大后方出现的一本颇具特色的刊物，但迄未得到研究者的重视。一九八五年出版的《李广田研究资料》中收入了山东文学研究所李少群的《李广田作品系年简编》和香港昭明出版社梅子的《李广田先生年表简编》，虽然都注意到了这本《季刊》，并注明是李广田和扬振声合编，[①] 这是正确的，但把《季刊》的编刊系年于 1941 年下，却是错误的。

　　杨、李二先生均为我就读昆明西南联合大学外文系时的恩师，《季刊》作者又多为联大外文系师生，并包括我当年所在的联大文艺社的若干社员在内。因此，我愿就我之所见提供一些材料，又就我之所知提供一些情况，或可作我国现代文学史料之一砖一瓦也。

　　我现在见到的是《世界文艺季刊》第一卷的第一、二、三、四期，不过据我所知一共也就出了这四期。封面刊名下注"原名《世界学生》"。四期均署"世界文艺季刊社编辑"，"商务印书馆印行"。从封底版权页可知这四期分别出版于"民国三十四年八月"、"民国三十四年十一月"、"民国三十五年四月"、"民国三十五年十一月"，也即一九四五、四六这两年的事。前三期均在重庆出版，但曾于"民国三十五年八月上海再版"，我看到的就是这个再版本。第四期未作任何说明，想必就是在上海出版的了。从版权页上还可知道世界文艺季刊社社长为杭立武，此人当时大概是国民党政府的教育部次长，仅是挂名无疑。但发行者季刊社的社址一直署"南京北平路六九号"，却也许和他不无关系吧。

　　主编者杨振声、李广田二位，应为现代文学研究者和爱好者所熟知，不必多说。他们同为山东人，自又别有"亲不亲，故乡人"的乡谊

---

　　① 原文如此，"扬振声"系"杨振声"的误排，编者注。

活，我们也欣赏了作者那种泼泼辣辣的创造力。这里，在《古树繁花》中却又稍稍不同了一点，这里的画面更宽阔，而这里的笔调也更雄壮了一些。在内容方面，作者自己曾说：

"我在下笔时曾将很多小场面都删节去，要通体贯串在一个情感和主题上。而在主题上我也有一个小小的试验：想接触一个中国固有文化的伦理问题，想表现我们民族特有的'孝'，在民族的构成上，尤其当战争之后，它发生一些什么作用？以前的现象，对于此次大战以后，可供批判参考的又是哪些？"作者这番话，我们相信对于了解这小说可能有很多的帮助。

最后，我们愿再声明：这个文艺园地是公开的，不但欢迎批评，更其欢迎投稿，只要是关于文艺方面的，我们都愿意刊载，不论是研究与介绍，翻译或创作。

一九四五，六，一三。

前言中提到的《世界学生月刊》，现在只知创刊于一九四二年，次年出到二卷七期停刊。从第一卷第十期起增辟的文艺栏，是否就由杨、李二位主编，都发表了些什么作品，第二卷第五期文艺专号的内容为何，这些都还有待于进一步查考。但在"几句关于文艺栏的话"里表明："我们欢迎前进的文艺理论，也欢迎表现时代的创作，我们欢迎批评或整理关于中国新旧文艺的著作，也欢迎批评或整理关于世界新旧文艺的著作。更为了这个月刊是供给青年的，我们尤注意青年作家的作品。"云云，则是值得注意的。看来这的确也就是后来《世界文艺季刊》所持的态度。

现在请看《季刊》第一卷第一期的内容。

第一卷第一期目录

编者前言

（短论）

新文学与西洋文学　　卞琳之[①]

论新诗的内容和形式　君培

---

① 原文如此，编者注。

（专论）

路易·麦克尼斯的诗　杨周翰

（长篇小说）

伍子胥　　　　　　　冯至

一、城父

二、林泽

三、洧滨

四、宛丘

五、昭关

（短篇小说）

古树繁花　　　　　　白平阶

春　　　　　　　　　陈翔鹤

活在谎话里的人们　李广田

（短篇翻译）

开花的犹大树（林秀清译）　［美］卡玲·坡特

爱情在布茹科林（祖文译）　［美］D·傅克斯

射象（王还译）　　　　　　［英］George　Orwell

舞熊（方敬译）　　　　　　［匈］E·巴孙尼

（散文）

孤独的老人　　　　　　吕德申

（介绍与批评）

沙汀的《奇异的旅程》　　景山

徐昌霖的《年青的 R.C》　鲁峰

冈察洛夫的《悬崖》　　　君平

托尔斯泰的两个中篇　　　方敬

第一期作者的阵容，应该说还是相当可观的。卞琳之显系卞之琳之误。他和李广田均系北京大学外文系出身，在校学习时即和何其芳合出了诗集《汉园集》，因此被称为汉园三诗人。君培，即冯至，原名承植，字君培。《伍子胥》是他唯一的一部长篇小说。杨周翰也是北大外文系出身，在联大叙永分校曾和李广田共事。译《射象》的王还，系杨周翰夫人。以上几位当时均任教联大外文系，王还先生且是教我大一英文作文的老师。不过这几位中，当年只冯先生是教授，另几位都还不是。

陈翔鹤是沉钟社人，方敬亦北大外文系出身，当时均已知名。广田师在四川罗江国立六中任教时，曾把这二位老友也介绍到六中，后来便也一起被解聘了。李去联大，陈、方则去了成都、桂林等地，从事进步文艺工作。白平阶是一个陌生的名字，只知道他原名白文治，一九一五年生，云南腾冲人，回族。当时他的小说曾在香港大公报、重庆大公报等处刊载。小说集《驿运》出版于一九四一年。

剩下几位就多是当年联大的学生了。吕德申是中文系的，大概就毕业于那两年。景山和鲁峰是同一人，也即在下。《奇异的旅程》是沙汀的中篇小说，原题《闯关》。八十年代初，华中师范大学黄曼君同志编集《沙汀研究资料》，发现并收入了我写的这篇小文，听说沙汀同志见后颇予好评。一九八六年《沙汀文集》第一卷出版，作者在自序中详细介绍了《闯关》的写作和出版经过，在历述遭到的波折后，指出："只有王景山同志的评价是肯定的"。君平，我估计即张君平，也是联大文艺社同人，记得他的一篇《评〈悬崖〉》曾在《文艺》壁报上发表过。至于林秀清和祖文 (即陈祖文) 这两位译者的情况，还待查考。

现在再请看第二期的目录。

第一卷第二期目录

这一期新出现的作者有：闻家驷，闻一多先生令弟，当时为联大外文系教授。法国大文豪罗曼・罗兰于一九四四年逝世，联大文艺社团曾有悼念活动，闻家驷先生应邀出席讲演，或即闻氏此文。郑敏是著名女诗人，当时是联大哲学系毕业生。庄寿慈是翻译家，当时可能已到重庆任苏联塔斯社驻华总社的英文翻译。业余译事则以苏联文学为主。姚可昆是冯至夫人。刘芃何人，待查。

剩下的几位，又都是联大学生，而且又都是联大文艺社社员了。史劲，原名刘治中，后改名刘克光，现为云南历史研究所研究员。王季，原名王楫，现为扬州师范学院外文系教授。芳济，原名邱从乙，曾任中国人民解放军洛阳外语学院教授。刘毅深系赵毅深之误，即赵少伟，曾任职新华社和在中国社会科学院外国文学研究所从事研究工作。他是赵景深的堂弟、赵慧深的胞弟，以"深"字排行的。卢式也是他。

现在再请看第三期目录。

第一卷第三期目录

本期新出现的作者中，又有两位联大的老师。一是王逊，当时是哲学心理系的讲师，教过我"逻辑学"。一是陈占元，当时外文系教授。

沙汀是著名作家，不必介绍。澍德，即刘澎德，生于一九〇六年，一九七〇年去世，虽原籍为吉林省永吉县，此时却流亡云南，在中学任教，后一直在云南工作。李何林先生当时在昆明文协任职，联大文艺社于一九四五年秋出版铅印小报《文艺新报》时，他和闻一多、李广田二位一同应邀担任导师。

但萧英是谁，一直不清楚。

但本期编辑后记中对他的《悲田院》作了相当高的评价。

请看估计是广田师执笔的编辑后记。

编辑后记

本刊在困难中诞生，也仍然在困难中生长。但我们相信，只要能在困难中继续支持，困难也就终有被克服的一天。

因为篇幅有限，我们不能发表较长的稿件，又因为是季刊，我们不能刊载连续的稿件，何况，由于印刷的困难，不能按期出版，好容易得来的稿件，却要被压过半年以上才能与读者见面，对作者说，这是不敬，对于读者，恐怕也难免因久违而不能造成比较亲切的印象，这是使我们感到极大的不安，而不能不向作者读者抱歉的地方。

这一期，和第一期第二期相似，我们总希望在内容方面不致于太零碎，或太空泛。假如在稿件的配合上不造成一个中心，但也愿意能提供几个重点。譬如关于近代美国诗歌，因为先有了杨周翰先生的《论近代美国诗歌》，我们便又请杨先生于百忙中给翻了三十首诗，这样，我们对于近代美国诗就有了一个概括的认识，而且，杨先生的工作做得那么精细而审慎，这是值得我们敬佩而感谢的，所以虽然占去了相当多的篇幅，然而这很值得。论文两篇：《表现与表达》,《认识与表现》,二者所涉及的范围不同，立论的观点更不同，在这里我们看重的正是二者的不同处。剧评两篇，都是论《大雷雨》的，同样，我们也是有意地提供两种不同的看法。小说六篇，三篇创作，三篇翻译，编者愿意请读者特别注意的是沙汀先生的《访问》和马尔兹的《地上最乐人》。沙汀先生，是现在中国最好的小说家，他近年来埋头写长篇，《闯关》、《淘金记》、《困兽记》等，早在读者中有了最高的评价，而他的短篇也无一不老练深刻，至于题材的现实性与主题的积极性，那更是构成他的作风的主要特色，《访问》,也是一个很好的例子。《地上最乐人》,请读者先想想看，什么人是地上的最乐人呢？最好是自己先有了答案，然后再读它，你将觉得惊讶：所谓最乐人，原来是最可悲的人，然而这却是大多数人的命运，在中国，一如在美国。最后，请读者切勿放潮（过）萧荑先生的《悲田院》,虽然字数那末多，我们还是把它一次刊完了。这里所写的是教育问题，其实它不只是一个教育问题，乃是中国社会问题，政治问题，这里所写的事件是很实在的，然而我们不妨把它看作一个寓言，作者在小说的最后说："只求表面，不求实际，中国的事情绝对搞不好的呀！"实在，中国的事情，尤其是官家的事情，那一件不是如此呢。

本期发稿之日，亦即下期集稿之时。此刻可以约略预告者：第四期中一大半的篇幅将是斯坦贝克的小说与关于斯坦贝克的批评，另一部分可能是关于传记文学的讨论。像本期一祥，第四期中将有一篇相当长的小说，是一个新作家的成功之作：普寅先生的《副议长》。这小说中所写的是在一个小县城里光明与黑暗两种势力的斗争，实在也就是当前中国政治情况的缩写，作者既有成熟的技巧，又有正确的观点，是近年来不易多见的有力之作，作者的生活经历与创作过程也是很特殊的，详细情形只好于第四期中再作介绍。

三十五年四月二十日

在这篇后记中，值得注意的是编者评文的标准。他评沙汀创作，指出"题材的现实性与主题的积极性"是"构成他的作风的主要特色"。他评《悲田院》，指出写的虽是教育问题，实乃中国社会问题，政治问题，"只求表面，不求实际"，"官家"办事，正是如此。特别是在预告普寅小说《副议长》时，指出"小说中所写的是在一个小县城里光明与黑暗两种势力的斗争，实在也就是当前中国政治情况的缩写"。"光明"和"黑暗"何所指，是不言而喻的。这使我想到广田师为当时准备成立的联大艺文团体联合会题的词："不只暴露黑暗，更要歌颂光明。"于此亦可证。

最后请看第四期的目录和编辑后记。

第一卷第四期目录

编辑后记

本期第一组文章，是关于传记文学的。第一篇，《传记文学的歧途》，作者所提出的问题是："传记到底是历史？还是文学？"作者自己的答案是："我们理想的传记是严格的史实，配以适当的文学的描写，结构与形式，使我们写出的人物虎虎有生气而又恰恰正是那个人。"第二篇，《我想怎样写一篇传记》，作者冯至先生说："但愿它能够是一部朴素而有生命的叙述，不要沦为干燥的考据，……同时，我也不愿意使它像莫路瓦所写的传记那样，几乎成为自由的创作……"。第三篇，《论传记艺术》，Lytton Strachey 在文章的结尾借用一位大师的话说："我没有加进什末，也不提示什末，我只揭露。"所以，这三篇文章虽然简短，但极扼要，而且差不多提出了同样的意见，这可能是对于传记文学的最正确的意见。因此，第四篇，《卡莱尔》，也就只是传记之一例，读者读过这一篇卡莱尔传，自然也可以明白，所谓传记者是不是应该这么写，虽然这同样也是出诸 Lytton Strachey 之手。

第五篇，《副议长》，是一个颇长的短篇小说，关于这一篇结实而有力的创作，我们愿意多说几句话。首先，我们应当向读者介绍这位新作家：普寅先生。他，仅仅读过一学期的初中，以后就完全为了生活而在各种工作中辗来转去，他作过长时期的洋鞍匠，又作过农民贷款合作社的办事员。在忙碌工作中，他不断地努力自修，他读文学，读社会科学，自然，他最多的时间还是花在写作练习上。又由于长期和农民以及下层的人们相接触，他熟悉他们的生活，熟悉他们的语言，这也就成了他作品中的一种特色。后来他作了一家报纸的副刊编辑，最近，生活逼迫他，他又成了一个税局的公务员，办公之余，还须照料家事，所余时间已极寥寥，然而，他在寥寥的余暇中却产生了大量的作品。他写作不但很勤，而且非常严谨，尤其难得的，是他的正确的观点，以及他的现实主义的作风，这一切，《副议长》一篇可以作为一个最好的说明。他在这里所写的只是一个小县城中的斗争：善与恶的斗争，光明与黑暗的斗争，而这一个场面恰也就是中国政治的缩影。刚强不屈的，为人民服务的副议长是被杀害了，他的同志们也被捕了，然而人民却站了起来，所以当被捕的文德站在拘留所里，听说壮丁队围攻北城，听到反动派的张皇呼叫，他不由地大笑了起来，文章也就在这里结束了。文德的大笑，正说明了不向黑暗势力屈服，低头，而且暗示了面前的希望。对于今天中国的整个情形，也正可以作如是观。至于这文章在写法上的种种好处，这里不必多说，只要读者细心读它，就随时可以发现。

以下的一组文章是关于史丹倍克的。史丹倍克是我们熟知的作家，他的重要作品，差不多已经都有中译本。因为刘与先生译成了三个短篇，于是又请卢集先生译出了一篇介绍文字：《约翰·史丹倍克：工作中的小说家》，这虽然不能算是一篇很好的文字，但对于了解史丹倍克也不无裨益。

上一期，我们曾发表过萨洛扬一篇《宣战》，本期又发表了他两个短篇，《蛇》和《猫》，文章简短，富戏剧性，那种清新的感觉，真有一种说不出的魔力。

本期是本刊第一卷的最后一期，下一期，二卷一期，应当是一个新的开始，但愿随着新的开始，也有新的进步，更愿意从作山者和读者，得到更多的指导和帮忙。

三十五年六月二十日

本期作者中最值得注意的自然是《副议长》的作者普寅。关于他的生活经历，编辑后记中已有较详细的介绍，现在可以补充的是，他原名黄万钟，一九一二年生，云南昆明人，当时曾在上海《文艺复兴》、重庆《文哨》等刊发表文章。另有笔名戴旦，为解放后用。

白炼，原名唐振湘，是联大另一重要文艺社团冬青社的成员，时有创作在香港、桂林大公报副刊发表。这是从杜运燮作《白发飘霜忆"冬青"》一文中得知的。李国香，亦是联大外文系学生。王卢、卢集则仍是赵毅深，即赵少伟，不赘。刘与是何人，待考。

本期后记中再次提到《副议长》所描写的，是"善与恶的斗争，光明与黑暗的斗争，而这一个场面恰也就是中国政治的缩影"。特别是后记严正指出，"为人民服务的副议长"被杀害了，他的"同志们"也被捕了，但"人民却站了起来"，"反动派"则"张皇呼叫"，并认为当时"中国的整个情形，也可以作如是观"，编者广田师的革命立场也够鲜明的了。

后记说"本期是本刊第一卷的最后一期，下一期，二卷一期，应当是一个新的开始"，但我们再也没看到"新的开始"的二卷一期。而后记写成的后一月，即一九四六年七月，昆明即发生了李公朴、闻一多先后被暗杀的血腥事件，"新的开始"，应是另一意义的了。

统观这四期《世界文艺季刊》的内容，我们可以看出有以下特色。(一)、创作与翻译并重，创作中又包括小说、诗歌、散文。(二)、相当重视评论，有"短论"、"专论"、"介绍与批评"等栏。(三)、翻译中不但有小说、诗歌，还有评论，第二期《土地和人民》就是评论苏联女作家瓦希列夫斯卡娅的长篇小说《虹》的。(四)、每期内容力求造成中心或提供重点。如第一期之重短篇小说，第二期之重罗曼罗兰，第三期之介绍近代美国诗和评论《大雷雨》，第四期之讨论传记文学和介绍斯坦倍克和萨洛扬。(五)、翻译作品之后均附介绍原作者其人其文的简短后记之类，这是三十年代鲁迅编辑的老《译文》的优秀传统。(六)、介绍外国文学重点突出，发表本国创作力求反映时代，作品评论则多注意新作和为当时人们关心的作品，如对《大雷雨》，对《奇异的旅程》、对《清明前后》的评论。(七)、重视老中青作者的结合，对青年作者的大力培养。(八)、编辑后记的撰写，也是继承了二、三十年代文学刊物的编辑传统。

因此，我以为主要由李广田编辑的这本《世界文艺季刊》，虽只出四期，却还是应该重视并值得研究的。

一九九一年十月二十九日

（本文选自《新文学史料》1993 年第 1 期）

忆闻一多先生在昆华中学兼课

王 明

40 年代，闻一多先生在西南联大任教，并于 1944 年初至 1945 年春在省立昆华中学兼课。教授高中三年级 27、28 两班的国文。当时我正在高 28 班就读，有幸受到教诲。同时，并经闻先生介绍参加西南联大"新诗社"学习。昆中毕业后，我在英专读书时仍经常去看望闻先生并向他请教。1946 年初我们几个同学筹办了《今日文艺》，请闻先生指导编辑工作，因而就有较多的接触机会。

在有幸受到闻先生教诲的日子里，我认识到他不仅是受到全国人民崇敬的著名爱国诗人、学者、无畏的民主战士，同时，也是一代良师的典范。他的忧国忧民的爱国主义热情，严谨治学和理论联系实际的教学方法，呕心沥血培养青年一代的献身精神，以及舍己为人的高尚品德都给我留下终身难忘的记忆。

闻先生在昆中执教期间，正处于艰苦的抗战后期。由于国民政府腐败，抗战失利，大片国土沦陷，时局日益恶化，国难深重。现实生活的矛盾，促使他的思想也处在大转变的阶段：即由诗人、学者、教授转变为伟大的民主战士。他的言行，极其深刻地影响着我们青年一代健康地成长。

闻先生教我们的课文，主要是《诗经》、《楚辞》、《史记》等古典作品。由于他知识渊博，教学经验丰富，讲课言简意赅，深入浅出，紧密联系实际，教学效果很好。同学埋头钻研"古典"的兴趣很浓厚，并出现"两耳不闻窗外事，一心只读圣贤书"的倾向。闻先生一面表扬同学们刻苦好学的精神，一面指出：不能忘了"借古鉴今"。在继承发扬祖国文化的同时，要找出社会的"病源"，对症下药以有利于推动社会的改革和进步；同时，并多次谈到他长期钻研古书的体会。他说过："经过十余年故纸堆中的生活，我有了把握，看清了我们这民族，这文化的病症，我敢于开方了。"这话出自一个研究古文化有很深造诣的著名学者,不仅使人感到新颖而惊奇,更深感信服。我们开始懂得:学习古典文学的根本目的是为了"借古鉴今"。

在讲课中,闻先生着重分析历代学术思想及其对历史社会的影响。特别着重分析对我国社会影响最深的儒家思想。历代统治阶级为什么"尊儒"?因为儒家宣扬的一套封建礼教有利于统治者奴役人民。他还指出儒家所提倡的"中庸"之道决不是公平之道,公平是从是非观点出发,而"中庸"只是在利害中打算盘,维护统治阶级的既得利益。他很推崇法家的哲理,赞扬法家不畏暴力,能讲真话。如"窃钩者诛,窃国者侯",是道出了世间不平的真理。他进而指出:国难深重,而达官贵人巧取豪夺,大发国难财,过着骄奢淫侈的生活,[①] 但没有人敢过问。反之,对人民则是镇压。什么禁令呀!赤化呀!肃奸呀……弄得人心惶惶,人人自危,这实在是"有欠公允"。

为了启发同学联系实际,提高思想觉悟,闻先生在课堂上先后出了三个发人深思的作文题:一是《写给蒋委员长的一封公开信》,提示指出:"国难深重,贪官污吏横行,民不聊生,怨声载道,要求当局惜民艰、革新政治,惩办贪官污吏。二是《病兵》。当时校门外西站马路上,每天都可碰到成群的从前线归来的无人照管的"病兵"。有的躺在路旁呻吟求乞,有的溺死于沟渠。闻先生忿怒地指出:他们为保卫祖国流血牺牲,换来的却是饥饿和死亡。这是多么残酷的现实?每一个有良心的中国人,都应作出强烈的控诉。第三个作文题是:《号角》。他在提示中指出:我们向统治者乞求施"仁政",或深切怜悯受害者,都不济于事,时局日愈恶化已充分说明了问题。他用沉重而坚定的语气说,"我闭门冥思苦想几天几夜,为了拯救我们的国家和民族,出路只有一条:就是吹响革命的'号角',唤醒苦难的中国人民,起来革命!"

三个发人深思的作文题,不仅反映出作为伟大的爱国主义者闻先生的思想在激烈地变化,同时也启迪我们一代青年关心"国是",进而懂得读书的目的是为了肩负起"国家兴亡,匹夫有责"的历史重任。尽管当时年幼,理解不深,但闻先生的教导,对培养我们树立革命人生观起着非常重要的影响。

---

① 原文如此,编者注。

　　闻先生不仅是课堂上的良师，也是指导我们课外活动的导师。他始终把教书与育人融为一体，呕心沥血地培养青年一代健康地成长。特别是在文学艺术创作的指导思想，以及实践方向上，给我们的教育和影响是很深刻的。

　　如关于文艺创作的方向、道路问题，闻先生通过自己的实践，为我们提出了明确的方向。在讲授屈原的诗作时，他曾这样说："诗人的主要天赋是爱，爱他的祖国，爱他的人民，爱理想，爱正义，爱自由……。"后来他开始学习辩证唯物主义，研读了党的《整风文献》，并置身于民主运动，接触许多进步人士和党的地下工作者，观点有了显著的变化。他说："世间没有抽象的爱"；"文艺作为上层建筑，它是有阶级性的，在阶级社会里文艺是为一定阶级服务的。"他经常介绍北方（指解放区）的文艺创作，指出那里有了真正民主的生活，没有压迫和剥削，产生了许多思想性政治性很强烈的艺术作品，鼓舞了人民努力生产，团结抗日。艺术起到了战斗武器的作用。他具体介绍田间、艾青、何其芳等诗人的优秀作品，称田间为"时代的鼓手"。他说："我们期待着更多的时代鼓手，至于'琴师'乃是第二步的需要。"这些教导，不仅加深我们对艺术创作目的的认识，也为引导我们走上革命的现实主义的写作道路奠定了基石。

　　在从事文艺创作的活动中，我们也经常受到闻先生的热情关怀和亲切指导。当时，在许多进步老师的教育影响下，昆中政治和学习空气很活跃，各种内容的壁报琳琅满目，成为同学们课外学习活动的主要园地。闻先生在百忙中也忘不了看壁报，并给予鼓励和具体指导。如我们班的马运达、马汝雅几位回族同学办了一个《闪电报》，集体构思了一个刊头画面，用水彩绘制，内容是一间临风摇摇欲坠的草屋，天空乌云滚滚，一道闪电凌空划过，预示黑暗尽头，光明即将到来。闻先生看后很赞赏构思的寓意，欣然挥毫篆书为封面写下"闪电报"三个有力的字，并署名盖印。与此同时，我与张思信、管有声等同学，也办了一个《战戈》壁报，开展了"文艺为什么人服务"的热烈讨论。我在壁报栏前征求闻先生的意见，他当即指出："主题思想比较明确，作品纯朴、真挚，有生活气息，这是可贵的；但生活圈子窄了一些，要跨越学校围墙到广大群众中去学习，反映现实的斗争。"他为壁报写了珍贵的题辞："诗，别再在梦里写了，要在现实里发现它。如果它不在呢？放它进去！"两张小壁报，两棵萌牙嫩苗，竟受到一位著名老诗人这样的重视和关怀，不仅给对我们鼓励和鞭策，更深刻地使我们感受到闻先生期待青年一代健康成长的苦心。我们永远把它作为激励自己进步的动力。

为了"跨越围墙"，扩大视野，闻先生又介绍我和张家兴、董康等几个爱好文艺的同学参加联大新诗社学习。新诗社是联大萧获、何达等同学发起组织的，当时是联大活跃的文艺团体之一。闻先生是这个诗社的导师。著名的作家冯至、楚图南、李广田、光未然先生等也经常参加活动和指导。新诗社是在民主运动中产生的，她坚持革命现实主义的创作方向，并深入探讨新诗的创作形式，为民主革命的新诗坛培养了一批新秀，创作了许多思想性、战斗性强烈，大众化的新诗，也创作部分群众喜闻乐见的朗诵诗、街头诗，对推动当时昆明的新诗创作和开展民主运动作出了贡献。

参加新诗社的活动后，我们有机会聆听关于新诗的许多重要报告；参加了许多诗歌朗诵会、座谈会、新诗创作展览，既提高了认识，又扩大了视野。在闻先生和联大老大哥的亲切关怀和指导下，我们的写作能力有了提高，我曾习作了一本叫《青布鞋》的小诗集请闻先生指教。由于它能够反映现实生活和斗争，受到闻先生的重视和表扬。他在百忙中作了精细的修改，并选了几首小诗在座谈会上朗读和分析，同时介绍给文艺刊物发表。

当时我还是个初出茅庐的、学识浅薄的青年学生，只因来自基层，对群众有天然的联系和感情，相对地说，比较在都市长大的同学，现实生活就比较丰富和充实一些。这大概就是我的"优势"。在老师和同学们的关怀鼓励下，不仅增强了我学习文艺创作的信心，也增强了深入生活、深入群众的信心。对于文艺创作的方向和道路，开始形成这样比较系统的认识：理想是诗的灵魂，群众是诗的土壤，生活是诗的源泉；离开爱国主义的哺育，离开肥沃土壤的营养和丰富的源泉灌溉，不可能培育出绚丽的艺术之花，结出丰硕的果实。

昆中毕业后，我升学到英语专科学校，仍然经常看望闻先生，向他请教有关文艺创作和学运的问题，他总是以长辈的关怀，和蔼可亲地接待我们，并恳切地解答一些疑难问题，至今还深刻铭记着他的两句话："在时代的激流中前进，在斗争中用自己的作品为革命服务。"1946年初，我与林华昌、张家兴等同学筹办一个文艺刊物，邀请闻先生作导师。他尽管在百忙中，还是欣然接受邀请，并为刊物封面书写《今日文艺》四个苍劲的大字，为创刊号撰写了《昆明的文艺青年与民主运动》一文。我到西仓坡他的宿舍索稿时，闻先生语重心长地说："这是为你们刊物写的序言，也是给昆明文艺青年的临别赠言，因为联大很快迁移，我们要回北京去了，对云南昆明总是很留恋的。"这是闻先生逝世前最后撰写的一篇文章，也是为自己曾经领导并战斗过的昆明这个民主堡垒，为云南和昆明广大的青年最后留下的一份历史文献，一份珍贵的精神财富。

《今日文艺》按照闻先生的期望和指导，深入民主运动的实践中，创作了许多时代感强烈的作品，出现了一批文坛新秀，战斗在民主运动斗争的前线。这个刊物成为当时昆明 12 个民主期刊之一。在时代的激流中，在党的教育帮助下，我们受到闻先生教育影响的许多同学参加了地下斗争。尽管没有再搞文艺工作，但是闻先生教导的："真心为人民服务，向人民学习"，"在战斗中用自己的作品为革命服务"等等，已经成为我们从事革命工作的"座右铭"！

（本文选自中国人民政治协商会议云南省委员会文史资料委员会编《云南文史资料选辑》第 53 辑，云南人民出版社 1998 年版）

西南联大杂忆

何兆武

　　由幼年到青年时期，正值从"九·一八"、"一二·八"、"七·七"到二次大战烽火连天的岁月，人类的命运、历史的前途等问题深深吸引了自己，所以终于选择了历史作为专业。不久又对理论感到兴趣，觉得凡是没有上升到理论高度的，就不能称为学问；于是可走的路似乎就只有两途，一是理论的历史，二是历史的理论。其实，刚入大学的青年，对任何专业的性质，根本就谈不上有任何理解。

　　当时教中国通史的是钱穆先生，《国史大纲》就是他讲课的讲稿。和其他大多数老师不同，钱先生讲课总是充满了感情，往往慷慨激越，听者为之动容。据说上个世纪末特赖齐克(Treischke)在柏林大学讲授历史，经常吸引大量的听众，对德国民族主义热情的高涨，起了很大的鼓舞作用。我的想像里，或许钱先生讲课庶几近之。据说抗战前，钱先生和胡适、陶希圣在北大讲课都是吸引了大批听众的，虽然这个盛况我因尚是个中学生，未能目睹。钱先生讲史有他自己的一套理论体系，加之以他所特有的激情，常常确实是很动人的。不过，我听后总感到他的一些基本论点令我难以折服，主要是因为我以为他那些论点缺乏一番必要的逻辑洗炼。至今我只记得，他发挥民主的精义更重要的是在于其精神而不在于其形式，这一点给我留下了很深的印象。

　　陈寅恪先生当时已是名满天下的学术泰斗，使我们初入茅庐（西南联大的校舍是茅草盖的）的新人（freshman)也禁不住要去旁听，一仰风采。陈先生开的是高年级的专业课，新人还没有资格选课。陈先生经常身着一袭布长衫，望之如一位恂恂然的学者，一点看不出是曾经喝过一二十年洋水的人。陈先生授课总是携一布包的书，随时翻检；但他引用材料时却从不真正查阅书籍，都是脱口而出，历历如数家珍。当时虽然震于先生之名，其实对先生的文章一篇也没有读过。翌年先生去香港后（本是取道香港去英国牛津大学讲学的，因战局滞留香港）。我才开始读到先生的著作。当然，先生的学问，我只有望洋兴叹，佩服得五体投地；但是我却时常不免感到，越是读它，就越觉得从其中所引征的材料往往得不出来他那些重要的理论观点来。这引导我认为，历史学家的理论并不是从史料或史实之中推导出来的，反倒是历史学家事先所强加于史实之上的前提；也可以说，历史学家乃是人文（历史）世界真正的立法者。或者，用六十年代的术语来表达，即是说历史研究事实上并非是"论从史出"，而是"史从论出"。陈先生自称是"平生为不古不今之学，思想囿于咸丰同治之世，议论近乎湘乡南皮之间"，就典型地代表着新旧文化交替方生方死之际一个学人的矛盾心情；他似乎毕生都在把自己惋时抚事的感伤寄情于自己的学术研究之中。这样就使他的历史观点也像他的诗歌一样，浓厚地染上了一层他自己内心那种感慨深沉的色调。一个人的思想和理论，毕竟首先而且根本上乃是时代现实的产物，而不是前人著作的产物。

陈先生上课堂带书，是备而不用，而雷海宗先生上课则是从不带片纸只字；雷先生从来不看讲稿，他根本就没有稿子，一切的内容都在他的满腹学问之中。我曾整整上过他三门课。我想大概任何一个上过他的课的人都不能不钦佩他对史事记得那么娴熟。那么多的年代、人名、地名、典章制度和事件，他都随口背诵如流。三年之中我记得他只有两次记忆略有不足，一次是他把《格列佛游记》的作者 JonathanSwift 说成 Dean Swift；另一次是一个波兰人的名字他一时没有想起，不过迟疑了一下，马上就想起来了。雷先生有他自己一套完整的历史理论，脱胎于斯宾格勒，而加以自己的改造。其中主要的一点是他认为每种文化都只有一个生命周期，只有中国文化有两个周期——以公元三八三年淝水之战为界。假如那场战争失败了，中国就极可能会像古罗马文明一样地破灭，而让位给蛮族去开创新的历史和新的文化了，——他展望着中国历史还会有第三个周期。

一九三九年秋的一个夜晚，林同济先生在西南联大昆中南院南天一柱大教室作了一次公开讲演："战国时代的重演"；当场座无虚席，林先生口才也确实是好，全场情绪活跃而热烈。讲完后，大家纷纷提问。记得有一位同学问道，马克思认为历史将由阶级社会进入无阶级社会，重演论对此如何评论？林先生回答说：马克思是个非常聪明的人，但聪明人的话不一定都是正确的，马克思是根据他当时的认识这样说的。此后不久，就在林先生（以及雷先生）的主持下出版了《战国策》杂志。就我所知，当时国外风行一时的地缘政治学（Geopolitics）也是由他们这时介绍进来的，雷先生还作了一次讲演，题目是"大地政治、海洋政治和天空政治"。解放后，战国策派被批判为法西斯理论，其实当时即已有不少人（包括右派）是这样批判它的了。有一次讲演中林先生公开答辩说：有人说我林同济是法西斯，我会是法西斯吗？那次讲演他的大意是说（事隔多年，已记不太清楚，大意或许如此）：古今中外的政治，总是少数领导多数；他是赞成这种意义上的贵族制的。观乎当时英国工党左翼领袖克利普斯 (Stafford Cripps) 来华在昆明讲演公开抨击当政的张伯伦政府，而那次讲演是由林先生作翻译的①；又，新加坡失守后，林先生以公孙震的笔名在《大公报》上写了一篇轰动一时的论文《新加坡失守以后的盟国战略问题》，以及二战后林先生欧游的通讯（也载在《大公报》上）；法西斯这顶帽子似乎对于林先生并不见得十分合适。即以文化形态学的代表斯宾格勒（汤因比的著作当时尚未完成）而论，也曾被人批为法西斯的理论先驱，其实希特勒要建立的是一个唯我独尊的千年福第三帝国，而斯宾格勒却在宣称西方的没落，也并不很投合纳粹党胃口。

一九四一年春，雷先生在云南大学作了一次公开讲演，系统地阐发了他的文化形态史观；讲完以后，主席林同济先生赞美这个理论是一场"历史家的浪漫"（他的原文是 the romance of a historian）。我承认作为一种传奇（romance）来看待，这个理论确实颇为恢宏壮丽、引人入胜（尤其是它那宏伟的视野和深层的探索）；但生物学的方法毕竟不是科学的唯一的方法，更不是历史学的方法。何况雷先生对年代数字的神秘性之入迷，几于达到刘伯温式推背图的地步（这一点他在讲课中也经常流露出来）。普遍存在的东西，并不能径直被认同为充分理由。万有引力是普遍存在的，就是在没有人的沙漠里，万有引力也是存在的；但是我们毕竟不能由此结论说，用万有引力就可以充分说明人文的历史，林黛玉伤心时流下眼泪，她的眼泪是朝下流，并不朝上流，这是万有引力在起作

---

① 林先生是政治学家，他当然知道克氏的立场和态度，倒是我们这些青年听到一位有名望的公民，居然在战时可以公开向外国人抨击本国的战时政府和领袖（张伯伦当时尚是首相），对英国政治制度有了一些直接的感受。多年以后，我在美国两次遇到他们大选，双方也是相互猛烈攻击对方的领袖。

用；但用万有引力定律并不能解说林黛玉的多情和感伤。不但物理的规律、生物的规律不能（文化生命周期的观念是搬用生物的规律），就连经济的、社会的规律也不能。人的思想和活动（即历史）当然要受物理的、生物的、经济的、社会的规律所支配，但是任何这类规律或所有这些规律都不足以充分说明人文现象之所以然。它们分别属于不同的活动层次。凡是企图把历史规律（假如有规律的话）归结为自然的或社会的规律的，都不免犯有上一个世纪实证主义者那种过分简单化的毛病。历史学并不是一门实证的学科，凡是单纯着眼于普遍规律的，可以说对人文现象都不免是未达一间。这是我不能同意雷先生观点的原因。雷先生最多只是描述了历程，但并未能充分解说历史运动的内在机制。及至抗战后期，有几位先生（包括雷先生和冯友兰先生在内）和青年学生之间在政治观点上的差距日益增大了，这也妨碍了双方在学术思想上进一步地做到同情和理解。

教我们史学方法论的是北大历史系主任姚从吾先生。姚先生讲授内容主要是依据 Bernheim 的《史学方法论》一书，当然也还有一些出自 Lamprecht 和 Langlois, Seignobos 两人的标准课本，但是此外并没有发挥过什么他本人的理论见解。同学们当时的一般印象是，姚先生的学问和讲课都只平平。记得有一个同学曾向我说过：上姚先生的课也曾认真想记点笔记，但是两节课听了下来。只记了不到三行字。本来在我的期待中是极富吸引力的一门课程，却成一门并无收获可言的课；只因为是必修，才不得不修学分而已。此外，他还教过我们宋史，姚先生在政治上是国民党，后来去台湾任中央研究院院士。前些年听说，他在台湾的若干年间做出了不少成绩，当今港台中年一代的骨干历史学者，率多出自姚先生的门墙，有些甚至就是姚先生亲手培养出来的。前些年他死于办公室的书桌之前。这使我联想到另一位哲学系同学殷福生，他原是个极右派，去台湾后（用殷海光的名字）竟成了自由主义的一面旗帜，是港台和海外许多青年学人（现在也都是中年的学术骨干了）的最有号召力的思想导师；后被软禁，死于寓所。甚矣，知人之难也。两位先生的晚境，使我不禁有"从此不敢相天下士"之感。

历史哲学本来是跨史学与哲学之间的一门两栖学问，京剧术语所谓"两门抱"；哲学系的老师们理应有人对此感到兴趣。但当时北大哲学系的先生们大多走哲学史的道路；自己当时的想法总以为哲学史研究不能代替哲学研究，正有如数学史之不能代替数学或物理学史之不能代替物理学。一位物理学家总要研究原子结构，而不能代之以研究留基波或德谟克利特的原子论是怎么讲的，或者《墨经》中有无原子论。历史哲学理所当然地是哲学而不是哲学史。我猜想北大哲学系之走上以哲学史代哲学的这条路，恐怕与胡适先生之主持文学院有关。对哲学，胡先生"非其所长"（金岳霖先生语），而殷福生在课堂讨论上曾公然指责："胡适这个人，一点哲学都不懂！"（但他到台湾后，在政治上却推崇并接近胡适。）胡先生虽不长于哲学，却是个有"考据癖"的人。由于他是当时学术界的权威（北大、清华、南开三校联合组成西南联大，最初文学院长是他，当时他已去美国，由冯友兰先生代，后来冯先生才真除）；北大哲学系走上哲学史的道路，似乎是很自然的；既然不搞哲学，也就没有人搞历史哲学或科学哲学。清华哲学系的先人们大多走逻辑分析的道路，也没有人搞历史哲学，连分析的历史哲学也没有人搞。有一次我问王浩兄为何不读历史，他说他只对 universal（普遍的）感兴趣，而对 particular（特殊的）不感兴趣。这大概可代表清华哲学系的一般心态。冯友兰先生（他是北大出身，在清华任教）的《贞元六书》中，有一些是谈中西历史文化的，但是今天的中青年学者大概已很难体会半个世纪以前的青年们对冯先生的那种反感了；那大抵是因为他过分紧跟当权派的缘故，故尔也很少有人认真看待他的哲学（虽说他的《中国哲学史》几乎是文科学生的必读教本）。[1]

和冯先生形成对照的是张奚若先生。张先生对冯先生一贯评价不高，有一次讲课时谈到：现在有人在讲"新"理学，看了一看，实在也没什么新。张先生授西方政治思想史和近代政治思想两门课，其实只是一门，十九世纪以前归前者，十九世纪以后归后者。张先生的学问极好，但极少写什么著作。他的两门课使我自此喜欢上了从前自己不大看得起的思想史，使我感到读思想史不但有助于深化自己的思想，而且不

---

[1]　这种情形有点像我们今天在荧屏上看到连篇累牍地宣扬张少帅，大概中青年的观众已不会知道当年"九·一八"以后的张少帅，几乎是第一号国人皆曰可杀的人物。冯先生原来曾自命为"新统"，解放后首开毛泽东思想一课，历次思想运动的自我批判来了一场彻底的全盘自我否定，"文革"期间的经历众所周知，毋庸赘述，至上世纪80年代初再去美国哥仑比亚大学接受荣誉学位，哥大当局隆重地表彰他的（早已自我否定了的）学术贡献，而他接受时的答辞谈的则是"周虽旧邦，其命维新"云云，似乎双方全然对不上口径，但也照样行礼如仪。晚年的思想又复归真返璞，颇有"语不惊人死不休"之论，中国近代思想史发展之诡谲，当无有逾于此一幕者矣。真正要按照历史本来的面貌去理解历史，又谈何容易！

了解思想史就无以了解一个历史时代的灵魂。他所指定的必读书之中，有从柏拉图到霍布士、洛克、卢梭等经典著作，也有马克思的《共产党宣言》和列宁的《国家与革命》。这是我最初读到《宣言》（英文本）。因为全书难得，还特地手抄了一份。当时斯大林的《辩证唯物论与历史唯物论》亦已有中文单行本，我读后倒感觉它在很大程度上恰好是它所号称要反对的那种形而上学；至于历史唯物论部分也大抵是描述性的(descriptive)，没有讲出其内在的逻辑，所以不足以阐明其普遍的必然性。喜欢上张先生的课，还因为他敢于针对现实，讥评时政。早在抗战前，他就以写了《冀察当局不宜以特殊自居》一文，名重一时。《独立评论》也因此受到查禁处分，（当时日本正要求"华北特殊化"。）抗战时，他任国民参政会参政员，每次去重庆开会归来，都在课堂上有所评论，记得他不止一次说过，现在已经是"民国"了，为什么还要喊"万岁"。有一次讲到自由，他说道：自由这个字样现在不大好听，"当局一听自由两个字，无名火就有三丈高"，刻画当局者的心态，可谓入木三分。他讲到暴力革命论时，沉吟说道，或许暴力是不可避免的；不过，接着他又引Laski 的话说：You are not justified in not trying to do so.（指走议会选举的道路）。

我最初获得较多的有关历史理论的知识，是从噶邦福先生那里。噶先生是白俄，名字是 Ivan J. Capanovitch，他说他的姓后面原来还有一个"斯基"后，后来取消了。他出身于旧俄的圣彼得堡大学，是世界知名的古代史泰斗 M.Rostovizeff（一八七〇———一九五二）的入室弟子，第一次大战时曾应征入伍参过战。革命后 Rostovizeff 去美国威斯康辛大学任教，噶先生本人经历了一番坎坷（他没有向我具体谈过），辗转来到远东的海参崴大学任教，于一九三〇年（或前后）来清华大学任西洋古代史教授。此课在当时历史系并非必修，学生甚少，不过寥寥六七个人。我选此课的用意并非是真想学希腊、罗马，而是因为噶先生不能讲中文，是用英语授课，可以藉此机会提高自己专业英语的应用能力，但我不久就发现，自己得益的不仅是希腊、罗马，专业英语，也还有历史理论。噶先生写过一部书《历史学的综合方法》(Synthetic Method in History)，抗战前夕完成，次年（一九三八）商务印书馆出版。当时正值战争初起，兵荒马乱，此书又是用英文写成，虽在国内出版，却迄今不大为人所知。但在近代中国史学史或史学思想史上，仍有一提的价值；它是我国国内出版的第一部这方面的著作。噶先生不大为世所知，他本人也安于寂寞；然而他的思想却极为丰富。这是我后来和他谈话多了，才逐渐领会到的。后一个学年我又选了他的俄国史一课，人数更少，只有三数人，其中还有一位墨西哥的华侨女同学，也是不能讲中文的。噶先生很健谈，可以从克里奥巴特拉的鼻子谈到社会达尔文主义，谈到 Sorodin 的文化周期论。他也评论过雷先生的中国史周期说。噶先生不但是我接触到历史理论与史学理论的启蒙老师，还教导我对西方思想史、文化史的研究方法。例如，他曾向我推荐，要了解俄罗斯的灵魂，不能只看普希金和屠格涅夫（我是喜欢看屠格涅夫的），还需要看托尔斯泰和陀思妥也夫斯基。我虽然也喜欢某些托尔斯泰，而尤其是老陀，但是由于自己的中国文化背景，始终未能逾越那道不可逾越的难关，即成其为俄罗斯之谜的那种宗教信仰。我时常想中国（至少汉民族）是一个极其现实的（或重实利的）民族，所以她可以毫不在意地接受任何信仰（如三教并存，各种宗教与巫术并存，乃至再加上洪秀全的天父、天兄），其实正是由于她并不真正信仰任何东西。轻而易举地就接受一种信仰，轻而易举地就放弃一种信仰，都是出于同一个原因。因此，我们就很难真正窥见俄罗斯民族（或别的民族）的灵魂深处，这正如西方汉学家之研究中国历史文化，资料不可谓不多，功力也不可谓不勤，然而对中国文化的精神却总嫌未能（像鲁迅那样一针见血地）触及要害。噶先生对现实也很敏感，当时是抗战中期，少数人大发横财：噶先生有一次向我感叹说：抗战到底（这是当时的口号），有的人就是一直要抗到你们的底。解放后，噶先生去南美，后去澳大利亚，病逝于澳洲。其女公子噶维达女士现任澳大利亚国立大学汉语教授，经常来中国，一九八八年西南联大五十周年校庆在昆明举行，维达女士还陪噶师母远涉重洋来与盛会，并和当年历史系校友们合影留念。

以上絮絮谈了一些往事，是想就自己的亲身经历从一个侧面回忆当年一个小小的学园里有关史学理论的情况和氛围；再过些年，恐怕知道的人就不会很多了。同时，也如实地谈了自己的感受；这里绝无信口雌黄、不敬师长之意。相反地，我以为如实地谈自己的想法，正是对师长的尊敬。一个导师应该善于启发学生自己的思想，谈出自己的看法，而绝不是要求学生在口头上把自己的话当作字字是真理。

（本文选自《老清华的故事》，江苏文艺出版社 1998 年版）

记《诗与散文》

杨绍庭

1940 年夏，我们几个喜爱文艺的青年朋友，鉴于昆明已经是抗战的大后方，很多文艺工作者都来到昆明，可是我省出版的文艺刊物仅有《文艺季刊》一种，难以满足需求。凭着一股热情，酝酿在昆明筹办一份文艺刊物。几经筹划商讨，感到我们交往不宽，力量有限，要办大型文艺期刊是有很大困难的。所以，决定先由我们几人尽力集资，同时约请文艺界的师友给予支持，筹办一份 32 开本的小型文艺期刊，定名为《诗与散文》。推举杨绍庭为发行人，负责社务和出版发行工作。成立编辑委员会，由吴敏、刘光武、张桢炳、杨其庄、王燕南、廖靖华、龙显球为编委，龙显球任主编。筹办人员决定后，即向有关部门提出申请。申请报告送出后，几经奔走托情，历时数月，才算得到国民政府内务部杂志登记证警字 7530 号和云南省图书杂志审查证审第 0445 号的两份证件，及中华邮政特准挂号认为新闻纸类，使刊物出版发行取得了合法地位。

《诗与散文》社社址先设在昆明市马市口，后因日寇飞机轰炸才迁到郊区白马庙 9 号。

《诗与散文》第 1 期于 1940 年 10 月 10 日在昆明出版。创刊组稿时，得到高寒、徐家瑞、万仞山、范启新、杨光洁等先生的大力支持，为我们撰写了稿件，使我们这份小刊物在领到证件后的短期内得以创刊发行。（当时政府规定，自许可证发出日起，三个月内，刊物不出版，就要撤销许可证）。

《诗与散文》第 1 期发行 1000 册，短时间内就销售一空，受到有关方面的重视和广大青年的欢迎。为此，省教育厅还给了出版补助，每期滇币 50 元，后因货币贬值，只领了几期就主动放弃了。刊物发行几期后，重庆《新华日报》还为它发了一则消息，并指出了所发表的新诗中的不足之处。生活书店为我们承担了经销和省内外发行的业务。当时在昆明文艺界的知名作家和青年文艺爱好者，为我们撰稿的也越来越多。记忆中的有：高寒（楚图南）、闻一多、巴金、老尚（尚钺）、张光年（光未然）、徐嘉瑞、吕剑、王亚平、韩北屏、东郭迪吉（孟超）、赵沨、雷石榆、范启新、陈豫源、万仞山（杨东明）、杨光洁、周辂、沈沉、杨亚宁、晋梅、欧小牧、雷溅波、包白痕、彭桂英、陈梅之等。

《诗与散文》创刊后，为了把这份小刊物办好，我们曾邀请了十几位文艺界的知名人士，开了一次茶会，请他们给予指导和帮助。记得到会的有楚图南、闻一多、徐嘉瑞、杨东明、范启新、陈豫源、杨光洁等先生。他们在座谈中给了我们热情的鼓励，并提出了很好的建议。闻一多先生还当场为我们题写了署名刊头。从第二期起，我们就改进了封面设计，启用了闻先生为我们书写的刊头。不料这份刊名题字启用后，曾引起了一些关心刊物的作者的异议，他们认为闻先生是新月派诗人，用他的题字作刊头，与当前的形势和刊物的宗旨不适应，同时也会带来其它的影响。经我们认真考虑后，在出版第5期时，就决定换用隶书的《诗与散文》几字。第3卷开始，经楚图南先生的介绍推荐，请王珩先生为我们设计了封面，并亲手制作了封面木刻。

《诗与散文》这份地方性的小刊物，出版发行以后，受到一些文艺工作者的扶持和青年、学生的欢迎。印数有了增加，发行地区也不限于昆明、重庆两地了。为此我们还筹划出版发行《诗与散文小丛书》，首先出版一本高寒的《悲剧及其它》。发行后，很快就销售一空。后因物价飞涨和人力所限，丛书只好停止，但《诗与散文》期刊的发行局面打开了，来稿越来越多。给了我们很大的鼓舞。可是，好景不常，当时几位合伙办刊物的青年朋友。有的出省升学；有的为生活所迫而无多余时间参加刊物工作，甚至连互相见面的机会都很少了。十多个志同道合的朋友，只剩下两三人在苦撑局面。更不幸的是1941年1月国民党反动派发动了"皖南事变"，反共高潮遍及全国。2月，昆明的生活书店、新知书店、读书生活出版社被查封。我们的刊物由于书店被查封而被没收。这次意外事件，使我们这个才新生不久的小刊物几至夭折。因为我们的刊物从第3期开始，生活书店为我们承担了省内外发行业务，议定每季度结账一次。由于书店被查封，我们刊物的价款，将无从收回。更由于当时的白色恐怖，来稿减少，我们与经常交往的作者的联系也更困难，刊物能否续续存在下去，[①] 实在难以预料。正在我们徘徊观望的时候，接到生活书店负责人的来信，（信是托人送到我家里的）他们约我在方便的一个晚上到景虹街小井巷 × 号（门牌记不清了）去结算《诗与散文》的价款。我如期去了，见到两位男先生。他们对我说：生活书店被查封，不能让你们刊物受损失，决定把全部刊物价款算还。这使我大为意外，也感到不太妥当，因为有一期是才出版不久，可能售出不多。他们又是义务为我们发行的，损失不应由他们全部负责，而且实售出数又无法查出，由他们完全负责不太合理。我提出我的意见，但他还是坚持把全部刊款付给我，并语重心长地说：我们一两天就离开昆明，希望你们的刊物继续办下去！我带着刊物款辞别他们返回后，心里老是不能平静，这种支持和负责的精神，使我终生难忘。

《诗与散文》的垫本全部收回，得到很大的鼓励，我暗暗的下决心，要把刊物办下去，但困难还是不少。由于白色恐怖，留下的两三位办刊物的朋友已失去了联系，几家进步书店被查封，其它的一些书店又不愿为我们发行。正在这进退两难的时刻，艺术师范的一位同学在卖线街开设"自力书店"，愿意为我们经销刊物，我们总算是找到了一个发行的据点。但组稿编辑的人员都走散了，哪来的力量把刊物继续出版？这时我找了楚图南先生，请他代为物色几位愿意合作的朋友。不久，楚先生介绍了西南联大的胡越同学主持编务。楚先生还同意在他的时间许可时，替我们看稿和组稿。就这样，刊物又在艰苦的条件下继续出版。有一个时期，编辑和组稿还得到周辂、沈沉、普梅夫等几个青年朋友的协助。我们的刊物出版几期后，由于物价飞涨，纸价昂贵，原是白报纸印刷的刊物，只好改用云丰绿色丙种纸为内页。后来，连云丰丙种纸都买不上，又改用鹤庆土纸，一直延用到改为 16 开本第 1 期。为了把刊物维持下去，我们不得不由第 2 卷开始，在刊物尾页上接受刊登了一些商业广告，以收入弥补亏损。

《诗与散文》在一些师友的支持和鼓舞下，克服了种种困难维持下来，在昆明的文艺界是有了一定影响的。但由于我们人力财力的匮乏和物价飞涨，后来也不能以月刊出版，改为双月刊，有时甚至要两月多才能出版一期，还是得到大中印刷厂经理刘英明及排印同仁的优惠为我们

---

① 原文如此，编者注。

印刷的。我们除了受到物质方面的压力外，还要承担着精神上的压力。如每期文摘必须送省图书杂志审查处接受越来越苛求的审查，经常遇到文稿被扣或一些文章的段落被删去。遇到这种情况，又得找作者说明，还得看审查处官员的嘴脸。因为编排好的文稿，若没有审查处审查章，印刷厂是不敢为我们排印的。为了把刊物办下去，我们经历了不少的艰辛和数不清的冷遇。

《诗与散文》在坎坷的道路上终于迈出了脚步。华侨书店在昆明建立，为我们的刊物承担了发行业务，更坚定了办下去的信心。正如我们在创刊三周年献词中写的："让我们满足于我们的这株小草罢！在荒莽的大地，在寂寞的人间，即使遭遇到有意或无意的践踏和不注意，那又有什么关系呢？我们仍将让她在乱石堆中生长和呼吸，并仍将让她守候着阳光和雨露，并预约了春天就要来的消息。"滋润着《诗与散文》的阳光和雨露，是来自广大爱护她的读者和热心肠的师友。如楚图南先生，《诗与散文》从创刊开始，他就非常关心。我记得在第2期出版后，那时楚先生还疏散在碧鸡关，有一次进城，特意到马市口诗与散文社来了解发行情况和读者的反映。我招呼他坐下，到街上买了一包香烟来招待他。他第一句话就问我"抽不抽烟？"我说"不抽"。他微笑着对我说："不抽为什么还要买烟呢？这是客套，年轻人不要沾这些，好好地为事业专心才好"。这时我认识也才几个月，这事给我的印象是深刻的。后来他迁到昆师宿舍，又疏散到大观楼外明家地，我们来往就更多了。凡是刊物遇到什么困难，我都去向他请教。他不仅为办好刊物操心，还不时对我们给予指导。楚先生不仅用高寒的笔名为刊物写了大量文章；还为刊物编排、组稿、用稿花了不少心血。1945年我们准备出版"诗人节特刊"，想请闻一多先生写稿。但由于过去我们请闻先生题的刊头，几期就换下来，又没有说明，心里总是内疚，所以一直没有勇气请闻先生写稿。又是在楚先生的鼓励下，我才去找闻先生要稿，他爽快地答应了。当时因为他很忙，就把为《观察报》写的《人民诗人屈原》一文叫他的学生送来给我们。当时《观察报》稿酬是从优的，而我们却没有稿酬，这是多么真诚的支持！《诗与散文诗人节特刊》如期出版，闻先生的文章放在第一篇，我们还举行了一次纪念座谈会。座谈中，闻先生曾用自我批评的口气，谈到他为我们题写的刊头被换下来的事。他说："当时知道我题的刊头被换很生气，下决心不为你们写稿，也不看你们的刊物。

后来想到：别的几个青年办的小刊物都不要我题的刊头，到底为什么？你们不用我的题字刊头，可以说对我的转变是个促进。现在看，你们做的对，今后一定多为你们的刊物写稿，多关心。"闻先生这样说也这样做了，在百忙中，他不仅在第二年的"诗人节"又为我们赶出了古剧翻新的《九歌》三章。屈原的《九歌》共十一章，闻先生当时还没有全部改写完，先给我们在《诗人节特刊》上发表，以纪念伟大的人民诗人屈原，并答应其余各章以后在我们的刊物上发表。在这之前，闻先生还为刊物组织了一些知名作家的稿件，还指导我们参加了昆明十二民主期刊联谊会，使我们开阔了眼界，加强了与外界的联系。

1940 年，巴金先生来到昆明，我们的编辑去向他索稿和请他为刊头题字，他没有同意。后来，我们又把才出版的《悲剧及其它》送给他，并写了一封不太恭敬的信激了他一下。那时，我们认为他是不会理会的。不料过了几天就接巴金先生的来信和来稿，信上说很欣赏高寒先生的《悲剧及其它》这本小丛书，并声明当初没有答应给我们文章是因为他到昆明后没有写什么，不题刊头是他的字写得不好，不能满足我们的希望，并不是看不起小刊物。他说，接到我们的信，只好把已经写好的爱情三部曲《火》未发表的一章《文淑》抄给我们了，因为是小说，不合用就作罢。巴金先生的来信和来稿，给我们很大鼓舞，也对我们的刊物是一个促进。《诗与散文》自发表巴金先生的小说《文淑》后，刊物的内容也不仅限于诗和散文了，随着形势的发展，扩大到小说、杂文、随笔等。有一个时期，每期都有一两篇有针对性的杂文，受到读者的欢迎。

云南的木刻家王珩先生曾义务为《诗与散文》、《悲剧及其它》设计了封面，还为刊物制作木刻，如纪念鲁迅、屈原的两期特辑，他特为刻了鲁头象和屈原相。[①]抗战后期，漫画家廖冰兄来到昆明，在百忙中也曾为我们设计了十六开本的套色封面，一直使用到刊物被迫停刊。

《诗与散文》自创刊以来经历了风风雨雨。但读者、作者和关心文艺的师友给予它的支持和帮助是深厚的。他们经常关心着它的存在和发展。青年作者的来稿，每期都收到不少。我们开辟了《习作园地》，发表了青年的来稿。有一次收到来我国参加抗日的朝鲜青年的来稿《金刚山》。我们把它用上了，使他们非常感动，寄来热情洋溢的信，给我留下

---

① 原文如此，编者注。

难以磨灭的记忆。

《诗与散文》是在抗日的风火中产生；在动荡的岁月里成长，一直坚持到抗战胜利。共出版 3 卷 30 余期。还在 1945,1946 两年的"诗人节"发行了单页八开的《诗与散文诗人节特刊》两期。抗战胜利后，我们怀着喜悦的心情，把 32 开本的刊物改为 16 开本，（共出版了 3 期）打算把它办得更好一些，为发展云南的文艺工作贡献绵力。谁能料到，就在全国人民欢庆赶走日本帝国主义，期待民主、自由到来的时刻，国民党反动派使多少美好的向往破灭。我们的刊物，就是在 1946 年夏，被昆明市政府以"不能按期出版"的歪理强迫停刊。当时虽然我们曾多方奔走和力争，但由于反共、反人民黑浪的到来，始终得不到他们的谅解，连要求出一期终刊号都不可以。《诗与散文》就在国民党反动派发动内战的时刻被扼杀了。

（原载《云南文史丛刊》，本文选自中国人民政治协商会议云南省委员会文史资料委员会 编《云南文史资料选辑》第 53 辑，云南人民出版社 1998 年版）

编 后 记

　　国统区校园文学，作为中国现代文学的重要组成部分，尽管已经引起了学界的关注，但是从总体上说，对其研究还不够，至于资料整理，也亟待加强。

　　本书所辑录的国统区校园文学资料，共分为四个部分：第一部分是原始史料；第二部分是重要文献；第三部分是回忆与自述；第四部分是历史图片。在原始史料部分，除了搜集部分对校园文学有着重要影响的史料之外，我还专门把那些和校园文学关系较为密切的期刊目录也一并纳入了进来。为了区别原始史料部分，这部分内容仅作为附录。

　　国统区校园文学固然涵盖了整个国统区各个学校的校园文学，但就典型个案来说，还是国立西南联合大学的校园文学最具有代表性。本书所辑录的资料，便以西南联大为主，兼顾其他大学的校园文学。校园文学作为发生于大学校园的文学，既与大学的教育体制有着紧密的关联，又与大学的教师有着直接的联系。本书在辑录资料的过程中，便注重校园文学的内在文学传承关系，凸显了大学教师在校园文学中的作用，况且，校园文学的很多作者，身份也处在一个转换的过程中，很多青年学生在毕业之后留校任教，成为大学教师。这样的话，国统区校园文学中的重要文献部分，便把大学教师和学生的资料都给予了同等程度的关注。

　　国统区校园文学中的回忆与自述部分，则突出了与校园文学关系密切的资料，尤其是与社团、期刊关联密切的资料。当然，由于时间久远、记忆误差和个人立场等因素，其中的回忆与自述，也可能会存在着一些偏差，这不代表编者就认同这些回忆与自述，编者只是想尽其可能地把复杂多元的历史"客观"地呈现出来。

　　在编辑整理资料的过程中，朱德发教授和魏建教授都给予了精心指导，我的研究生在材料整理等方面也做了很多工作，我校图书馆特藏室的同志也为资料查找提供了诸多便利。在此，对他们一并表示感谢。

由于编者水平的限制，再加上原始期刊中的部分文章，有些字迹较为模糊，难以辨认，使本书难免还存在着诸多不足，敬请方家指正。

李宗刚

2013 年 5 月

责任编辑:李　惠
装帧设计:雅思雅特

图书在版编目(CIP)数据

炮声与弦歌:国统区校园文学文献史料辑/李宗纲 编.
　-北京:人民出版社,2014.8
(20世纪中国文学主流·历史档案书系/魏建主编)
ISBN 978-7-01-013352-2

Ⅰ.①炮…　Ⅱ.①魏…②李…　Ⅲ.①中国文学-现代文学-文学研究
　Ⅳ.①I206.6

中国版本图书馆 CIP 数据核字(2014)第 056193 号

炮声与弦歌
PAOSHENG YU XIANGE
——国统区校园文学文献史料辑

李宗纲　编

人民出版社 出版发行
(100706　北京市东城区隆福寺街 99 号)

环球印刷(北京)有限公司印刷　新华书店经销

2014 年 8 月第 1 版　2014 年 8 月北京第 1 次印刷
开本:710 毫米×1000 毫米 1/16　印张:22.75
字数:347 千字　印数:0,001-1,500 册

ISBN 978-7-01-013352-2　定价:48.00 元

邮购地址 100706　北京市东城区隆福寺街 99 号
人民东方图书销售中心　电话 (010)65250042　65289539